미당 서정주 전집

15

방랑기

* 이 도서의 국립중앙도서관 출판예정도서목록(CIP)은 서지정보유통지원시스템 홈페이지(http://seoji.nl.go.kr)와 국가자료공동목록시스템(http://www.nl.go.kr/kolisnet)에서 이용하실 수 있습니다.
(CIP제어번호: CIP2017014909)

미당 서정주 전집

15

방랑기

떠돌며 머흘며 무엇을 보려느뇨 2

은행나무

발간사

미당 서정주 선생의 탄신 100주년을 맞이하여 선생의 모든 저작을 한곳에 모아 전집을 발간한다. 이는 선생께서 서쪽 나라로 떠나신 후 지난 15년 동안 내내 벼르던 일이기도 하다. 선생의 전집을 발간하여 그분의 지고한 문학세계를 온전히 보존함은 우리 시대의 의무이자 보람이며, 나아가 세상의 경사라 하겠다.

미당 선생은 1915년 빼앗긴 나라의 백성으로 태어나셨다. 우울과 낙망의 시대를 방황과 반항으로 버티던 젊은 영혼은 운명적으로 시인이 되었다. 그리고 23살 때 쓴 「자화상」에서 "나를 키운 건 팔할이 바람이다"라고 외쳤고, 이어서 27살에 『화사집』이라는 첫 시집으로 문학적 상상력의 신대륙을 발견하여 한국문학의 역사를 바꾸었다. 그 후 선생의 시적 언어는 독수리의 날개를 달고 전통의 고원을 높게 날기도 했고, 호랑이의 발톱을 달고 세상의 파란만장과 삶의 아이러니를 움켜쥐기도 했고, 용의 여의주를 쥐고 온갖 고통과 시련을 지극한 아름다움으로 바꾸어 놓기도 했다. 선생께서는 60여 년 동안 천 편에 가까운 시를 쓰셨는데, 그 속에 담겨 있는 아름다움과 지혜는 우리 겨레의 자랑거리요, 보물이 아닐 수 없다. 선생은 겨레의 말을 가장 잘 구사한 시인이요, 겨레의 고운 마음을 가장 잘 표현한 시인이다. 우리가 선생의 시를 읽는 것은 겨레의 말과 마음을 아주 깊고 예민한 곳에서 만나는 일이 되며, 겨레의 소중한 문화재를 보존하는 일이 된다.

미당 선생께서 남기신 글은 시 아닌 것이라도 눈여겨볼 만하다. 선생의 문재文才와 문체文體는 유별나서 어떤 종류의 글이라도 범상치 않다. 평론이나 논문에는 남다른 통찰이 번뜩이고 소설이나 옛이야기에는 미당 특유의 해학과 여유 그리고 사유가 펼쳐진다. 특히 '문학적 자서전'과 같은 산문은 문체를 통해 전달되는 기미와 의미와 재미가 풍성하여 미당 문체의 진미를 맛볼 수 있다. 미당 문학 가운데에서 물론 미당 시가 으뜸이지만, 다른 글들도 소중하게 대접받아야 할 충분한 까닭이 있다. 『미당 서정주 전집』은 있는 글을 다 모은 것이기도 하지만 모두 소중해서 다 모은 것이기도 하다.

미당 선생 생전에 『서정주문학전집』이 일지사에서, 『미당 시전집』이 민음사에서 간행된 바 있다. 벌써 몇십 년 전의 일이다. 오늘의 관점에서 보면 그 책들은 수록 작품의 양이나 정본의 측면에서 아쉬움이 많다. 지난 몇 년 동안, 본 간행위원회에서는 온전한 전집을 만들기 위해서 많은 수고를 아끼지 않았다. 서고의 먼지 속에서 보낸 시간도 시간이지만 여러 판본을 두고 갑론을박한 시간도 만만치 않았다. 특히 미당 시의 정본을 확정하고자 미당 선생의 시작 노트나 육성까지 찾아서 참고하고 원로 문인들의 도움도 구하는 등 번다와 머뭇거림을 마다하지 않았다. 참으로 조심스러운 궁구를 다하였으니, 앞으로 미당 시를 인용할 때 이 전집에 의존하는 경우가 점점 많아지기를 바랄 뿐이다.

한편으로, 미당 전집의 출간은 두려운 일이다. 그것은 미당 선생의 모든 작품을 제대로 보여 준다는 형식적 의미를 지니기 때문이다. 세상에 어떤 전집이 있어 미당 선생의 모든 작품을 제대로 보여줄 수 있을 것인가? 우리에게도 그것은 현실이 못되고 희망이겠지만 그래도 우리는 그 희망에 최대한 가까이 가고자 했다. 우리가 그 희망에 얼마만큼 근접했는지는 앞으로의 세월이 증명해 줄 것이다. 다만 지금으로서는 지극한 정성과 불안한 겸손이 우리의 몫일 따름이다.

마지막으로 감히 말하건대, 우리는 미당의 전집 간행을 긍지와 사명감으로 하고자 했다. 우리는 미당을 통해서 이 세상에는 아주 특별한 것이 아주 드물게 존재함을 알게 되었다. 그리고 그 특별하고 드문 것을 우리 손으로 정리해서 한곳에 안정시키는 일에 관여하는 기쁨을 누렸다. 우리의 기쁨이 보람이 있어 세상의 기쁨이 된다면 그 기쁨은 곱이 될 것이다. 아니 그보다 미당의 문학이 이 세상에서 제 몫의 대접을 받게 된다면 우리는 사필귀정事必歸正이라는 네 글자를 진리로 받들면서 더 큰 기쁨을 누릴 것이다.

미당 선생 탄생 100주년이 되는 해의 유월에
미당 서정주 전집 간행위원회

이남호, 이경철, 윤재웅, 전옥란, 최현식

미당 서정주 전집 15 방랑기

떠돌며 머흘며 무엇을 보려느뇨 2

차례

이집트

사우디아라비아

인도

자유중국

일본

중남아메리카 편 2

자메이카

도미니카

푸에르토리코

마르티니크

바베이도스

트리니다드토바고

유럽 편 2

러시아

중국

시베리아

일러두기

1. 『미당 서정주 전집 14, 15』 '방랑기'는
『떠돌며 머흘며 무엇을 보려느뇨』(전 2권, 동화출판공사, 1980)와 『미당의 세계 방랑기』(전 3권, 민예당, 1994)를 저본으로 하고, 경향신문(1978.1.15.~1979.8.1.)을 참고하였다.
2. 「호주1」, 「중국」은 여행 일정상 각각 '중근동·아시아 편'과 '유럽 편 2'에 수록되었다.

"에또 푸로스또 말리나!"

이 롸씨야 말은

'야 이건 진짜 산딸기구나!' 하는 뜻으로,

감동할 만한 진실을 만났을 때나,

오래 구하던 걸 얻었을 때나,

경상도 사람이 반가운 친구를 만났을 때

"야 이 문둥아!" 하듯이,

그렇게 쓰이는 말인데요.

1992년 여름

나와 내 아내가 마스끄바에서 굶주려서

먹을 것을 찾아 헤매 다니다가

어느 구석에 오니

이 산딸기 한번 되게 싸게는 팔고 있더군요.

어느 수풀들에서 몇 날을 걸려 따 모아 온 것인지

1딸라에 2키로를 사서 들고 먹으니

두 누깔이 금시에 밝아 오더군요.

"에또 푸로스또 말리나!"

이게 실물實物로 이렇게도 싸게 되살아난 건

참말 묘한 일이더군요.

—「에또 푸로스또 말리나!」

중근동 · 아시아 편

이스라엘

예루살렘으로

1978년 7월 17일 밤 9시쯤 아테네 공항을 출발한 것이, 밤 12시 몇십 분이던가에야 겨우 이스라엘의 제일 큰 도시인 텔아비브 항의 중심가에 있는 아디프라는 호텔에 방을 얻어 짐을 풀 수가 있었다. 잠들기 전에 호텔 지배인에게 부탁하여 아침 일찍이 예루살렘 쪽으로 떠나는 관광버스의 좌석을 예약해 두도록 한 것은, 이곳 텔아비브는 이 나라에서 제일 큰 도시일 뿐 관광거리가 별로 없는 데다가 또 어려서부터 자주 들어서 그리운 곳의 하나였던 예루살렘이 먼저 보고 싶어서였다.

7월 18일 아침 7시, 텔아비브를 출발하여 예루살렘으로 달리는 관광버스의 차창에다 나는 줄곧 눈을 박아 두고 있었는데, 가는 길가의 목화밭들은 꼭 우리나라 농촌의 그것들과 같아서, 내가 어렸을 때 고향의 목화밭에서 덜 익은 다래를 따 먹던 기억도 자아내게 하여 무척 그리운 것이 되었다. 참외와 수박밭도 꽤나 많이 보였는데, 밭마다 농부들은 수도 파이프를 일정한 간격을 두고 많이 많이 묻어 놓고 이걸로 물을 뿜어 주어 농작물들을 자라게 하고 있어 그 노력과 정성에 감탄하지 않을 수 없었다.

이 근방 일대는 여름엔 영 비가 오지 않으므로 수도로 강물을 대어 이렇게 어렵사리 쓰고 있는 것이라고 한다. 어느 나라 농촌이든 이렇게까지 한다면 가뭄이라고 농사를 못 지을 일은 없겠다. 이스라엘 사람들은 정말 지독한 족속인 것이다.

텔아비브를 떠난 지 한 시간이 채 다 못 되어 우리는 기독교의 성경에서 늘 보아 기억하고 있는 예루살렘의 시온 산 한쪽에 당도했는데, 솔로몬 왕의 사랑 노래에서 보았던 '시온의 밤 수풀과 같이 무성한……' 어쩌고 한 데 비길 만한 무성한 수풀이나 산이라고 부를 만한 산나운 산도 보이는 게 없었고, 그저 약간 높은 언덕에 소나무나 올리브 나무 같은 게 드문드문 보일 뿐이어서 '진짜 꿩이 없는 사람들에겐 닭 새끼도 꿩의 대신이듯이……' 하는 느낌만 앞서게 했다.

이 시온 산에 콘크리트로 지은 지 얼마 안 되는 돔이 있어 안내하는 대로 그 속에 들어가 보니 마침 오퍼 페니거라는 화가의 그림 전시회가 열리고 있고, 또 한쪽에선 사진 전시회를 하고 있었다.

그림 전시회가 어떤 것들을 전시하고 있었던지 내게는 이 글을 쓰고 있는 지금 영 기억이 나지 않아 미안하거니와, 사진 전시회에선 이곳 예루살렘이 요르단 쪽과 이스라엘 쪽으로 나누어졌다가 싸움이 붙었을 때의 전투 상황을 여러모로 찍은 것들을 보이고 있었다.

1948년 5월부터 예루살렘의 신시가는 이스라엘이, 구시가는 요르단이 점령해 차지하고 있던 것을 이 사진에 보이는 싸움에서 이스라엘이 이겨 1967년부터 이스라엘이 차지해 가진 것이라 한다.

겨우 인구 30만의 예루살렘은 이 땅 위에 생긴 가장 오랜 도시 중의 하나로서, 성경에 보면 그 나이는 4천 살이나 되며, 기원전 1천년 즉 지금으로부터 약 3천 년 전에는 옛 이스라엘의 왕이요 시인이었던 다윗이 여기를 서울로 정했던 곳이다.

유태교회와 예수 수난행의 길에서

'통곡의 성벽' 옆의 마당 한 귀퉁이에 이스라엘의 가장 오랜 전통을 가진 유태교회가 있어 잠시 들어가 보려고 했으나, 나는 심한 더위 속에 마침 웃저고리를 입고 있지 않았기 때문에 문간에서 입장을 거절당했다. 이 교회의 성직자들은 모두 사내들로서 열 살쯤의 소년부터 노인에 이르기까지 여러 연령 계층을 망라하고 있었는데, 두 귀 옆의 귀밑머리를 마치 우리 옛날의 처녀들이 머리카락을 세 갈래로 노나 함께 엮어 땋아 늘이듯이 예쁘게 땋아 늘이고 있는 게 특색이었고, 더운 날인데도 깜장 중산모에, 깜장 프록코트에, 깜장 바지저고리에, 깜장 구두에, 깜장 넥타이까지, 모두를 깜장 것으로 더위도 모르는 듯 육중하게 갖추어 꾸미고 다니는 게 볼만했다.

여기에서 멀지 않은 곳의 양지바른 언덕배기의 폐허를 올라가노라면, 여기저기 드문드문 집 무너져 놓인 사각형의 돌들 사이에 아주 큰 늙은 소나무가 몇 그루 꼭 우리 한국 것같이 솟아 있는 곳이 보이는데, 이 언저리가 3천 년쯤 전의 이곳의 영특한 왕이요, 또 시인이기도 했던 다윗이 처음 교회를 세웠던 자리라고 했다. 예수의 시조였던 아브라함이 하나님께 아들 이삭을 산 채로 죽여 희생 제물로 바치려다가 하나님의 만류를 들었다는 자리도 여기서 멀지 않다.

이 언저리가 말하자면 이 비상한 족속의 나라—이스라엘의 가장 오랜 옛 터전이 되는 것인데 여기의 모든 것은 팍팍하고, 꽝꽝하고, 모래를 씹는 것 같고, 아득하고, 또 거기다가 여름은 무척 따갑게 더워서, 나보고는 다 거저 주며 살라고 한대도 살 생각은 날 것 같지가 않았다. 이런 데서 성경 속에 보이는 다윗 왕의 거문고에 맞추어 노래 부른 시들이 나온 걸 생각해 보자니 그는 아무래도 낙타나 무엇 그런 것과도 상통하는, 우리 것과 다른 대단한 체질을 가지고 있었던 것만 같았다.

풀이 양껏 돋아날 자리도 잘 보이지 않는 이곳에서 한동안을 아찔히 서성거리다가 나는 일행을 따라, 십자가를 메고 마지막 형장으로 가시던 그 '수난의 길'과 십자가에 못 박히시던 곳에 세워져 있는 교회를 돌아보러 나섰다.

예수가 사형장을 향해서 한 사람의 강도와 함께 그 무거운 십자가를 등에 메고 깁더올라 가셨다는 길 양편에는 언제부터인지 이곳을 찾는 관광객 상대의 상점들만이 쭉 연달아 배를 내밀고 뻗치어 있어, 그 사이의 자연석으로 포장된 매끈매끈 닳을 대로 닳은 예수 수난행의 길은 아주 좁디좁은 것이긴 했으나, 여기를 찾아드는 사람들의 마음은 한동안씩일망정 무어 간절해지는 것이 없을 수는 없는 듯, 우리 일행들도 이 골목에 접어들자 재재거리던 말소리들도 뚝 끊어지고 할딱거리는 숨소리들만이 높아지며 겨우겨우 깁더올라가고만 있었다.

문득 우리 일행의 줄 뒤쪽에서 "아!" 하는 여자의 외치는 외마디소리가 나서 황망히 뒤돌아보니, 일행 중의 한 여인이 이미 이 예수 수난의 꽝꽝한 돌길 위에 몽땅 나자빠져 늘편히 빼드러져 누워 있는 것이었다.

일행 가운데 의학을 아는 듯한 한 사내가 그 나동그라진 여인 옆으로 바짝 다가가서 손가락으로 그 여인의 두 눈꺼풀을 열어 동자들을 들여다보더니, 일어서며 "물을! 빨리!" 소리쳐, 물을 구해다가 머리와 얼굴에 마구 끼얹어 대서, 마침내 소생하는 걸 다시 보게는 되었는데, 그네는 우리 일행 중에서도 이때에만은 그 시詩라는 것을 가장 빽빽이 지니고 있었던 걸로 안다.

겟세마네 동산, 통곡의 벽

시온 산의 사진 전시회장을 떠난 우리들—각국에서 온 관광객 일행은 성경에서 정이 든 겟세마네 동산으로 향했다. 기독교의 주님—예수 그리스도께서 호젓이 기도드리던 곳이었지만, 지금은 낙타를 끄는 늙은 털보 사내들이 관광객을 한 번씩 태워 주고 푼돈이나 얻으려고 늘어서 있거나, 기념엽서를 팔려고 좇아다니는 아이들이나 의지하고 사는 황폐한 언덕배기가 되어 있었다. 하기는 예수의 침묵의 기도가 담겼던 그때라고 하여 황폐하지 않은 곳은 아니었지만……

이 겟세마네 동산에서 멀지 않은 곳에 막달라 마리아—마리아 막달레나의 성당이 있다. 이분의 이름으로 된 성당은 여기에만 있는 것은 아니지만, 예수를 그리도 극진히 사랑했던 이 여인의 성당을 그네의 생전의 그 사랑이 늘 굽이치고 있었던 바로 그 자리에 와서 보게 되니, 간소한 것인 대로 그걸 보는 내 느낌은 간절한 것이 아닐 수는 없었다.

한 사람의 간음녀도 경우에 따라서는 성인도 될 수 있다는 것을 증거로 2천 년간이나 가까이 보여 주고 있는 이 자리의 이 성당, 참 기막히는 것 아닌가?

이 성당에서 서쪽으로 얼마큼을 내려가면 성경에서 낯익은 예루살렘의 유명한 성벽이 둘러 있는 게 보이는데, 이 성벽의 서쪽 한끝을 통곡의 벽이란 이름으로 부르고 있다. 이 통곡의 벽 아래엔 꽤나 넓은 마당이 있고, 거기 사람들이 많이 모여 웅성거리고 있어 "무엇하러 온 사람들이냐?" 누구에겐가 내가 물었더니, 그들 중의 많이는 외국에서 새로 조국을 찾아 돌아온 귀국자들이라고 했다.

오랜 역사를 통해 강국들의 압박 속에서 제 나라에 살 수도 없어 세계 곳곳에 뿔뿔이 흩어져서 갖은 천대와 모욕을 받을 대로 다 받아 온 유태인들, 그러나 어디 가건 만만하지는 않아 학문에서건, 장사에서건 '무서운 유태인들'이란 딱지를 늘 차지해 오던 이 이스라엘 사람들이 아직도 아랍 여러 나라와 늘 싸워야 할 마련 속에 있는 대로, 그래도 조국 재건의 기회를 비로소 만나 하나씩 하나씩 나날이 수를 늘려 가며 돌아오고 있어, 현재의 이 나라 총인구는 3백 몇십만 명이지만 앞으로 그 수효는 자꾸 불어날 것이라고 한다.

내 발걸음이 저절로 내키어 통곡의 벽 바짝 옆까지 가 보았더니, 그 벽이 가진 이름 그대로 흑흑 느껴 울고 있는, 무더기로 통곡하는 소리가 들려 주의해 살펴보니, 이 벽에는 많은 남녀들이 손과 뺨을 대고 달라붙어 뭐라고 웅얼거리면서 눈물로 뺨을 적시며 흐느끼고 있는 것이었다. 알아보니 이들도 조국을 새로 세우려고 먼 외국에서 오랜만에 돌아온 사람들로, 먼 옛날부터 조국의 서러운 운명을 걱정하던 많은 애국자들이 이 성벽 앞에 와 울었기 때문에 생긴 이름인 이 통곡의 벽 앞으로 새로운 맹세를 하러 와서 그러고 있는 것이라 했다.

나는 여기에서 또 한 번 저 르네상스 때의 큰 화가 미켈란젤로가 그렸던 선지자 예레미야가 이 통곡의 성벽 변두리에 쭈그리고 앉았던 모습을 저절로 다시 한 번 기억해 내 마음속으로 되새겨 보고 있었다. 하늘 다음으론 큰 심판자가 되어야 할 이 대단한 노인이 나라가 망하게 되어 이 통곡의 성벽 변두리에 죄인처럼 우두커니 쭈그리고 앉았던 모습을…… 그의 앉은 등 뒤로는 때마침 황혼인 듯 죄 없는 얼굴의 불쌍한 마을 여인들이 물동이를 끼고 수심 띤 얼굴로 실심해 돌아가고 있던 광경을…… 그러자 '절대로 절대로 제 나라가 망하게 두어서는 안 된다'는 생각이 내 뼛속에서도 일어나는 듯했다.

이 통곡의 벽 위엔 예수를 잡아 십자가에 못 박은 헤롯 왕의 궁전도 한동안 자리 잡고 있었다고 한다.

이스라엘 근성

예수가 십자가를 메고 걸어갔다는 그 좁은 장거리의 골목길을 한 1킬로미터쯤 진땀을 빼며 터덕거리고 올라가다가 안내자가 "요 언저리서 잠시 시간을 줄 터이니 사고 싶은 것 있걸랑 사라"고 하여서, 나도 일행을 따라 큼직한 선물 가게엘 한 군데 들러 이것저것 기웃거려 보았으나, 무얼 많이 얻어맞았거나 모욕이나 창피를 몽땅 당하고 난 뒤처럼 나는 모든 게 나른하고 허전하기만 하여 아무것도 감히 살 생각도 내지를 못하고 여기서 나오다가, 어떤 어린애가 혼자 쭈그리고 앉아 파는 초라하고 조그만 캬라멜 가게에서 아무 식욕도 없으면서 싸디싼 이곳 토산의 초콜릿을 한 개 사서 입에 담아 보았는데, 맛이 내가 어린애 때 더러 먹어 본 우리나라 흙 맛과 좀 비슷해서 고향 생각이 났다.

그래 그런 고향 생각에 형편없이 젖어서 있노라니, 그 초콜릿 장수 녀석 말고 그보다도 서너 살은 더 어린 한 여덟 살쯤 되어 보이는 또 한 어린애가 한 손에 조그만 소고를 하나 들고 내 앞에 나타나서 "이걸 사라. 30파운드다" 한다. 한 2천 원 될까 말까 한 값인 것이다.

성경에서 보면, 옛날 이 고장 사람들은 영생할 자격이 있는 사람을 축복할 때는 늘 이 가죽으로 만든 소고를 쳐서 둥둥둥둥 축복해 댔던 걸 기억해 내고 "그러자. 사겠는데 내가 가진 돈은 백 파운드짜리뿐이다"라고 내가 사실대로 말하니 "좋다. 그 백 파운드짜리를 이리 내라. 잔돈으로 바꾸어서 나머지를 갖다 주마" 녀석은 태연히 또박또박 대답하고, 내게 제 손의 소고를 넘겨준 뒤에 내게서 이스라엘 지폐 백 파운드짜리를 받아 가지고 소고 소리처럼 좋아라 하며 껑충껑충 뛰면서 사라져 갔다.

그런데 얼마 뒤에 그 애는 돌아와 말하기를 "나는 나이가 어린 사람이라고 백 파운드짜리를 바꾸어 주지 않는다. 그러니 네가 가서 바꾸라"는 것이었다. 내가 "그렇지만 나는 단체 행동을 해야 하는 사람이고, 우리 일행은 가게에서 선물들을 사는 중이라 곧 나올 것이니 그때 그들과 함께 가면서 짬을 보아 돈을 바꿀밖에 없다. 기다리라" 하니, 그는 내 말을 잘 고스란히 알아듣고, 흘러가던 산골의 가는 물줄기가 또 당연한 한 개의 웅덩이도 짓듯이 내 옆 가게 앞의 섬돌 위에 아주 깊이 고요한 모습으로 앉아 천연스레 기다리고 있었다.

그래 우리 일행이 여기에서 출발한 뒤 한 5백 미터쯤의 거리를 걸어서 예수의 형장 교회刑場教會 앞에까지 왔을 때에야, 나는 비로소 어느 만큼 개인 행동할 시간의 여유를 얻어, 한 가게에서 두 개를 한꺼번에 묶어 만든 이곳의 갈대 쌍피리 한 벌을 사고 그 백 파운드짜리를 겨우 바꾸어 그 애에게 소곳값 30파운드를 전해 주었거니와, 참으로 끈덕진 것은 이 녀석이고 또 이런 녀석들을 가진 이스라엘 민족이란 생각을 나는 이 어린애 때문에 한 번 더 하게 되었다.

장사꾼이 되어도 큰 장사꾼이 될 것이고, 종교가가 되거나 학자가 되어도 너는 철저하게 될 것이다.

성 묘지 교회와 향풀을 파는 아기

예루살렘의 옛 장거리의 한복판에 자리하고 있는, 예수 그리스도가 십자가에 못 박히던 자리의 교회—통용되는 이름으론 성 묘지 교회는 로마 제국 때의 영특했던 황제 콘스탄티누스가 처음 세웠다고 하나, 지금 있는 교회 건물은 중세의 후기에 세운 것이라고 한다. 콘스탄티누스 황제는 서양에서 기독교를 처음으로 두루 인증해야 할 종교로 만들면서, 예수가 피 흘리고 돌아가신 자리에 이 교회를 지었던 것이니, 여기야말로 전 세계의 기독교 교회의 뿌리가 되는 곳이다.

별로 규모가 클 것은 없으나 돌로 단단하게는 쌓아 올린 교회 안에 들어서면, 옛날 이 자리에서 십자가에 못 박혀 피 흘리다가 숨넘어간 예수의 시체를 넣어 두었다는 큰 바위가 한쪽에 놓여 있고, 둥그런 돔의 지하실에 또 예수 그분의 무덤이 있는 것이 보여서, 세계 각국에서 날마다 모여드는 순례자들로 늘 만원을 이루는 것이다.

그리고 여기에서는 사람들은 말도 겨우 나직이 소곤거리는 귀엣말만을 주로 하고 있었는데, 그건 내 생각에도 아주 마땅해 보였다.

여기 모셔져 있는 분 외에도 사람의 정신 생명의 영생을 생각했던 옛 어른들이 동양엔 꽤나 많이 있었고, 또 석가모니 같은 이가 생각했던 것의 깊이와 자세함은 여기 분보다 한결 더했던 것도 사실이었지만, 예수 그분같이 사람들의 뼛속까지 찌르르 울리게 이 마음을 심어 놓고 가신 분은 하늘땅이 생긴 이후 아직은 없었으니까!

내 생각은 불교에 가까워져 있는 사람이지만, 내가 늘 예수 그를 가리켜 '서양에 가장 가까운 곳에 나타났던 또 하나의 가장 간절했던 부처님'이라고 생각하고 살고 있는 이유는 바로 여기에 있다.

이곳을 떠나 예루살렘 전체가 한눈에 잘 내려다보이는 언덕 위에 오르니, 다섯 살이나 여섯 살쯤의 입가에 아직도 젖비린내가 가시지 않은 사내아이 하나가 내 옆으로 터벅터벅 걸어오더니, 고사리손에 들고 있던 무슨 풀 몇 개를 내밀며 사라는 눈치다. 내가 이게 무슨 상품인가 해서 머뭇거리는 것을 보고, 그 애는 그 풀을 앉아 있는 내 코에 바짝 가져다 대 주어서 맡아 보니, 쑥 냄새와 난초꽃 냄새를 적당히 합친 것 같은 그 풀 냄새는 오랫동안 무엇에 많이 비위를 상했던 내 마음에 흡족히 젖어 들어 오면서 내 역해 있던 비위를 상당히 위로해 주는 듯했다. 그래 나는 그 풀 다발을 그 아이에게서 받아 들고 거기 코를 묻으며 한참 동안 깊은 숨을 들이쉬고 내쉬고 하고 있었는데, 그렇게 되풀이하는 것은 비위 상한 나그네에게는 틀림없이 치료의 효력이 있는 것이었다.

물론 이 꼬마도 이스라엘의 거지 노릇은 절대로 하지 않는 한 장사꾼이므로, 값을 치르려고 호주머니에서 손에 잡히는 대로 동전을 한 주먹 집어내어 그걸 든 손바닥을 쩍 벌려 보았더니 이 꼬마는 너무 어려서 그 값의 정확한 액수까지는 셈하지 못하는 듯, 그걸 몽땅 다 고사리손으로 쓸어 가져가 버리며 좋아라고 함박꽃 같은 아기 웃음을 웃고 있었다.

뒤에 이 이야기를 집에 와서 아내에게 했더니 "값을 정확하게 쳐 주어야지, 아이들을 그렇게 가르치면 못써요. 그 아이가 그렇게 길들어 허황해지면 당신은 뭐예요?" 했는데, 이것만은 확실히 내가 물론 잘못한 일이다.

예수의 고향 나사렛의 장거리

7월 19일도 아는 사람 하나 없는 홀몸의 나그네로 아침 일찍 예수의 고향인 나사렛으로 가는 일반 관광버스의 한 자리를 차지해 앉았다. 혼자서 이 세계의 여러 나라의 구석구석을 이어서 헤매 다니는 것, 그것도 한두 달씩이면 어떨는지 벌써 여덟 달이나 지내고 나니 몸도 마음도 많이 지쳐 왔지만 '중도에 작파하고 돌아갈 수야 있느냐. 죽을 테면 죽어라. 가는 데까지는 가 보아야 한다'는 의지 하나만이 살아 나를 겨우 억지로 이끌어 가고 있었다.

그러나 지금 가고 있는 곳이, 내가 사람들의 역사 속에서 가장 존경했던 두 사람—석가모니와 예수 둘 중의 하나라는 생각이 되돌아오자, 내 깡마른 의지도 이 생각으로 어느 만큼 살이 오르면서 고단하다는 느낌이 미안해지기도 했다.

그러자니 가는 길가에 보이는 눈에 선한 여러 가지 빛깔의 유도화

꽃들도 유난히 뼈에 어리게 간절한 것이 되고, 이 나라의 국가 재건의 열성 속에 새로 심어 놓은 나지막한 종려나무 가로수들도 거저로는 안 보이고, 수돗물이 곳곳마다 뿜기어지고 있는 목화밭들과 참외밭들도 톡톡한 영원성 있는 것으로만 내 두 눈에 어렸다.

나사렛 주변의 경치는 우리 강원도 화전민들이 사는 어느 산골을 지날 때 보는 것과 많이 닮았다. 드문드문 서 있는 소나무 수풀들까지가 닮았지만, 우리만큼도 높은 산을 가지지 못한 게 다르다.

나사렛은 천 가호도 채 다 안 되어 보이는 마을로, 우리나라의 가장 작은 읍내 정도의 규모를 가진 시가지는 주로 관광객을 상대로 한 선물 가게들이 중요한 자리들을 차지하고 있었다.

우리가 탄 관광버스가 우리에게 먼저 선물을 살 시간을 내주어서, 길가에 벌여 놓은 노점에서 나는 올리브 열매로 만든 염주 한 벌과 역시 올리브 열매를 많이 엮어 만든 여름치 허리띠를 하나 샀는데, 그 염주가 우리들 불교를 좋아하는 사람들이 가진 염주와 다른 점은 똑같은 크기의 열매를 꿰어 만든 것이 아니라, 큰 열매와 작은 열매를 하나씩 번갈아 가며 꿰어 만든 데 있다. 큰 걱정과 작은 걱정을 나누어 세어 가면서 맑혀 내려는 셈이었나? 이런 염주는 아무래도 이곳 고유한 것으로 벌써 오랜 세월을 전통으로 지녀 내려오는 것인 성싶다.

어떤 선물 가게 안으로 들어가서는 내 취미로 맨 먼저 이곳 고유한 지팡이를 하나 골라 샀는데, 언뜻 보기엔 대나무 같으나 그 마디들이 대나무 마디와는 달리 상당한 굴곡의 물결 모양을 이루며 둘러 있는 게 특징이고, 대나무나 그리스의 큰 갈대는 그 속이 비어 있지만, 이 나무는 여느 딴 나무들과 마찬가지로 속이 꽉 차 있다.

우리나라 사람들이나 그리스 사람들이 많이 해 오던 격식으로, 나무를 적당히 불에 구워서 불에 쬔 빛깔과 불 냄새를 아울러 짚고 다니도록 만들어 낸 것이 좋아 그런 걸로 하나를 골라 짚었는데, 춤이 좀 높아서 내가 걱정을 하니 주인이 "염려 말라"고 톱을 찾아 가지고 나와 즉석에서 쓰악싸악 잘 알맞게 잘라 내 주어서, 이런 것도 이 고장다워 재미있었다. 옛날 옛적의 예수의 마음 좋으시던 아버지—목수 요셉의 톱 소리도 상상하게 해 주어서 말씀이다.

성모 교회와 성 요셉 교회와 나사렛의 작별 인사말

나사렛 시내의 선물 가게에서 산 불에 구운 지팡이를 짚고 나는 일행을 따라 성모 마리아를 모시는 속칭 성모 교회로 향했다.

이 교회의 정확한 이름은 수태고지 교회로, 천사 가브리엘이 옛날 이 교회가 서 있는 자리에 나타나서 성모 마리아에게 "당신이 성령의 힘으로 아이를 뱄다"고 일러 주었다는 데서 그 이름을 붙인 것이라고 한다. 마리아께서 예수를 배어 달이 안 차 낳았을 때, 목동들 사이에서는 수상히 여겨 소곤거리는 귓속말도 들렸었다는 것을 우리는 성경에서도 잘 보아 알고 있거니와, 이것과 이 교회에 담긴 신성함을 대조해 생각해 보노라면, 그 차이는 종이 한 겹 같으면서 또 하늘과 땅의 차이만큼 크다는 것이 한꺼번에 역력히 느껴져서, 종교와 신앙과 그 실천의 위대함이 어떤 것인가를 간절히 우리에게 깨우쳐 주고 있다.

이 수수한 돌로 된 교회는 지은 지 얼마 안 되는 것이지만, 세계 각국에서 모이는 성지 순례자들을 위해선 벌써 빼놓을 수 없는 중요한 곳이 되어 있다. 이 교회 안에 들어가 보면 세계 각국에서 보내온 그림들이 벽에 그득히 걸려 있는데, 대개는 '수태고지'의 이야기를 표현해 그린 것들이었다. 서양의 여러 나라들에서는 물론, 동양의 일본 같은 나라에서도 여기 그림을 보내 걸고 있는데, 우리나라에서 보낸 것이 없어 나는 좀 창피한 느낌에 한동안 젖어야 했다.

우리는 여기서 멀지 않은 곳에 있는 요셉 교회로 발걸음을 옮겼다. 이곳은 그 인정 많고 어질고 또 애처가였던 목수 요셉이 아내 마리아와 어린 아들 예수를 데리고 조그마한 목공장을 벌이고 있던 자리로, 요셉이 이것을 경영하던 때를 방불케 하려 함인 듯 어느 때 것인지는 모르지만, 목수의 연장들도 더러 모아 늘어놓고 있었다.

나무는 쇠나 돌보다 부드럽고 신경에도 좋은 것이라서 그걸 다루던 목수 가운데 요셉 같은 어진 이를 만든 것인가? 하늘땅과 영원에 그득히 차 울리게 쨍한 예수의 마음을 그 어렸을 때부터 도와 그만큼 크게 한 이분을 나는 개인적으로도 무척 좋아한다. 더구나 그 아내가 달 덜 찬 아이를 낳아서 마을 안 소문이 고약해지자 아내와 아기를 도와 한동안 딴 곳에 가 숨어 살게 하기까지 했던 그의 그 넓은 이해와 인정을 좋아한다. 우리 신라 향가 「처용가」의 주인공 처용의 행위가 그와 좀 방불하기는 하지만, 처용의 그것은 한 춤과 노래의 힘에 그칠 뿐이요, 요셉의 그것이야 모든 목숨을 두루 다 좋게 도와 길러 내려는 대지大地의 덕을 많이 닮았다고 느끼기 때문이다.

성모 교회와 요셉 교회를 안내하며 유창한 영어와 불어와 스페인말 등으로 교양 있는 익살을 섞어 가며 설명하고 다니던 한 일흔 살쯤의 허주레한 옷을 입은 노인은 내가 그와 작별할 때 "굿바이" 하니, "아니요. 그런 말 마시오. 나도 언제까지나 당신들 마음속에 같이 끼어 있으면서 같이 살고 싶으니까요!" 하고 감탄사가 붙은 말투로 외치고 있었다. 이런 인사말도 물론 딴 나라의 안내자들에게서 들어온 것과는 다른 것이다.

빵과 물고기 몽땅 만든 자리의 교회

나사렛을 떠나 한 10분쯤 올리브 나무만 드문드문한 언덕길을 차로 달리노라니, 우리 전라도 남원 변두리의 울타리 가에서 흔히 볼 수 있는 새빨간 석류꽃이 밭둑길에 피어 있어, 그 눈에 선한 햇빛 비친 붉은빛이 또 한 번 예수와 그 가깝던 이들의 피를 나에게 연상케 해 서러웠다.

이 서러운 언덕길을 가버나움 쪽으로 한참을 달리다 보면 타브가라는 조그마한 마을이 보이고, 언덕 위에 '빵과 물고기를 몽땅 만들어 낸 교회'라는 어린아이들이 특히 좋아함 직한 이름을 가진 간소한 촌 교회가 서 있는 게 보인다.

이 교회의 지붕은 우리 농촌의 새마을의 회색 슬레이트 지붕과 똑

같은 너무나 수수한 것이고, 집의 겉모양은 또 촌에 서 있는 농협 창고 같은 그런 것이긴 하지만, 마당에는 성경에 보이는 올리브를 갈기 위한 연자 맷돌도 한 벌 아주 두두룩한 것이 놓였고, 또 여기에서 본시야나라고 부르는 창자 속까지 두루 연연히 눈부신 키 큰 꽃나무도 한 그루 하늘 높이 솟아 있고 하여, 나 같은 나그네에겐 적지 아니 인상적인 곳이 되었다.

이 본시야나 꽃나무는 내가 아프리카 케냐와 탄자니아 국경 지대에 있는 킬리만자로 산 밑의 야수 지대를 떠돌던 어느 아침, 한 쌍의 기린이 입 맞추며 그 잎사귀를 따 먹고 서 있던 그 '새벽나무'와 똑같이 생겨서 더욱 반가웠다.

물론 여기 교회의 이름이 생긴 까닭은, 이 교회가 있는 자리에서 옛날 예수가 설교를 하실 적에 빵 부스러기 조금과 물고기 조금을 가지고 많은 청중의 배고픔을 채울 길이 없어 기적으로 이걸 여러 광주리의 빵과 물고기로 만들어 청중에게 골고루 나누어 먹여 두루 배부르게 했다는 성경 속의 이야기에 있는 것이다.

그래 나는 이 지극히는 정신적인 비유의 이야기를 담고 있는 교회 앞에 서서, 저 대단한 유태 사람들이 오랜 수난과 굶주림을 견디며 드디어는 세계 각국의 뒷골목 장거리에서 막대한 부를 차지해 낸 기적을 아울러서 안 생각할 수는 없었다.

안 먹어도 먹은 양 정신적으로 배불러서 하늘의 뜻에 맞추어 사는 비결을 1천9백 몇십 년 전에 예수가 말씀하신 그대로 그들은 늘 이어 골몰해 믿으며 실천해 왔던 것이니까……

교회 안에 들어가 보니, 우리 시골 교회에서와 같은 너무나 수수한 나무 벤치들이 오른편에 여러 줄로 놓여 있고, 왼편에 인줄을 쳐 못 들어서게 하고 있는 방바닥엔 모자이크로 그린 그림들이 몇 가지 빛깔로 나타나 보이고 있었는데, 그 속에서 학과 연잎과 연꽃 열매—연밥의 그림을 발견하게 된 것은 예상치 않았던 일이라, 내게는 매우 신기했다.

우리 한국에서는 물론 일본에서나 중국에서나 인도에서나 너무나 많이 볼 수 있는 장수와 훤칠함의 상징인 학과, 또 시궁창 같은 현실을 밝혀 사는 목숨의 상징인 연꽃 씨의 그림을 여기에 와서 또 우연처럼 만나보게 되었으니 말이다.

솔 수풀과 석류꽃, 참외와 수박밭, 바위 박힌 언덕배기 같은 것만을 그들은 우리같이 가진 것뿐이 아니라 사고방식이나 느낌의 버릇까지도 우리와 많이 닮은 것을 나는 보고 알 수 있었기 때문이다.

가버나움에서

타브가의 '빵과 물고기 몽땅 만든 교회'에서 언덕을 돌아 내려 한참 동안을 가면 예수가 나사렛에서 이사 와 사시며 제자들을 모아 설교를 하고 지냈던 가버나움의 폐허가 나타난다.

남으로 갈릴리 바다를 가까이 띠 두르고 있는 이 마을엔 예수의 제일 큰 제자였던 베드로가 살던 집터라는 곳도 표지판이 붙어 남아 있는데 20평도 다 안 되어 보이는 좁은 터전이었다.

베드로라는 이름은 그가 예수의 제자가 된 뒤로부터 붙여 부르게 된 것이라 하며 그건 '바위'라는 뜻을 가진 말이라고 한다.

갈릴리 바다에서 고기잡이 그물질을 하고 있는 것을 예수가 보고 "사람을 낚는 어부를 시켜 주마"고 타일러 제자로 삼았던 베드로. 예루살렘에서 예수가 빌라도의 군졸들에게 잡힌 뒤 그 군졸의 한패가 "너도 예수의 제자냐?"고 묻는 것을 세 번이나 "아니다"라고 대답했던 바로 그 베드로. 예수께서 십자가에 못 박혀 돌아가신 뒤에 로마에서 교도들을 모아 예수교를 펴 나가다가 목숨이 위험하게 되자 슬그머니 뺑소니를 쳐 나오기도 했던 베드로. 그러나 양심의 가책 때문에 예수의 환상을 하늘에 보자 "주님 어디로 가시는가요?" 묻고 있었던 베드로. "아무도 다시 십자가에 못 박힐 사람이 없어 내가 또 한번 못 박히러 간다"고 그의 주님이 대답하시니 크게 울어 뉘우치고 다시 로마로 돌아가서 처참한 사형을 달게 받았던 베드로. 그 죽음의 값으로 로마를 비롯한 전 서양 천지에 기독교의 깊은 뿌리를 박았던 바로 그 베드로가 어부 시절부터 살던 집터가 여기인 것이다.

이 베드로의 집터 뒤편의 갈릴리 바닷가로 뻗치는 수풀 사잇길이 예수께서 제자들과 더불어 소요하며 설교를 일삼던 길이라고 하는데, 그건 아주 좁디좁은 소롯길이었다.

물론 이 가버나움의 바윗돌들을 잘 깎아서 세웠던 예수와 그 제자들의 꽤나 근사한 기념 유적은 로마가 기독교를 정식으로 인증하고 널리 믿기 시작한 뒷날에 이루어 놓았던 것이나, 지금은 그것들도 거의 다 허물어져 내려서 한쪽의 벽이나 문 몇 개씩의 길고 짧은 돌기둥들, 주춧돌, 반석 같은 것이 군데군데 무질서하게 나열되어 있을 뿐이었다. 베드로의 집터를 둘러싸고 있는 돌벽의 무너지고 남은 찌끄러기도 두말할 것 없이 그런 로마 사람들의 힘으로 쌓아졌던 것이다.

이 유적의 한 귀퉁이에도 성경에 비유로 더러 나오는 그 연자 맷돌이라는 게 육중한 몸집으로 한 벌 앉아 있다. 로마 사람들이 이런 것까지 만들어 놓았을 리는 없었을 것이고, 이것만은 예수 당년에도 이 언저리에 있었던 듯한데 그렇다면 예수께서 가끔 쓰셨던 그 연자 맷돌의 비유는 바로 여기 지금도 놓여 있는 이 맷돌을 생각하며 하신 게 아니었던가 싶다.

갈릴리 호숫가

이스라엘은 땅이 넓지 못한 곳이라, 아침에 텔아비브를 떠난 것이 나사렛과 타브가의 '빵과 물고기 몽땅 만든 교회', 가버나움의 예수 유적을 한바탕씩 다 둘러보고도, 갈릴리 호숫가의 수영장에까지 와서 점심시간을 가질 수가 있었다.

그 넓이가 바다처럼 넓다는 느낌에서 속칭 갈릴리 바다라고도 하는 이 갈릴리 호수의 둘레는 52킬로미터, 가장 넓은 곳의 길이가 20킬로미터, 가장 깊은 곳이 49미터쯤 되나 이 좁은 나라 사람들의 눈이니 물론 이만큼 한 것을 바다라고도 부른 것이다.

호숫가 수영장 옆의 식당은 이스라엘의 통례대로 간소하고도 깨끗했으며, 점심으로 내놓은 음식은 소금 뿌려 노릇노릇 잘 구운 물고기 한 마리에, 무를 가늘게 채로 썰어 놓은 것을 비롯한 야채류가 많았고, 몇 종류의 과일과 빵 그런 것뿐이어서 내 구미에는 맞는 것이었으나, 육식을 좋아하는 서양 사람들의 식성에는 잘 맞지 않은 듯 그들 중의 어떤 이는 투덜투덜 투정을 하며 먹고 있기도 했다.

간단한 점심 뒤에 호숫가의 잔디밭에 나가 '예수가 어떻게 그와 같은 하늘의 뜻을 가지게 되었을까?' 그런 걸 곰곰 생각해 보며 맥주를 시켜 마시면서 앉아 있다가 각국에서 온 남녀들이 낄낄거리며 목욕을 하고 있는 물가로 걸어 나갔더니, 마침 마흔 몇 살쯤의 서양 사내와 스물 몇 살쯤의 서양 여자가 상반신만 내놓고 어우러져 얼굴을 마주 비비며 좋아라고 꽃핀 웃음을 터뜨리고 있는 게 귀엽게 보여서 "사진 찍어도 좋으냐?"고 내가 물어 그들이 고개를 까딱까딱 승낙하는 것을 보고 한 장 재깍 찍었다. 나도 이제는 꽤나 늙기는 늙은 셈인가?

그러고 있노라니 마침 내 옆을 지나가던 27, 8세쯤의 얼굴이 둥그스름한 장난기를 띤 서양 여자 하나가 "당신 것도 하나 찍어 주마"고 해서 내 카메라를 주어 찍어 달라고 했다.

"어디서 왔느냐?" 내가 물으니 "네덜란드에서 왔다"고 하며 "물에 들어가 헤엄을 같이 치지 않겠느냐?"고 했으나, 나는 아까 두 남녀의 사진을 찍을 때와는 달리 어쩐지 겸연쩍어져서 무심결에 머리를 모로 흔들고 말았다.

내가 특히 좋아하며 눈요기하고 지냈던 네덜란드에서 온 이만큼 젊고 예쁜 여성과 함께 왜 나는 이 갈릴리의 호숫물에 뛰어들지 못했을까?

무슨 오갈이 들었던 것일까? 이 여자 때문에 든 오갈인가? 아니면 예수의 갈릴리에 든 오갈인가?

이 글을 쓰고 있는 지금도 나는 그것을 똑똑히 분간하지 못하겠거니와 하여간 오갈만은 확실히 들어 있었던 것 같다.

갈릴리는 젊은 예수의 활동 무대가 되기에도 알맞은 산수를 지닌 곳인 듯하다. 맑은 공기와 햇볕 속에 호수를 에워싸고 둘러 있는 꽤나 높은 산맥들이나 그 위에 엉키는 흰 구름 떼들, 호수가 가지를 뻗치어 깨끗한 갈대밭 사이로 시내 되어 뚫고 들어오는 언저리에 조각배를 띄워 놓고 조용히 낚시질에 몰입해 있는 어부들의 더러움 안 탄 얼굴 모습들, 어느 것을 보거나 그만하긴 한 곳인 듯하다.

그래 나는 세계 떠돌잇길을 떠난 뒤에 처음으로 많이 걸어 다니며 자꾸자꾸 사진을 찍어 댔는데, 몰라, 이것이 혹 이 갈릴리가 나를 시켜 움직이게 하는 박자 때문이 아니었는지?

텔아비브의 산책

7월 19일 오후, 갈릴리에서 텔아비브로 돌아오는 길에 내 눈은 나를 감동시키는 한 장면의 광경 때문에 동그랗게 뜨인 채 차창 밖으로 쏠렸다.

나지막하고 엉성한 산과 산 사이의 거친 황무지엔 바람에 팔락이는 깜장 유지油紙 지붕들을 한 남루한 마을이 보이고, 역시 초라한 차림을 한 남녀들이 마을 근처의 묵은땅에 바짝 달라붙어 열심히 열심히 개척을 하고 있는 광경. 서력기원 135년에 그들의 상전 로마 제국에 대해 일으킨 이스라엘 사람들의 대단했던 반항 운동이 실패로 돌아가자 모조리 내쫓기어 세계의 방방곡곡에 흩어져서 갖은 천대와 모욕을 당하며 그래도 무얼 하거나 가장 유능한 업적만을 늘 쌓아 올려 오다가, 1천8백여 년 만에 이제 겨우 독립한 조국의 재건을 위해 먼 외국에서 돌아온 귀환 애국자들의 초벌의 이 대단한 노력의 광경 앞엔 누구도 감동하지 않을 사람은 없을 것이다.

이런 귀환자들의 손으로 이룩되는 국토 재건의 마을들은 이 나라의 황무지 곳곳에 나날이 불어나고 있다고 한다.

저녁때 텔아비브로 돌아와, 터키의 이스탄불로 가는 다음 날 편의 비행기 표를 예약해 두려 했으나, 여기서는 하루씩 걸러서밖에는 날지 않는 데다가 예약 만원이 겹쳐 있어서 겨우 7월 23일 오후에 뜨는 것을 예약해 놓았다. 그래 그때까지의 남는 사흘 동안은 밀린 세계 방랑기 원고도 쓰고 이곳의 장거리나 바닷가도 때때로 산책해 보기로 했다.

이곳 상점에서 팔고 있는 물건들이라면 믿어도 좋을 줄 안다. 파는 옷들은 사치스런 것은 적지만, 수수하면서도 점잖게 꾸며 만들었고, 또 질기게 생겼으며, 두루 진짜고, 값도 언제나 비싸지는 않은 편이다. 나는 로마의 집시 시장에서 싸구려로 사 입은 남이 입던 남방셔츠가 어쩐지 여기 와선 느끼해져서, 아주 수수한 순 마포의 새것 한 벌을 어느 가게에서 사 입었는데, 단추 단 것만 보아도 여러 겹으로 어떻게나 튼튼하게 달아 놓았는지, 몇 대를 물려 입는대도 떨어져 나갈 것 같지가 않다.

아내에게 줄 선물로 한 개 산 순 비단의 숄도 흰 바탕에 남빛 디자인을 약간 놓은 것뿐의 아주 수수한 것이지만, 훤칠하고 점잖은 푼수로는 딴 나라에선 거의 찾아보기 어려운 것이었다.

텔아비브의 바닷가도 지중해의 한쪽이어서 그리스 쪽만 못할 것도 없어, 틈만 있으면 바닷가 모래밭도 서성거리고 다녀 보았지만, 외국에서 온 관광객들인 듯한 사람들이 삼삼오오 한가하게 해수욕을 즐기고 있을 뿐, 이곳 이스라엘 사람들의 얼굴이라곤 어린아이들이 그저 드문드문 보일 따름이고, 나이 든 사람의 얼굴은 거의 눈에 뜨이지 않는다.

7월 23일 점심 뒤에, 터키의 이스탄불로 날아가기 위해 이곳의 벤구리온 공항에 머물며 기다리고 있는 동안 시간이 꽤나 많이 남아 공항 안의 바에 들러서 맥주를 한 병 찔끔찔끔 마시고 있는 판인데, 내 옆에선 그 쓰고 있는 말로 보아 어디 대학생들인 듯 갓 젊은 독일 청년 남녀 몇 사람이 아무것도 시켜 놓은 것 없이 앉아서, 그중의 사내 하나가 "우리한테도 맥주를 다오!" 하고 큰소리로 지나가는 웨이트리스를 향해 외치고 있었다. 나보다도 그들은 먼저 와 앉아 맥주를 주문한 모양인데, 뒤에 온 내게만 먼저 가져다주고, 그들에겐 주지 않으니 약이 오른 것이리라.

나는 속으로 '혹시나 히틀러가 유태인들을 많이 학살한 데 대한 원한이 여기에서 나타난 것 아닌가?' 생각하며, 이어서 그들 사이를 지켜보기로 하고 있었는데, 아니나 다를까 그 유태인 웨이트리스는 내가 맥주를 한 병 더 청해서 그것마저 거의 비울 무렵까지 그들 독일의 젊은이들에게 영 맥주를 날라다 놓지를 않고, 독일 사람들은 독일 사람들대로 붉으락푸르락한 얼굴만 하고 있었다.

터키

갈라타 다리와 회교 사원—예니 모스크

7월 24일 오전 10시쯤, 나는 역시 혼자서 터키의 이스탄불의 갈라타 다리 위에 멍청히 서 있었다. 이 다리는 이스탄불의 옛 저자와 새 저자를 잇는 두 개의 다리—아타튀르크와 갈라타 중의 하나로, 골든 혼Golden Horn의 바다 위에 걸쳐진 이 다리를 건너 북쪽으로 가면 새 저잣거리에 나서며, 남쪽으로 건너가면 옛 저자로 들어가는 것이다.

아시다시피 이스탄불은 서양과 동양이 함께 자리하고 있는 특별난 곳으로, 새 저자와 옛 저자의 거의 전부는 물론 서양 쪽에 붙어 있지만, 이곳의 한쪽엔 역시 동양도 붙어 있다.

이스탄불에서 관광객의 관심을 끄는 것은 물론 갈라타 다리 남쪽의 옛 저자, 즉 건강 좋은 젊은 여자의 큼직한 젖통같이 둥글둥글한 지붕을 가진 회교의 절간들과 로마가 다스리던 때의 비잔틴 예술의 본고장이 여기인 만큼, 거기 해당되는 안 보아선 아니 될 중요한 유적들이 많기 때문이다. 오스만 터키 제국이 1453년에 로마를 무찌르고 군림한 이후 4백 년 동안의 왕궁과, 여러 천 명의 아름다운 여자들이 깃들어 살던 할렘 등을 가진 그 옛 저자도 여기이기 때문이다.

갈라타 다리는 큰 배가 지날 때는 그 한가운데를 열어 통과시키도록 만든 개폐교로 2층으로 되어 있어 위층은 차 다니는 길과 사람 다니는 길을 겸하고 있고, 바다에 바짝 가까운 아래층은 사람들만이 걸어 다니게 하고 있어 여기엔 음식점들이 즐비하게 늘어서서 판을 치고 있다. 이스탄불의 경치는 이 다리 위에서 보는 게 가장 아름답고 또 음식도 여기서 사 먹는 게 싸고도 맛이 좋다고 한다.

이 갈라타 다리에서도 괜히 바쁜 종종걸음을 치는 사람들이 너무나 많이 보이긴 했지만 내 생각이라면 이건 잘못이고, 싸득싸득 싸득싸득 천천히 걸어서 남쪽 옛 저자로 옮겨 가는 게 좋겠다.

남쪽으로 건너가는 다리가 끝나는 곳에 바짝 솟아올라 있는 것이 어느 하느님 마누라의 큰 젖통만 하게 느껴지는 예니 모스크Yeni Mosque라는 이름으로 불리는 회교의 절간인데, 이것은 1663년에 지은 17세기 대표적인 터키 건축의 하나라고 한다.

이 큰 젖통 같은 절간의 넓은 마당에는 굶주린 비둘기 떼가 너무나 많이 우리 관광객들이 사 주는 모이만 믿고 모여드는 통에 까딱하면 우리 머리나 어깨가 두루 그들의 똥뒷간이 되기 일쑤지만, 그런 것 다 괜찮은 옷이나 마음을 가진 사람이면 그들과 함께 한동안 어우러져 놀아 보는 것도 해롭지는 않다.

아이들이거나 아이들 같은 마음보를 가진 듯한 사람들이 더러 그렇게 어우러져 놀며 깔깔거리고 있는 것도 보였다.

돌로 잘 쌓아 올린 꽤나 많은 돌층계를 디디고 올라가면, 거기에 우리 고려가사의 어떤 것에도 벌써 나타나 보였던—'회회아비 내 손목을 쥐여이다……' 어쩌고 어느 우리 고려 여자가 노래했던 회회아비의 절간 방으로 들어가는 문이 허벌럭하게 큰 입을 벌리고 웃고 있는 양 널찍이 열려 있는데, 우리 한국에서나 마찬가지로 "들어오려면 신발도 벗어 버려라"라고 한다.

하라는 대로 신발을 벗어 놓고 주춤주춤 방 안으로 들어가 보니, 한 백 평쯤은 넉넉히 됨 직한 융단을 깐 널찍한 방인데, 중인 듯한 사람은 보이지 않고, 신도인 듯한 여자가 몇 사람 제단을 향해 앉아서 몽그작몽그작 무얼 주저하는지 이어서 주저하는 몸놀림만 하고 있었다. '이렇게 주저하게만 하는 것도 하기는 종교의 한 효력이기는 할까?' 나는 그런 생각을 하게 되었다.

꽤나 좋은 재료들을 써서 방 안을 꾸미기는 했으나 예술이라고까지 느껴지게 하는 것은 눈에 띄지 않았다.

직업도 아닌 직업의 젊은이들과 톱카프 궁전

예니라는 이름의 회회교회回回教會—예니 모스크 옆과 뒤편 일대는 흡사 우리나라 서울의 남대문 시장이나 동대문 시장 비슷한 장이 언제나 서 흥청거리는데, 여기엔 관광객이 많은 곳이라서 그들을 상대로 해 벌여 놓은 선물 가게들이 많고, 백 명쯤은 한 번에 수월히 받아들일 만큼 의자와 식탁을 갖춘 노점 음식점도 있다.

그리고 특히 우리나라 음식점 앞 풍경과 같은 점은 그 앞에 언제나 밉지 않게 생긴 젊은 청년들이 "예, 예" 웃는 낯으로 달라붙어 서서 "이리 옵쇼, 이리 옵쇼" 하고 그 '거간꾼'이라는 별난 직업에 종사하고 있는 점이다.

우리나라 옛날 선술집의 '안주 구워 주기'니, 길거리의 '택시 잡아주기'니, 또 '공일날 야외 술자리의 임시 접대부 되어 주기'니 하던 것과 같은 그런 직업 밖의 직업에 종사하는 사람들의 수효는 이 나라에도 상당히 많이 있는 게 아닐까 하는 생각을 이 술집 거간꾼 청년들을 보고 나니 자연히 안 생각할 수가 없었다.

출세라는 것을 해 볼 필요도, 창피하다는 느낌을 가질 필요도, 잘 살아 볼 필요도, 또 서럽고 마잘 필요도 이미 모조리 깡그리 다 없어져 버린 이 젊은 건달바乾達婆들을 여기까지 와서 또 대하게 되는 것은 어쩐지 남의 일만 같지가 않아, 또 내게 술 분량을 더하게 했다.

여러 천 명씩의 예쁘고 젊은 미인들을 모아 가두어 거느리고 질탕하게 지냈던 할렘이라는 것을 즐비하게 꾸며 가진 오스만 터키 제국 시절의 황제들이 살던 톱카프 궁전은 이 예니 모스크 뒤의 노점 음식점에서 과히 멀지 않은 거리에 있다.

1467년에 지은 것이라는, 심히 난잡스럽다 아니할 수 없었던 이 톱카프 궁전은 그러니까 1453년 터키의 군대가 동로마 제국을 정복한 뒤 14년밖에 안 되는 동안에 지은 것으로서, 여기서 4백 년 동안을 이어 가며 갖은 향락과 영화의 만끽이 이루어졌던 것이다.

돌로 지은 단층만의 집들이기는 하나 방들은 여러 빛깔의 모자이크를 박아서 예쁘게 꾸미려 했던 의도가 역력히 보이며, 특히 예쁜 여자들을 몽땅 가두어 두고 즐겼던 할렘이라는 곳의 목간통이라든지 침실들만큼은 조브막한 대로 예쁘장스레는 꾸며 놓았다.

핏기운 세게 자주 움직여야만 되는 로마의 서양 색시들이 여기 여러 천 명씩 간히어서 밝은 날이나 흐린 날이나 그림에 그린 듯이 꼼짝 못하고 당하고 지냈을 것을 생각해 보자니, 많이 불쌍하게 느끼지 않을 수 없었다. 그중에는 못 견디어 반항하거나 탈출하려다가 칼 맞아 숨넘어간 여인도 적지 않았을 걸 생각하니 더구나 그랬다.

이 톱카프 궁전에는 오스만 터키 제국 때의 많은 보물들도 진열되어 있는데, 그 셋째 진열실에 모아져 있는 18세기의 중국 도자기들의 규모는 세계에서 가장 큰 것이라고 한다. 일본의 옛 접시나 찻잔 같은 것도 심심치 않을 만큼 모아져 있다.

요런 것들로 차나 쩝쩝 훌쩍거려 마시고 앉아서, 비나 진종일 주룩주룩 내리시는 날이면 여기 살던 여자들은 꽤나 서러웠겠다.

이런저런 느낌으로다가 여기서 나오는 길에 터키 피리를 한 개 샀는데, 이건 대나무나 갈대가 아니라 무슨 나무의 속을 파내서 만든 좀 퉁명스럽게 생긴 것이긴 하나, 불어 보니 이것도 서러운 소리도 내기는 낼 줄 안다.

아야 소피아 성당과 술탄 아흐메트 회교 사원

'아야 소피아'—그러니까 성 소피아라는 이름으로 로마의 황제 콘스탄티우스가 360년에 처음 세웠던 비잔틴 시대의 가장 아름다운 이 성당은 우리가 이미 본 톱카프 궁전에서 별로 멀지 않은 곳에 있었다.

그러나 이 아야 소피아 성당은 그 뒤 몇 차례의 불난리를 겪어서 537년에 동로마의 유스티니아누스 황제 때에 새로 세운 것이 지금 우리가 보고 있는 건물인데, 1453년에 터키에 점령당해 오스만 터키 제국 시대를 만나서는 이곳도 회교의 절간이 안 될 수 없었던 관계로, 1935년부터 박물관이 된 이 성당에 들어가 돌아보면 예수교의 흔적과 회교의 자취가 아울러 섞이어 있는 것이 누구의 눈에나 잘 보인다. 동양과 서양이 맞닿고 있는 지역다운 필연의 하나인 것이다.

동로마의 유스티니아누스 황제가 지금 보이는 건물을 궁정 성당으로 지어 놓고 으스대며 말하기를 "짐의 영화는 솔로몬보다도 한결 윗급인가 하노라" 어쩌고 했다 하거니와, 아닌 게 아니라 좋은 대리석을 잘 조화시켜 만든 기둥들하며 벽하며 또 거기 반짝반짝 빛을 더 내는 금으로 박은 모자이크의 그림들하며, 한번쯤 그렇게 으스댔음 직한 꾸밈새이긴 한 것이다.

나는 여기의 벽화에서도 이스라엘의 '빵과 물고기 몽땅 만든 교회'의 바닥에서 보았던 것과 비슷한 연꽃의 그림을 또 발견하고, 이 연꽃 그림을 좋아해 온 동양 사람의 하나로서 마음 평안한 즐거움을 또 한 번 누리게 되어 다행이었다. 연꽃 옆에는 하늘과 땅 사이를 자유로이 날고 걸어 다니며 영원이라도 삶 직해 보이는 큼직한 새가 또 그려져 있었는데, 이런 상징도 물론 우리들에게는 오랜 전통으로 마음속에 배어 온 것이다.

여기에서 멀지 않은 곳에 술탄 아흐메트란 이름의 모스크가 있다. 푸른 잔디와 여러 빛의 꽃들을 모자이크해서 심어 놓은 것들이 다채한 융단을 깐 듯이 아름답게 보이는 바깥뜰을 끼고 있는 이 법당에 들어가자면, 여기서도 회교 사원의 통례대로 신은 역시 벗어야 하는데, 법당 안은 푸른빛의 타일로 꾸며져 있어 이 때문에 술탄 아흐메트는 '푸른 모스크'란 별명으로도 이곳에선 불리고 있다.

어느 특별난 하늘의 커다란 하느님 마누라의 젖통만같이 생각되는 커다란 돔 밑에 크고 작은 여러 개의 여자의 젖통을 포개 놓은 듯 망울망울 돋아 있는 돔들의 조화가 아름다워 보이는 중에도, 특히 열대여섯 살짜리 소녀들의 갓 생긴 자그마한 젖통 같은 것들이 몽땅 여러 개 낮은 데서 돋아나 있는 것은 앙증스러울 만큼 고와 보인다.

이 술탄 아흐메트 회교 사원에서 또 한 가지 우리의 마음을 되게 이끄는 것은 미나레트란 이름으로 불리는 그 회교 사원의 뾰족탑들이다. 언뜻 보기에 이것들의 모양은 흡사 미국의 우주 공항에서 막 발사되었을 때의 우주선 모양 같기도 하지만, 그보다도 훨씬 더 날카로운 뾰족 침들을 하늘 높이 치켜들고 솟아 있어서 "알지, 어느 누구라도 우리 집주인 방 안 일을 엿보고 침범하려다간 좋지가 않아……" 하며, 곧 찌를 듯이 잔뜩 버티고 지켜 섰는 것만 같은 느낌을 준다.

이 술탄 아흐메트 사원은 1616년에 낙성한 것이라고 하니, 오스만 터키 4백 년의 영화가 한창 왕성한 나이 때에 빚어낸 것이다.

터키의 바닥 맛

이스탄불의 옛 이름은 우리가 잘 알고 있는 것처럼 콘스탄티노플로, 로마의 콘스탄티누스 황제가 330년에 여기를 수도로 정하고 자기 이름을 따 그 이름을 붙인 이래, 케말 파샤가 제국을 폐지하고 새로 공화국을 세울 때까지 그대로 불려 오다가, 케말 파샤 때에 지금 부르는 이스탄불로 고쳐진 것이지만, 콘스탄티노플보다도 더 먼저의 이름은 비잔티움이다.

기원전 7세기엔 그리스의 비자스라는 사람의 인솔로 여기 옮겨 와서 산 그리스 식민 도시였기 때문에 그들의 인솔자 이름을 붙여 비잔티움이라고 했던 것이, 로마의 콘스탄티누스 황제의 힘으로 콘스탄티노플로 바뀌었던 것이나 동로마 제국이 오랫동안 이곳을 다스리던 동안에도 여기서 생긴 문화를 비잔틴 문화라고 해 온 것은, 물론 여기 이스탄불—콘스탄티노플의 원래의 이름이 비잔티움이었던 데서 온 것이다.

서양의 르네상스 미술에도 상당한 영향을 준 비잔틴 미술의 본고장이 바로 여기라는 기억이 삼삼히 내게 일어나자, 7월 25일 아침 호텔 밖을 나서던 나는 로마에서 솔질을 한 뒤 한 번도 솔질을 못 해

먼지로 자옥이 뒤덮인 내 신이 좀 부끄럽고 안쓰러운 느낌이 들어서, 이걸 한번 말쑥하게 닦아 보려고 큼직하고 질기게 생긴 구둣솔 하나를 사서 들고, 어제도 꽤 오랫동안 가서 지냈던 갈라타 다릿목으로 갔다.

갈라타 다리 아래층의 거리—온갖 싼거리 음식점과 선물 가게들이 늘어선 바닷가의 거리에서, 옥골이 진토에 묻힌 내 구두를 앉아서 손수 닦아 드리기에 알맞은 자리를 골라 한동안을 잘 아주 정갈하게 솔질해 드렸다.

그것들이 킥킥킥킥 아주 좋아하는 웃음소리가 만발해 들렸다. 이 구두로 말하자면, 말이 나왔으니까 말이지만 1950년대 후반기에 우리 한국이 6·25 사변 뒤끝으로 아주 불쌍하게 쪼들리던 철에 이화대학교 국문과에 다니며 공덕동의 내 오막살이를 좋아라고 드나들면서 내 막내아들 윤이도 업어 기르기도 하던 정희숙이라는 여학생이 지금은 로마에서 로마 사람이 되어 살면서 7월 초에 내 발에 새로 사 신겨 준 것이니, 이 꼴이 되어 이 대접을 겨우 받노라니 딴은 잘 킥킥거려 마땅키야 마땅할 것이 분명하다.

비잔틴 문화에도 얼추 어울리게시리 구두를 솔질하고 나서노라니, 이번에는 또 오랫동안 제대로 대접을 못 하고 두었던 내 창자란 놈도 이 싼 음식점 거리를 만난 김에 적당히 위로해 주어야겠다는 생각이 앞서서, 점심때는 아직 좀 이르고 하여 어느 선술집으로 해장을 우선 하러 아장아장 발걸음을 옮겨 들어서 보았더니, 오동색 주가—사내가 주모 노릇을 하고 섰는데, 벌써부터 여기엔 술꾼들이 악착같이 꽤나 많이 모여서서 한 잔에 우리나라 돈 백 원쯤 하는 소주처럼 맑은 술을 짭짭짭 입맛을 다시며 마시고 섰다. 나는 맥주를 조끼로 마셨는데, 이것도 우리나라 값의 반 정도밖에 안 되는 싼 것이었다.

바로 뒤이어 "오세요, 오세요. 무엇이든 몽땅 싸게만 막 파는구려! 오세요" 입구에서 소리치는 거간의 소리가 제일 구성진 집을 골라서 점심을 하러 들어갔더니, 우리나라 시골 장터에서 흔히 보는 그 큼직한 철 냄비의 기름에 어떻게나 푸짐히는 부글부글 생선들을 튀겨내고 있는지 천 리 밖 건달바라도 이 천지 진동한 냄새만큼은 놓치진 않을 성만 싶었다. 튀긴 생선 중치 한 마리에, 야채에, 빵에, 과일에, 맥주 입가심에, 꽤나 괜찮게 자시고도 우리 돈으로 한 1천 7, 8백 원 정도면 되니, 비잔틴 문화의 본고장에 비싸게 구는 것만큼은 정말로 없다.

저녁 술참 때쯤 이집트로 날기 위해 공항에 나갈 때 택시가 너무나 값을 비싸게만 불러 머뭇거리고 있는 판인데, 수수한 대로 점잖게 생긴 중년 신사 하나가 옆에서 그걸 보고 섰다가 "내가 싸게 잡을 테니 나를 공항 가는 도중까지만 같이 태워 주겠소?"라고 제안하고 나서기에 "왜 아니냐"고 하여 드디어 과연 고로코롬 택시를 타고 나갈 수가 있었거니와, 이런 것도 이 고장에서나 볼 수 있는 별난 슬기였다.

이집트

카이로 공항에서 겪은 일

비행기의 창에서 해 넘어갈 무렵에 내려다보는 이집트는 막막한 사막뿐이었다. 지중해의 바다가 끝나자 이 막막한 사막은 나일 강가의 카이로 상공에 이르도록 질펀히 계속되어 갔는데, 그 사막의 어떤 데는 상당한 경사를 이루며 성 모양으로 뻗쳐 있기도 했다. 지중해에서 카이로까지 가는 동안은 기름진 수풀도 많이 내려다보일 줄 알았는데 이건 예상 밖이었다.

카이로 공항에 내린 것은 7월 25일 밤 9시 반쯤. 호텔 안내소에 가서 미국 돈 20달러 정도의 방을 원한다고 하니, 리도라던가 뭐 그런 이름의 호텔 주소를 적어 주어 막 출발하려고 하는 판인데, 뜻밖에 웬 쉰 살쯤의 신사 하나가 내 곁에 나타나서 호텔 안내원인 젊은 이집트 여자에게 "내가 그쪽으로 가는 길이니 내 차로 안내하면 어떠냐"고 나서서, 내 고마워하는 동의를 얻어 그리하기로 했다.

짐꾼에게 짐을 나르게 하여 미끈히 큰 고급 승용차 뒤에 싣고, 그 신사의 운전으로 차가 막 움직이려 하는 판인데, 이집트 경찰관의 한 패가 벌 떼처럼 나타나서 내가 탄 차를 에워싸며 "못 간다. 내려라!" 외치는 것이었다. 그리고 그중의 한 경찰관은 내가 앉은 자리 옆의 창가에 와서 "빨리 내리시오. 바로 당신을 도우려는 것이오"라고 긴장한 급한 말투로 소리 지르는 것이었다.

그래도 운전하던 신사가 점잖고 단호한 태도로 "그럴 이유가 없다"고 거듭거듭 하차할 것을 거절하니, 경찰들은 차 뒤쪽 짐칸을 와락 열어젖혀 내 짐들을 모조리 땅에 내려놓으면서 "어서 내리시오, 어서요" 나를 보고 외쳐서, 나도 이쯤 되니 '혹시나……' 하는 염려도 새로 섬뜩하게 마음속에 일어나는 것도 있고 하여 안 내릴 수가 없었다.

그래 우리는 얼마 뒤엔 공항 안의 이집트 경찰관 파출소 안에 들어가서 그 속 구경도 한바탕 하게 되었는데, 때마침 내 눈에는 서너 명의 17, 8세짜리의 이곳 하층계급의 갓 젊은 여자들이 한 경관에게 되게 꾸지람을 받으며 울상이 되어 함께 조사를 받고 있는 것이 보였다. 좀 더 자세히 살펴보고 듣자니 그네들 옆에는 역시 십대로 보이는 사내 녀석도 하나 공범으로 섞여 있었는데, 죄인즉 어느 나라 구석에나 아직도 남아 있는 밀매음 행위와 그 뚜쟁이 노릇인 모양이었다.

이 이집트에서는 얼마 전까지만 해도 매음 행위를 단속지 않아, 카이로 주변의 사막 위에 해가 지면 이 짓이 상당히 많이 널려 있었는데, 요즘 와서는 이것을 상당히 엄하게 단속하고 있다고 한다. 잡혀 온 계집아이들의 얼굴은 인도 여자같이 거무잡잡한 편이나, 그

굴경굴경한 두 눈들은 인도 여자처럼 아주 조용하게 가라앉아 버린 편이기보다는 조용하면서도 사막 위의 뜨거운 열처럼 모락모락 타고 있는 그런 것이었다. 윤이 잘 나는 새까만 머릿단하며, 역시 불타는 입술 사이의 단단히 흰 이빨하며 매우 정열적이게 생겨 있어, 내게 잠시 옛날 이 나라의 정열의 여왕—독사를 끌어들여 물려서 죽었던 클레오파트라의 어떤 면을 느끼게도 했다.

각설. 나를 슬그머니 태우고 가려던 그 자가용차 주인의 죄로 이야기된 것은 겨우 자가용으로 택시 노릇을 하려던 것뿐으로, 나는 오래잖아 이곳 파출소장이 등장하자 택시로 옮겨 타게 되었고, 그 신사만은 거기 더 머물러서 조사를 받기 위해 남아 있는 걸로 이날 밤의 이 사건은 마무리를 지었거니와, 내게는 그 뒤 두고두고 의심증이 잘 풀리지 않는 의문이 하나 생겨 있다—'이 신사라는 게 나를 어떻게 해 버리려던 공산당 오열이었더라면?' 하는 것이 즉 그것이다. 하여간에, 지금의 사다트 씨가 이집트 대통령이 된 뒤엔 법의 시행이 좀 더 나아져 가고 있다고 하니 다행이라고 생각한다.

짜르르르 사치한 하녀상

이집트를 다녀와서 이집트를 말하는 사람들의 대부분은 이곳이 인류 역사에서 가장 오래된, 가장 먼저 깨친 문명국가였다고 말하지만, 나는 꼭 그렇게까지는 생각할 이유가 박약하다고 생각하는 사람이다. 물론 옛날 이집트의 유적과 유물들은 현재 이 땅 위에 남아 있는 것들 중에서는 제일 오랜 것들이 꽤나 많고, 또 규모가 큰 점에서도 뛰어나 있는 건 사실이다.

그러나 '가장 오래 남은 것'이라는 장점은 단순히 '장기 보존의 과학기술' 한 가지가 딴 나라들보다 나으면 될 일이니, 이것 한 가지가 부족하여 많은 인멸의 빈터만을 지닌 여러 나라들도 있었다고 가정해 볼 때 이집트만이 가장 뛰어난, 가장 오랜 문명 국가였다는 단정도 그리 쉽게는 할 수 없는 때문이요, 또 이집트가 남긴 유적 유물들의 규모가 크다는 점도 두루 가장 정교하고 또 가장 차원 높은 정신을 담을 만한 것들이 없는지를 동서양 곳곳의 옛 문화의 유적 유물들과 좀 더 정밀히 비교해 보면, 더 차분히 재평가해 내야 할 시점에 지금은 와 있다고 내게는 생각이 들기 때문이다.

"왜, 정교한 푼수로도 이집트의 옛 예술품들이 으뜸이다" 어떤 이는 또 말할 것이다. 그러나 나는 여기 대답한다. "그것은 다색다채다. 그러나 단순 소박한 선과 형태와 사실寫實에 많이 머물러 있어서 소슬하고 훤칠한 풍류가 적다. 인도 뉴델리의 박물관에 가 보아라. 이집트 것들과 거의 맞먹는 연대의 조각상들이 거기에도 상당수 있지만, 그것들의 선들은 훨씬 더 높은 정신 차원을 능히 담을 만큼 오묘하고도 훤칠한 것들이다."

여기에 내가 이집트의 박물관 안에서도 가장 예쁘게 된 한 채색한 목조의 젊은 여인상에 대해서 먼저 한마디 하려 한다.

이 조각 옆에 붙어 있는 설명을 보면 이걸 새긴 때는 이집트의 제 11왕조 때로, 지금으로부터 4112년 전에 만든 것으로 되어 있다. 그리고 '색칠한 여자 하인의 목조상'이라고 그 신분까지 밝히고 있거니와, 이것을 이 박물관의 여러 군데 새겨 놓은 옛날 이집트의 여왕이나 공주들의 얼굴이나 모습과 비교해 볼 때, 그 누구보다도 가장 예쁘장하고 날씬한 모습으로 또 팔찌 발찌까지도 끼고, 요즘의 어깨 노출한 좋은 내리닫이 옷까지 갖추어 입고, 머리에 무얼 이고 아장아장 걸어가는 모습으로 잘 새겨져 놓인 걸 보면, 아마도 틀림없이 그때의 어느 왕의 하인 겸 소첩이었을 거라는 상상을 하지 않을 수 없게 할 만큼 소박한 육감만을 자아내게 하는 것도 이집트 조각의 한 맛으로 안다. 그러나 아직 이것은 휜칠하지도 소슬하지도 못한 것일 따름이라고 나는 느끼고 생각하는 것이다.

이 누구 높은 이의 잘 차린 여자 하인은 손에는 또 오리도 한 마리 산 채로 날개를 접어 들고 가고 있는 중으로, 그 산 오리가 날개를 잡혀 꿈틀거릴 때마다 그녀의 신경도 꽤나 간질간질, 찌르르르르······ 울리기도 할 것인데, 아주 모르는 체 조용히 점잖이 걸어가고 있는 몸의 조화랄까, 그런 것 하나는 그래도 꽤나 참하기는 참한 셈이다.

늙은 사내의 목조상

이런 것들이 여러 천년씩을 두고 사람의 마음을 어떻게 휜칠하게 만들어 낼 수 있을까 하는 점에 대해서는 의심을 품게 하면서도, 그 오래 견디어 온 보존의 기술에는 거듭 감탄을 자아내지 않을 수 없는 것이 이집트의 목조들이다.

그 목조상들 가운데서 또 하나 내 눈을 끈 것은 '세이크 엘 벨레드라고 부르는 카 아페르' 이런 딱지가 붙어 있는 늙수그레한 사내의 조각상이었다. 박박 깎은 머릿박에, 부엉이 같은 두 눈을 하고, 수수한 내리닫이 옷으로 맨발을 벗고, 우리나라 늙은 중들처럼 옹이가 박힌 긴 지팡이를 짚고 섰는 이 조각상은 아무래도 이곳 옛날의 종교적인 무슨 큰 예언자 같은 모양을 하고 있었으며, 또 연대표를 살펴보니 지금으로부터는 자그마치 4539년이나 되는 아주 먼 옛것이었기 때문이다.

사내 몸의 여러 가지 특징들을, 특히 한 의젓했던 사내의 모습을 이 목조상은 현대의 조각에 비교해도 별 손색이 없을 만큼 그 먼 옛날 이미 꽤나 잘 표현해 놓고 있다. 그러나 여기에서도 우리가 안 느낄 수 없는 것은 저 휜칠하게 영원한 넋이 비어 있는 점이다. 우리가 부처님이나 보살들이나 예수의 상에서 늘 보아 온 그 끝없는 휜칠함이 보이지 않고, 그 대신 막막하고 허무한 것에 도전하는 데 앞장선 자의 환장할 만한 의지가 소리치고 있는 것이 느껴질 따름이다.

우리나라 강화도 같은 데서 돗자리의 원료로 쓰는 왕골이란 이름의 풀과, 연꽃 열매와 오리를 함께 그려 놓은 3343년 전의 한 그림 앞에 내가 왔을 때 나는 '우리들 비슷하게 이만큼 한 영원성의 상징의 소재를 가졌으면서도 그들은 왜 그렇게 '휜칠한 영원'을 만들어 가지지 못했을까?' 하는 생각에 사로잡히지 않을 수가 없었다.

하기는 이 그림 속의 세 마리의 날고 있는 오리는 학과는 달라서 날아도 멀리는 날지 못하고 곧 땅으로 돌아와야만 하는 새이긴 하다. 이 그림에 또 한몫 차지하고 있는 왕골은 여기서는 파피루스라고 부르며 옛날부터 이걸로 종이를 만들어 써 왔다고 한다. 우리는 겨우 자리나 신 삼는 데만 써 왔던 걸 가지고 종이도 만들었다니 하여간 솜씨만은 대단한 솜씨다.

솜씨 이야기가 났으니 말이지만, '크누메트 공주의 관'이라고 전해져 오는 4119년 전의 금관도 이렇게 오래된 금관으로는 세계에서도 가장 솜씨 좋게 꾸며 놓은 게 아닐까 한다. 하늘의 그 많은 별들을 담쟁이덩굴 같은 가는 여러 개의 덩굴에 다닥다닥 꿰매 달아 놓은 듯한 자잘한 풀꽃들과 여러 겹의 덩굴들로 된 이 금관은 그 빛깔만도 하늘빛, 다홍빛, 초록빛, 금빛 등 다채한 빛을 섞어 쓰고 있는 게 아직도 금시 새로 만들어 낸 듯 한 군데도 빛바랜 데가 없이 눈에 선한 느낌을 주며 우리 앞에 상냥스레는 놓여 있어, 이것이 모두 한밤중 사막 위의 별들을 바라보다가 얻어 낸 지혜의 솜씨 아닌가 하는 생각을 내게 일으켰다.

이집트인의 시체 보존

그러나 카이로의 이집트 박물관이 무엇을 가장 자랑으로 삼고 있느냐 하면 그것은 물론 저 유명한 투탕카멘 왕의 보물들이다. 기원전 3300년 전 것이니까, 지금으로부터는 5279년 전에 된 투탕카멘 왕의 호화한 황금관을 비롯하여 그의 조각상과 의자들, 수레, 왕비의 것인 듯한 장식품들이 눈부신 금빛을 주로 하여 오색찬란하게 우리의 관심을 끈다.

그러나 여기서 내가 본 것들은 투탕카멘 왕의 보물의 한 부분에 지나지 않는 것이니, 그 나머지는 어디로 갔느냐 하면 그것들은 지금 미국의 큰 도시들을 돌며 전시 중에 있는 것이다.

나는 1977년 12월 미국의 남쪽 항구 뉴올리언스에 갔을 때 '킹 탓King Tut'이란 이름으로 약칭해 부르는 이 전시회장엘 들어가 본 일이 있는데 그때 그것들을 본 대략의 인상은 이미 이 방랑기에서 써 놓은 바 있다.

그런데 이 투탕카멘 왕의 보물의 방에 들어온 우리를 무엇보다도 깊은 생각에 잠기게 하는 것은, 이집트 사람들이 5천 년이 더 넘는 옛날부터 산 사람의 몸만 못하지 않게 죽은 뒤의 시체를 극진히는 소중히 여겼던 점이다. 그들은 시체를 굴비 말리듯 잘 말려 미라를 만들어서 반만년이 넘는 오늘까지도 우리에게 전해 보이고 있을 뿐만 아니라 왕의 경우에는 그 미라를 여러 겹으로 된 황금의 관에 담아, 그 관을 넣어 두는 집으로서 저 웅장한 피라미드까지를 쌓았다.

그럼 옛날 이집트 사람들의 이런 시체 존중의 이유는 어디에 있었던 것일까? 많은 사람들이 말하는 걸 들으면, 옛날 이집트 사람들은 미라로 말려 둔 시체에는 어느 땐가엔 다시 피와 생명이 돌아와서 다시 산 사람으로 소생할 것을 믿었다고 한다.

정말 그랬었다면 그들의 그 육체 그대로를 가지고 영생할 것을 생각하고 살았다는 결론이 되는데, 그렇다면 불교나 기독교에서 생각해 온 영혼만의 영생의 길과는 아주 다른 생각을 가지고 있었던 걸 알 수가 있다. 육체는 그들에겐 그렇게도 소중하여서 그 때문에 크고 오랜 종교 하나도 독자적으로는 만들지 못한 것 아닐까? 그런 생각도 내게는 저절로 일어나지 않을 수 없었다.

미라들의 방에 들어가면, 서른 몇 개의 오랜 옛날 이집트의 왕과 왕비들의 말라붙은 시체들이 나란히 누워 있는데, 어느 것은 헝겊으로 똘똘 동여진 채 또 어떤 것은 얼굴과 손발을 드러낸 채 아직도 그 육체 그대로 소생될 희망 속에 놓여 있다. 이런 욕심은 욕심으로서야 한 매력이 대단히 있는 것이겠지만, 오늘날 "그건 심히 미련스런 일이다"라고 아니할 사람은 없을 것이다. 이런 미련함도 옛 이집트 사람들의 정신의 한 중요한 특질이 아니었던가 싶다.

이집트의 미라들은 지금 세상에서는 물론 신비스런 구경거리로서, 세계 여러 나라의 박물관들에도 분배되어 전시되고 있다.

기자의 피라미드

7월 26일 오전, 이집트 박물관을 다녀온 나는 이어서 이곳 우리 총영사관의 차윤 공보관의 안내로 기자의 피라미드들과 스핑크스를 보러 갔다. 차윤 씨는 우리나라의 저 잔잔하고도 슬기로운 시인 김춘수 씨가 경남 마산고등학교 국어 선생으로 있을 때의 제자라는 것을 내게 알리며 본심으로 반가워해 주어 여간 고마운 게 아니었다.

아시다시피 나일 강을 한가운데 두고 카이로의 성벽과 마주 보고 있는 이 사막 속의 세 개의 피라미드들은 이집트가 가장 강했던 제

4왕조 시절—기원전 2500년 무렵에 세워진 왕들의 묘로서 가장 큰 첫 번째 것이 쿠프 왕의 것이고, 둘째가 카프레 왕, 셋째가 멘카우레 왕의 것이다. 이 세 개의 피라미드는 이 땅의 사람들이 지어 온 집 중에서는 가장 큰 것이라고 하는데, 그중에서도 가장 큰 것인 쿠프 왕의 파라미드는 높이 137미터, 저변이 230미터, 사변의 높이 186미터, 경사각 51도 50분이나 되는 엄청난 것으로, 2톤 반이나 되는 무게의 바윗돌 230만 개를 쌓아 올려 만든 것이라 한다.

이것을 만들기까지엔 돌을 끊어 길을 내는 데만 10만 명이 1년 중 석 달씩을 매달려 10년 동안을 일했고, 지하실을 만드는 데 10년, 피라미드를 쌓아 올리는 데는 다시 20년이 더 걸렸다고 하니, 이런 것을 세 개나 만드는 동안 이곳의 백성들은 무척은 시달렸을 것이다.

여기에 당도하자 우리를 맨 먼저 환영하고 덤벼 온 것은 이곳의 명물인 낙타 떼들이었다. 울긋불긋한 천을 깐 안장 위에 관광객을 태우고 세 개의 피라미드와 스핑크스를 한 바퀴 도는 요금을 받아서 이 낙타쟁이 사내들은 생계를 꾸려 가는 것인데, 요금은 일정치가 않아 바가지를 쓰기가 예사라 하며, 운수가 나쁘면 먼 사막 속으로 낙타를 막 몰고 가 혼찌검을 먹이는 일도 있으니 주의해야 한다고 누군가가 말해 주어서 나는 그걸 타지는 않고, 낙타와 낙타쟁이를 잠시 빌리고 사진만을 찍는 데 우리 돈으로 5백 원을 내어 주었다.

"여기까지 왔으면 저 피라미드 속을 한번 깊이 올라가 보아야 합니다"라고 차윤 공보관이 말하여 용감하게 거기 응해 성큼 따라 들어간 것까지는 좋았으나, 사다리를 타고 오르는 거나 다름없는 가파른 오름길을 깜깜한 속에서 쿠프 왕의 시체가 든 관이 놓인 꼭대기까지 올라갔다 내려오기란 내 나이로는 그리 수월한 일은 아니었다.

위로 올라갈수록 점점 좁아지는 삼각형의 피라미드 꼭대기 가까운 곳의 조브막한 방 속에 두툼한 바위로 짠 쿠프 왕의 관은 아주 잘 방비되어 놓여 있었는데, 물론 그 속에는 또 여러 겹으로 된 황금의 관들이 넣어져 있었을 것이다. 쿠프 왕의 관이 있는 곳을 비롯해서, 피라미드의 군데군데엔 아주 과학적인 절실한 통풍구들이 뚫려 있어, 여기 오르내리는 사람은 물론 쿠프가 다시 살아나 그 여러 겹의 무거운 관 뚜껑을 열고 나오는 경우에도 숨 답답할 것은 전혀 없이 만들어 놓았다.

스핑크스

기자의 둘째 피라미드 앞에 앉아 있는, 사람의 얼굴에 사자의 몸뚱이를 가진 스핑크스는 이름이 그리스 신화에 나오는 스핑크스와 같기는 하지만, 그것이 상징하고 있는 뜻은 아주 다르다.

그리스 신화에 나오는 스핑크스라는 괴물은 그의 앞을 지나가는 사람들에게 "아침에는 네 발로 다니다가 낮에는 두 발로 다니다가 해 저물 때는 세 발로 다니는 게 뭐냐?"라는 수수께끼를 걸어 맞히지 못하면 모조리 없애 버리다가, 드디어 저 오이디푸스 왕—마침내 자기도 모르는 중에 아버지를 죽이고 어머니를 아내로 가졌던 그 비극의 왕이 바로 맞히자, 그만 스스로 목숨을 끊어 버렸다는 이야기를 우리는 잘 알고 있다.

그러나 이집트의 이것은 이집트 왕조가 시작된 지 얼마 안 되어서부터 만들어져 왔던 것으로, 처음에는 저승과 밤을 지키는 신 아케르의 둔갑한 모양으로 만들어 놓았던 것을, 뒤에는 태양의 신 라의 화신으로 뜻을 바꾸어 신들과 신전, 무덤의 수호신의 상징으로 적당한 자리에 여러 개씩 놓이게 되었던 것으로서, 기자의 이것도 그중의 하나다.

뒤에 그리스 사람들이 그 모양이 그들의 신화에 나오는 스핑크스와 같다 하여 그 이름을 그대로 여기 것에도 붙인 것이라 한다. 태양의 신의 상징으로, 이집트 왕들의 권력을 암시하는 뜻도 이 괴물에게는 물론 실리어 있다.

높이는 20미터, 길이는 앞발에서 꼬리 끝까지가 80미터, 입의 너비 2미터 반, 얼굴 높이 4미터 반이나 되는 꽤나 큼직한 것으로, 원래는 온몸을 예쁘게 잘 채색했던 게 오랜 세월의 비바람에 바랬고, 또 뒤에 회교도들과 나폴레옹 침략 때 병정들의 손으로 코도 떨어지고 얼굴도 좀 이지러지게 된 것이라 한다. 또 이것이 상당히 깊이 모래 속에 파묻혀 가는 것을, 얼마 전 미국 사람들이 밑바닥을 돌로 쌓아 받쳐서 다시 잘 보이게 해 놓았다는 이야기도 전해진다.

그러하신데 이거 트집을 잡을라고만 하는 것 같아서 미안스럽긴 하지만, 무슨 저승이니 태양의 신의 상징이라는 이분의 눈 모습도 좀 더 훤칠한 영원성을 띠고 있었더라면 싶기만 하다. 몸뚱이가 사자고 사람의 얼굴임엔 틀림없겠지만, 이분의 두 눈을 보고 무언지의 엉뚱한 고립의 느낌을 우리는 안 느낄 수는 없으니 말이다. 나폴레옹 휘하의 오랜 피곤 끝의 병정들이 신경질을 내고 이 얼굴에 돌을 던진 건 물론 잘못이지만, 이 두 눈 앞에서 신경질을 터뜨렸던 까닭도 어느 만큼 짐작은 되었다. 이것을 새긴 사람의 느낌이 그랬을 것이니 할 수야 없는 일이었지만 이왕이면 좀 더 너그러운 눈이었더라면 싶었다.

스핑크스 옆에 옛날 이집트 신전의 폐허가 있다. 지금은 벽의 약간과 기둥, 주춧돌 들이 남아 있을 따름이지만, 그것이 모두 좋은 돌들로 되어 있는 것으로 보아 꽤나 예쁘게 만들었던 신전이었음을 짐작할 수가 있다. 이곳에서는 왕들이나 왕비들의 미라도 만들었다고 한다. 여기서 썩기 쉬운 내장들은 예리한 칼로 도려 모조리 꺼내 버리고 그 썩지 않는 미라를 만들어 낸 것이라 한다.

밤의 피라미드와 샛별과 루비

카이로에 밤이 오면, 나일 강 건너 기자의 사막 속 피라미드들과 스핑크스가 도사리고 앉아 있는 언저리에서는 '소리와 빛의 쇼'라는 것을 하여, 관광객들에게 옛 이집트의 깊은 회고에 잠기게 한다. '소리와 빛의 쇼'는 그 말 그대로, 밤의 기자에 어울리는 소리들과 전기로 꾸며 내는 빛들의 조화를 통해 이곳 밤의 깊은 느낌을 주려는 것으로, 소리는 음악과 함께 옛날 이집트의 이야기를 곁들였으며, 빛은 여러 가지 색을 써서 음악이나 말씀의 변화를 따라 꽤나 잘 어울리게 조명을 이어서 꾸준히 하고 있는 것이다. 여기 나타나는 이야기의 말씀들은 수·금·일요일은 영어로, 화·토요일은 프랑스 말로, 일요일에는 독일어로도 하고 있다.

7월 26일 초저녁, 나는 여러 나라 관광객 속에 끼어 앉아서 기자의 '소리와 빛의 쇼'를 보고 있다가 둘째 피라미드와 셋째 피라미드 사이에 문득 보이는 한 개의 특별히 큰 별을 보고 "저것도 전깃불 장난이냐?"고 옆 사람에게 물었다. 그러나 그것만은 진짜 별이라고 한다. 옛날 이집트 사람들이 이 별—샛별이 이 두 피라미드 사이에 자리해 나타나도록 천문에 깊이 마음을 써서 그렇게 해 놓은 것이라고 한다. 이것은 내 마음에 썩 오그당당한 일이었다. 더구나 '소리와 빛의 쇼'에서 문득 나오는 '영원'이란 단어 하나가 두 피라미드 사이의 샛별에 아주 썩 잘 어울리게 느끼어졌다.

그런데 들으면 이 밤의 사막 위에는 지금도 그 베이트—유곽이라는 것이 숨어 있어 옛날 이집트가 여기 만든 샛별 사는 조화를 깨고 있다고 한다.

법이 금지하니까 숨어서 그 짓들을 하고 있는데, 사막 위에 드문드문 선 이 베이트의 초라한 집을 찾는 것은 매우 위험하다고까지 한다. 두 피라미드 사이에 놓인 샛별의 암시를 잘 승화하지 못한 엉터리 뜨내기가 있어 자발머리없이 이 베이트로 어름어름 기어들었다가는, 이곳 사막 강도의 초사흘달 모양의 날카로운 칼날에 찔려서, 번한 모래 위의 객귀가 되기도 어려운 일은 아니라 했다.

"선생님, 용기를 내셔서 한번 구경만이라도 가 보십시다"라고 동행 중이던 어느 교포 청년이 내게 권하는 걸, "그건 지혜롭지 못한 일이다"라고 타일러서, 차라리 저 유명한 이집트의 루비 구경이나 대신 해 보려고 돌아오는 길에 어느 큼직한 보석상엘 잠시 들렀다.

그러나 말로만 들어 온 알렉산드리아의 진짜 루비라는 것은 여기서도 이미 거의 바닥이 나 드문 데다가, 몇 개씩 있어도 우리 정도 재산으론 감히 만져만 보기도 어려울 정도로 비싸며, 진짜와 가짜와의 중간 것이라는—나로서는 난생처음 들어 보는 값어치의 루비라는 것만이 눈부신 처녀성의 빨간빛을 쏘며 꽤나 많이 진열되어 있었는데, 이것도 교수쯤으로선 땀도 빼면서라야 아주 조그만 거나 하나 가져 볼 만한 값이었다.

하여간에 우리나라에는 아직 없는 그 또 한 개의 가치—진짜와 가짜 사이의 중간 것이란 새로운 가치 하나를 여기 와서 비로소 알게 된 것만은 하나 또 배운 셈이다. 이 중간 것이란 모든 게 진짜에 거의 가까운 모조품이라는 뜻이라던가? 내가 모르고 있었을 뿐이지 요즘 세계의 여자들의 손가락에 끼워져 있는 루비는 대부분이 이것이라고 한다. 사람값도 혹 그런 추세는 아닐까?

밤의 뱃살춤 집에서

이어서 우리는 기자의 피라미드들과 스핑크스가 있는 데서 과히 멀지 않은 '피라미드 여인숙'—프랑스 말로 오베르주 데 피라미드란 이름을 가진 '뱃살춤' 집으로 발을 옮겼다.

영어로 벨리 댄스라고 하는, 배의 율동을 위주로 한 엉덩이춤을 나는 지난해 미국을 떠돌 때 텍사스 주 댈러스의 어느 술집에서도 실연하는 걸 본 일이 있지만, 여기 이집트로 말하면 이 춤의 본고장인 데다가 이날 밤 나와서 이걸 추는 여자는 여기서도 제2인자쯤은 되는 사람이라고 소개하는 이가 말하여서 다시 한 번 이걸 음미해 보기로 한 것이다.

춤이란 기뻐서 추는 것이건 슬퍼서 추는 것이건 움직이는 것은 주로 그 손과 발인데, 어째서 이 벨리 댄스라는 것만은 하필이면 배를 주로 움직여 추게 되었으며, 또 이것은 왜 이 아랍 족들 사이에서 발달되어 왔는가?

아무래도 이것은 우리의 그 색골이란 말과 가장 많이 관계가 있는 성싶다. 뱃살과 허리와 엉덩이를 주로 움직여 관중들의 성욕을 불러일으키는 이 춤을 보고 있으면, 저절로 여자들의 그 성 기교의 동작들을 느끼게 되니 말이다. 여자들을 예부터 여러 명씩 거느리고 살아온 그들이 돼 놓아서 이런 종류의 기교는 무척 많이 발전했을 것이고, 그것이 드디어는 자리에 들기 전의 성욕 촉진 방법으로 이 춤으로까지 마련된 것 아닐까?

우리가 들른 피라미드 여인숙 마당의 손님들 술상들이 둘러 있는 한가운데에 마련된 무대에 나타난 뱃살춤의 여인은 양키와 아랍인의 혼혈인 듯한 색골다운 데가 전혀 없어 보이는, 눈치만 빨라 보이는 35, 6세쯤의 비교적 마른 사람이었는데, 처음엔 엉덩이를 진양조 정도의 느린 속도로 움직이며 무대를 돌고 다니다가, 드디어는 그녀의 춤이 열이 오르자 윗입술과 드러낸 배꼽과 허벅지에 송알송알 땀이 밸 정도로 배와 엉덩이를 중모리, 중중모리, 자진모리, 휘모리로 마구잡이로 흔들고 다니며, 무엇 본 암말이 소리도 없이 웃듯이 윗니들을 이어서 드러내고 있는 걸 보니, 색골이 아닌 인물도 이 춤에 신나다 보면 얼추 색골로 될 성도 싶었다.

석가모니 부처님께서는 남녀의 성교란 말을 '세촉細觸'이란 뜻으로 표현하시면서 이걸 위주로 살다간 제대로 다 사는 게 되지 못한다는 내용의 말씀을 하신 일이 있거니와, 아랍 사람들도 이걸 골똘히 좀 배우고 살았더라면 하는 느낌도 생겼다.

한자리에 앉았던 우리 차윤 공보관이 "서양 사람들은 이집트 사람들의 정신 기질을 세 가지 이곳 말로 나누어 보았는데, 그 첫째는 인샬라inshallah, 둘째는 보쿠라bokura, 셋째는 마알리시maalish입니다. 인샬라란 말은 '신의 뜻대로'란 뜻이고, 보쿠라는 '내일로 미루자'는 것, 마알리시는 '이리된 걸 어찌하나? 할 수 없지 않나?' 하는 것이니 이 세 가지를 합쳐서 살아 보자면, 자기를 따로 내세울 것도 없고, 일이란 미루기도 하면서 되어도 그만 안 되어도 그만인 것이 되지요" 하고 이집트 사람의 기질을 내게 설명해 주었거니와, 아닌 게 아니라 그런 기질들 사이에선 이 뱃살춤은 매우 중요한 것이 되겠다.

그러나 그들의 기질이란 것도 옛날 그리스를 비롯한 외적의 침략 밑에서 질질 끌려 살게 된 연후에 된 것이 아닐까? 훨씬 더 옛날, 햇빛을 본떠서 살며 그들이 강성해 있었던 무렵의 정신 기질 같지는 않으니까 말이다.

그야 물론 이집트가 강했던 옛날의 정신 속에도 이미 무슨 미비점이 잠복해 있긴 있었던 것이지만……

죽은 자와 산 자가 같이 사는 집들

7월 27일은 카이로에 있는 우리 총영사관의 조 영사의 안내를 받아 카이로 시내의 이곳저곳을 둘러보러 나섰다.

카이로의 가장 큰 특징은 그 모스크란 말로 통하는 회교 사원들이 많은 점이라 하겠다. 큰 것 작은 것 합해서 모두 3백 개가 넘는다니 카이로는 무엇보다도 모스크의 도시라 할 수 있다. 그리고 이것들은 물론 옛날 이집트가 세운 것이 아니라 7세기부터 15세기에 걸쳐 동양과 서양의 한쪽에까지 꽤나 큰 세력을 펴고 있던 아라비아 족속들의 사라센 제국 시절에, 튀니스 지방에 생겼던 파티마 왕조가 서기 969년 이집트를 정복하여 옛 카이로를 새로 뜯어고쳐 서울로 삼은 이후 이런 모양을 띠어 오게 된 것이니, 그건 사라센 문화에 따르는 것이다.

우리는 먼저 카이로 시내와 나일 강과 기자의 피라미드들과 스핑크스가 두루 잘 내려다보이는 카이로 성 변두리로 올라가 보았다. 카이로의 동남쪽 언덕배기에 있는 이 단단한 성은 12세기에 시리아와 이집트를 정복한 살라딘이란 왕의 손으로 쌓은 것으로, 기자의 피라미드들을 헐어 옮겨 쌓은 것이라 하는데, 아닌 게 아니라 그 불그잡잡한 돌빛이 기자에 지금 남아 있는 피라미드들의 빛과 같을 성싶었다. 이 성은 19세기에 무함마드 알리가 이 나라를 다스리게 되면서 다시 새로운 궁전으로 깡그리 고쳐 놓은 것이라 한다.

이 성안에 무함마드 알리 모스크가 있는데 그건 대단히 호화를 다한 것이다. 벽은 단단한 편의 앨러배스터[雪花石膏]를 썼으며, 방 안의 다채하고 찬란한 꾸밈새는 대단한 것이었다. 특히 유리 등불들의 복잡한 황홀함은 역시 이집트의 전통적인 솜씨에서 오는 것인 듯했다.

아 참, 이 모스크에서 나와서 얼마 가지 않아 내가 발견한 불꽃나무라는 영어 이름을 가진 꽃나무의 불타오르는 것만 같던 아름다움. "야! 이게 또 웬일이냐!"고 내가 혼자서 감동의 독백을 하고 있으니 옆에 섰던 조 영사는 "그건 옛 이집트의 정열의 상징이라고 합니다. 나일 강의 긴 둑을 지나면서 보면 이 꽃나무들이 줄지어 꽃 피고 있는 것이 자주 눈에 뜨이죠" 했다. 그러나 물론 이것은 이집트만의 꽃은 아니다. 아프리카의 딴 곳에서도 또 이스라엘에서도 나는 이 기막힌 꽃나무를 보았으니 말이다. 카이로에는 이 불꽃나무 외에 유도화 나무도 우리 제주도에서처럼 꽤나 많이 피어 있는 게 보였다.

회교 왕 하산의 사원은 무함마드 알리 사원에서 얼마 안 떨어진 곳에 자리 잡고 있는데, 여기는 이집트 회교도들의 총본부로서, 14세기에 이것 역시 기자의 피라미드를 무너뜨려 그 돌들을 옮겨 날라다가 지은 것이라고 한다. 참, 앰한 것은 옛날 이집트의 피라미드들이었던 것이다. 이것을 지은 장본인인 하산 왕의 사당도 뒤에 이 안에 만들어졌는데, 그것은 높이 55미터나 되는 둥근 지붕의 굉장히 사치스런 집이다.

카이로 성이 있는 언덕에서 잠시 걸어 내려오면 '죽은 자의 거리'란 이름의 공동묘지가 상당히 넓은 땅 위에 널려 있다. 이 무덤들은 간소한 대로 집 모양을 갖추고 있어, 집 없는 가족들은 더러 이 죽은 자들의 집에서 신세를 져 같이 살기도 한다는 이야기였다.

'삶과 죽음을 같이 치부하여生死一如'라는 말도 있는 것이고, 그만한 일쯤 잘 짐작할 수도 있는 가장 오랜 역사를 가지고 있는 이집트 사람들이니, 딴은 어울리는 일인 것 같기도 했다.

카이로의 싸구려 장거리, 기타

죽은 자와 산 자가 같이 사는 그들의 공동묘지 옆을 떠나자 내게 또 너무나 아주 반가웠던 일은, 참으로 오랜만에 거북이 발가락 같은 이 될 대로 되게 내버려 둔 발가락들을 가진 이곳의 서민들 속에 나도 한몫 끼게 된 것이었다. 우리나라 늙은 농부들에게서나 볼 수 있는 그런 검고도 두툼한 발톱들을 한 맨발에 샌들을 끈 이집트의 서민들 틈에 끼어 그들의 싼거리 장거리—무엇이든지 싸게만 파는 바자라는 곳으로 향하게 된 일이었다.

한국의 반값 정도밖에 안 되던 터키보다도 맥주는 여기가 약간 더 싼 듯했다. 그 대신 부리는 어린애들은 꽤나 호되게 다루는 듯 주먹질도 거리낌 없이 해 대고 있는 데는 질색이었으나, 정도 이하로 그들이 그들 자신들을 너무 싸게 내놓고 있는 것만은 사실이다.

또 그들은 그렇게 싼 대신 솜씨가 비상한 점은 옛날이나 마찬가지로 이 하늘 밑에서는 썩 드물 것이다. 나는 물건이 너무나 잘 만들어져 있어서 여기에서 또 지팡이 한 개를 골라 샀거니와, 내가 여기서 산 대나무 지팡이는 그걸 적당히 구운 그 적당한 밤빛의 빛깔에 있어서나, 마디마디를 또렷또렷 잘 살리면서 손 짚는 데는 납작스름하게, 땅 닿는 데는 좀 가느스름하게 다듬어 낸 그 전체의 짜임새에 있어서나, 내가 여기까지 오는 중의 오랜 여행길에서 본 지팡이들 중에서는 제일 탄복할 만한 솜씨로 만든 것이었는데, 값은 겨우 우리 돈으로 1천2백 원인가 그밖엔 되지 않았다.

또 집에 남겨 두고 온 늙은 아내가 눈에 보이는 듯해서, 아주 눈부시게 다채한 수를 놓은 여자의 무명 저고리 한 개를 골라잡았더니, 클레오파트라가 입고 나와도 궁색해 보이지는 않을 만한 이것도 그저 2천 원인가 그런 정도. 좋은 낙타 가죽에, 눈에 선한 갈맷빛의 에나멜을 매끈매끈하게 잘 먹여서 금빛 예쁜 무늬까지 놓은 실내화도 한 켤레에 겨우 1천2백 원인가 그쯤.

덥고 목이 타 올라와서, 길가의 오이 장수에게서 한 개를 골라 들고 "얼마냐?"고 물으니 오이 장수는 웃는 것도 다 허망하여 잊은 듯한 시무룩한 상판으로 아무 말도 없이 "그냥 가져가라"고 손으로 시늉을 해 보였다.

역시 오랜 옛 문명을 가진 겨레의 마음엔 두터운 데가 있다는 생각이 안 들 수가 없었다.

그래 동행하던 우리 조 영사에게 그 비슷한 말을 했더니, 그는 "그래서 우리나라 일꾼들도 여러 백 명 여기 와서 저런 사람들하고 같이 다정히 일하고 있는 것 아닙니까?"했다.

밤에는 우리 총영사 댁에서 나그네인 내게 저녁 대접을 해 주어서 그 자리에서 이곳 망고 열매를 먹어 보았는데, 이것도 여기 것이 딴 나라에서 먹었던 것보다 유난히 맛이 있었다.

그래 이걸 먹기에 구부러져 있는 판인데, 어디선지 뜻하지 않은 맹꽁이들의 울음소리가 몰려와, 사막이 아닌 추진 흙의 느낌을 내게 두두룩이 품고 있게 해 주었다. 아마 마르는 날이 없이 흐르는 나일 강—이집트의 어머니인 그 나일 강의 덕택이리라.

조 영사는 이 맹꽁이를 본 일이 있다며 "그것은 자그마한 두꺼비 모양을 했습니다"라고 했다. 이런 것이 있는 것도 우리나라 같아서 나는 좋은 일이라고 생각했다. 다만 또 잔소리거니와, 종이 한 겹만큼이라도 정신이 좀 더 훤칠하기만 했더라면 아주 좋았을걸……

사우디아라비아

사우디아라비아의 첫 밤

7월 28일. 이집트의 카이로에서 사우디아라비아의 제다로 날아갔는데, 제다 공항에 닿은 때는 이미 황혼인 데다가 이곳 우리 대사관과도 연락이 잘 되어 있지 않아, 하여간 배짱으로다가 공항 앞에 늘어선 택시를 아무거나 하나 잡아타고 보았다.

택시 운전기사는 순 아라비아 옷과 머리 덮개 차림의 영어도 전연 모르는 한 사십쯤의 아라비아 사내였는데, 말이 영 통하지 않는 중 그래도 "호텔! 호텔! 호텔!" 하고 내가 소리치는 그 말 한마디만은 겨우 통해서 이 영어 단어 한 개만을 의지하여 나는 그를 따를밖에 없었다. "나는 가난한 나그네다. 싼 데를 바란다"는 등 그만큼 한 영어의 잔사설까지도 아랑곳없는 것이다.

나무 한 그루 보이지 않는 사막 위의, 그래도 포장된 길을 한 반시간쯤 달려서 촌 창고 같은 집들이 늘어서 있는 마을 속의 한 집 앞에 운전사의 손짓을 따라 짐들과 함께 내렸는데, 온 하늘 밑이 그득히 한증막 같기만 하여서 '사막에 해는 지고요. 고요한 밤이 될 때 임이시여, 아라비아의 노래를 불러요……' 어쩌고 했던 일정 때에 내가 익힌 노래하고는 너무나 다른 참 고단해 뵈는 곳이었다.

"하룻밤 자는 데 미국 돈으로 124달러다. 좋으냐?"고 주인인 듯한 윗수염 폭이 넓은 사십대쯤의 아라비아 사내가 나와서 달갑지도 않은 듯 말해서 '야 이건 눈알이 나올 만큼 너무나 비싸구나' 속으론 생각하면서도, 여기선 다 이러려니 싶어 그러자고 할 수밖에 없었다. "에어컨은 있는가?" 하니 "있다"고 하는지라, 내일은 삼수갑산을 갈지라도 우선 이것만을 다행으로 여길밖에 없었다.

이어서 나는 상냥하거나 친절한 대신에 성큼한 것을 더 좋은 태도로 알고 있는 듯한 얼굴과 몸가짐의 두 심부름하는 사내에게 안내되어, 내가 하룻밤 묵을 곳으로 가게 되었는데, 거기는 한 개의 방일 줄 알았더니 그게 아니라 내게 맡겨진 건 이것도 자그마한 대로 또 한 채의 창고 같은 집이었다. 침실에, 욕실에, 응접실 겸 식당까지 있는 거추장스런 꾸밈새로, 에어컨은 너무나 센 힘을 고정시켜 놓아서, 오래잖아 나는 보따리에서 겨울 스웨터를 꺼내 입어야만 했다.

욕실에는 샤워기뿐이었는데 이걸 잠시 쓰다가 보니 바닥에 괸 물이 범람해 딴 방으로 흘러드는 바람에 이것도 중단하고, 수건으로 괸 바닥의 물을 훔쳐 내다가 나와 버릴 수밖에 없었다.

그러고는 침대에 들어 눈을 붙이려 했으나, 그것도 이 거대한 아라비아 사막의 위력 때문인지 두 눈뚜껑이 잘 붙어 주지를 않았다. "도둑질을 하는 자는 손목을 자르느니라" 이곳 코란의 그 엄한 법에 대해서는 심히 미안한 일이지만, 무엇이 금시 어느 구석에선지 그 초사흗달 모양의 날카로운 칼을 번득이며 덤벼들 것만 같은 예감 때문에 '에라, 될 대로 돼라'는 체념 하나를 또 마지막엔 마음의 이불로 하여 겨우 잠을 꾸어 가질밖에 없었다.

술 한 모금 마시다 들켜도 죄수가 돼야 하고, 제 마누라 외의 딴 여자와 수작하다간 몰아닥치는 무더기 돌팔매에 대가리가 단박에 조각조각 망가져야만 하는 나라니, 그저 맨숭맨숭하여서만 말씀이다.

황제의 칭찬을 받은 우리 삼환기업

7월 29일 아침, 간단한 식사를 마치기가 바쁘게 내 실력으로는 너무나 비싼 제다의 그 호텔을 한시바삐 빠져나가려고 서둘러 택시를 하나 불러 타고 운전사에게 우리 한국 대사관을 물었더니, 이 운전사는 그래도 좀 영어도 통하는 사람으로, 언제 연습해 둔 것인지 우리가 보기에 그 반가운 표정이라는 것까지를 얼굴에 좀 나타내 보이며 "오냐. 잘 안다. 너는 우리 친구 나라 사람이구나" 하면서 저의 집 찾아가듯 뽀르르르 나를 실어다가 제다에 있는 우리 대사관 정문 앞에 내려 주었다.

마침 유양수 대사는 부인의 높은 열병으로 영국 런던에 가고 없고, 이기주 공사와 박부열, 김세택 참사관이 반가이 나를 맞아 주어 어제저녁의 비싼 호텔값 말을 하니, 웃으면서 "여기는 석유로 몽땅 부자가 되고 있는 나라라 그렇소. 더 비싼 데도 많이 있소" 한다.

드디어 이 따분한 나그네인 나를, 이곳 사우디아라비아 건설에 여러 해 동안 많은 업적을 쌓아 올리고 있는 삼환기업 숙소에 끼어 재우기로 이야기가 되어 나는 그리로 옮겨 가게 되었는데, 말은 잘 나오지 않았지만 이쯤 되면 뭐니 뭐니 해도 같은 겨레밖엔 또 더는 없는 것이었다.

'제가 아주 무엇이나 되는 것처럼' 나는 얼마 후에 박부열 참사관의 안내로 삼환기업의 응접실까지 딸린 귀빈 숙소에 모셔졌는데, 아주 깨끗하게 잘 정돈된 응접실의 냉장고엔 미국제의 주스니 콜라도 충분히 들어 있어, 주인에겐 묻지도 않고 그걸 두 개나 혼자 따 마시면서도 이상하게도 나는 미안스런 느낌도 깡그리 잊고 있었다. 아슬아슬하게 자기 집에 겨우 돌아온 것 같은 느낌뿐이었다.

오래지 않아 나를 찾아든 삼환기업 지사장 이종렴 씨가 소개한 걸 들으면 삼환기업은 1974년 사우디아라비아에 맨 처음으로 일을 하러 온 회사로서, 밤에도 자지 않고 열심히 일하는 걸 이 나라의 왕이 보고 칭찬한 이후, 널리 이곳 사람들의 신망을 모으게 되어 지금까지 집 짓기, 도로 포장, 다리 놓기, 심지어는 길가의 나무 심기까지 제다 시의 모든 건설에 큰 힘을 부려 왔다고 한다.

이종렴 지사장은 이 사우디아라비아에 와 있는 우리 교포들 모임의 회장 노릇도 겸하고 있는 인물인데, 사람됨이 무던히는 좋아서 왠가 했더니, 나직이 또다시 그의 과거를 자진해 소개하는 걸 들어 보니, 해방 전 이십대 때의 한동안은 꽤나 예술적인 어느 극단의 배우 노릇도 잠시 해 본 일이 있었다나. 그때의 그의 친구 시인 가운데는 내 친구였던 사람도 있어, 그런저런 이야기로 배짱이 맞고 보니 초대면인데도 백년지기만 같았다. 그도 벌써 환갑을 넘긴 지 한 해가 지났다는 데도 노인 같은 데는 조금도 없었다. 늙기 싫은 사람은 외국에 나와서 부지런히 일하고 있을 일인가 생각되었다.

저녁에는 삼환기업에서 정성을 다한 만찬을 열어 주어, 우리 대사관의 이기주 공사, 박부열, 김세택 참사관도 함께 참석해 주었는데, "외국에 나온 우리 동포끼리 서로 속여 먹는 일만은 죽어도 안 해야 된다"는 이기주 공사의 말씀은 지금도 잊히지 않는다.

제다 시의 이 얘기 저 얘기

7월 30일. 우리 대사관의 김세택 참사관의 안내로 제다 시의 이곳 저곳을 돌아보고, 또 진주가 많이 난다는 홍해의 바닷가와 아라비아 사막의 눈요기도 어느 만큼씩 해 보았다.

홍해 쪽 사우디아라비아의 대표적인 항구인 제다는 아시다시피 우리나라 사람들과는 인연이 대단히 깊은 곳으로, 이곳을 현대 도시로 건설해 내는 데 우리 일꾼들이 끼친 힘은 어느 나라보다도 큰 것이었다고 한다. 1974년부터니까 4년쯤 되는 동안이긴 하지만 우리의 손은 이 도시를 새로 세우는 데 거의 안 닿은 데가 없다는 것이다.

일본 사람들만 해도 부자라 그런지 이 세계에서 가장 더운 곳에 와 막일하기를 꺼리지만, 우리 일꾼들은 가진 게 없는 덕으로 이 제다 재건에 으뜸가는 공적을 쌓을 수 있었다 한다.

한 사람의 갓 젊은 왕족 처녀 하나가 외국 사내와 비밀리에 눈이 맞아 지낸 죄로 칼에 찔려 사형된 지 얼마 되지 않은 자리라는 재판소의 마당 옆을 지나, 과히 멀리 가지 않아서 우리는 멀리서 온 우리 일꾼들이 열심히 돌로 포장을 예쁘게 하고 있는 한 골목길에 접어들었는데, 그 옆을 지나가는 아라비아 옷차림의 사내들이 감동하고 존경하는 눈초리로 지켜보는 광경을 보게 된 것은 내게도 적지 않은 위안이 되었다.

여기는 이 제다에서도 제일 좋은 장이 설 곳이라나. 우리 같으면 길 양쪽가로 이런 포장을 할 것인데, 여기서는 길의 한가운데를 이렇게 하고 있는 걸 보니, 아마 여기에 장이 쭉 한 줄로 늘어서서, 길 양쪽의 인도를 왕래하는 사람들에게 물건들을 팔 요량인 모양이다. 우리 삼환기업이 이것도 맡아 하고 있었다.

이 나라는 관광객이라는 것은 받지도 않는 곳인 데다가, 여자의 자유를 많이 제한하는 곳이라 그런지, 길가에는 여자의 모습은 보기 드물고, 간혹 지나가는 여인이 있어도 검은 베일로 얼굴을 가리고 있어서 미인인지 추녀인지 식별할 도리가 없었다. 이렇게 여자를 눈요기하기도 어려운 곳이라 그런지, 아주 잔인한 여인 납치와 강간 사건이 가끔 몸서리치게 일어난다고 한다.

얼마 전에는 국민학교 상급반에 다니던 우리 교포 여학생 하나가

학교에서 집으로 돌아가는 길에 빈 차를 몰고 가던 이곳 운전기사에게 사막 가운데로 납치되어 능욕을 당한 일도 있었다고 들었다.

그러나 여기서는 한 사내가 아내를 넷까지는 거느리고 살 수 있는 법이 통용되기 때문에 이미 결혼한 사내라 할지라도 아라비아 처녀가 꼭 그립다면 그 부모와 교섭하는 것이 좋다고 한다. 기혼의 우리 교포 청년은 이곳의 어떤 가정으로부터 오히려 그 다처多妻 생활의 권유를 누누이 받고 곤란한 적도 있었다는 이야기였다. 여기서는 처녀를 하나 얻자면 적당한 돈을 그 부모에게 바쳐야 하는 법인데도 "너라면 돈 안 내도 좋다"고 나오기까지 했다던가.

그런데 여기가 너무나한 사막이라 그런지, 여기 여자들에겐 쉬 늙음이 와서 삼십만 넘어도 이미 볼품이 없어진다는 얘기도 있다. 잠시 피었다가 시드는 모래밭 위의 꽃—선인장이나 뭐 그런 것 같은 생리인 것인가?

제다의 장거리와 바닷가, 기타

우리는 이어서 제다의 가장 풍성한 시장 거리를 돌아보았는데, 그들의 북적거리는 가게들은 큰 거리에 늘어서 있는 게 아니라 뒷골목으로 여러 겹을 꼬불꼬불 들어가서 구석지고도 엉큼하게 자리들을 잡고 있는 게 특징이었다.

늘 빤한 사막 위에서만 살아오는 그들인지라 이렇게 그늘진 구석에 자리하는 것은 가장 감칠맛을 만들어 가지는 노릇인 듯싶었다.

음력 초사흘 사막 위의 달같이 성큼하게 꼬부라진 그 아라비아의 굽은 칼을 하나 사 가지고 가는 게 소원이었으나, 이건 내게는 너무 비싼 값이어서 손도 대 보지 못하고, 겨우 아라비아 사내들이 입고 다니는 흰빛의 내리닫이 옷 하나와, 검정 테로 동여매는 하얀 헝겊의 모자 한 벌만을 여기 온 기념으로 샀는데, 이건 모두 합쳐도 우리 돈으로 만 원도 채 다 안 되는 싼값이었다. 옷감이 살랑살랑한 인조견이라 여름밤 잠옷으로 입으면 괜찮게 생겼다.

이 골목 장거리에서 나오다가 나는 이런 돈 많은 나라에는 너무나 안 어울리는, 지나치게 초라한 마을을 만나 "이게 웬일이냐"고 물었더니 김세택 참사관은 "여긴 이곳 사람들이 아니라, 이집트 같은 나라에서 이곳으로 막벌이를 나온 사람들의 마을"이라고 했다. 차도르를 안 쓴 여자들의 얼굴도 더러 보였는데, 그들은 돈을 모으기에만 골몰하느라고 그런지 많이 꾀죄죄하기만 했다.

우리가 다음에 차를 몰고 간 곳은 홍해의 바닷가다.

나는 어렸을 적에 읽은 『아라비안나이트』의 「어부 이야기」—'어느 날 어부가 그물을 건져 보니 고기는 하나도 안 잡히고, 큰 항아리만 하나 걸려 있었는데 뚜껑에는 솔로몬 왕의 봉인 도장이 찍혀 있었다. 열어 보니 그 속에서 문득 긴 연기 기둥이 하늘 높이 솟구쳐 오르며 무서운 마왕이 나타나 "이놈!" 하고 버티어 서더라'는 이야기를 되살리며, 거기가 바로 이 언저리 아닌가 하고 있었으나, 김 참사관 말을 들으면 여기 바다에선 산호와 진주가 많이 난다고 하며, 또 무서운 상어 떼들도 많이 산다는 이야기였다.

이 바닷가의 한쪽에서는 바다의 얕은 곳을 메우면서 길 너비를 넓히는 일을 열심히 하고 있는 한패의 일꾼들이 보였는데, 이들도 우리나라 삼환기업의 일꾼들이라고 했다.

45도나 50도의 더위도 과히 드물지 않은 이 대단스런 곳에까지 와서 못 견뎌 하는 표정 하나 보이지 않고 꾸준히 일하고 있는 우리 젊은이들을 보니, 나도 이곳의 더위를 못 견뎌 하는 못난 느낌을 눈 깜짝할 사이에 이 불타는 사막 깊숙이 묻어 버리지 않아선 안 되겠다는 심경이 되기도 했다.

나는 지난겨울의 캐나다 여행에서 영하 40도쯤의 추위도 겪어 보았고, 또 여름은 이 사우디아라비아에서 사십 몇 도의 더위도 이렇게 겪어 냈거니와, 사람은 제아무리 어려운 일일지라도 "이건 논산 훈련소로다"쯤으로 생각하고 견디어 내기로 작정하면, 늙건 젊건 못 견딜 일은 없는 듯하다.

이런 느낌으로 삼환기업 안의 내 숙소로 돌아오자, 나는 그 새 자각을 기념해서 이곳 이발소에 들러 머리를 몽땅 짧게 깎아 버렸다.

우리 미룡건설과 석유 졸부인 듯한 아라비아 사내

7월 31일 오전엔, 이곳 제다에 와 있는 또 하나의 우리 건설 사업체인 미룡건설의 사무소와 일터, 기숙사 등을 돌아보았다.

'미룡건설주식회사 제다 현장 새마을운동 추진본부'라고 나무 판때기에 선명하게 써 붙인 간판의 그 '새마을운동'이란 뜻이 여기까지 퍼져 있는 게 내게는 무척 감격을 주는 일이었는데, 이 회사가 지금 여기서 주로 하고 있는 일은 사우디아라비아의 해군 기지 확장 공사라고 하니, 이 나라를 위해 가장 중요한 일 중의 하나를 맡아 하고 있는 것이다.

이곳의 간부가 내게 친절히 브리핑해 준 걸 요약하면, 이 해군 기지 공사에 와 있는 사람의 수효는 직원이 142명, 기능공이 1223명이고, 그들의 평균 월급은 직원이 1700달러, 기능공이 750달러라고 하는데, 의식주는 무료로 제공하며, 이들의 일거리는 건축, 토목, 기계, 전기 등으로 그 계약금만도 1억 7770만 달러나 되는 큰 공사라고 했다.

그들은 새마을운동의 조직으로 '새마을 협의회'를 만들고, 매주 월요일마다 조회를 열어 애국가를 제창하며, 새마을금고와 도서실도 마련했고, 생일잔치는 합동으로 하며, 우수한 기능공을 뽑아 매달 표창도 하고 있다고 했다.

이곳 간부들의 안내를 받아 나는 여기 일꾼들의 숙소도 돌아보았는데, 직원들은 독방을 쓰고 기능공들은 한 방에 둘씩 묵고 있었으나 방마다 에어컨 시설이 잘 되어 있어, 매일 세 시간씩의 낮잠도 두루 선선히 잘 수 있다고 하며, 공동 식당과 공동 오락 시설도 갖추어져 있어 탁구 시설, 장기판 같은 것도 눈에 뜨였다.

그러나 내 갈 길은 아직도 멀어, 그들의 간곡한 만류도 뿌리치고 먼 인도를 향해 날기 위해 제다의 공항으로 달려가야 했다.

그런데 제다 공항 대합실에서 내가 우연처럼 겪은 일은 내게는 좀 재미있는 성만 싶기에 그걸 간단히 적어 두려 한다.

나는 인도의 봄베이로 날 비행기를 기다리는 동안이 무료해서 공항 대합실을 천천히 왔다 갔다 하고 있었는데, 그때 나는 내가 이집트의 카이로에서 산 대나무 지팡이를 짚고 다니고 있었다.

문득 내 눈앞의 어떤 자리에 앉아 있던 윗수염이 두툼한 아라비아의 중년 사내가 나보고 오라고 손을 까불고 있는 것이 보여, '이 자식, 내 큰아들 나이밖에 안 되는 놈이 건방지구나' 하는 느낌이 들었으나, 그들의 나라가 우리와 친한 사이인 걸 다시 생각해 보고 마음을 돌려서 그 옆으로 가 보았더니, 그는 뜻밖에도 내 지팡이를 손가락질해 가리키며 "그거 어디서 얼마에 샀는가?"라고 느긋한 말투로 묻는 것이었다. "카이로서 샀는데 값은 잊었다. 왜 그러느냐?"고 대답하니, 그는 거기에는 아무 대꾸도 않고 아주 쓱 침묵의 점잔만 빼고 앉았는 것이다.

나는 좀 묘하게 느껴져서, 그의 순 아라비아 차림의 머리에서 발까지를 쭉 훑어 음미해 보다 보니, 그도 역시 나처럼 지팡이를 짚고 있었는데, 그건 내 것 같은 싼 게 아니라 하얀 앨러배스터의 손잡이에, 지팡이 나무 전체엔 아라비아 족속 특유의 조각까지 베푼—적어도 몇백 달러짜리는 넉넉히 됨 직해 보이는 물건이었다.

그래 나는 그의 본심이 무엇인가를 떠볼 양으로 "내 것하고 바꾸겠는가?" 해 보았는데, 아니나 다를까, 그는 여전히 아무 말도 없는 채로 그의 호화로운 지팡이를 내게 냉큼 넘겨주고 그 대신 내 걸 받아 아주 흡족한 표정으로 어루만지고 앉아 있었다.

일이래야 겨우 이뿐이었지만, 아마도 틀림없이 한 석유 졸부일 터인 이 사십대 사내의 그때 그 수작도 하여튼 내게 한 인연은 인연이었던 것 같아, 그 인연이 나를 좀 웃기어서 여기 이렇게 적어 두는 것이다.

인도

손으로 닦아 내는 측간 달린 방

7월 31일 오후, 사우디아라비아의 제다를 출발하여 우리 교포들이 많이 일하고 있는 같은 사우디아라비아의 다랑에서 잠시 멎은 뒤, 서쪽 인도의 대표적인 항구 봄베이에 저녁 7시쯤에 도착했다.

사우디아라비아와 이란 사이의 페르시아 만 바다 가까운 곳에 있는 다랑은 우리 교포의 일꾼들이 가장 많이 모여 살며 일하고 있는 곳이며, 또 사우디아라비아에서도 가장 뜨거운 도시라고 하는데, 아닌 게 아니라 여기서 비행기가 승객 교체를 하며 문을 열고 실내 청소를 하고 있는 동안의 그 더위만 해도 숨이 칵칵 막혀 오는 것이었다. 일반 승객의 표가 다 팔리고 없어서 나는 우리 삼환기업의 후의로 1등석에 앉아 가고 있었는데, 내 건너편 좌석에 자리 잡고 있던 귀부인의 옷차림을 한 인도 여인은 그 귀한 생김새와는 달리 너무나 무식하여 나를 웃기기도 했다.

인도로 들어가는 입국 신고를 하라고 스튜어디스가 용지를 승객들에게 배부해 주자, 그 토실토실하고 희멀쑥한 충분히 귀티가 흐르는 마흔 살쯤의 예쁜 인도 귀부인은 '익스큐즈 미'란 말 한마디만으로 그 입국 수속 용지와 그녀의 여권을 다짜고짜로 내게 갖다가 고스란히 놓아 버렸는데, 이건 나를 꽤나 당황케 했다.

이런 경우에는 나는 그 기지라는 걸 어느 만큼 쓸 줄 알아서, 냉큼 스튜어디스를 불러 이 일을 다시 맡겨 버리고 말았으니 망정이지, 내 나이에 돋보기를 다시 쓰고 인도인의 입국 신고서를 한 통 또 써내는 것은 여간한 고역이 아니었을 테니까. 더구나 그녀는 볼펜 한 개도 지니고 있지 않았다. 그런데 이 귀부인은 봄베이 공항 안의 은행 출장소에서 돈을 바꿀 때에도 또 나를 당황케 했다.

딴 사람들은 모두 줄을 늘어서서 자기의 차례를 기다리고 있는데, 이 귀부인만은 쓱 맨 앞에 나아가 새치기를 해서, 그나마 또 척척 먼저 돈을 바꾸어 가지고 유유한 미소로 사라져 갔으니 말이다. 뒤에 들으면 이런 건 두루 인도의 높은 계급 사람들의 특권이라 하는데, 꼴 좋은 일은 아닌 성싶다. 봄베이 공항에서 한 시간쯤 줄로 늘어서서 돈을 바꿀 때, 새치기하는 인도의 귀족 남녀는 한두 사람뿐만이 아니어서, 어떤 일본 청년 하나는 "나니오 얏테룬다이!(무얼 하는 셈판이냐!)" 하고 고함을 치기도 했으나, 미국 사람들은 그래도 그중 유들유들 웃기만 하고 있었다.

공항에서 짐 조사에, 돈 바꾸기에 두어 시간이 걸리고 밤 9시가 넘어서야 공항 밖으로 나왔는데, 보슬비가 잘 내리고 있는 속에 택시 운전사더러 "한 20달러짜리 호텔로 가자"고 분명히 말했건만, 그는 그이 마음대로 한 40달러짜리의 꽤나 좋은 호텔 앞에다 차를 멈춰 세웠다.

우리 이조의 어느 왕이 지은 것이라는 '이런들 어떠하리 저런들 어떠하리……' 하는 시조 구절이 여기 잘 들어맞는 것 같기도 하고, 너무나 고단키도 하여 그만 내릴까 싶기도 했으나, 여비 형편이 아무래도 안 되겠어서 "미안하이. 택시 삯 더 좀 줄 테니 싼 데 좀 찾아 주시게" 하여, 어디로 어디로 꼬불꼬불 돌아서 한 12달러 정도의 싼 집을 하나 얻어 들었다.

상당히 불결하기도 하려니와, 한쪽 벽에는 사방 1미터쯤의 창이 없는 구멍을 네모반듯하게 뚫어 놓아 뱀 같은 게 기어들지나 않을까 적이 걱정거리였다. 거기다가 또 더욱 묘한 것은 화장실에는 휴지가 전혀 준비되어 있지 않아, 뒤를 보고 나서는 듣고 온 지식에 따라 뒷물로 오작오작 닦아 낼밖에 별수가 없었다. 이렇게 늘 계속한다면 분명히 깨끗하기야 더 깨끗할 것만 같아 그래 나는 본국에 돌아가면 이 인도식을 이행할 것을 마음속으로 작정했다. 물론 휴지 사용을 겸해서 말씀이다.

봄베이에서 겪은 일들

인도의 봄베이는 이 땅 위에서는 가장 불쌍한 역사를 가지고 있는 항구일 것이다. 1534년에 포르투갈 사람이 이곳을 다스리던 인도의 귀족한테서 물려받았다가, 뒤에는 포르투갈의 공주가 영국 왕실로 시집갈 때 그녀의 사유재산으로 가지고 가서 영국 왕 찰스 2세에게 바쳤던 것을, 영국이 인도를 지배하기 위해 만든 동인도회사에 1668년 넘겨 버렸던 것이니, 이보다도 더 허술하게 다뤄진 곳이 어디 또 있는가?

그야 어떻든 이 봄베이에 보슬비가 내리는 여름 저녁에 홀로 나그네 되어 객줏집에 깃들인 사내가 술도 할 줄 안다면 아무래도 안 마시고 말기는 정말 어려운 곳으로 내게도 느껴졌다. 마치 만삭된 아내의 배처럼 큼직이 부른 백베이 만의 아라비아 바닷물만을 두드러지게 지니고 있는 이 불쌍한 항구에서, 혼자 비를 맞고 있자면 제아무리 단정한 사내라도 잠시 새어 나가 한잔해야만 견딜 것 같다. 여기 백베이 만의 바닷물빛은 뭍에서 흘러내리는 탁류 때문에 구중충하기만 해서 더구나 그렇다.

내가 묵은 싼거리 여인숙에는 그래도 사내 녀석이 앉아 술을 파는 방은 하나 덩그렇게 마련해 놓고 있어서, 그리로 들어가 이곳의 헐찍한 맥주를 한 반 말쯤 잇달아 들이켜다 보니 어언간 자정쯤이 되었는데, 내가 술 취한 김의 농담 반 진담 반으로 "그래 계집애는 하나도 없느냐?"고 하니까. "왜 없겠느냐? 하지만 너무 늦었다. 계집을 차지하려거든 오후 9시까지는 말해야 한다. 내일 밤에나 하나 얻어 가져라" 하던 걸로 보면, 여기선 인도 색시를 사서 가지는 것도 아주 쉬운 모양이었다.

그리고 또 여기 여인숙에서 가장 번거로운 것은 그 팁이라는 것이다. 방에서 나갈 때를 비롯해서, 어느 관문을 지날 때에도 팁이 안 붙는 데가 전연 없는 것이니, 잔돈을 많이 지니지 않았다간 가도 오도 못하는 삼수갑산 신세를 면하기 어려울 것이다.

눈을 붙였는지 안 붙였는지도 모를 정도의 새우잠을 깬 것은 아침 6시쯤. 뉴델리로 가는 오전 비행기를 타려고 세수도 하는 둥 마는 둥 공항으로 달려갔더니, 야 이것은 정말 '먹자 콩' 판이었다. 콩을 볶아서 노나 먹어 봤자 그건 결국 콩 몇 알씩이니까 값비싸게 칠 것이야 하나도 없긴 하지만서도, 그 '먹자 콩' 판엔 언제나 끼어드는 아이들이 많듯이 여기 봄베이의 공항도 그만큼 성황이었다.

포터가 내 짐들을 공항 안에 들여놓기가 바쁘게 공항 직원의 제복을 입은 사내가 나타나서 "몇 시에 어디로 가느냐?"고 물어 그걸 말하니 "그건 벌써 만원인 줄 안다. 하지만 탈 수 있도록 노력해 보마. 잠시 기다려라" 하고 어딘지를 잠시 다녀와서는 "너, 운수 좋았다. 겨우 한 자리를 얻었다"고 했다.

그래 너무나 고마워서 한 10달러쯤 주었더니, 그는 또 포터를 불러 내 짐들을 맡겼는데, 표를 끊고 짐을 실어 내는 동안 어떻게나 여러 곳의 여러 팁 자리를 옮겨 다니는지, 영국이 옛날에 애덤 스미스의 『국부론』을 배워 분업을 많이 벌여 하던 것을 지금 여기선 그대로 시행하고 있는 듯한 느낌이 들었다.

그래 또 그 많은 분업자들의 수고가 미안하여 얼마큼씩 주고 나니, 이번에는 곰배팔이 소년 하나가 식구같이 웃는 낯으로 내 앞에 나타나서 이곳의 주간잡지 헌것을 한 권 내어놓고 "사 줘요" 하며 자기의 불행한 사정을 영어로 또박또박 이야기해 대는데 "나는 고등학교 2학년 때 부모가 다 죽어 이렇게 되었다"는 것이었다.

20루피 그러니까 우리 돈으로 1천 원쯤을 주고 잡지는 안 가지겠다고 했더니, 그의 주소와 성명을 내 수첩을 달래서 적어 주며 "나를 당신이 데려갈 수는 없느냐?"고 꼭 내 아들이나 손자처럼 내게 묻기도 하는 것이었다.

이런 곳이니, 무슨 철저한 종교가 있다면 뿌리박기는 쉬운 곳일 듯싶기도 했다.

뉴델리의 인상

8월 1일 오정 때쯤, 인도의 수도 델리 공항에 도착했다. 델리는 새로운 델리 뉴델리와 옛 델리인 올드델리 두 곳으로 나눠져 이걸 합쳐서 델리라고 부른다.

뉴델리는 영국이 인도를 다스렸던 때의 처음 수도였던 캘커타에서 1931년에 옮겨 온 둘째 번 수도로서, 인도가 독립한 뒤에도 이어서 수도가 된 곳이다. 뉴델리는 도시계획이 잘 되어 있고, 수풀들이 아름다우며, 정부 청사를 비롯한 큼직한 건물들이 많이 들어선 근대적인 짜임새 있는 곳이고, 올드델리는 인도의 서민들이 많이 모여 살며 장사를 하면서 복작거리는 상당히 너저분한 곳이다.

인구는 모두 합쳐서 4백여만 명. 물론 올드델리 쪽에 훨씬 더 많이 살고 있다. 그러나 델리가 한 수도로 처음 출발한 것은 12세기 회교도의 침입으로 회교의 왕도王都가 되면서부터로, 그 뒤 여러 차례의 전란을 거치는 동안 그때 것들은 거의 다 파괴되어 지금은 그때의 폐허가 근교에 약간 남아 있을 뿐이고, 현재도 남아 있는 성벽을 비롯한 옛 건물들은 1639년에 샤자한 황제가 건설한 것들로서, 그의 이름을 붙여 샤자하나바드란 명칭으로 지금의 올드델리도 그가 처음 세운 것이라 한다.

뉴델리에 처음 들어온 사람들에겐, 붉은빛의 기다란 성벽과 회교적인 양식의 둥그런 지붕을 가진 역시 붉은빛의 큼직한 집들이 먼저 눈에 뜨일 것이다. 붉다고 하기보다 오히려 산홋빛이라고 하는 것이 알맞을 이 밉지 않은 빛의 사암의 큰 건물들이 두루 샤자한 황제의 힘으로 된 것이다.

나는 산홋빛 바위로 쌓은, 레드포트란 영어 명칭으로 통하는 델리의 성벽을 바라보고 있다가, 거기 꼭 어울릴 만한 목숨은 어떤 것일까 생각하면서 여기저기 눈을 주어 그걸 찾아보고 있었는데, 그 언저리 수풀들에 적지 않게 엉켜 붙어 있는 이곳 까마귀의 무리들을 발견하자 '이거야말로 안성맞춤이다'라는 느낌이 저절로 들었다.

그런데 가까이 가서 보니, 까마귀도 여기 것은 깜장빛이 아니라 짙은 잿빛으로, 까옥까옥 많이 우는 게 아니라 더 많이 침묵하거나 뭐라고 웅얼웅얼 몇 마디씩만 나직이 지껄이는 게 특징이었는데, 이런 까마귀들의 특징도 그 엉큼한 산홋빛의 무거운 성벽에 아주 잘 어울려 보였다.

또 한 가지 내게 인상적이었던 것은 번화한 찻길 한복판에까지 신성히 귀하신 몸을 드러내서 버티고 앉아 계시는 인도의 그 누구도 죽일 수가 없는 흰 소들의 존재였다. 내가 타고 가는 차 바로 옆에 앉아 있는 놈이 있어, 그 눈매를 자세히 살펴보았는데, 마치 무슨 단호한 보살의 눈매 비슷한 대단스런 표정을 가지고 있었다.

'체 참, 사람들에게도 이만한 자유를 주어 이만한 눈 모습을 가지도록 해 주어야 할 것 아닌가?' 하는 느낌이 내게 아니 일 수 없었다.

이 소에, 저 까마귀에, 그 산홋빛 성벽에, 또 한 가지 썩 잘 어울리는 것은 역시 저 '사리'라는 뚤뚤말이 옷을 몸에 감아 걸치고 할랑할랑 한가한 한량 걸음으로 오가는 인도의 조용한 여인네들이다.

특히 두 눈썹 사이에 붉게 그린 동그란 점과 머리의 가르마를 따라 그어 붙인 붉은 선은 첫째, 이상 말한 것들과의 기분이나 색채의 조화로 보아서 불가불 안 그럴 수도 없었던 것만 같다.

결국은 너무나 심심하여서 말씀이다. 물론 우리 한국 여자들 같으면 그런 것마저도 안 하고 견디어 올 수도 있는 것이었지만……

곡선의 미의 고향, 시바 신의 춤, 이쁜 목걸이 등

8월 3일 오전부터, 나는 마침 여기 델리에서 열리는 무슨 회의에 참석하기 위해 와 있는 우리 외국어대학의 김기태 교수와 함께 이곳에 있는 인도 국립박물관과, 회교가 세운 무굴 제국 시대의 왕궁과, 회교 사원 등을 먼저 돌아보았다.

박물관을 돌아보고 무엇보다도 인상적이었던 것은, 저 베다 문명 시절의 조각들이 두루 공통으로 갖고 있는 그 선들의 유연하고도 또 원융함이었다. 아시다시피 인도의 가장 오랜 문명인 베다 문명은 지금으로부터 7천 년쯤 전에 시작되어 4천 수백 년을 계속되었던 것이니까 이것이 인도 정신의 근본인 것인데, 이 베다 시절 조각의 선들은 어디에 가서도 매듭지어 끝난 데를 보이지 않고, 그러자니 또 자연히 우아한 곡선으로만 이어지는 이 모양들은 두루 원융하기만 하여, 뒤에 생긴 불교미술의 선의 본보기는 바로 여기에 있는 것임을 내게 실감케 했다.

이런 안 끝나는 곡선의 원융한 영원성은 이집트의 옛 문명 정신이 빚어낸 피라미드 삼각형의, 직선의 끝날 수 있는 것과는 아주 대조적인 것이라고 생각되었다. 이집트는 웅장하고 다채하고 감각적인 미술은 남겼지만, 인도의 베다 문명이 빚은 것 같은 영원히 살기에 견딜 만한 곡선의 원융성을 중심으로 해서 살려는 자각은 잘 되어 있지 않았던 것만 같은 것이다. 경주 토함산의 석굴암 안에 들어서면 지금도 우리를 영원 속으로 이끌어 들이는 그 우아한 조각들의 안 끝나는 곡선들을 보거니와, 근본의 틀을 여기서 보고 나는 더 먼 또 하나의 고향을 새로 찾은 감동에 한참을 잠겨 있었다.

이 박물관에서 다음으로 내 눈길을 끈 것은 힌두교의 시바 신의 춤추는 모습의 동상이었다. 대단히 날쌔고도 경쾌한 몸놀림의 춤에 몰입해 있는 이 신의 모양을 보고 있으면, 엄숙하고 점잔한 신다운 것보다도 어디 무용 학교의 여학생 같은 허물없는 인간미를 느끼게 하는데, 인도 사람들이 지금 힌두교를 83퍼센트나 믿고 있는 이유도 이런 데 있는 게 아닐까 생각해 보는 것은 내게는 꽤나 재미있는 일이었다.

여러 천년 전부터 인도 사람들이 몸을 장식하는 데 써 온 보석들의 다채로운 종류들도 매력 있는 것이었다. 특히 그들은 여러 빛깔의 옥돌로 여자의 목걸이를 많이 만들어 놓고 있었는데, 내가 주목하게 된 것은 그 옥돌들의 빛깔이나 크기를 똑같이 하지 않고, 여러 빛깔의 크고 작은 옥돌들을 무질서인 양 꿰어서 나타내고 있는 극히 자연스럽기만 한 아름다움이었다.

요즘 돈 많은 여자들의 가지런히 똑같기만 한 목걸이들의 아름다움에 겸해서 이 약간 우빽지빽하기도 한 옛 인도식의 목걸이도 만들어 함께 사용해 보는 것은 어떨는지?

불경에서 우리가 많이 보는 그 보석 목걸이들도 이런 것이라고 생각하며 이것들을 보는 것은 심심치는 않은 일이었다. 내 생각으론, 이집트나 그 밖의 어느 나라보다도 이런 것들의 아름다움은 인도가 맨 먼저 꾸며 냈던 것 같다.

자마 마스지드 회교 사원과 랄킬라 왕궁

박물관에서 나오니 여기는 때마침 비 시절이라 비가 주룩주룩 내리기 시작해서, 모슬렘 사원 입구에 차에서 내린 때는 사방에서 쏟리는 물속에 들어, 아무래도 우리도 인도 사람들처럼 신이고 양말이고 낯짝이고 할 것 없이 다 벗어 버리고 알발바닥으로 걸어갈밖엔 없이 되었다.

사원 문간에 들어서니, 꽤나 넓은 문간의 황톳빛 대리석 바닥에는 비를 피해 몰려든 남녀노소 여러 백 명의 일당들이 진을 치고 앉아서 그 인도 사람 공통의 아무렇지도 않은 휴식을 하고 있었는데, 그들의 두루 벗은 거북이발 닮은 알발들을 들여다보고 있자면, 나도 여기서 살자면 할 수 없이 이래야만 할 게 깨달아져서 그들은 아무래도 이 하늘 밑 땅 위의 인생으로서는 무엇이든 두루 내 스승감인 것만 같이 느껴졌다.

6천 년 가까이 세계의 가장 정밀한 문명국 사람이었던 그들은 7세기부터 18세기까지 12세기 동안이나 아랍 족의 회교도 세력 속에 짓눌려 왔고, 18세기부터 1947년의 독립에 이르기까지도 또 영국의 식민지로 그 명맥을 간신히 유지해 왔지만, 이렇게도 아무렇지도 않은 표정으로 늘 잘 가라앉은 눈을 하고 있는 걸 보면 역시 오랜 옛 문명을 낳았던 정신의 깊은 뿌리는 대단한 것이라고 느껴졌다.

페르시아, 즉 지금의 이란의 지배 밑에 인도가 놓였던 무굴 제국 시절인 1644년부터 1658년까지의 14년간에 걸쳐 세워진 것이라는 이 회교 사원—자마 마스지드란 이름으로 불리는 이 절간은 물론 페르시아식의 집으로서, 넓은 뜰을 가운데 두고 빵 둘러서 황톳빛의 사암과 흰빛 대리석을 적당히 섞어 지은 것으로, 둥그런 돔의 높이만도 60미터나 되고 그 양쪽에 세운 탑들의 높이는 39미터라고 했다. 뜰의 한쪽엔 대리석으로 만든 제단이 있어 모슬렘의 신자들을 부르고 있었으나, 예배하는 사람은 잘 보이지 않았다. 지금의 인도는 예부터의 그들의 고유한 종교인 힌두교를 많이 숭상하는 나라인 때문이리라.

그렇다면 이 사원의 문간에 많이 몰려 있는 사람들은 대부분이 비를 한때 피하려는 것일 뿐, 모슬렘 종교와는 아무 관계도 없는 것임을 알 수 있었다. 인도에는 일정한 주소나 자기 집이라는 것을 따로 안 가진 떠돌이의 이런 도통한 생활자들의 수가 셀 수도 없을 만큼 많다고 한다. 훤칠한 이마에, 적당히 높은 코에, 아무렇지도 않게 잘 안정된 큼직하고 시원스런 눈에, 생김새도 그들은 못나지도 않은 것이다.

이 자마 마스지드에서 북동쪽으로 가까운 곳에 레드포트라고 불리는 무굴 제국 시대의 왕궁이 있다. 이 궁전이 붉은빛 사암의 성벽으로 둘리어 있대서 레드포트라는 별명이 붙은 것이고, 본래의 이름은 랄킬라라고 한다. 이 궁전이 세계적으로 유명한 까닭은 여기서 살던 무굴 제국 황제들의 비밀을 요했던 특별한 궁전 입구의 아치에다가 '땅 위에 만일 극락이 있다면 여기로다, 딴 곳은 아니로다'라고 새겨 놓은 데 있는 것이다.

디완 이 카스라고 불리는 이 궁전 안에는 흰 대리석 기둥들이 늘어서 있고, 정교한 조각을 한 천장과 벽에는 진짜배기 갖은 보석들을 박았으며, 지금은 제거되었지만 여기엔 공작 모양의 황제의 옥좌가 놓여 있었다고 한다.

샤자한 황제가 1639년부터 9년에 걸쳐 지은 것이라는 이 궁전은 일반 궁전과 비밀 궁전의 두 가지로 나누어 지어져 있는데, 따로 후궁, 황제의 침실, 흰 대리석의 목욕탕 등 호화로운 향락을 위한 시설들이 즐비하게 마련되어 있다. 이 궁으로는 두 개의 성문을 통해 드나드는데 남쪽 것을 델리 문, 정면의 아치형으로 된 걸 라호르 문이라고 한다.

밤 뒷골목의 도인 된 여인들

8월 3일 초저녁 때, 내가 묵고 있는 호텔의 바에서 심심한 나머지 나는 술을 거나하게 마시고 있다가, 내 술시중을 하던 인도 청년인 웨이터에게 "밤거리의 여자들을 구경할 수 없는가?"고 물으니 "있다. 안내할 사람을 불러 주랴?" 해서 그렇게 하라고 했다. 힌두교나 자이나교의 여신의 표정 그대로 늘 아무렇지도 않게 가라앉은 표정을 짓고 있는 인도의 여인들이 밤거리의 노라리 판에서도 여전히 그런가 어쩐가를 엿보고 싶었던 것이다.

얼마쯤 기다리고 있노라니 주름 잡힌 하얀 천으로 머리를 뚤뚤 말아 동여맨 시크교 차림의 잘생긴 인도의 장년 사내 하나가 호품스럽게 두두룩한 위아래 수염을 살랑거리며 내 옆에 나타나서 "내 차가 밖에서 기다리고 있으니 같이 타고 가자. 이제부턴 나 하라는 대로만 해야 된다"고 했다. 시크교는 힌두교와 모슬렘교에 한 다리씩을 걸치고 있는 거간의 종교라니, 그래서 이런 마당에도 시크교인이 쑥 나서는 것 아닌가 싶었다.

우리가 탄 차는 뉴델리에서 올드델리 쪽으로 한참을 꼬불꼬불 달려가다가 문득 한국 큰 도시의 기차 정거장의 플랫폼 비슷한 모양으로 된 한 건물 앞에 머물러 섰는데, 나를 안내하던 시크교인이 하라는 대로 차에서 내려 아무 말도 없이 이 플랫폼 같은 데를 돌면서 보니, 여기는 인도의 무숙자들의 밤의 집합처의 하나인 듯 지붕만이 겨우 있는 그 알바닥엔 남녀노소들이 웅크리고 앉거나 누워서 그 '무슨 일이 있어도 아무렇지도 않은' 표정의 큼직한 검은 눈들을 꺼먹꺼먹 꺼먹거리고만 있는 것이었다.

이곳에 모여 있는 사람들 수만 해도 아마 몇천 명은 넘어 보이는데 인도에는 도처에 이런 도인이고 떠돌이인 무숙자의 밤의 집합처가 있다고 한다. 그중에는 한 가족인 듯 한 무더기씩 따로따로 모여 있는 무리도 상당히 많이 보이는 걸로 보아, 이 속엔 가족 전부가 나와 있는 이들도 상당히 많은 것 같았다.

"눈여겨보고 다니면서 마음에 드는 계집애가 있으면 내게 말해라. 교섭해 볼 수가 있다"고 시크교도인 안내자는 말했다. 그러나 나로 말하자면 그 도인이고 떠돌이인 그들의 처녀들을 돈으로 사 볼 마음까지는 내키지 않아서 '눈요기로 족하다'고 하고 이 편력의 자리를 떴거니와, 안내자의 말을 들으면 그들의 처녀를 하룻밤 사는 데 드는 돈은 아주 조그만큼이면 되는 것이라 했다.

뒤에 이런 자리의 처녀를 사 본 일이 있는 어떤 교포의 경험담을 들으면, 그들은 그런 대금의 일정한 액수까지도 세어 말하는 일이 없더라 한다. 그러고 그들은 딴 나라의 나그네와 하룻밤의 첫날밤을 차리는 판에서도, 시종일관 그 천연한 아무렇지도 않은 가라앉은 깊은 눈초리만을 보이며 잘 풀리는 수학의 답안처럼 늘 시원스럽게만 대하더라는 것이었다. 묘한 일이 아닐 수 없다.

카트만두의 첫인상과 살아 있는 여신

8월 4일 아침, 비행기로 인도의 뉴델리 공항에서 날아 한 시간쯤 뒤에 네팔의 수도 카트만두에 도착했다. 뉴델리에서 더 보아야 할 곳이 아직도 많이 남았으나, 네팔을 다녀온 뒤에 다시 보기로 미루어 두고, 세계 제일의 히말라야 산을 가진 석가모니 부처님의 고향인 이 나라가 먼저 보고 싶어 좀이 쑤셔서 날아온 것이다.

석가모니 부처님께서 나이 팔십이 되던 해에, 이미 코살라라는 이웃 나라에 먹혀 망국이 된 그의 조국 네팔을 찾아 돌아오시다가 그 도중에 불행히 임종하게 되었을 때, 뒤따르던 제자 아난에게 "내 머리가 내 조국 쪽을 향해 놓이게 나를 도와 눕혀라" 하셨던 말씀이 유난히 내 기억에 되살아나서, 네팔은 내게는 남의 나라 같지가 않았는데, 카트만두 공항에 내려 시내로 들어오면서 보니 그 풍물들도 또 많이 우리나라와 닮은 데가 있어, 마치 우리나라의 어느 시골에 온 것 같은 느낌이 앞섰다.

옥수수가 수염들을 드리우고 콩과 팥이 여물어 가는 밭들, 우부룩이 검푸른빛으로 자라 오르는 무논의 벼들, 언덕에서 한가로이 풀을 뜯어 먹는 소의 무리들, 장마철의 안개에 그 밑두리만을 보이고 있는 히말라야 산둘레들, 그 어느 것을 보거나 여기는 우리나라 시골의 경치와 모든 게 너무나 많이 닮았다.

카트만두 시내의 번화하다는 거리로 들어오면서 보니, 장거리의 모양까지도 마치 우리나라 읍내 정도 장거리의 모양과 모든 게 많이 닮았다. 손수 가꾼 농작물들을 광주리에 담아 가지고 나와서 길바닥에 펴 놓고 앉아 있는 여인들의 때도 적당히 낀 시골뜨기의 모양까지가 너무나 많이 닮았다.

우리 대사관에 들러서, 촉탁으로 있는 이곳 청년 모한 군의 안내로 나는 맨 먼저 '살아 있는 여신의 집'이란 이름으로 알려져 있는 집을 찾아갔다. 히말라야 산 밑의 신비한 곳에 오니, '살아 있는 여신'이 어떤 모양을 하고 있는지 그게 먼저 궁금해서 여기로 첫 발걸음을 옮긴 것이다. 두르바르 광장 옆에 있는 '살아 있는 여신의 집'은 나무에 조각도 적당히 해서 꾸민 2층집으로, 2층의 한 방에서 '살아 있는 여신'은 살고 계신데, 일정한 액수의 관람료를 내는 사람에게만 창문을 열고 모습을 잠시 나타내 보여 주기로 되어 있다.

나도 물론 관람료를 내고 침을 삼키며 창문이 열리기만 기다리고 있었는데, 나무로 짠 창문을 열고 여신께서 막상 그 모습을 드러내시는 걸 뵈오니 예상과는 달리 너무나 나이가 어린 소녀였다.

열 살쯤이나 되었을까. 이마에서 눈썹까지는 붉은 천으로 덮어 가리고, 보석으로 장식한 관을 썼으며, 울긋불긋한 장식품들을 너덜너

덜 많이 달았다.

이런 어린 소녀를 골라 '살아 있는 여신'으로 모셔 두는 이유는 물론 이곳 사람들이 성에 눈뜨기 전의 그 천진성을 신과 일치하는 성품으로 보아 온 데 있을 것이다. 이런 타고난 천진으로 돌아가는 것을 성인聖人의 이상으로 삼아 온 것이겠지. 말하자면 불교의 자심청정自心淸淨의 모습과도 일치하는 것이다. 이것은 그리스나 로마의 신화에서 우리가 만나는 성숙한 아름다움을 지닌 여신의 모습과는 아주 다른 것이다.

네팔 국립박물관의 천수관음

모한 군과 함께 '살아 있는 여신의 집'을 다녀 나온 나는 두르바르 광장 뒤켠의 골목길에 늘어선 장거리를 지나가다가 크나큰 석류—거의 어린아이의 머리통만 한 석류들을 광주리에 담아 놓고 그 옆에 엉거주춤 앉아 있는 때가 잘 낀 이곳 젊은 여인네 하나를 발견하고 그네의 큰 석류 두 개를 우리 돈으로 3백 원쯤 주고 골라잡아 사 가지고 먹어 보았는데, 그 알도 여기 것은 더 크려니와 그 맛도 신맛은 겨우 20퍼센트쯤이고 80퍼센트가 단맛이어서, 그중 한 개를 반쯤 먹고 나니 배창자는 물론 두 눈동자까지가 두루 부유스름하게 훤칠하고 탁 트이는 것만 같았다. 여기 사람들은 점심은 안 먹는다고 하지만, 그 대신 이런 거나 하나 까서 먹으면 그까짓 찌꺼분한 점심 따위보다 훨씬 더 부유스름할 것이라 느끼어졌다.

또 저 옛날의 석가모니 부처님의 무척 풍성했던 사상도 이런 석류 같은 풍성함과도 관계가 깊이 있었던 듯 느끼어졌다.

이어서 우리가 찾아든 네팔 국립박물관에서 내 관심을 가장 많이 끈 것은, 손을 천 개씩이나 갖고 눈도 역시 천 개씩이나 가졌다는 저 천수천안千手千眼 관세음보살상의 모습이었다. 물론 여기서 천이라고 하는 수는 꼭 한정된 천 개라는 뜻이 아니고, 한정 없이 많다는 생각을 나타낸 것이니, 한정 없이 많은 손과 많은 눈을 가져야 하는 관세음보살을 의미하는 것이다. 사람들에게 한정 없이 너그럽고, 또 모든 사람들의 슬픔에 한정 없이 같이 슬퍼할 줄 알아야 된다는 뜻을 상징적으로 나타내고 있는 이곳의 관세음보살의 모양은 물론 세계 여러 나라에 퍼져 있는 '천수천안 관세음'들의 본고장의 모습을 우리에게 보이고 있는 것이니, 불교에 가까운 생각으로 꽤 오래 살아온 내게는 여기의 이 모습은 또 적지 않은 감동이 되었다. 현대의 인류 사회에서 점점 줄어만 가고 있는 그 '대자대비大慈大悲'를 여기쯤 와서 다시 곰곰 뼈저리게 한번 생각해 보는 것이 세계 사람의 공동의 숙제였으면 좋겠다는 생각이 들었다.

모한 군한테 들으면, 이 대자대비를 그리워하여 그런 마음이 되기를 훈련하려고 이곳의 히말라야 산맥 속으로 모여들어 와 있는 서양의 청년 남녀들의 수효는 나날이 늘어나고 있다는데, 그들은 이곳의 수도자들 틈에 끼어 히말라야 산속의 큰 나무 밑에 밤낮을 가리지 않고 쭈그리고 앉아, 옛날 석가모니 부처님이 고행 시절에 하시던 것처럼 먹고 자는 것도 잊고 지내기가 예사라고 했다. 그중에는 미국의 명문 자녀들도 많고, 예일이나 하버드 대학에서 특히 공부 잘하는 엘리트로 날리던 젊은이들이 많이 끼어 있다고도 했다. 그 속에는 지미 굿맨이라는 이름을 가진 시인도 끼어 있다고, 모한 군은 나더러 "한번 만나 보지 않겠느냐?"고 했으나, 시간 관계로 그와의 상봉이 이번에 되지 못한 건 유감이었다.

네팔은 지금도 세계 사람들 중의 가장 뛰어난 머리와 가슴들이 가장 그리워하는 대표적인 한 본고장임엔 틀림없는 것이다.

석가모니 부처님이 세우신 스와얌부나트 절

네팔 국립박물관에서 나온 우리는 카트만두 시내에서 3킬로미터 반쯤 서쪽에 있는 불교의 절간인 스와얌부나트로 향했다. 이 절은 석가모니 부처님이 처음으로 이곳에 세운 것이라 하니, 2천5백 살도 더 되는 나이를 자셨다. 그렇다면 석가모니께서 인도에서 부처님이 되어서 여든 살에 이승을 뜨기 전에 이곳에 돌아오시어 이 절을 여기 세운 것이거나, 여든 살에 그의 조국 네팔로 돌아오는 도중에서 숨을 거두기 전에 동행하던 제자들에게 유언으로 부탁해서 세우게 하신 것이리라.

이 절간으로 올라가는 언덕에 깔린 여러 빛깔의 돌들이 나직이 매끈매끈 닳아져 있는 걸로 보아, 이 절이 틀림없이 그만큼 많은 나이를 자신 것이 수긍되었다. 목구멍이 포도청이긴 어디나 마찬가진 듯이 절간으로 올라가는 길가에서도 이곳의 행상들이 관광객을 노리는 선물감의 물건들을 늘어놓고 있었는데, 묘하게도 여기 보이는 것들은 우리나라 절간 언저리에서 파는 그것과 별 대차가 없어 보여, 내 눈으로는 무엇 이국적인 걸 골라내지 못하고 말았다. 머리꼬리를 길게 땋아서 뒤로 늘어뜨리고 섰는 여자들의 모양까지가 꼭 몇십 년 전까지의 구식의 우리 촌처녀들같이 생겼다.

절은 오랜 세월을 겪는 동안 여러 차례 중수한 나머지인 듯, 지금 것은 현대적인 페인트칠 같은 것도 많이 하고 있으나 법당에 단청을 해 놓은 것을 자세히 보면, 흡사 우리나라의 절간에서 보는 그것들과 색채나 무늬 모양이 많이 닮은 데가 있어, 이런 단청도 여기가 본고장이어서 전통으로 오늘날까지 이렇게 내려오고 있는 것 아닌가 짐작하게 해 주기도 했다.

이 절의 마당 한쪽에 서 있는 탑의 사방에는 부처님의 눈이 큼직하게 그려져 있는데, 이것들은 이 세상에서 일어나는 좋은 일, 나쁜 일을 두루 잘 살펴서 바른 길로 이끌어 가기 위함이라고 한다. 부처님의 눈은 못 보는 데가 없는 것이니, 불교 신자들의 믿음을 위해서는 좋은 효과를 거둘 만한 마련이라고 생각되었다. 우리나라 절간들도 이렇게 했으면 좋을 성싶었다.

활짝 열려 있는 법당 문 바로 옆에 나처럼 청바지에 지팡이를 짚고 섰는 늙은 사내 하나가 절대로 불쌍한 표정이 없는 당당히 찡그린 눈초리로 명령하듯 서 있어서, 안내하던 모한 군에게 물으니 "거지다"라고 하여 몇 푼의 네팔 동전을 그의 손에 쥐여 주었거니와, 우리가 보기에 참 이상한 것은 이곳 거지의 표정이다. 우리나라 거지라면 먼저 누가 보고 듣기에도 불쌍한 표정과 음성을 마련해 가지는 것인 줄 아는데, 여기 그들은 전연 그런 게 없고 말하자면 '너, 이놈! 너는 언제쯤이면 거지가 될 만큼 철이 나겠느냐? 너 이놈!' 하는 식의 표정인 것이다. 어디서 나오는 자신만만함인지, 그 정신의 근원을 잘 알아보아야 할 일인 줄 안다.

이 스와얌부나트가 있는 언덕 위에서는 네팔의 서울 카트만두 시내와 또 멀리 히말라야 산맥의 산둘레의 한쪽도 비교적 잘 내려다 보인다. 세계 제일의 산맥 히말라야의 정기를 받아 영원히 떨어지지 않을 결로 맺힌 무슨 희한한 한 개의 산열매처럼 이 절간은 여기 차라리 열려 있는 것인 듯했다.

왕궁과 마헨드라 기념관에서

8월 5일. 오전 일찍부터 나서서, 네팔의 왕궁과 지금의 네팔 황제의 아버지인 전 황제 마헨드라의 기념관을 둘러보았다.

싱가두르바르라는 이름으로 불리는 현재의 정부 청사는 본래는 이 나라의 세습 재상이었던 라나 가문이 살던 집으로, 5백 개나 되는 방을 가진, 네팔에서는 가장 큰 건물이라고 한다.

하얀 대리석을 써서 지은 이 집은 네팔의 수도 카트만두에서는 그 규모로나 또 사치스런 푼수로나 두드러지게 뛰어난 꾸밈새로, 딴 집들과는 전혀 어울리지 않는 엉뚱한 것으로만 치솟아 보여, 좀 거북살스런 느낌까지 주었다.

여기에서도 왕이나 재상의 권리라는 게 별나게는 대단했던 걸 말하고 있는 듯했다. 이곳 네팔은 1769년에 구르카 왕조가 서서, 그 뒤 한동안은 왕보다도 재상이었던 라나가 실제의 정치 세력을 쥐면서 대대로 이어 재상 노릇을 해 오다가, 1951년에야 왕에게 실권이 다시 돌아온 것이라 하니, 이 집은 약 백 년 동안 라나 일문의 갖은 전제와 영화가 자리 잡고 있던 곳이다.

이 정부 청사에서 멀지 않은 곳에 전 황제 마헨드라의 기념관이 있다. 간소한 현대식 건물이기는 하나 정성을 다해서 마헨드라에 관한 온갖 것을 다 수집해 전시하고 있는 이 기념관에서, 시인인 나에게 제일 감명 깊었던 것은 역시 그의 여러 권의 시집들이었다.

모한 군의 말을 들으면, 이 나라의 전 황제였던 마헨드라는 여러 권의 시집을 출판해 가진 좋은 시인으로서, 그의 시집은 중국어와 프랑스어로 번역도 되었다고 한다. 그는 1972년에 겨우 52세의 젊은 나이로 세상을 떠났다고 하니, 그가 지금 살아 있다고 하더라도 나보다 여섯 살이나 아래인 59세밖엔 되지 않는데, 불쌍한 일이다.

중공이 이 나라의 북쪽에 자리하고 있는 관계로, 중공의 입김을 늘 살피고 살아야만 했던 것이 그의 가장 큰 슬픔이었지만, 북경에서 주은래가 부르면 매양 찾아가서 웃는 낯을 보여야만 했다고, 모한 군은 그의 딱했던 형편을 말하며, 그가 중공 수상이었던 주은래와 자리를 같이해 찍은 사진도 내게 보여 주었는데, 아닌 게 아니라 나는 그의 사진에서 수심 띤 눈언저리의 표정을 읽을 수가 있었다.

사진 속의 그의 얼굴 표정을 보면서 나는 잠시 여기가 석가모니 부처님의 나라였을 때의 일을 돌이켜 생각해 보지 않을 수 없었다.

석가모니가 이곳 카필라바스투의 황태자로 있던 소년 시절에도 이 나라는 이미 이웃에 있던 강국인 코살라의 입김을 늘 살펴야 했던 것. 석가모니가 코살라 황제를 방문하고 창피를 느꼈던 것. 그래서 그의 출가에는 조국의 독립을 지켜 내려는 의도도 크게 있었던 것. 그러나 부처님이 된 그의 계속적인 불침략주의의 설득에도 불구하고, 코살라는 마침내 석가모니의 생전에 그의 조국을 침략하여 집어먹어 버리고 말았던 것. 그래 그의 나이 여든 살에 이미 망국이 된 조국을 마지막 찾아보려고 인도를 떠나 히말라야 산중을 향해 발걸음을 옮겨 오시다가 도중에서 객사해 버리고 말았던 것.

이런 일들이 연달아 기억되어, 마헨드라의 사진 속 얼굴의 수미愁眉 뒤에는 또 하나의 석가모니의 수미도 숨어 있음을 안 느낄 수 없었다. 또 이게 우리 겨레의 오랜 수미와 너무나 많이 닮은 것도 느끼지 않을 수 없었다.

히말라야 산정기

마헨드라 기념관을 나온 때는 오전 11시쯤이 되었던가. 때마침 하늘은 오래 계속되고 있던 이곳 장마철의 틈바구니에 번쩍 잠시 동안의 삼삼히 찬란한 태곳적 그대로의 햇빛을 내보여 쏟아 대고 있어, 같이 가고 있던 네팔 청년 모한 군더러 "히말라야 산맥의 주봉 에베레스트가 어쩌면 보일 것 같군" 하니 "아닙니다. 11월이나 12월에 오세요. 큰 미인은 맑은 때가 아니면 그 모양을 절대로 드러내지 않습니다"라고 대답하였다. '맞다. 큰 미인은 아무 때나 그렇게 쉽게 그 모습을 나타내는 것은 아니지' 그렇게 느끼며 안개에 파묻혀 있는 에베레스트 쪽을 보고 있자니, 그건 그대로 내게는 더 큰 감칠맛을 주고 있어 대단한 감동이 되었다.

나는 어느 사이 석가모니께서 이 땅에 살아 계실 때, 중도 되지 않은 채로 석가모니의 아끼는 제자의 하나가 되어 살고 있었던 유마거사의 책에 보이는 저 겨자씨의 이야기를 돌이켜 생각하고 있었다. '아무리 작은 겨자씨에도 그 속에는 낱낱이 다 저 큰 수미산—에베레스트의 정기가 그득그득히 담겨 있는 것이다'라고 생각했던 유마의 그 살아 있는 목숨들에 대한 그득히 간절한 느낌을……

그런 것을 생각하며 걷자니, 안개 속에 자옥이 가려져 안 보이는 그 에베레스트의 정기가 사실은 우리 둘 속에도 그득히 스며들어 와 있는 것같이만 생각되어 무얼 먹지 않아도 매우 뿌듯이 배불러 오는 것 같은 무엇을 느꼈다.

그래 우리말로 번역해서 '노랑 탑'이라는 눈에 훤한 이름을 가진, 내가 묵고 있던 호텔로 돌아오자, 나는 내 친구 모한 군과 상의해서 특별히 이날 점심엔 히말라야 산골 냇물 속에서 잘 자란 물고기 요리에 맥주를 한판 잘 마셔 보기로 했는데, 물론 이것 역시 어디 잘 안 보이는 데서 나를 지켜보고 계실 석가모니 그분의 마음눈에 비친다면 어리석기야 무척은 어리석은 감각이었을 것이다.

하여간에 그 히말라야 산 냇물 속의 물고기들이 소금만을 묻혀 구워져 나온 걸 보니 이건 꼭 우리나라 지리산 곁의 섬진강에서 아직도 많이 나는 그 은어와 흡사한 모양의 고기들이었는데, 먹으면서 음미해 보니 그 맛도 역시 우리나라 은어와 비슷한 것이었다.

그 히말라야 은어 같은 걸 짓씹으며 맥주나 찔끔찔끔 마시고 있노라니, 그것도 역시 순식간에 또 무척은 서글퍼져서 "나가자"고 모한군을 졸라 길거리로 또 무작정 쏟아져 나왔는데, 나의 이런 심경을 어떻게 눈치챘는지, 사방에서 천천히 여유만만한 걸음걸이로 내게로 다가오는 어린애 거지들과 어른 거지들……

그러나 그들의 표정은 전날의 스와얌부나트 절의 거지 영감 꼭 그대로여서, 거지라고 하기보다는 오래 숨어 다니던 빚진 놈을 찾아낸 빚쟁이 그대로의 당당키만 한 것이라 "예, 예, 잘 봐 줍시오" 할 것은 오히려 내 쪽일밖에 없었다. 그렇게 그들은 두루 천연스런 도인들이 되어 있는 것이다. 이것도 세계에서 가장 큰 산맥—저 히말라야의 정기 때문 아닐까?

우리의 발걸음은 저절로 다시 그 자잘하게는 다정해 뵈는 장거리의 뒷골목으로 들어서서 가다가 보니, 또 히말라야의 대나무로 만든 지팡이들을 모아 놓고 파는 가게가 하나 보여 그중에 두 개를 골라 샀는데, 하나는 굵직굵직한 밤빛의 얼룩들이 고운 히말라야 반죽斑竹이요, 다른 하나는 좀 굵은 대나무에다가 전통적인 만다라 무늬를 온몸에 그득히 아주 잘 새긴—이곳 아니고선 구할 수 없는 예술품이었다. 값은 '이렇게 싸게 팔아선 먹지도 못할 텐데……' 느낄 정도로 아주 형편없이 싸다. 이것도 히말라야가 시키고 있는 일인가?

성 간디 사당과 그 기념박물관

8월 5일 오후에, 네팔의 카트만두를 떠나 다시 인도의 델리로 돌아와서 전에 묵고 있던 디플로맷 호텔에서 하룻밤을 쉬고, 이튿날은 일찍부터 우리 외국어대학의 김기태 교수와 함께 인도 독립의 아버지인 마하트마 간디 선생의 사당과 그 박물관을 둘러보았다.

사철 벗은 발에, 납작하게 닳아 빠진 값싼 샌들을 신고, 수수한 순무명의 흰 옷자락을 날리며 영국에 대해서는 비폭력주의로, 6억의 인도 민족들에겐 대동단결주의로 일생 동안 끝까지 작용하여 드디어 1947년 8월 15일 인도의 해방과 독립을 가져오게 했던 성 간디.

그의 이름 밑에 인도 사람들은 '지Ji'를 붙여 부르고 있는데, 이것은 아버지나 할아버지 같은 웃어른을 뜻하는 말이라고 한다. 그의 육체를 힌두교도인 흉한이 1948년 1월 30일 쏘아서 죽여 버리기는 했지만, 그 정신의 힘을 이제 인도 민족은 두루 우러러보아 이렇게 부르는 것이다.

간디 어른의 암살된 시체는 힌두교의 습관에 따라 말끔히 화장한 재가 되어서 강물에 뿌려져 버렸고, 그의 사당은 단순히 그의 넋만을 모시고 있는 곳이지만, 여기엔 그의 기념비가 서 있고 또 늘 그의 넋을 상징하는 성화聖火의 불이 타오르게 하고 있어, 그의 큰 사랑의 넋을 우리에게 느끼게 하기에는 간소한 대로 모자랄 건 없어 보였다. 야무나라는 강물이 사당 한쪽을 감돌아 흐르는 것도 이 어른의 정신의 목숨의 테두리로 어울려 보였다.

이곳에 들어가자면 누구나 다 신을 벗어야 하는데, 나는 왕년의 간디 어른처럼 발에 샌들을 신고 여기 왔다가 샌들을 벗고 돌 깐 길을 맨발바닥으로 걸어 다니자니, 마침 햇볕으로 꽤나 뜨거워져 있는 길인지라 그 따끔따끔한 촉각이 발바닥에서 뼛속까지 찌르르르 울리곤 하여 "저 주둥이만 양 같은 녀석" 하고 그가 마지막으로 흉탄을 맞고 쓰러지면서 암살자에게 말했던 그 말씀의 맛처럼만 여겨지기도 했다. 라지 가트라고 불리는 이 자리는 그 간디 어른의 시체를 불에 태워 재로 만들기도 했던 곳이다.

이어서 우리는 이분의 기념박물관을 찾아가서 생전에 가지고 지내던 것들을 눈여겨 둘러보았는데, 이런 가난뱅이는 이 땅의 어디에도 없었고, 현재에도 없고, 또 미래에도 없을 것만 같이 느끼어졌다.

다 닳은 값싼 샌들이 한 켤레, 그의 만년을 의지하고 걸어 다니며 짚었던 위아래가 꼿꼿기만 한 작대기 한 개, 흉탄에 흘린 핏자국이 아직도 남아 있는 순 무명의 허줄한 흰옷 한 벌, 아주 오래 쓴 듯한 붓 두어 자루와 벼루, 다 닳은 먹 한 개, 펜 한 자루와 조그만 잉크병 하나, 그러고는 빵을 손수 구워 먹던 것인 듯한 자루 달린 무쇠 냄비가 하나, 컵 하나—이것이 내 기억에 남아 있는 그의 생전의 소지품의 전부인 것이다. 아마 이 땅의 어느 가난한 독신자도 이보담은 조금이라도 더 무얼 가지고 살 것이다.

이분의 소지품 전시장 한쪽에, 이분과 인도의 시인 라빈드라나트 타고르가 함께 앉아 있는 모습을 조각해 옷까지 입혀 만들어 놓고 있는 것이 보였다. 부유스름하고 귀골다운 타고르의 모습에 비기면 우리 간디 어른은 너무나 깡마르고 초라하지만, 영원 속의 정신의 격차를 두고 생각해 보기라면 우리 간디 어른이 훨씬 더 높이 멀리 치솟고 뻗치고 있었다.

옛 천문대와 올드델리의 장 구석에서

잔타르 만타르—이것은 뉴델리 시내의 한쪽에 자리 잡고 있는 인도 천문대의 이곳 이름이다. 18세기의 천문학자였던 자이 싱 2세라는 왕이 1724년에 세운 것이라 한다.

상당히 너른 면적을 차지하고 여섯 군데의 해시계가 배치되어 있는데, 이것들은 말하자면 하늘의 해와 달의 운행을 시계판으로 삼고 또 치차齒車로 삼아 여기 맞추어 시간 수와 시곗바늘에 해당되는 것만을 긋고 만들어 놓은 것이긴 하지만, 인도인 안내자의 말을 들으면 정확하다고 한다. 달 뜬 밤에는 또 달의 운행을 따라 또 그렇게 시간을 재는 시계도 이 중에는 있다고 했다.

극단으로 고요히 살아 앉아서, 또 느끼는 것이나 생각하는 것이 여러 갈래로 나누어지지 않게 마음을 통일해서, 하늘땅과 더불어 하나가 되기를 늘 많이 마음먹고 애썼던 인도인들이라, 이런 것도 아마 아주 옛날부터 여러 가지로 마련해 오다가 18세기 초에 여기에다 이렇게 대규모로 한번 늘어놓아 본 것이리라.

여기를 다녀 길가로 나오노라니, 인도의 항심恒心이 괴어 있을 올드델리의 그 많은 서민들의 세계가 그리워지고, 점심은 그런 데 가서 해 보는 게 좋을 것 같아, 차를 몰고 가다가 올드델리의 가장 번화해 뵈는 장거리의 한 귀퉁이에 내렸는데, 푸른 잎사귀에 싼 묘한 것을 많은 사람들이 손에 들고 서서 먹고 있는 것을 보고 그들 곁으로 다가갔다.

바짝 옆에 가 들여다보니 푸른 잎사귀 속에는 퍼슬퍼슬한 쌀밥이 두 순갈쯤 담겨 있고 가늘게 썬 무슨 풀이 양념처럼 뿌려져 있었는데, "이것 한 개 값이 얼맙니까?" 물으니 "반 루피쯤 합니다"라고 했다.

그것은 우리 한국 돈으로 치면 20원쯤 되는 돈이다. "이걸 먹고 끼니를 때웁니까?" 하니 "그렇다"는 말 대신 조용하기만 한 미소로 까딱까딱 머리를 끄덕이고 있었다. '바람 반찬에 이슬이나 먹고 산다'는 말이 우리나라에도 있긴 있거니와, 그들은 아무래도 그쪽 취미가 센가 보다. 아니면 마지못해 그들은 이렇게 노래까지도 삼켜 먹어버린 매미같이나 된 것인가? 하여간 무슨 도道건 도통道通이라도 하지 않고서는 이렇게는 될 수 없을 것이다.

"그래도 여기 보석은 좋습니다. 또 싸고요." 동행하던 우리 외국어대학의 김기태 교수가 말해서, 이게 모두 시적으로는 운율이 척척 들어맞는 것 같아, 우리는 그럼 그 보석들도 한번 구경해 보기로 하고, 그 어디 초라한 음식점에서 싼거리 점심을 간단히 나눈 뒤에, 보석들이 우글거린다는 좁은 골목길로 들어섰다.

그래 이 가게 저 가게 돌면서 굽어보자니, 야! 이거 정말, 인도 6억의 인구가 밤마다 말똥말똥 하늘의 눈을 잠그고 세고 지내던 하늘의 별들만큼이나 많고도 싼 것은 이 골목골목에 다채하게는 우글거리는 보석 더미들이었다. 에메랄드에, 토파즈에, 옐로토파즈에, 문스톤에, 스타루비에, 또 무엇에 무엇에, 또 이름도 따로 없는 온갖 빛깔의 옥들의 무더기. 목걸이에 팔찌에 반지에 귀고리에…… 그러나 값은 에메랄드가 약간 비싸다는 느낌을 줄 뿐 딴것들은 예상보다는 너무나 싸서 눈을 동그랗게 뜨게 할 따름이었다.

이 싼 보석들과, 20원짜리 그들의 잎사귀 밥과, 잔타르 만타르의 해와 달의 시계들을 같이 두고 생각하며 곰곰이 느끼어 보면, 인도 사람의 묘한 점이 어느 만큼은 짐작될 것이다.

캘커타의 인도 박물관

8월 7일. 아침 일찍 뉴델리 공항에서 날아서 오전 9시쯤 캘커타에 도착하여 힌두스탄이란 이름의 호텔에 짐을 풀기가 바쁘게 바로 캘커타 시의 관광에 나섰다.

먼저 이곳의 박물관이 궁금해서 그리로 택시를 몰고 가며 내가 본 여러 가지 풍물 속에서 내 가슴을 되게 울린 것은 그 많은 인력거들의 모양이었다. 인력거란 사람을 수레에 태우고 사람이 그걸 끌고 간다는 뜻에서 생긴 말로, 어디서 맨 처음에 누가 만들어 썼는지는 모르지만, 우리나라에도 일본 총독부가 우리를 통치하던 시절에만 있었고, 1945년 해방 이후엔 비인도적이라 하여 완전히 철폐되어 버린 것인데 여기 캘커타에 오니 자동차 수보다도 더 많이 보여서 참 딱하다는 느낌이 앞섰기 때문이다.

초링기 거리에 있는 인도 박물관은 1875년에 세운 이탈리아식의 건물로서, 여기에 진열되어 있는 것들의 규모는 인도의 여러 박물관들 중에서도 가장 큰 것이다.

박물관 앞에 내리니 비는 억수로 쏟아져 내리고, 개관 시간인 오전 10시가 되려면 아직도 20분쯤은 남아, 나는 박물관 앞의 큰 나무 그늘에 숨어 한동안 비를 피해야 했는데, 여기서도 참 기이한 현상은 조금도 박물관을 볼 필요가 없는 것 같은 수십 명의 거지나 다름없는 차림의 많이 때 묻은 사람들이 박물관이 열리기만을 기다리며 이 집의 좁은 추녀 밑에 붙어서 있는 모양이었다. 뒤에 알아보니 집이 없는 남녀노소의 떠돌이 도인들인 그들은 박물관을 구경하려는 것이 아니라 잇달아 내리는 비를 이 속에 들어가서 피하기 위해 이렇게 몰려 있는 것이라고 했다.

시간이 되어 안으로 들어가 보니, 안마당엔 누어 놓은 지 얼마 안 되는 노란빛의 똥 무더기도 삼삼하게 눈에 뜨였는데, 이런 걸로 보면 그 집 없는 도인들은 밤에도 더러 여기에 몰래 숨어들어 그 어디서 새우잠을 주무시며 급하면 이렇게 노란 새나 한 마리 내려앉은 것 같은 이런 것도 더러 누어 두시는 모양 같았다.

나는 사실인즉 이 나라의 기차와 비행기의 느린 사정 때문에 베나레스의 불교 유적들을 찾을 시간이 없어, 그 베나레스가 낳은 아쇼카 왕 때의 불교의 몇몇 중요한 유물을 눈여겨보러 여기 왔던 것이라 이 박물관 1층 입구에 바로 자리 잡고 있는 '돌기둥 위의 사자상' 앞에 먼저 멎어서야 했거니와, 이것의 꾸밈새는 적지 않게 나를 놀라게 했다. 우리나라 신라 시절에 세운 속리산 법주사 것이나 또 그

밖의 이런 종류의 조각들을 보면 사자가 연꽃을 이고 있는 게 보통인데 여기 것은 사자 꽁무니 밑에 무슨 거위 비슷한 새가 몇 마리 놓이고, 그 밑에다가 겨우 연꽃을 피워 놓고 있는 점이다.

전의 아쇼카 왕의 불교 중흥의 위력을 사자로 상징해서 과시하는 데만 급급하여 석가모니 부처님의 진리의 상징인 연꽃까지를 아래에다 놓은 것 아닌가 생각하니, 내 이맛살이 좀 찌푸려지기도 했다. 몰라, 연꽃을 밑바닥에 놓은 건 혹 이게 가장 바닥의 힘이라는 뜻이기도 했는가?

이 한 마리 사자상 앞에 있는 '네 마리의 사자상'은 어느 왕들을 상징한 것인지는 모르나 그것도 그걸 꾸민 생각이 거의 같은 건 마찬가지다. 이것도 연꽃을 맨 밑에 놓고 그 위엔 범, 코끼리, 말, 들소의 네 짐승을 한 계급으로 빵 둘러 있게 하고, 그 사이사이엔 불교의 진리의 수레바퀴인 법륜을 새겼으며, 맨 위에다간 역시 사자 네 마리를 놓고 있으니 말이다. 사자란 불교의 진리를 모셔 지키는 호법 중의 하나에 불과하거늘, 이 무슨 우스개인고?

캘커타의 뒷골목

박물관에서 나와 비가 찌걱찌걱 내리는 속을 뒷골목의 장거리를 향해 가고 있는데, 웃통을 송두리째 몽땅 벗고 사타구니를 가린 팬티만을 겨우 입은 알발 벗은 사십대쯤의 바짝 마른 사내 하나가 내 앞에 나타나서 "이걸 사라"고 영어로 말하기에, 손에 쥐고 내밀고 있는 그 상품을 눈 주어 보니 그건 다만 사람들이 먹는 두 조각의 빵에 불과하였다. 이걸 팔아 보았자 우리 돈으로 백 원쯤도 될까 말까 한 것일 텐데, 이 사내는 이만큼 한 돈이 그리도 간절하게는 급히 어디에 필요한 것일까? 이런 것도 인도에서만 볼 수 있는 특수한 풍경이라 나는 잠시 어리둥절해 망설이고 있노라니 그 사내는 마침 오토바이를 타고 가다 멈춰서는 한 청년에게 달려가서 또 그걸 사라고 하고 또 그에게까지 거절당하자 모두가 당연한 듯 아무렇지도 않은 표정으로 비 내리는 속을 어디론지 사라져 버렸다.

나는 이 광경만은 아마 내 일생 동안 기억에서 잊을 것 같지가 않다. 그는 지금도 어느 비 내리는 지붕 밑에 그 모양 그대로 살아 있는 것일까? 아니면 이미 캘커타 거리에 아침마다 무더기로 쌓이는 그 많은 행려병사자들의 시체 속의 하나가 되어, 저 갠지스 강가에서 화장되어 김으로 날아올라서 구름의 조그마한 귀퉁이에 끼이고 만 것일까? 하여간 잘 안 잊혀지는 인도 사람의 한 모양이다.

여기 장거리도 올드델리의 장거리나 마찬가지로 한 끼 20원쯤의 그 나뭇잎에 싼 밥장사가 매우 풍성하게 잘되고 있었다. 그리고 또 한 가지 우리나라에서 못 보던 것은 별 솜씨도 없이 가난한 사람들이 손으로 만 담배가 갑에 담길 것도 없이 산더미처럼 길가에 쌓여서 흡연가들을 기다리고 있는 광경이었다. "담배가 피우고 싶어도 그걸 말 종이가 있어야지. 종이나 있다면 누구한테 한 대 얻어 말아 불이나 빌려 피워 볼 것인디……" 하는 형편의 사람들도 이거라면 많이 쌀 것이니 활용할 수 있으리라.

여기 이런 것들에 눈이 팔려 서성거리고 있노라니, 또 어떤 인도의 장년 사내 하나가 내 곁으로 다가와서 "무얼 사고자 하는가?" 했다. "이곳 토산의 지팡이를 사고 싶다"고 내가 말하니 그는 "따라오라"고 하며 앞서서 나를 이끌고 갔는데, 질척질척한 어느 골목에는 지팡이만을 전문으로 여러 모양으로 다듬어 만들어서 팔고 있는 가게까지 있어 여기가 오랜 문명국임을 새삼스레 또 내게 느끼게 했다. 뉴델리의 간디 박물관에서 본 간디 선생의 지팡이 유품과 거의 같은 게 몇 개 보여서 그중의 한 개를 골라 샀는데, 값은 물론 이것도 너무나 싼 것이다.

나를 이곳으로 안내해 준 사내는 내가 이걸 사서 짚을 때까지 내 곁에 지켜 섰다가 "우리 가게에도 한번 가 보지 않겠느냐?"고 해서, 따라가 보니 그건 인도 고유의 옷들을 파는 가게였는데, 내가 만지작만지작하다가 한 가지도 사 주지 못하고 말았어도 그는 역시 또 '그건 당연하다'는 아무렇지도 않은 얼굴 표정만을 지닐 뿐이었다.

밖으로 나오니 제철 만난 비는 또 양껏 쏟아지고 있었는데, 나는 호텔로 갈 길을 잊은 데다가 또 비 통에 택시도 잘 안 잡히고 하여 불가불 캘커타에 가장 흔한 그 인력거를 아무거나 하나 손쉽게 잡아타지 않을 수 없었다. 그야말로 뼈와 겉가죽만의 처참하게 말라붙은 십대 나이의 젊은 인도인 인력거꾼은 팬티 하나만의 발가벗은 몸으로 장장 한 시간 반쯤이나 숨을 헐떡이며 나를 태워 끌고 갔는데, 그 값을 물으니 우리 돈으로 5백 원도 다 안 되는 것이어서, 너무 불쌍해 2천 원쯤을 주었더니 어쩔 바를 모르고 좋아라 했다.

힌두교 사원 칼리가트

8월 8일. 오전에도 비는 여전히 내리고 있어, 할 수 없이 호텔 앞에서 전세 택시를 하나 계약하여 캘커타의 가 볼 만한 곳들을 한 바퀴 죽 둘러보기로 했다.

먼저 나는 현재 인도 총인구의 83퍼센트의 신도를 갖고 있는 종교인 힌두교의 절간들 중에서도 여기가 가장 큰 것 중의 하나인 걸 듣고 칼리가트란 이름이 붙은 그곳을 찾아갔는데, 예상과는 달리 이곳은 나를 당황하게 했다.

선물 가게들의 시장 거리가 끝나는 곳에 자리 잡고 있는 이 칼리가트 정문 앞에 차가 멎어서자, 먼저 나를 서글프게 한 것은 수십 명의 나이 어린 거지 떼였다. 나이는 기껏해야 열 살도 채 안 되어 보이는 아이들이 모두가 두루 때 낀 팬츠 하나만을 몸에 걸치고 새까만 알발로 진흙길을 밟으며 우우우우 몰려나와 내가 내리기 전부터 차창에 매달리는 것이었다.

1809년에 세운 것이라는 이 절간은 예술적으로 별다른 감명을 주는 것은 아니었지만, 여기에서는 갠지스 강으로 내려가는 돌계단이 열려져 있어, 신도들이 연달아서 그들의 죄지은 몸을 씻으러 강으로 내려가는 광경을 볼 수 있어 유명한 곳이다.

이 절간 대문을 막 들어서니 힌두교의 건강하게 생긴 오십대쯤의 사내 중 하나가 꽤나 잘하는 영어로 안내해 주마고 나를 이끌고 나섰는데, 그 안내료는 뒤에 보니 일정한 게 아니고 다다익선이어서 내가 3천 원쯤을 주면 "너는 좀 더 내도 될 것 같은데 왜 그러느냐?

그러지 말고 어서 좀 더 내놓아라" 하는 것이다.

여기는 힌두교의 주신主神 시바의 아내인 칼리를 모셔 섬기는 절간인데, 돌아다니다가 한쪽 마당에 들어서니 문득 피비린내가 물씬하게 코를 찔러서 살펴보니 마당 일대가 흥건히 피로 물들어 있었다.

"이게 무슨 피냐?"고 내가 안내하는 힌두의 중더러 물으니 "염려 마라. 이것은 양의 피다. 양을 산 채로 목을 따서 희생 제물로 써서 이렇게 피를 뿌리면 복을 받게 되는 것이다. 어떠냐? 너도 양을 사서 한바탕 뿌려 보지 않겠느냐?" 하며 느긋하게 소리 없는 웃음을 웃고 있는 것이었다.

오싹하니 소름이 끼치는 채로 두리번거리면서 이 마당의 한쪽 귀퉁이를 보니 거기엔 피를 흘리고 난 나머지인 까만 염소들의 시체가 산더미로 쌓여 있었고, 이것들을 삶고 있는 듯한 냄새도 어디에선지 밀려오고 있었다.

이것도 육체를 티끌처럼 여김으로써만 겨우 목숨을 이어 왔던 이곳 사람들의 한 예행연습 같은 것이긴 하겠지만, 한국 사람인 내 감각에는 어쩐지 메스껍기만 해서, 되도록 빨리 이곳을 탈출하고 싶은 느낌만이 앞섰다.

이 칼리가트의 대문 밖을 나서면 또다시 벌 떼들처럼 몰아닥치는 그 어린 고사리손의 거지 떼들…… 아닌 게 아니라 이런 속에서 먼저 나와야 할 건 성인聖人일 수밖에 없겠다는 생각이 저절로 들었다.

자이나교 사원 디감바라에서

힌두교의 사원 칼리가트를 나온 나는 대기시켜 놓았던 택시를 타고 내리는 빗속을 달려 자이나교의 절간인 디감바라로 향했다.

석가모니 부처님의 시절에도 이미 한 종교로서 자리를 잡고 있었던 이 자이나교의 신도는 지금의 인도에선 불교도나 마찬가지로 얼마 되지 않는 수효지만, 그래도 그들 신도 중엔 돈 가진 부자가 많은 듯 이곳 캘커타에 있는 그들의 절간 디감바라는 캘커타의 모든 집들 가운데서 가장 예쁜 집으로 만들어져 있었다. 1867년에 지은 것이라 한다.

그러나 한낮에도 굳게 잠긴 디감바라의 대문 앞에서 나와 운전기사는 꽤나 오랫동안을 주먹이 저리도록 대문을 두들기며 기다리고 서 있어야 했다. 이곳의 문지기까지도 점심 뒤에는 한잠씩 늘어지게 자는 게 자이나교 계율의 하나인 듯, 문지기는 아직도 잠이 덜 깬 듯한 눈을 손등으로 비비대며 문을 열어 주면서, 우리의 방문이 달갑지 않다는 표정으로 맞아들였다. 가톨릭 성당의 신부들이나 불교의 절간의 스님들도 점심 뒤엔 적당히 낮잠을 자기는 하지만, 대문까지 안으로 걸어 버리는 일까지는 없는 줄 아는데, 여기가 이 하늘 밑에서 그건 가장 철저한 것 같아 재미있었다.

안으로 들어가 보아 하니, 야, 이건 참, 갖은 호사라는 호사는 골고루 다하고 있는 집이다.

금과 은과 보석으로 장식한 집들의 한가운데에는 정교한 솜씨를 다한 탑이 그 옆의 못물에 비치면서 어리어 솟아 있고, 걸어 다니는 길엔 두루 다채한 빛의 대리석을 깔고 있어 무슨 탐미파의 왕궁 같은 느낌을 안겨 주고 있었다. 또 이 뜰에 자이나교의 옛 예언자였던 시타르나트의 대리석상도 서 있는데, 은으로 만든 연꽃을 타고 있는 그의 상의 이마에는 큼직한 다이아몬드가 광채 찬란하게 박혀 있어, 이 집이 세계에서도 드문 부잣집 같은 인상을 주었다. 인도의 다수 민중들의 가난과 대조해 생각해 보자니 너무나 엉뚱한 일만 같았다. 우리나라 속담에 '빨가벗고 돈 한 닢 차기'란 말이 있거니와, 인도의 가난한 여러 종교의 신도들과 이런 사치스런 사원들을 비교해 보면 '빨가벗고 절간만 하나씩 찼다'는 느낌만 앞서는 것이었다.

찬란한 사치에 눈이 어리벙벙하여 이곳을 하직하려고 대문 쪽으로 발걸음을 옮기고 있노라니 이곳의 사내 중 하나가 아직도 덜 깬 눈으로 내 앞에 나타나서, 널찍한 미인의 그림 한 폭을 펴 보이며 사라고 했다.

나이는 열여덟이나 아홉쯤의 얼굴인데, 이제 바야흐로 난만해져 가는 그네의 성의 신비를 마음속 깊은 곳에서 굽어다 보고 있는 것 같은 매우 아리따운 큼직한 두 눈을 가진 이 미인의 토실토실한 살결엔 모든 게 두루 환히 들이비칠 듯만 싶게 으리으리하게는 그려 놓았고, 더구나 금방 벙그러질 듯한 붉은 꽃봉오리 같은 그의 잠긴 입가엔, 두 예쁜 손으로 가락을 맞추고 있는 한 개 옥피리가 대어져 있어서, 인도적인 아름다움을 좋아하게 된 사람이면 누구라도 안 사고는 견딜 수 없게 생겼다.

그네의 초생달 같은 두 눈썹 사이에 핏빛으로 가느다랗게 그려 놓은 또 하나의 초생달 모양이 좀 지나치게 진한 느낌을 주긴 하지만, 누가 보아도 "이보다 더 예쁜 미인은 이 하늘 밑엔 없을 것이다"라고 할 것이다. 그래 나도 낮잠 들기 전에 보고 지낼 양으로 이 여신을 꽤나 비싼 값으로 한 장 사지 않을 수 없었다.

이 디감바라 사원의 대문 밖에서 유명한 것은 코브라 같은 독사들하고 온갖 친한 수작을 다하며 놀고 있는 '뱀쟁이'들인데, 이날은 비가 오시는 때문인지 그게 안 보여 유감이라고, 나를 기다리고 있던 택시 운전기사는 말했다.

사탄이니 뭐니 그러지 말고, 이런 독사들하고 친구 되어 놀 줄 아는 것도 그게 도통道通으론 큰 도통인 것일 텐데……

마이단 공원, 윌리엄 성채, 기타

자이나교의 절간 디감바라를 다녀 나오자 역시 비가 심심치 않게 내리는 속을 이곳 사람들의 오아시스라고 할 수 있는 마이단 공원과 이 공원의 이웃에 있는 윌리엄 성채를 한 바퀴 둘러보았다.

갠지스 강과 초링기 큰 거리의 중간에 있는 마이단 공원은 수백 년씩 자란 큰 나무들이 무성하여 옛날엔 이곳의 명물 호랑이들도 많이 모여들었을 듯한 감칠맛이 풍부한 공원으로, 이 공원의 북쪽은 에덴의 뜰이란 이름까지가 영국인 통치 시절에 붙여져 있는데, 거기엔 수련꽃이 예쁘게 핀 호수도 보이고, 불교의 탑과 사자를 새긴 조각상도 있으며, 특히 저녁놀이 아름답게 보이는 곳이라고 했다.

여러 개의 나무 둥치가 언제부터인지 한 개로 뭉쳐 버리자는 약속을 해 가지고 그렇게 되어 버린 듯한 모양의 여러 백 년씩 자란 크나큰 나무들이 빽빽이 우거진 사잇길을 가면서 나는 동양의 대가족주의 제도가 빚었던 '자기 없는 목숨'의 상징 같은 걸 가만히 느껴 보았다.

윌리엄 성채는 1773년에 영국이 쌓은 것이라 하는데, 물론 만일의 경우의 싸움에 대비해 쌓은 요새로서, 그 서쪽이 갠지스 강을 향해 있는 이 성채의 동, 남, 북의 세 쪽엔 갠지스 강물을 끌어들여 깊이 10미터의 꽤나 넓은 도랑을 만들어 놓고 있어, 옛날 같으면 아닌 게 아니라 꽤나 평안한 잠도 이 속에선 더러 자 보려고 했겠다. 그러나 18세기라면 캘커타에는 무서운 인도 호랑이들의 출몰이 마을 개들의 출몰보다도 더 많던 시절이니, 이런 것 저런 걸로 아주 평안한 잠이라는 것도 잘 들 수도 없긴 없었겠지만……

호텔로 돌아가는 해 질 녘의 길에 나는 인도에서 유명한 하얀 호랑이나 한두 마리 만나 봤으면 하는 생각만 이어 하고 가다가 호텔에 들르자 그 가죽이라도 좀 구경해 볼 양으로 호텔 안 가게에 물어보았더니 "그건 인도에도 지금은 드물고 보통 호랑이 가죽이라면 얼마든지 있다. 살래? 중치면 한 3백 달러만 내라" 했다. 하치면 한 2백 달러면 팔지만, 여기서도 요즘은 이걸 통제하고 있으니 사겠다면 비밀로 감추어 둔 데에 가서 가져오겠다는 것이었다.

그러나 내 호주머니는 벌써 많이 말라 있어 그만큼의 것을 살 형편도 되지를 못하여서 겨우 표범 털가죽으로 만든 겨울 모자를 하나 샀는데, 우리 돈으로 만 원쯤 되는 값이었다.

겨울에 호랑이가 무서운 산골 밤길을 갈 때는 이걸 쓰리라 생각하며 가게 밖으로 나오노라니, 두 눈이 유난히 성글성글 밝은 일본 여자 비슷하게 생긴 한 서른 살쯤의 젊은 여인이 나를 기다리고 있었던 듯 "우리 가게에도 좀 들러 다우" 해서 또 그리로도 따라가 보았는데 이건 보석 가게였다.

그녀는 신비한 달빛을 내는 문스톤이라는 인도 보석을 예쁘장하게 조각한 은에다 끼운 반지 하나를 골라 내 왼손의 가운뎃손가락에 끼워 주며 "잘 맞는다. 사라"고 쌩긋한 이빨들로 웃으며 나직이 권했는데, 값은 우리 돈 2만 원쯤 되는 것이어서 인연인 것만 같아 이것도 하나 사 끼어 보니 재미있었다. 이 여자는 내 주머니 속이나 심미 정도까지 다 들여다보는 그 '하늘눈'이라는 걸 아무래도 마음속에 지니고 있는 것만 같아 그게 재미가 있었다. 태국이 저의 친정이라 했는데, 거긴 불교의 나라라서 불교의 하늘눈의 일종을 틀림없이 하나 만들어 가지게 된 것 아닐까?

태국

조용하고 난들난들한 태국의 첫인상

8월 9일에는 낮 12시 비행기를 타고 태국의 방콕으로 갈 양으로 10시쯤 캘커타 공항에 나왔는데, 이곳 인도의 교통이 정하고 있는 시간이라는 것은 있으나 마나 한 것이라 한낮 12시에 뜬다는 것이 오후 5시 반이던가 그쯤으로 연기되어, 공항 안에서 적지 않은 시간을 왔다 갔다 하며 서성거리고 지내자니 아무래도 인도식의 무슨 도통 연습이라도 하지 않고서는 배겨 낼 장사가 없을 것만 같았다.

또 그 많은 시간을 가까스로 기다려서 겨우 비행기를 타고 보니, 이 속은 또 수라장이나 다름없었다.

어디 어디서 온 사람들인지, 얼굴과 머리털 빛은 서양 사람들임엔 틀림없는데, 동양의 인도 비행기 속쯤에 오니 아무렇게 굴어도 좋다는 생각들이나 일어난 것인지, 몽땅 술 마시며, 노래하며, 외치며, 왁자하게 비행기가 망가져라 떠들어 대다가는 그것으로도 모자라는지 통로로 몰려나와 남녀끼리 끌어안고 고고 같은 걸 추기도 하는 것이었다.

그러나 좀 조용해 달라고 부탁하는 승무원의 소리는 한마디도 안 들리고, 이 귀가 미어질 듯한 법석의 방치는 방콕 공항에 가까워질 무렵까지 계속되고만 있을 뿐이었다.

공항에 내려 짐 찾고, 돈 바꾸고, 호텔 예약을 하고 나서 택시로 시내에 들어와 호텔 방에 들고 보니, 어언간에 시간은 자정이 다 되어 있었다.

여기가 세계에서도 대표적인 불교의 나라여서 그런지 방콕의 밤거리는 절간 언저리처럼 아주 조용하여, 거리의 술집 언저리에서도 높은 소리를 내는 사람이나 비척거리는 사람의 모양이 보이지 않고, 사람들의 내왕도 적고, 구석구석이 물로 씻은 듯 고요한 게 마음에 들었다. 2만 5천 개 이상의 절간을 지어 가졌고, 약 4천2백만 명의 총인구 중 98퍼센트가 불교 신도인 나라. 더구나 사내는 누구나 일생에 한 번씩은 절간에 들어가서 머리를 깎고 한동안씩 꼭 중노릇을 거쳐 나와야만 하는 나라의 기풍이 밤거리에서도 풍기는 것이다.

한밤중에 짐을 풀고 나니 갈증이 생겨서 웨이터를 불러 맥주를 두어 병 달라고 했더니 "마사지하는 사람은 필요 없느냐?"고 서투른 영어로 물어 오기에, 많이 고단해진 몸의 피로를 불교적인 수법에 주물리어 풀어 보는 것도 좋을 듯싶어 "좋다. 하나 데리고 와 봐라"

했더니, 우리나라나 일본에서 많이 보는 것 같은 사내 장님이 아니라 이건 두 눈과 이빨이 말짱한 예쁘장한 갓 젊은 색시였다.

물론 이 나라는 12세기 무렵부터 중국 남쪽에서 흘러들어 온 중국 사람들의 힘으로 세워진 왕국인지라, 이 여자도 그 혈통 그대로의 모습을 띠고 있었으며, 태도가 중국 여자보다 좀 더 난들난들한 게 달라 보일 뿐이었는데, 저의 나라 말밖에 외국어는 전혀 아는 게 없어 손짓과 눈치로 의견을 나눌밖엔 별수가 없었다.

그래 나는 이 아마 인류 사회에서는 가장 난들난들한 것인 태국의 눈이 맑은 젊은 색시에게 내 온몸의 방방곡곡을 주물리며 나자빠져 있는 동안, 우선 하나 둘에서 열까지 태국 말로 수를 세는 걸 배우고 있었는데, 그중의 몇 개는 우리 한국말과 비슷한 게 있어 재미가 있었다.

여자가 간 뒤에 웨이터한테서 들으니, 이 마사지 여자들은 경우에 따라선 손님과 동침의 하룻밤을 잘 지내 주기도 한다는 얘기였다.

이런 '난들난들'과 불교의 관계도 아마 없는 것은 아닐 것이다.

악어와 맹호 사육의 선수들

8월 10일 상오, 방콕에 있는 우리 대사관으로 박 대사를 찾았더니, 그는 열심히 태국 사람들의 국민성의 장점을 내게 강조해서 설명해 주었다.

"태국 사람들은 거의 전부가 불교 신도고 또 제 나라의 왕을 본심으로 신봉한다. 그래 불교로 결합되고 왕 중심으로 단합된 단결력을 단단히 가지고 살아왔기 때문에 동남아시아의 그 많은 변천 속에서도 끝까지 무너지지 않고 남은 오직 하나뿐인 나라가 될 수 있었던 것이다. 언뜻 보기에는 유순해 보이지만 그들은 정말 굳센 민족이다. 잘 보아 주시기 바란다."

박 대사는 이런 설명에, 권고에, 다시 그의 공보관까지를 내 안내역으로 빌려 주어 이날은 우선 방콕 교외에 있는 세계 제일의 악어 사육장을 둘러보기로 하고 차를 몰았다.

그러나 가서 보니 거기는 '세계 제일의 악어 사육장'이라는 그 간판이 보여 주는 것 같은 악어들만을 모아 기르고 있는 게 아니라, 또 대단히 사나운 호랑이들까지를 한쪽에서 아울러 기르고 있어, 물속과 땅 위의 제일 흉물인 이 두 동물들의 사는 모양을 나란히 놓고 대조해 볼 수 있어 심심치 않았다.

먼저 악어들의 세계로 들어가 보니, 여러 만 마리의 악어 떼들이 상치와 중치와 하치의 세 구분으로 나눠져서 수십 개의 못물에서 헤엄도 치고, 못물가 마른 땅에 나와 햇볕도 쬐며 대단히 징그럽게 우글거리고 있었는데, 그들이 모인 곳에 먹이를 던져 줄 때의 그들의 싸움을 가장 좋은 구경거리로 관광객들에게 보여 주고 있었다.

이 사육장의 심부름꾼인 소년들이 큰 그릇에 돼지고기 기름기 같은 걸 그득히 담아 가지고 나와서 관광객들한테 적당한 값을 받고 한 덩이씩 두 덩이씩 악어들을 향해 던져 주면, 그들은 제각기 먼저 채어 먹으려고 덤벼들다가 드디어는 사나운 이빨을 무기로 하여 어우러져 싸우는 것이었다. 그래도 그 고깃덩이가 일단 남의 입속으로 완전히 들어가 버린 뒤에는 즉각 싸움을 멈춰 버리는 것은 사람들보다는 좀 더 슬기가 있는 것 같아 보였다. 사람들은 저희가 먹고 싶던 게 몽땅 남의 입으로 들어가 버린 뒤에도 꽤나 오래 두고 그걸 잊지 못해 원수가 져 싸우기도 하는 것인데, 이놈들은 그래도 그 점은 즉각 단념해 버리는 슬기가 있는 것이다.

여기에는 또 관광객을 심심치 않게 하기 위한 악어들과 사람들과의 곡예도 있어, 악어를 타고 다니는 놀음, 악어를 안고 노는 놀음 같은 것도 해 보이고 있었다.

내가 아프리카의 코트디부아르의 시골에 갔을 때 보니, 거기 사람들은 악어들을 아직도 그냥 고스란히 구워 먹을 줄밖엔 몰랐는데, 태국은 문명사회인지라 이 악어가죽에서 해마다 올리는 수입도 상당한 것이라고 한다.

악어 사육장에서 나무다리를 건너 대나무가 수부룩이 우거진 언저리를 돌아가노라니 잉그르…… 잉그르…… 마치 숯불을 몇 섬씩이나 불 이루어 놓은 듯 잉글거리는 소리들이 들려서 자세히 살펴보니 이것들은 또 큼직큼직한 갈기가 사나운 불호랑이 떼들이었다.

여러 개 철책 안의 이것들도 관광객이 내놓은 돈만큼의 고깃덩이가 그들을 향해 던져지면 하늘을 불붙이는 소리를 내며 죽음과 삶을 하나로 해 싸우지만, 용하게는 그 먹이가 이미 남의 입에 들어가 버린 걸 알기가 바쁘게 싸움을 냉큼 멈추는 것이었다. 요만큼도 영리하지 못한 미련한 사람들은 악어와 호랑이한테 우선 배울 일이다.

그러고 또 한 가지 더 묘한 것은, 언뜻 보기엔 하늘 밑에선 가장 유순해 보이는 태국 사람들이 이런 악어나 범 같은 맹수를 길들여 다루는 데서 뛰어난 선수들인 점이다. 이것도 불교에서 오래 두고 잘 배운 힘의 모양일 것이다.

클롱 운하의 수상 시장에서

동양의 베네치아라는 별명으로도 불리는 태국의 방콕은 그러니까 물로 한몫을 보는 곳인데, 그것은 이 나라의 북에서 남으로 흘러내리면서 들판을 적시는 젖줄인 메남 강의 한 지류인 클롱 운하가 이 도시의 가운데를 통해 마르는 일이 없이 늘 흘러가고 있기 때문이다.

클롱 운하 위에서는 날마다 아침 5시부터 9시 사이에 '강물 위의 시장'이 서는데, 관광객들을 위해서는 매일 아침 7시에 출발하는 유람선이 있어, 네 시간 동안에 걸쳐 이 운하 위의 시장과 강의 서쪽 언덕 위의 '새벽의 절'이라는 제일 오랜 절간과 운하 가의 서민들의 생활 풍경 등을 구경시켜 주고 있다.

클롱 운하의 물은 상당한 탁류이긴 하지만, 강 양쪽 언덕의 열대의 나무 수풀들은 무성한 정글을 이루며 꽃도 많이 피우고 있어 볼만한 데다가, 물가에는 기둥을 물속에다 박고 있는 수상 누각들이 곳곳에 즐비하게 솟아 있고, 그런 언저리의 물가에서 빨래를 하는 밉지 않은 젊은 여인들의 모양도 눈에 띄고 하여, 이런 데서 하룻밤쯤 드새어 보았으면 하는 느낌을 보는 이들에게 문득 일으키곤 한다. 이 수상 누각들 중의 어떤 것들에서 이곳 서민들의 장이 서는데, 여기에선 관광객들을 위한 온갖 선물감 토산품과 일상의 생활필수품들이 두루 모여 팔리고 있다.

석가모니 부처님께서 이 땅에 살아 계셨을 때에 그 냄새를 애용하셨던 전단 향나무로 살을 두루 만든 부채를 하나에 우리 돈 천 원쯤의 값으로 산더미처럼 쌓아 놓고 팔고 있는 것도 보이고, 우리나라 옛날 자수에 많이 보이는 '소나무 위의 학' 그것이 마치 한국 여인들의 솜씨 그대로 여기저기 걸려 있어, 여기가 한국의 작은 집 아닌가 하는 착각을 내게 일으키게도 했다. 대나무를 가늘게 쪼개서 만들어 낸 죽세공품들도 우리나라 담양 근처 것들과 너무나 많이 닮았다.

내게 또 한 가지 재미있던 건 아직 유치원 나이밖에는 안 되는 코끼리 새끼에게 어떻게 가르친 것인지 머리를 숙여 절을 굽실굽실하는 걸 잘 가르쳐 데리고 서서 우리 관광객들에게 극진히 인사를 치르고 있는 한 교육자의 모양이 야자나무 아래 덩그렇게 서 있는 것이었다. 거 참, 예절 있는 민족인 것이다. 물론 그는 우리 중 누가 그의 절 잘하는 코끼리 새끼와 함께 기념사진을 찍겠다면 잠시 빌려주는 삯으로 백 원이나 2백 원쯤 받기는 받았지만…… 하여간에 이걸 한 직업으로 본대도 역시 내게는 꽤나 재미있어 보였다.

여기 태국 사람들은 거의가 다 불교 신도들이어서 죽은 뒤엔 무덤도 없이 깨끗이 불살라져 메남 강이나 바닷물에 한 줌 재로 날려져 버리는 것인데, 그리되기까지의 일생의 직업이라는 걸로 이런 '코끼리 새끼 절 시키기' 같은 걸 택해 살다 가는 것도 재미있지 않은가? 강가의 시장에서 무슨 물건을 팔고 지내거나, 쪽배에 먹을 거나 몇 움큼씩 싣고 유람선의 관광객 뒤를 부지런히 쫓아다니는 직업보다도 아무래도 좀 윗급인 것만 같은 것이다. 사람들을 불교적으로 꽤나 하염없게 느끼게 하는 푼수에 있어서도……

새벽의 절간, 백사 친구

물 위의 시장들이 서는 클롱 운하를 북으로 올라가다가 보면 왼쪽의 언덕 위에 '새벽의 절'이라는 의미를 가진 왓 아룬의 다섯 개의 탑이 하늘 높이 솟아 있는 것이 보인다. 이 절이 서 있는 톤부리라고 불리는 곳 일대는 1768년에서 1782년까지 14년 동안 태국의 수도였던 곳으로서, 14세기에 이 나라의 북쪽 아유타야에 섰던 아유타야 왕조가 1767년에 비르마와의 싸움에서 망하자 새로 선 차크리 왕조가 1782년에 방콕을 수도로 정하기 전에 한동안 수도로 썼던 곳이다.

'금빛으로 빛난다'는 뜻을 가진 그들의 지난날의 나라 이름인 샴과 그 감각을 같이하여 '새벽의 절'이라고 이름한 이 절은 이른 아침 해 뜰 때에 보는 것이 가장 아름답다고 하지만, 내가 여기 들른 때는 오후였는데도 역시 단순한 대로 다채로운 아름다움을 상당히 많이 지니고 나타났다.

언뜻 보기에는 프랑스 파리에 있는 에펠 탑 모양 비슷한 다섯 개의 탑 중에 제일 큰 것은 높이가 74미터나 되는 것으로, 갖은 솜씨의 조각과 채색을 다해 빚어져 있고, 아이들의 이야기 속에 나옴 직한 주황의 영산홍빛 지붕들을 가진 뾰족뾰족 뿔이 난 절간 집들이 다섯 개의 그 탑과 어울리어 늘어서 있는 광경은 태국 아니고서는 느낄 수 없는 특별한 정취를 풍겼다.

특히 그 절간 입구에 버티고 앉아 있는 두 금강역사의 어금니가 마치 코끼리의 그것들처럼 밖으로 길게 솟아나 있는 것은 여기가 힘센 코끼리가 많은 나라임을 암시하는 동화의 한 귀퉁이를 보는 것 같아, 유치한 걸 매우 좋아하는 내 취미에 아주 잘 들어맞았다.

이 절간 한 귀퉁이에서도 입을 벌리고 있는 선물 가게에 들렀다가 역시 할 수 없이 이곳 명산인 자단향 나무 부채를 또 하나 사 들고 할랑할랑 코로 그 향기를 집어넣으며 흐트러지려는 다섯 개의 감각을 한 군데로 모으면서 밖으로 나오고 있노라니, 문득 허연 큰 뱀을 어깨에 쓱 감아 걸친 침착하게 생긴 중년의 사내 하나가 내 가는 길을 가로막으며 뭐라고 말을 건넸다.

순 태국 말씀이어서 알 길은 없었으나, 그 얼굴의 표정이나 눈치로 보아 퍽이나 서로 친구가 되어 놀아 보자는 것만은 확실했는데, 구체적으로 그게 무엇이었는지는 물론 지금도 영 알 길이 없다.

그러나 이때까지의 내 60여 년의 생애에서 이 흰 뱀의 친구가 내게 한 새로운 감각의 관문을 열어 준 것만은 뚜렷한 사실이다.

그 대단히 새로운 것은 딴것이 아니다. 나는 어려서부터 뱀은 징그럽고 독한 것이니 멀리 피하고 살아야 한다는 것만 배우고 살면서 괜히 무서워하고 미워하고만 지내 왔던 것인데, 그럴 필요가 하나도 없다는 느낌을 이 흰 뱀의 친구가 비로소 내 마음속에 집어넣어 주었으니 말이다.

뱀, 그것들하고도 서로 사귀어 잘 이해해 주고 지내는 것이 그리 안 하는 것보다는 역시 나은 것이라는 깨달음의 실마리를 그가 내게 처음으로 가르쳐 준 것이다. 이것도 역시 이심전심으로 내게 온 불교의 마음일시 분명하다.

왕궁과 왕실 사원

8월 13일 점심 뒤에, 우리 대사관 공보관의 안내로 이 나라의 왕궁과 그 부속인 왕실 사원 왓 프라깨오를 한 바퀴 둘러보았다.

메남 강가에 자리 잡은 태국 왕궁의 특징은 그 허연 아랫도리 위에 높이 솟은 세 개의 뾰족탑을 가지고 있는 점일 것이다.

아래는 펑퍼짐하지만 위로 올라갈수록 점점 뾰족해져서 맨 꼭대기에는 하늘을 뚫고 들어갈 듯이 날카로운 이 뾰족탑들을 보고 있으면, 우리는 유럽에서 본 고딕 건축의 첨탑들을 연상하게 되지만 물론 이것들은 고딕 미술의 영향을 받은 역사는 가지고 있지 않은 만큼 독자적으로 이루어 놓은 것임엔 틀림이 없다. 그러나 우연의 일치점을 지닌 이 두 뾰족탑의 정신적 근거를 비교해 생각해 보고 거기서도 또한 비슷한 점을 더듬어 보는 것은 내게는 상당히 재미가 있었다.

이곳 태국의 불교는 소승불교의 전통을 지니고 내려왔으므로 중국이나 우리나라의 대승불교처럼 모든 일에 원만하려는 원융성은 적지만, 무얼 극단적으로 추구해 가려는 진취성은 뛰어날 수 있었던 것인데, 이것이 유럽 중세기의 하늘로 하늘로 치솟아 오르던 정열의 상징인 고딕의 정신과 우연히 일치하는 것을 보는 것은 재미가 있다는 말이다.

그러나 이보다도 더 독특한 것은 왕궁 부속의 절간인 왕실 사원이다. 왜냐하면 이 절간에는 높이 61센티미터의 순 에메랄드로 만든 부처님이 모셔져 있는데, 이 세계에서 순 에메랄드만으로 만든 부처님은 여기밖에 딴 곳엔 아무 데도 없기 때문이다. 이 부처님에게 이곳의 왕은 손수 한 해에 세 번씩 옷을 갈아입혀 드리는데, 그것은 순금으로 된 것이라고 한다.

우리 대승 스님들은 "거 특별나게 그럴 것 뭐 있느냐?"고 하실는지는 모르지만, 나는 이 부처님을 많은 관광객들을 헤집고 우러러보고 있는 동안 '거 잘한 일이다. 부처님이라도 이왕이면 아주 특별나게 예쁘게도 만들어 가져 보아야지. 아무렴' 하는 생각도 들었다. 뾰족뾰족한 뿔들이 새로운 뿌사리 소의 머릿박 위에 새로 솟아 돋은 듯 구석구석 돋아나 있는 대로, 정말 다색다채하게는 오밀조밀 예쁘게만 꾸며져 있는 푼수로는 아마 여기 이 절간이 하늘 밑에선 가장 대표적일 것이다.

여기 스님들의 모양은 많이 우리나라 스님들 같으나, 그 입은 옷이 회색이 아니라 이것도 햇빛을 닮으려는 것인 듯 붉은 것이 또한 인상적이었다.

시是와 비非를 넘어서서 피어 있는 연꽃의 미소와 같은 그런 얼굴이라기보다는 시와 비도 아주 잘 가리고, 살림도 잘할 것 같고, 야무진 용기도 눈에 뚜렷한—그런 얼굴과 태도를 띠고 있는 것이 이곳 스님들의 모습이어서, 이것도 소승불교의 영향 아닌가 생각되었고, 또 가정생활을 하는 일반 신도들을 위해서는 소승의 효력도 겸하는 게 좋겠다는 생각도 들었다.

호주 1

큰 애기 큰 손목 같은 호주 사람들

8월 13일 낮 12시쯤, 나는 대단히 습하고 더운 늦여름의 태국 방콕을 떠나 잠시 싱가포르에 멎은 다음, 오스트레일리아의 시드니에는 초저녁에 도착했는데, 여기는 태국과는 정반대로 늦겨울철이어서 호텔에 들러 옷을 갈아입도록까지에는 꽤나 쌀쌀하였다. 우리나라 기후로 치면 3월 중순쯤의 추위라 할까.

그러나 시드니는 별 겨울 추위도 없는 곳이라 저녁 불빛에 비친 가로수의 어떤 것엔 새빨간 꽃들이 자옥이 핀 채로 있기도 하여 별천지에 들어온 느낌을 주었다.

하룻밤 숙박료가 18달러쯤 되는 조그맣고 싼 호텔에 들었는데, 주인 할아버지가 손수 내 트렁크들을 방으로 옮기는 걸 도와주어서

팁으로 1달러를 주었더니 매우 고마워하여 내게 '서Sir'라는 경칭까지 붙여 말했으며, 물러가서는 부인인 할머니를 올려 보내 "무엇 불편한 것이나 없는지" 문안까지 드리게 했다. 영국의 연방다운 예법이라고 할까. 그러나 이런 식은 영국의 요즘 호텔에서는 볼 수 없던 것이라 내게는 이런 신사 숙녀의 예법이 희한하게만 느끼어졌다.

또 출출하여서 호텔 식당에 내려가 비프스테이크와 빵과 맥주를 시켰는데 비프스테이크도 여기 것은 흡사 스페인 것처럼 매우 큼직한 것이어서, 내 정도의 식성으론 두어 사람이 먹고도 남음 직했으며 값도 쌌다. 거기다가 시중하는 젊은 색시의 수수하고 친절함이 꼭 우리나라의 마음 좋은 시골 친구의 집에나 온 것 같아서, 이 오스트레일리아라는 곳이 매우 두두룩한 곳임을 내게 느끼게 해 주어 마음 편안하였다.

나는 이런 두두룩함이 이곳의 일반적인 것인지 아닌지를 살펴보기 위해, 이튿날인 8월 14일 아침 식사는 호텔 밖의 딴 식당을 찾아서 시켜 보았는데, 거기도 역시 후하고 수수하고 비싸지 않음은 마찬가지였다. 커피나 밀크 잔도 여기 것은 딴 나라보다 훨씬 더 두두룩이 큰 것을 쓰고 있고, 또 거기엔 언제나 그득그득 넘칠 정도로 커피나 밀크가 따라졌으며, 빵이건 달걀이건 햄이건 야채건 먹을 것은 어느 거나 두루 푸짐하고 두두룩하게 내놓아 주며 또 그 값도 싸서, 나그네만 야박할래야 야박할 도리도 없이 만들어 놓는 것이었다.

거기에 그런 두두룩한 물건들을 나르는 이곳 사람들의 그 큼직하고도 소박한 손들을 나는 좋아하게 되었다. '큰 애기 굵은 손목 굵어서 좋고 작은 애기 작은 손목 작아서 좋네' 하는 민요 구절은 우리나라 것이지만, 여자들의 작은 손목보다는 그 굵직하고 듬쑥한 손목이 여기서는 매우 믿음직하게 좋게 보이는 것이다.

이런 두두룩함은 어디에서 유래되어 온 것일까? 여기가 사람의 수효보다 물건들이 풍부한 때문도 물론 있을 것이다. 그러나 그 때문만이라면 넉넉할수록 야박해질 수도 있는 것이니, 그들의 그 후한 까닭의 온전한 이유는 될 수가 없다.

그들은 소수의 이곳 원주민만을 제외하고는 전부가 영국을 주로 한 외국에서 나그네 떠돌이로 건너온 사람들이거나 그 자손들이다. 그럼 이것이 중요한 이유일까? 제 고장을 버리고 아주 먼 별천지에 놓이는 나그네 떠돌이는 고향 생각 때문에 너그럽고 또 두두룩해지는 것일까? 아무래도 이 이유가 조금은 더 클 것 같은데, 그렇다면 이건 우리에게도 대단히 그립게 느껴지는 것이 아닐 수 없다.

보클루즈 언덕, 오페라하우스, 하버브리지

8월 14일 오전에 시드니에 있는 우리 총영사관을 찾았더니, 총영사께서 반가이 나를 맞으며 직원 하나를 안내원으로 내주기까지 하여 그분과 함께 우선 시드니의 가장 아름다운 곳을 둘러보기로 했다. 이곳은 이탈리아의 나폴리와 브라질의 리우데자네이루와 아울러 세계에서 가장 아름다운 세 항구 중의 하나로 손꼽히는 곳인 만큼, 먼저 그 독특한 아름다움의 윤곽부터 마음속에 살펴 담으려는 욕심이 앞서서였다.

우리는 먼저 시드니의 가장 큰 자랑거리인 항구 다리—하버브리지와 오페라하우스가 잘 보이는 조용하고 깨끗하고 아름다운 언덕 보클루즈에 올라갔는데, 여기는 시드니에서도 잘사는 사람들의 집들이 모여 있는 곳이라서 그런지 언덕 위의 산보길가의 수풀들이며, 그 아래 골짜기로 잔잔한 강처럼 밀려드는 바다며, 멀고 가까운 조망이 아주 좋은 곳이다.

우리는 조망을 시작하기 전에 언덕 위의 수풀 속의 산보로를 지나다가 아직 겨울철인데도 인줏빛이 선명한 여러 천 송이의 꽃 더미에 자옥이 덮인 큼직한 꽃나무가 서 있는 걸 보고 반해 멎어서 있노라니, 문득 어디서 헐떡헐떡하는 가쁜 숨소리가 하늘에서 내려오는 듯이 내 귀에 들려오며 미끈하게 젊고 예쁜 색시가 내 옆으로 달려오고 있었는데, 자세히 살펴보니 야, 이건 젖통과 사타구니만을 겨우 가리고는 그 나머지는 몽땅 다 벗어 버리고 뛰어오고 있는 것이다.

'내게로 오시나이까?' 한바탕 물어볼까 하다가, 그건 도리어 서로 은근치 못한 일만 같아 그냥 지나가게 거기 놓아두고, 돌아서서 시드니 항구를 내려다보자니 아닌 게 아니라 그것 참 꽤나 감칠맛 있게 아름답게는 생겼다.

보티첼리의 〈비너스의 탄생〉이란 그림에서 그 비너스를 까 놓은 큰 조개의 껍데기들을 겹겹이 보기 좋게 늘어놓은 듯한 모양으로 지어져 있는 오페라하우스. 그 속에서는 영국 시인 초서의 표현 그대로의 슬픈 울음 우는 뻐꾹새를 손등에 얹은 비너스며, 또 그네의 딸

아마존이며가 금방금방 쏟아져 나올 것만 같은데, 그 너머 보이는 하버브리지의 무지개 모양의 등 굽은 긴 다리는 또 그들을 위해 하늘에 걸친 무지개의 예쁘디예쁜 길인 양만 하여 다시 한 번 눈을 문지르고 보기도 했다.

저 큰 조개껍데기들의 꽃덩이 같은 오페라하우스는 1959년에 착공해서 1973년에야 처음 막을 열었다고 하니, 꼬박 14년이나 걸려 지은 것인데, 그 설계는 1956년에 전 세계에 널리 상을 걸고 모집하여 덴마크의 요른 웃손이란 건축가의 것을 뽑아서 쓴 것이라고 한다.

하버브리지의 다리의 길이는 1149미터. 그 한가운데 무지개의 길이만도 503미터, 물 위에서의 높이는 51.9미터로서, 그 다리 밑을 5만 톤급의 큰 기선도 지날 수 있다. 1932년에 완성한 것이라 한다.

시드니 박물관과 특산품 가게

8월 14일 오후는 국립박물관에 들렀다. 마침 박물관원 가운데에는 내 아들 승해와 고등학교 동기인 우리나라의 지질학자가 끼어 있어서 그의 안내로 여기저기 자세한 설명을 들으며 둘러볼 수 있었는데, 이곳 원주민들의 생활 습관의 모양을 간추려 보이고 있는 것도 재미있지만 그보다도 훨씬 더 많이 수집되어 있는 것은 자연 속에 풍부하게 매장되어 있는 각종의 다색다채한 돌들로서, 그 규모나 크기로는 세계에서도 대표적인 것이라고 했다.

상상도 못하던 미묘하고 감칠맛 있는 여러 빛깔들과 무늬들을 오스트레일리아의 자연은 그 돌들을 통해 신비하게 나타내 보이고 있어, 내가 만일 화가라면 우선 그 빛깔의 어떤 것을 본떠서 배합해 보지 않고는 견딜 수 없을 것만 같았다.

특히 이곳 오스트레일리아에서는 오팔이란 보석이 많이 나는데, 그중에서도 남빛 계통의 오팔이 더욱 많이 난다. 옛날 우리 여인네들이 치마에 물들이던 그 쪽이란 풀빛 그대로의 남빛이 많이 보여 내게 그만큼의 고향 그리움을 자아내게 했다.

박물관에서 나와 이곳의 명산품을 파는 가게들을 둘러보았는데, 이곳에 많이 사는 캥거루의 가죽이 아주 많이 보이고 그 값도 예상 밖으로 쌌다. 털빛이나 부드럽고 차분한 촉감의 아름다움이 밍크만 못할 것도 없는데, 여자의 겨울 외투 한 벌 그러니까 대여섯 마리 값이 도통 합쳐서 우리 돈 10만 원 정도면 되는 값이다. 이 캥거루의 털은 아주 길지는 않지만 어느 만큼은 긴 편이라 이걸 몽글게 깎아 내는 데 그 공전이 비싸게 먹혀 몽글게 잘 깎아 놓은 것은 어느 만큼 비싸다고 했다.

나는 어느 나라에 가거나 그 나라의 해와 달과 별들과 거기 사람들의 눈과 그다음엔 그 나라 특산의 보석들을 눈여겨 대조해 보고 그 조화를 찾는 데 재미를 붙여 지내 온 사람이라 박물관에서 본 것만으로 만족지 못해 이곳의 보석 가게들도 몇 군데 들러 봤는데, 여기에서도 많이 보이는 건 그 우수사려憂愁思慮의 마지막을 한참은 더 넘은 정착定着인 듯만 싶은 그 짙은 쪽빛의 오팔들이었다. 여자의 반짇고리 한 개에 값이 30달러부터 몇백 달러까지 있었다. 여러 빛의 오팔들 외에 옥으로 만든 반지도 많이 보였는데 에메랄드빛 그대로 눈에 선연한 갈매 푸른빛의 옥은 딴 나라에서는 볼 수 없는 독특한 빛의 매력을 지니고 있었다.

시드니 거리의 교통은 아주 한가하여 위트릴로 그림 속의 거리에서 느끼는 것 같은 영원의 고요함을 늘 느끼게 해 주어 좋았고, 많은 길들은 언제나 바다를 조망시키는 나지막한 언덕길들로 통하고 있어 답답지 않아서 또 좋았다. 여기 집들은 거의가 미국의 도시와 흡사한 현대적 콘크리트 건물이긴 하나, 이 도시의 한가함과 또 구석구석마다 관여해 들어온 맑은 바다의 잔가지들 때문인지 콘크리트의 답답함을 느끼게 하지는 않았다.

시드니 항 일주의 유람선을 타고

8월 15일 오늘은, 우리나라의 해방 33주년 기념일. 33년 전 오늘엔 나는 아직도 서른한 살짜리의 한 많은 청년으로서 남루와 헌신짝으로 서울역 쪽을 향하고 있었는데, 이제는 벌써 환갑 진갑 다 넘어서 세계의 떠돌이가 되어 시드니에까지 와 나그네의 유람선을 타고 돌자니 가슴속엔 꽤나 뭉클한 것이 쌓인다.

추위를 막는 유리창들이 달린 널찍한 방과 또 넓은 갑판을 가진 시드니의 깨끗한 유람선들엔 차와 가벼운 식사 대접도 잘 마련되어 있는데, 이걸로 시드니 항구 안의 중요한 방방곡곡을 한 바퀴 도는 데 세 시간쯤은 걸리니 시드니는 참으로 많은 우여곡절의 해안선들을 가진 큼직한 항구인 것이다.

여기에서 서쪽으로 한 1백 킬로미터쯤 가면 1200미터 높이쯤의 '블루 마운틴'이란 이름의 예쁜 산도 있지만, 시드니 항의 주변엔 산이라고 부를 만한 산다운 산은 전혀 보이지 않고 그저 수풀들이 무성한 높고 낮은 언덕들만이 죽 둘러보일 뿐이긴 했으나, 그 언덕들의 미묘하겐 슬기롭게 아름다운 곡선을 쓰다듬으며 굽이쳐 도는 맑은 바다, 또 그 언덕과 언덕 사이를 다정하여 못 견디는 양 깊숙이 깊숙이 헤집어 들어간 바다의 예쁜 구석들로 하여 시드니는 대단히 오밀조밀한 아름다움과 재미를 갖고 있는 항구다.

브라질의 리우데자네이루가 웅장한 산맥들의 아름다움을 곁들이고 있는 특색으로 세계에서 가장 예쁜 항구라면 시드니는 언덕들의 우여곡절과 바다의 배합으로 빚은 오밀조밀한 재미로 또 단연 지구 위에선 가장 아름다운 항구라고 할 수 있겠다.

겨울에도 푸른 나무들이 우거진 언덕과 언덕 사이에는 곳곳에 조그마한 금모래밭의 해수욕장들이 열려 있고, 그런 작은 해수욕장들 가까이는 아담한 별장들이 보이는데, 이것들은 거의가 부유층의 가족용 해수욕장이고 별장들이라 한다.

이만큼 한 것을 지닐 만한 사람들이 와서 오밀조밀 살기에는 꽤나 깨알 쏟아지는 재미가 나는 곳이겠다.

그 깨알 쏟아질 듯한 가족용 해수욕장 뒤에 담쟁이덩굴로 자욱이 덮인 아담한 별장을 나는 눈여겨보며 지나다가 저절로 1788년 무렵 이 언저리에 있었을 광경을 상상해 보지 않을 수 없었다.

이해에 영국의 해군 대령이었던 아서 필립은 약 8백 명쯤의 영국인 죄수들을 이곳 이민으로 이끌고 상륙하여, 여기 이름도 비로소 당시 영국의 내무장관이었던 시드니의 이름을 따서 붙이게 되었던 것이니, 지금으로부터는 꼭 190년 전의 일.

그때의 그 죄수들의 씨앗도 이 깨알 쏟아지는 재미의 해수욕장의 별장 주인공들 속에는 더러 끼어 있을 것이라는 생각과 느낌에 잠기노라니, 세월의 하는 노릇이라는 건 꽤나 재미가 있어 보였다.

그러니 언제나 내가 하는 말씀이지만, 그 세월이라는 것을 사람들은 꼭 제 육체 살아 있는 동안의 5, 60년이나 7, 80년 그쯤의 것으로 줄잡아 보며 살 게 아니라 적어도 자기의 아들·손자·증손자·고손자 등의 때까지 합쳐서 1, 2백 년 이상으로 늘 치부하고 생각하며 살아 볼 일인가 싶었다.

떠돌이의 벽안 여인과 함께

유람선으로 시드니 항의 일주를 마친 다음 나는 항구의 다리—하버브리지에서 멀지 않은 달님의 공원—루나파크에 들러서 밤에는 두 눈동자에 불이 켜진다는 달님의 큰 얼굴 만들어 놓은 것도 보고 또 이곳 어린이 놀이터도 돌아보고 하며 서성거리고 있었는데, 문득 한 삼십 남짓해 보이는 나이의 밤빛 머리털, 밤빛 스웨터에 검정 스커트를 입은 양키 여인 하나가 머리엔 유치원 아이 것 같은 분홍의 큼직한 리본까지 달고 내 곁에 바짝 다가서며, "여봐, 바다 저편 마을로 가려는데 버스 탈 돈이 없어 그러니 조금만 다오" 해서, 여기 동전으로 우리 돈 한 5백 원쯤을 주고, "잘되었다. 그럼 우리 기념으로 사진이나 한 장 같이 찍자" 했더니 내가 머릿골치가 아플 것을 걱정했는지 내 머리의 이마께를 가벼이 넌지시 짚어 주고 서 있는 것이었다.

이런 흔치 않은 행동이 궁금해서였겠지, 나를 그의 차로 안내하던 우리 교포 청년 ○군이 "그러지 말고 우리 차에 타고 돌아다니며 같이 좀 놀다 가면 어떠냐"고 하니까 "좋다. 그러자"고 하여서 이 여자를 두어 시간 옛 친구나 되는 것처럼 데리고 다녀 보았는데, 이건 참 매우 별난 여자였다.

"어디로 가는 길이냐? 가는 데까지 나중에 태워다 줄 테니 염려 말라"고 운전석의 ○군이 차를 몰고 가며 말하니, "촌에서 잠시 놀러 왔다가 돌아가는 길이다"라고 아까와는 다른 말을 하고는, 손에 들고 있던 그림책을 옆에 앉은 내게 펴 보이며 "이건 모두 내가 그린 것이다. 어떠냐? 잘 그렸니?" 하는 것이다.

그 그림들을 들춰 보니, 모두가 크레용을 칠해 그린 꽃이니, 새니, 나무니, 하늘의 구름이니, 수풀가의 집이니 그런 것들인데, 그 솜씨도 어른의 것은 아니고 기껏해야 국민학교 2학년짜리 정도의 솜씨밖엔 안 되는 것이었지만, 이 여자는 끝까지 이건 모두 진짜 그녀의 작품이라고만 우기는 것이다.

이것도 또한 ○군과 내게는 대단히 기특한 일이어서 내가 "좋다. 그럼 공원에 가서 좋은 꽃이나 한바탕 같이 찾아볼까나? 왜 독일의 시인 괴테의 『젊은 베르테르의 슬픔』 속에는 겨울에 없는 꽃을 찾고 다니는 미친 사내도 있지 않더냐?" 해 보았더니, 그것도 민감하고 유식하게 아주 썩 잘 알아듣고 괴테나 셰익스피어의 구절들도 기억력 좋게 뇌까릴 뿐 아니라, 그녀의 영어는 ○군이 "아주 상류사회의 유식하고 점잖은 영어입니다"라고 탄복할 정도로 세련된 교양을 가진 것이었다.

"귀한 댁 아씨 같은데?" ○군이 말하니 "그렇다"고 그녀는 단호하게 자신만만한 소리로 대답했는데, 이것은 더욱이나 묘한 일이었다.

우리는 약속대로 공원의 수풀을 찾아가서 ○군이 찾아낸 꽃 한 송이를 그녀 가슴에 달아 주고 나는 또 그녀가 아까 내 이마를 짚어 준 답례로 그녀의 새로 꽂은 가슴의 꽃에 키스를 한번 해 줄 양으로 내 입술을 그리로 가져가고 있었는데, 그건 또 그녀의 손으로 제지를 당했다.

"술은 어떠냐?"고 내가 물으니 "그거야 좋지" 그녀는 정말 반가이 응해 주어서 우리 세 사람은 드디어 공원 근처의 어떤 수수한 바에 들어가 나란히 앉아 서로 시시덕거리고 좋아라 하며, 한 식경을 마셔 댔는데, 마침 일본 도쿄를 거쳐 대만의 대륙으로 날아갈 내 밤 비행의 시간 때문에 불가불 20달러가를 집어 주며 "갈 데로 가라" 하고 말았거니와, 이 글을 쓰는 지금에도 수수께끼이기만 한 것은 이 보통은 아니었던 여인이다.

보통은 절대로 아니지만, 그렇다고 미친 사람이기에는 너무나 정신이 말짱한 이 양키 떠돌이 여인의 정체는 무엇이었는가?

오스트레일리아의 시드니 쪽을 생각하면 언제나 먼저 내 머리와 가슴에 떠오르는 것은 이 기묘한 여인의 모습이다.

이런 여인도 역시 오스트레일리아 대륙이 빚은 중요한 한 상징이 되는 것인가?

자유중국

타이베이에 와서

오스트레일리아의 시드니를 8월 15일 밤 10시에 출발하여 일본의 도쿄 경유로 16일 오전 11시 좀 넘어서 자유중국의 타이베이 공항에 도착했다.

우리 외국어대학의 중국 문학 교수인 허세욱이 중국 말로 번역한 내 시선집의 출판기념회를 자유중국의 시인들과 함께 여기 타이베이에서 갖기로 예정한 때에 맞추어서 8월 15일이나 16일 양일 가운데 나는 여기에 반드시 도착하는 걸로 약속이 되어 있어, 동남아시아의 말레이시아 또 대양주의 뉴질랜드 비행기 표 끊어 둔 것까지 다 접어 두고, 여정을 줄여서 날아온 것이다. 거기다가 이때는 내 돈주머니도 바닥이 날 대로 나서 더 이상 여행을 계속하려면 여기에 허세욱 교수와 동행해 오기로 되어 있는 내 아내의 돈주머니나 노릴 밖에는 할 수 없이 되어 있는 형편이기도 했다.

타이베이 공항에는 자유중국의 원로 시인인 종정문을 비롯해서 양영야, 낙부, 나문, 초과 등의 시인들이 마중을 나왔는데 종정문이 이곳 세관원에게 특별 보증을 하자 내 짐은 조사랄 것도 하지를 않고 통과시켜 주어서, 시인의 신용이 이만큼 두터운 이 나라가 무척 부러워 보였다. 세계에서도 세관이 가장 까다로운 나라 중의 하나가 바로 여기인 걸 나는 잘 알고 왔으니 말이다.

이곳 시인들과 또 이곳 사범대학 대학원에서 중국 문학을 공부하고 있는 우리 유학생 강식진 군의 안내로 원산대반점이라는 음식점 같은 이름을 가진 큰 기와집으로 된 호텔에 여장을 풀었는데 노란빛의 기와지붕이며 핏빛의 붉고 큰 두리기둥들이며 10층이 넘는 듯한 큼직한 그 규모가 내가 돌아본 세계의 호텔들 중에서는 가장 독특한 것으로 보였다.

여기만 와도 벌써 이미 고향에 다 온 것 같은 느낌이 들어, 오랜 여행 끝의 피곤에 말려 시간도 잊고 깊은 혼곤한 낮잠에 빠져 있었는데, 초저녁에야 비로소 여기 나타난 허세욱 교수의 말을 들으니, 아내는 여권이 허가가 안 나와 올 수가 없었고, 허 교수 그만 이곳에 오게 된 중국 문학 교수단의 인솔 책임을 지고 왔기 때문에 단체 행동에서 이제야 겨우 시간을 얻어 잠시 빠져나왔다는 것이었다.

그는 내 중국어판 시집의 출판기념회가 이달 21일로 날 받아졌다고 했는데, 그건 내게는 물론 더없이 반가운 일이었다. 반세기 가까이 오직 한 가지 늘 이어서 해 온 내 시의 노력이 이제 겨우 중국어판으로—내가 어려서부터 존경해 온 문학 전통을 가진 나라의 말로 새로 번역되어 나오게 되었다니 말이다.

나는 이제 이 나라에서 내 시의 독자가 몽땅 많이 늘기를 바라는 마음만으로도, 저 넓은 중국 본토가 자유세계로 하루바삐 되돌아오기만을 간절히 빌지 않을 수 없게 된 것이다.

고궁박물원에서

8월 17일 오전, 오래전부터 말로만 듣고 그리던 세계 제일의 중국 관계 박물관인 고궁박물원의 전시품들을 먼저 한두 바퀴 둘러보았다. 이 박물원에서는 자유중국의 역량 있는 시인인 초과라는 이가 감정관으로 있어 그의 안내와 설명을 받을 수 있어 다행이었다. 그는 중국의 상대—특히 은 시대의 유물엔 가장 정통한 학자라고 한다.

이곳 고궁박물원에 있는 중국 문화재의 총수는 약 25만 점으로 장소 관계로 한 번에 8천 점씩을 겨우 전시해 보이고 있으니, 그 모두를 다 보자면 31회의 전시에 빈틈없이 다 참가해야만 되는 것이다. 장개석 총통은 중국 본토를 떠나야만 하게 되었을 때 무엇보다도 문화재들의 보존을 염려하여 좋은 것은 모조리 거두어 여러 채의 배에 싣고 이곳으로 와서 이 박물원을 만들었다고 하는데, 어떤 이들은 이 값은 중국 본토 전체의 땅덩이의 값보다도 비싼 것이라고도 한다는 것이다.

이때 볼 수 있었던 중국 여러 시절의 8천 점의 유물들 중에선 내가 술을 좋아해서 그런지 은나라 시절의 술그릇들이 먼저 좋게 보였다. 구리쇠나 무쇠로 되어 있는 술그릇가음들도 두두룩하고 감칠맛이 있어 좋으려니와, 술잔들도 한 되들이는 모두 넘게시리 큼직큼직한 것도 큰 사람들의 물건 같아서 좋았고, 그리고 또 아마 '천천히 쉬엄쉬엄 마셔라'라는 속셈이었겠지, 입에 대고 마시는 곳 위에는 가지가 달린 뿔이 나 있어, 잔을 단숨에 들이켤 양으로 마구잡이로 기울이다가는 뿔가지가 콧전을 눌러 압력을 가하게끔 만들어져 있는 것도 '과욕은 삼가라'는 철학까지 곁들여 있어 무던해 보였다.

아니라, 한 큰 잔의 술이라는 것도 천천히 그저 3분의 1쯤만을 마시고, 그다음엔 그 빈 곳을 새 술로 채워 덥혀서 또 마시는 게 가장 좋다는 표시인가, 그 뿔가지는? 어쨌든 굼실굼실 굼실거운 민족성의 일찌감치의 발로임엔 틀림없을 것 같았다.

다음으로 내게 좋아 보인 것은 여러 가지 빛의 옥을 다듬어서 새겨 만든 조각품들이었는데, 내 손바닥만 한 크기의 옥에다가 인물들까지 배치한 산수도를 정교하고 섬세하게는 조각해 놓은 명나라 때의 것과, 역시 명나라 것으로 연 잎사귀를 푸른 옥으로 새겨 놓은 것이 잊히지 않는다.

이 연잎은 싱싱한 새 아침 것이 아니라 햇볕과의 센 사랑에 고단하여 상당히 느슨해진 오후 서너 시쯤의 것인 듯 느슨해진 모양을 유난히는 잘 나타내고 있는 것인데, 내게는 아까의 그 은나라 쇠 술잔의 육중함에서 보는 것 같은 중국 사람들의 두두룩함 속의 어디에 또 이런 연잎까지를 늘 느끼고 살 만한 예민무쌍한 신경이 깃들어 있는 것인지 그게 매우 재미가 있는 것이다.

어느 수투룸한 산둥의 호배추 장수들도 오후의 들녘 밭두렁에 낮잠을 잘 때에는 몇 마리의 목청 좋은 귀뚜라미를 작은 바구니에 담아 가까운 그 어디 나뭇가지에 매달아 울게 하고 잠들었다 깬다던가? 그런 그들의 마음을 이것저것 상상해 보며 여기 유물들을 보고 다니는 것은 먼 나그넷길의 피곤을 잊게 해 주어 좋았다.

우라이 원주민 타이얄 족에 끼어

8월 18일은 우리 유학생 강식진 군과 함께 이곳 대만의 산속 토인의 한 종족인 타이얄 족이 많이 모여 산다는 우라이를 찾았다. 타이베이에서 남쪽으로 약 70리쯤의 지점부터 시작되는 이 산골은 무성한 산 사이의 시냇물들과 폭포와 온천으로 널리 알려져 있는 명승지로, 우라이라는 이름은 타이얄 족의 말로서 온천을 뜻하는 것이라고 한다. 그러나 한문 글자로 된 이곳의 이름—'오래烏來'의 뜻인 '왜 왔던고?'에 맞추어 여기에는 아래와 같은 조그만 전설이 퍼져 있기도 하다.

'옛날에 어떤 중국 혈통의 사내가 여기 들어왔다가 이곳 처녀와 눈이 맞아서 지내느라고 끝내 빠져나가지 못하고 말았다'는 것인데, 이쯤 되면 우리나라 시인 김소월이 '삼수갑산三水甲山이 날 가둡네' 했을 때의 그 '삼수갑산'과 느낌이 흡사한 것으로, 물론 중국 계통 사람들이 만들어 붙인 것임이 틀림없을 것이다.

여기 토인인 타이얄 족들의 얼굴빛은 우리와 별로 다를 건 없으나, 늙은 여자들 가운데는 아직도 옛 습관 그대로 두 뺨에 푸르숭숭한 문신을 넣은 이가 보였고, 젊은 여자들은 그런 걸 넣지는 않았으나 그 태도가 어느 서양 여자만 못하지 않게 적극적이고 명랑해서 사내들에게 먼저 손을 까불며 부르고, 농담도 곧잘 걸고 하는 것이었다. 옛날 추장족들이 입던 다채한 빛의 옷을 입고 관광객의 사진 상대를 해 주고 사는 늙은 남녀도 더러 있었다.

이 산의 중턱에 있는 이곳의 제일 명승지인 운선낙원雲仙樂園까지 오르는 데는 한 객차에 네댓 명씩을 겨우 태우는 꼬마 열차가 철길을 통해 운행되고 있는데, 이것의 시발점 언저리엔 토산물 가게들이 늘어서 있어, 비가 내리는 때는 예쁘장한 젊은 여자들이 우산을 무료로 빌려주기까지 하며 관광객들을 부르고 있었다.

보슬비가 오시는데 우산이 없던 내게도 그런 타이얄 족의 젊은 미인 하나가 손을 까불며 애교를 떨어 보여서 가 보았더니, 예쁜 여자용의 우산을 하나 빌려주며 "이걸 쓰고 올라가서 실컷 구경하고 내려오는 길에 다시 들르라" 했는데, 그 쓰는 말은 서투른 대로 일본말이었다.

꼬마 열차에서 내리는 운선낙원 입구에는 민속의 노래와 춤을 보여 주는 소형의 극장도 있어 잠시 들어가 보았는데, 울긋불긋한 모자와 옷에 알발로 춤추며 노래하는 그들의 춤과 노래는 단순키는 하나 꽤나 단란하고 평화한 것이어서 아무라도 어울려 동화해 볼 만한 것이었다.

운선낙원에는 '흰 실白絲'이란 이름의 가는 대로 꽤나 긴 폭포도 보이며, 보트를 띄워 놓은 자그만 호수도 있고, 조그만 수족관까지도 차려져 있었다. 산골짜기의 맑은 시냇물엔 호젓한 곳이 더러 있어, 동행했던 강식진 군과 나는 웃통을 벗어부치고 알발이 되어 여기 담겨 한동안 땀을 들이고 있었는데, 반석이 많이 깔린 이 맑은 시내는 우리나라 산골 것 비슷하여서 내게 문득 소년 시절을 추억하게도 해 주었다.

내려오다가 빌린 우산을 돌려주려고 미인의 가게에 들렀더니, 여기는 이곳 산이 길러 내고 있는 여러 짐승들의 털가죽으로 만든 걸 파는 가게라, 하얀 족제비 털가죽의 모자라든지 검정빛 족제비 여자 목도리라든지 그따위 것들을 한 무더기 늘어놓고 골라잡으란다. 값은 흰 족제비 목도리라도 우리 돈으로 겨우 2천 원쯤으로, 여기엔 또 그 '에로 서비스'라는 것이 찰싹 달라붙는다. "오늘 저녁은 이곳 호텔에서 쉬어서 가라! 밤이 되걸랑 너 있는 방으로 살짝 찾아갈 터이니……" 어쩌고 하는 말씀으로 시작하여서……

중산묘와 장개석 총통 능, 기타

8월 19일은 오전에 손문 선생의 넋을 모시는 사당인 중산묘를 둘러보고, 오후엔 이 나라 원로 시인인 종정문 씨와 함께 자호慈湖에 있는 중화민국 전 총통인 중정中正 장개석 선생의 능을 찾아보았다.

능이라면 우리나라에선 왕의 묘지만을 그렇게 부르지만 여기서는 왕이 아닌 분의 무덤에도 이렇게 붙여 부르고 있다.

민족주의와 민권주의, 민생주의 세 가지를 합쳐 삼민주의를 이론화하여 실천함으로써 청나라의 왕조를 무너뜨리기 시작하여 중화민국의 기초를 닦았던 중산中山 손문의 넋을 누구보다도 직계로서 이어받았던 장개석 전 총통이 대만에 온 뒤에도 스승인 손문 선생의 사당을 타이베이에 조촐히 지어 모시고 중화민국이 복권할 날에 대비하고 있었던 그 간절한 느낌을 중산묘는 침묵 속에 너무나 많이 풍기고 있었다.

중산의 사당은 그의 넋이 담겨 있기에 알맞은 조촐한 꾸밈새로서, 그 안에는 많은 것이 수집되어 있지는 못했으나, 그의 필적들 특히 친필로 된 편지들이 꽤나 많이 모아져 있어, 그의 정신의 모습을 짐작하기에는 많은 도움이 될 것 같았다.

원래 사람의 병을 고치는 의사였다가 그의 인술을 중국 민족 해방의 정치 쪽으로 옮긴 그였던 만큼 그의 사당에서도 인상적으로 풍기는 것은 그의 어진 사람됨이었다. 또 장개석 같은 계승자를 가진 것은 참 다행한 일이라고도 생각되었다.

타이베이에서 차로 한 시간 남짓 가면 있는 자호는 규모는 클 것은 없으나 나지막한 산둘레의 좋은 수풀 속에 호수도 있는 아주 고요한 곳으로, 흰 물오리들이 헤엄치는 호숫가에는 매화나무도 몇 그루 보였는데, 여기는 장 중정이 생전에 자주 드나들며 좋아하던 곳으로서 "내가 생겨난 고향을 좀 닮았다"고 여기를 두고 말한 일이 있다고 한다.

종정문 씨와 나는 매우 정중한 안내를 받아 그의 능 앞에 서게 되었는데, 그는 아직도 무덤에 들지도 못하고 관에 담긴 그대로 봉안실에 덩그렇게 모셔져서, 중국 본토가 수복되어 고향의 묘지로 돌아갈 날만 기다리고 있다는 것이었다.

들으면 이 영구靈柩를 중국 본토로 운반할 그날에 대비하여 담당할 비행기까지도 따로 마련되어 있다는 이야기였다.

나는 이분의 영구 앞에서 순 우리 한국식 예법으로 두 번을 꿇어엎드려 절을 올리고 뵈었는데, "그래 한국 사람 된 맛은 어떤가?" 하고 거기 그분의 그 빙그레하기만 한 사진의 얼굴은 도리어 나를 위안해 묻고 있는 것만 같았다. 나는 이분의 뜻이 반드시 이루어질 것을 믿어 의심치 않는 사람이라, 그의 고향으로 돌아갈 날이 하루라도 바삐 다가오기만을 마음속으로 빌고 또 빌 뿐이었다.

여기서 돌아오는 도중의 어느 마을에서 종정문 씨는 차를 멈추게 하고 내려, 두부를 여러 가지 향기와 맛으로 말린 것들을 한 보따리 샀는데, 이 두부말림만큼은 여기 것이 이 세계에서는 가장 맛 좋은 것이라고 했다.

종정문 씨는 그의 집으로 나를 데리고 가서 이 두부말림을 안주로 해 술을 한바탕 잘 대접해 주었는데, 아닌 게 아니라 그것들은 제각기 맛과 향기를 달리하고 있어서 이게 두부라는 생각까지도 잊게만 했다. 그야말로 두부의 미각 예술품들이었다.

내 중국어 시집 출판기념회에서

1978년 8월 21일 오후 6시부터, 우리나라 시인이요 외국어대학의 교수인 허세욱 박사가 번역한 내 중국어판 시집의 출판기념회가 타이베이 시에 있는 중화문화부흥회관에서 열렸다.

이날의 내 번역 시집 출판기념회의 주최는 중화문화부흥회가 맡아 한 것으로, 그 위원장인 곽봉상 씨가 나와서 개회사를 해 주었다.

그는 장개석 총통이 살아 계실 때 국민당의 비서실장도 지냈고, 또 법무부 장관도 지낸 자유중국 정치계의 거물인데도 한 약소한 나라의 시인인 나 같은 사람의 번역 시집 출판기념회까지를 도맡아 주재해 주고, 또 충심으로 나를 환영하고 축하하는 간곡한 정성을 다해 주는 걸 듣고 보자니, 무한히 감사하는 마음 한쪽으로 그들의 그런 두두룩하고도 차원 높은 문화 의식이 우러러보이기만 했다.

역시 오랜 큰 정신문명의 전통을 지녀 온 민족은 어느 경우에 놓일지라도 다르긴 다른 것이라고 생각되었다.

이 자리에는 이곳의 원로 시인 종정문을 비롯해서, 양영야, 낙부, 나문, 왕용자, 초과, 상금, 신울, 방심예, 보리, 장묵 씨 등의 시인들과 중화문예 사장이고 소설가인 사마중원, 평론가이고 작가인 윤설만 씨 등이 참석해서 내게 깊은 축하와 또 긴 세계 일주 여행길의 노고를 위로해 주었고, 또 이 날짜의 연합보, 중국시보 등의 큰 신문들은 내 생애와 내 긴 여행과 내 시를 두고 특집 기사들을 내주었다.

특히 자유중국의 가장 큰 신문인 연합보는 한 페이지를 전부 써서 나를 다루어 주었다. 이건 뒤에 종정문 씨에게 들은 얘기지만, 한 외국 시인에 대한 이 나라의 이런 환영은 1930년대에 인도의 시인 타고르가 북경을 방문했을 때를 빼고는 처음 보는 일이라고 했다.

나에 대한 환영의 모임은 이튿날인 22일에도 계속되었는데, 이날 밤은 이곳 국방부가 호의를 보인 것으로, 이 나라의 원로 장군인 왕승 대장의 이름으로 주최한 것이다.

그는 이 자리에서 종이와 붓과 먹과 벼루 등을 가져오게 하여, 즉석에서 오언절구를 휘호하여 내게 주었는데, 그건 다음과 같은 것이었다.

국화를 읊은 게 그림만 같고	詠菊如繪畵
그 속에 깊은 정은 바다 같나니	抒情海樣深
그득히 훤칠한 뜻을 품으신	滿懷高潔志
상국의 한 시인이시여	上國一詩人

왕승 대장이 여기 표현한 '상국上國'이란 말은 물론 그분의 나라보다 더 높은 나라를 뜻하는 것이 분명한데, 나는 이 표현이 고마우면서도 한쪽으론 또 몸 둘 바 모르는 내 마음을 어쩔 길이 없었다.

나 개인이나 우리나라가 어떻게 해서라도 이런 분의 예의에 어긋나는 일이 없어야 할 텐데……

물론 이건 내 졸작 「국화 옆에서」를 허세욱 박사의 번역으로 읽은 소감을 담은 그의 두터운 예의를 표현한 것이다.

택시 운전기사의 애국 충정

8월 22일. 아침 일찍 허세욱 교수에게서 전화가 왔기에 들으니 안 나올 줄 알았던 내 아내의 여권이 뒤늦게야 나와서 이날 오후에 타이베이 공항에 도착한다고 하여, 오후에는 이곳의 몇몇 시인들과 허 교수와 함께 공항에 나가 그녀를 기다리다가 맞이했는데, 그녀의 말을 들으면, 내 번역 시집 출판기념회에 부부가 나란히 초대받아 참석한다는 이유로 여권을 받긴 받았으나, 그건 그만 목적의 날짜보다 하루가 늦은 뒤에야 사용할 수밖엔 없게 되었다는 것이었다.

지난해 11월 26일에 헤어졌으니 아홉 달 만의 상봉이었다.

내 아내 본향 방옥숙을 공항으로 마중 나온 이곳 시인들 속에는 내 아내와 성이 같은 방씨인 방심예라는 이가 있어 "국적은 다르지만 일가는 일가일 것"이라고 나더러 덮어놓고 "고모부, 고모부" 하다가 내 아내보고도 고모라고 불러 주면서 이곳 자마노 목걸이까지 하나 선사해 주었는데, 족보는 자세히 조사해 보지 못했지만 참 고마운 인심으로 느끼어졌다.

23일에는 먼저 장개석 선생의 넋 앞에 다시 한 번 더 아내와 함께 인사를 드리기 위해, 우리 유학생 강식진 군을 데리고 다시 자호의 중정능을 뵙고 돌아왔는데, 이날 우리의 왕복을 태우고 운전하던 택시 운전기사의 일을 나는 언제건 아주 잊어버릴 수는 없을 것이다.

그는 어디 뒷골목의 싼거리 선술집의 잔심부름꾼 비슷하게 허줄그레한 무명 반바지에 러닝셔츠만을 입은 사십대의 건장한 사내였는데, 우리에게 "자호엔 무엇하러 가시오?" 묻기에, 강 군이 "우리는 한국서 온 사람들로 장개석 총통의 능을 뵈러 간다"고 하니, "고맙다"는 인사말뿐이 아니라 온몸으로 고마워하는 표정과 태도가 되더니만, 돌아오는 길에 그 유명한 두부말림의 산지에 오자 차를 멈춰 세우고는 그 명산품을 한 봉지 사 들고 돌아와서 "이건 작은 선물이지만 내 고마운 마음을 담은 것이니 받아 주시기 바란다"고 하는 것이었다.

물론 그들이 받들어 모시고 있는 지도자의 넋을 외국 사람인 우리가 그들이나 마찬가지로 뵙고 간다는 데에 감사하는 예모의 표시인 것이다. 중국 본토에서 왔느냐고 물으니 산둥에서 왔다고 하며, 이곳의 군인이다가 제대했지만 필요하다면 언제든 또 군인이 되겠다고도 했다.

우리의 숙소인 원산대반점 앞에서 내릴 때 택시 삯 표시판에 보이는 대로의 요금을 냈더니, 그 3분의 1쯤을 에누리해 주며 우리의 평안을 비는 작별 인사를 또 극진히는 하고 있었다. 물론 우리도 그냥 얌체일 수만은 없어 그의 택시 요금 에누리만은 받지 않고, 재빨리 그걸 차 속에 집어 던져 넣고 달아나기는 했지만, '자유중국 사람들은 참 대단하다'는 느낌을 그는 내게 더 한층 두두룩이 해 준 사람으로 내 가슴과 머릿속에서 사라져 버리는 일이 없이 되었다.

농촌 풍경과 일월담

8월 24일 오전에, 아내와 둘이서 버스로 대북臺北에서 대중臺中까지 갔다가 거기서 택시로 대만의 대표적인 명승지인 일월담日月潭에 닿아 하룻밤을 묵었다. 나 혼자서 열 달 동안이나 세계 여행을 하면서 홀로 집에 남겨 둔 것이 미안해, 마지막으로 대만과 일본이나 구경시켜 위로할 양으로 아내를 오게 한 것이었는데, 아닌 게 아니라 수학여행 온 국민학교 아이처럼 모든 것에 감동하고 신기해하는 걸 보니 잘한 일 같았다.

대중까지 가는 버스 속에는 이곳 농촌의 남녀노소들이 많이 보였는데, 그들의 소박하고 검소하고 믿음직하게 강건한 모양들을 보고 나는 어느새인지 내가 어렸을 때의 내 고향 마을 사람들의 모습을 그 속에서 느끼고 있었다. 끊임없는 흙일로 뼈마디가 굵을 대로 굵어진 그들의 우악스런 손가락들의 끝이 닳아진 흙물빛의 손톱들. 온갖 풍상을 두루 다 돌파하며 낯에 파 놓은 크고 가는 매우 많은 주름살들. 그러나 남에게 아쉬운 소리는 죽어도 안 할 것 같은 그 의젓한 표정들. 그런 것들을 천천히 살펴보는 동안 나는 이것이 일조일석에 된 게 아니라 여러 천년 동안 다져 온 중국 사람들의 정신 역사의 결과인 걸 깨닫지 않을 수 없었다.

그런 그들의 손으로 농가들도 두루 두두룩이 튼튼하게 만들어져 있었고, 논밭은 어디를 보거나 풍작을 이루고 있는 것이 버스의 차창에서도 잘 내다보였다. 우리 농촌과는 달리 수입을 많이 고려한 다각적 영농을 애써 하고 있는 것도 완연히 잘 보였다. 이들이 사는 곳에 거지가 전혀 없는 이유를 알 것 같았다.

대중에서 버스를 내려 일월담으로 가는 택시를 하나 잡으려고 물색하고 있노라니, 예쁘장한 청년 하나가 생글생글 눈웃음을 치며 우리 곁으로 와서 "한국서 오셨지요?" 하고 한국 사람이나 다를 것 없는 유창한 우리말로 물어서 내가 "한국 사람이오?" 물으니 "저는 중국 사람이지만 서울에 가서 오래 살았습니다" 하며 저의 친부모에게나 하듯이 우리 내외를 위해 일월담 가는 택시를 잡아 싼값으로 흥정해서 태워 주며, 전송하고 서 있었다.

일월담은 대중에서 동남쪽으로 77킬로미터 지점에 있는 둘레 24킬로미터의 자연대로의 호수로서, 해발 784미터의 높이에 자리 잡고 있어 여름에도 과히 덥지 않은 곳이다. 2천 미터쯤의 산들이 그 둘레에 이쁘게 솟아, 현장사玄奘寺 등의 종소리를 울리며 호수에 어려 비치고 있는 경치는 꽤나 아름다웠다. 이 호수 가운데 있는 광화도光華島라는 섬의 북쪽은 해 모양을 닮았고 남쪽은 달을 닮았대서 이 일월담日月潭이라는 이름이 생겼다던가. 산둘레나 섬의 수풀들도 무성하고 햇빛 달빛도 선명하여, 한시 같은 시나 쓰고 묻혀 살기에는 무던할 것 같았다.

25일 아침에, 호텔 뒤 호숫가에 몰려 있는 모터보트 하나를 빌려 타고 서너 시간 돌며 명소에선 내려 구경하고 지냈는데, 뱃삯은 우리 돈 3천 원 정도. 무얼 턱없이 비싸게 받을 줄 모르는 중국 민족의 근성은 이런 데까지 건재하다.

덕화사德化寺라는 이름이 붙은 호숫가의 한 마을에서 내렸더니, 우리나라 옛날의 농촌 여자들처럼 나무절구에서 절구질을 하고 있던 울긋불긋한 옷차림의 젊은 여자들 한 패가 우우 몰려와서 우리 내외를 에워싼다. '쪼우'라는 이름의 원주민이란다. 사진을 같이 찍는 값으로 5백 원쯤 주면 더없이 고마운 얼굴이 되어 선물 가게 안내까지 앞장서서 해 주는데, 여기 여자들도 해말쑥하고 토실토실하고 두 눈이 맑아서 기분이 좋다.

여기의 명물은 여러 가지 야생의 산과일을 쫄깃쫄깃 말린 것들인데, 그 값은 역시 예상보다는 훨씬 싸다. 여기 호수의 물고기들의 맛도 담담한 대로 향긋해 좋다.

여덟 시간의 세계적 험로행과 화련

8월 25일 오전 10시쯤, 일월담에서 대만의 가장 아름다운 곳이라는 화련花蓮 쪽으로 가려고 버스를 찾으니 없어서 할 수 없이 택시를 하나 흥정해 보니 2만 6천 원쯤 내라고 한다.

"비싼지 안 비싼지 타고 가서 생각해 보아라" 해서 나는 아내와 함께 탔는데, 해 질 무렵 다 되도록의 여덟 시간쯤의 해발 3천 미터까지의 그 험한 산골길을 더듬거려 가서 화련에 당도하고 보니 아닌 게 아니라 그 택시 삯은 비싸지 않은 걸 알게 되었다.

우리나라에서 내가 아는 가장 대단한 험로는 강원도 정선의 '비행기고개'지만, 이 비행기고개 정도라면 대만의 일월담~화련 사이의 험로에 비기면 겨우 중치 이하밖엔 안 되는 것이고, 또 그 길이로도 몇십 분의 일도 채 다 안 되는 것이라 한다면 이곳이 얼마나 험한지는 독자들도 대강 짐작은 설 것이다. 나는 지난 열 달 동안에 세계 5대양 6대주에 발걸음을 안 뻗친 데가 없었지만 이렇게도 지독한 험한 산길은 처음으로 맞닥뜨리게 되었다.

"대중에서 장사를 하다가 실패하고서 이 기구한 곳의 운전사 노릇을 하게 됐습죠. 이거라도 안 하면 누가 먹여 살려 준답니까? 자녀들과 아내의 목숨을 바짝 생각하며 언제 떨어져 죽어도 할 수 없다는 각오로 날마다 이 길을 운전해 다니지만, 사람이 위험을 당하면 정신도 대단해지는 것이어서 아직 사고를 낸 일은 없습니다. 그렇지만 비나 눈이 내려 차가 쭐쭐 미끄러지고, 바람이 거세게 불어 대면 목숨은 늘 하늘에 맡길 수밖엔 없지요."

오십이 좀 넘어 보이는 운전사는 차가 비교적 안전한 곳을 달릴 때 좀 서투른 일본 말로 내게 이렇게 말했는데, 정말 결사적인 마음을 안 내곤 아무도 이곳을 차로 통과하진 못할 것이다.

때마침 비가 적지도 않게 내리어 많이 미끌리는, 그 절반도 아직 포장이 안 된 험로의 해발 2천 몇백 미터쯤의 좁은 내리막길에 와서 "여기서는 이 길을 닦던 군인들이 여러 명 바람에 날려 죽었습니다" 운전사가 말했을 때는 우리 내외도 손을 마주 붙들고 목숨을 하늘에 맡길밖에 별수도 없었다. 그런데 이런 험한 산맥의 2천여 미터 높이쯤의 곳곳에도 중국 사람들은 작은 마을들을 꾸미고 가랑파니, 호배추니 하는 것들을 가꾸며 살고 있는 것이 보여, 우리 내외의 그런 위험의 염려가 미안스럽기도 했다.

군데군데의 낭떠러지 사이에 걸려 쏟아지는 폭포들. 그 언저리의 산 개울물 줄기들. 여러 백 살 됨 직한 늙은 소나무 숲과 그 위의 은은한 안개. 화련 가까워 오며 산의 바위들도 모조리 오색찬란한 대리석으로 둔갑해 나타나기 비롯하자, 운전사는 그 어디 길가의 외딴 집 앞에 차를 문득 멈추더니 "돌배가 여기 것은 유독 맛이 좋습니다" 하기에 가져오라 하여 무진 먹어 보았는데, 돌배 맛도 아닌 게 아니라 여기 것이 가장 대단한 듯했다.

화련 항구에 가까워져 올수록 산의 대리석 층은 훨씬 더 풍부하고 다채하게 나타나며, 어느 때는 오색찬란한 대리석의 굴도 통과했고, 어느 때는 무지갯빛 대리석의 급한 골짜기를 떨어져 내리는 꽤나 넓은 폭포들도 눈에 잘 뜨였다. 화련 가까운 산맥 속의 대리석 생산은 세계적으로도 꼽히는 것으로, 화련은 대만에서 그걸 가공해 내는 대표적인 산지이기도 한 것이다.

일찍이 1970년에 중국의 원로 시인 종정문은 국제펜대회 참석차 서울에 왔던 길에 내 집을 찾았다가 돌아가는 길에 중국인 묘지 옆을 지나게 되자 그리로 들어가 오줌을 잘 갈기며 "야, 이제야 자유롭게 오줌이 나오는군!" 했지만, 나는 웬일인지 우리 동포 하나 없는 이 화련 들판에서 오줌 누기가 매우 편하고 마음에 오구당당 아름답게만 느껴졌다.

바다도 평안하고, 산도 벌판도 평안하고, 대리석은 더더구나 평안하고 예쁘고……

연분홍과 옥빛의 좋은 옥구슬을 차례로 하나씩 섞어서 꿰어 만든 여자들의 목걸이가 유난히 아름다워 보이는 곳, 나는 웬일인지 이런 데 오면 들에 오줌 누기가 편한 것이다.

호텔엔 초저녁에 들었는데, 방으로 안내하던 웨이터가 나를 유심히 보며 서툰 발음의 영어로 "당신을 압니다" 한다. "어찌 아느냐?" 하니, 얼마 전 이곳 신문 연합보에서 내 사진을 보았다는 것이다. 이쯤 되는 것도, 이 허주레한 대만 유랑의 사이사이에서까지 중국 민족 참 대단한 걸 보이는 점이다.

시인 주몽접과 원로 여류 작가 사빙영

8월 28일이던가, 밤에 이곳 자유중국의 문인들이 나를 중심으로 한 좌담회를 열어 주어서 나갔더니 그 자리에는 주몽접이란 성명의 흔하지 않은 시인이 하나 참석해 내 관심을 끌었다.

우리 허세욱 교수의 소개를 들으면 오십대 중반의 이 사나이는 자유중국의 시인들 중에서도 시를 가장 잘 쓰는 한 사람이지만, 사는 것은 짐승 팔자만도 못해서 제 방 한 칸도 지니지를 못하고 여기저기 싸구려 하숙집을 떠돌며 새우잠을 자고 지내는데, 직업은 한길가의 책장수로 길가의 나무 그늘에 여남은 권의 헌책을 펴 놓고 앉았다가 하루에 한 권이 팔리면 한 권어치만 먹고살고, 두 권이 팔리면 두 권어치만 먹고산다는 것이다. 물론 그는 완전한 홀몸으로 아내도 아들딸도 하나도 없다.

그러나 그는 남에게 아쉬운 소리를 해 본 일은 단 한 번도 없으며, 또 누가 도우려고 해도 받지를 않으며, 마음에 내키지 않는 초대는 절대로 나타나지도 않는다는 것이었다. 그런 그니만큼 한국 시인인 나를 만나려고 나온 것은 중국어로 번역된 내 시를 읽고 공감한 단

한 가지의 이유뿐인 것이다.

빼빼하게 말라 있었지만 흰 얼굴은 주름살도 거의 안 보이는 훤칠한 귀골로서, 두 눈이 유난히 맑고, 미소하는 이빨들도 단단했으며, 악수할 때 내 손을 쥐는 그의 손힘은 대단하여서 내 손은 그의 손아귀 안에 담겨 꽤나 저리게 아팠다. "사랑을 해 보았는가?" 무슨 얘기 끝에던가 누가 물으니, 한참을 멍하니 그냥 있다가 "잘 모르겠다" 한마디 하고는 내 쪽으로 얼굴을 돌려 미소하며 "너희 나라 굿꾼들이 언젠가 여기 와서 노래하고 춤추는 걸 구경한 일이 있는데 〈아리랑〉을 아직 안 잊고 있다"고 했다.

"그 〈아리랑〉 들으러 언제 한번 한국을 찾아오너라" 하니 "그건 좋겠다만……" 하고 이번엔 좀 더 대짜로 미소를 입에서 귀에까지 닿게 팔랑거려 보이는 게, 아닌 게 아니라 그의 이름처럼 장자의 「소요유逍遙遊」 속의 그 꿈 나비의 한바탕 날고 있음 비슷하였다.

8월 29일이던가, 점심때 이 나라의 원로 여류 소설가인 사빙영 할머니 댁에 초대를 받아 내 아내와 우리 시인 허세욱 교수와 함께 그녀를 찾아 접해 보았는데, 어느 모로 보아도 '내로라'가 전혀 없는 그 수수하기만 한 사람됨이 내 마음에 들었다.

일찍이 일본 유학에서 돌아오자 장개석 장군의 국민혁명군에 참가하여 싸움터를 거쳐 다닌 경험으로 1927년에는 이미 『종군일기』라는 장편소설을 내서 서양에도 널리 번역되어 알려졌던 그녀의 이력 같은 모습은 아무리 찾아볼래야 눈에 띄지를 않고, 조용한 바람 속에 풀잎이 사운거리듯 잔잔하기만 하여서, 그저 내 고향의 외할머니 옆에나 오랜만에 돌아와 앉은 듯한 느낌만이 내게는 들었다. 호박 부침이니 그런 걸 아주 잘 부쳐다 놓아 주어서 평안하게 술을 마실 수가 있었다.

일본

비싼 짜장면, 큰길에 나앉은 무숙 가족無宿家族

내 아내가 서울서 자유중국으로 올 때 일본 갈 비자까지는 받아오지를 못했는지라, 일본 대사관이 이미 철거한 지 오랜 타이베이에서 홍콩의 일본 영사관을 통해 그걸 받느라고 시일이 꽤나 걸려, 8월 31일에야 우리 내외는 일본 땅에 발을 들여놓을 수 있었다. 아내가 서울서 미리 끊어 온 비행기 표가 오사카에 착륙하기로 되어 있어, 그걸 따라 나도 이쪽부터 보기로 했다.

하룻밤 자는 데 우리 돈으로 2만 원쯤이면 미국이나 유럽에서도 좋은 호텔에서 잘 수 있었는데, 여기는 모든 것이 세계에서도 비싼 나라여서 4류 정도의 호텔밖엔 차례가 안 왔다.

아내가 짜장면이 먹고 싶다고 해서 호텔 아래층의 중국 음식점에 들러 그걸 한 사발씩 시켰더니, 이건 햄을 종종 썰어서 넣고 된장으로 비벼 놓기만 한 것이었는데, 뒤에 계산서를 받아 보니 자그마치 합계 9천 몇백 원이나 되는 대단한 값이었다.

"사람들 부황 났군요" 내 아내는 말했다. '부황'이란 물론 흉년이 들었을 때 굶주린 사람들의 얼굴이 노란빛으로 들떠 오르는 것을 한문으로 나타낸 말인데, 아닌 게 아니라 나도 세계에서 유례가 없는 그 국숫값을 보곤 아내에 동감하지 않을 수 없었다.

이날 저녁에는 우리 총영사관의 공보관이 대접해 준 식사 자리에서 이곳의 한 오십대의 시인과 자리를 같이하게 되어 그 짜장면값 얘기를 했더니, 그도 역시 내 불평에 동감하여 미안스런 일이라고 했다. 이 시인은 일본의 전통적인 시 형식의 하나인 하이쿠의 대표적인 시인의 하나이고, 대학의 교수이기도 하며, 또 무슨 신문인가의 전문위원이기도 한 사람이라고 했다.

이튿날 9월 1일은 오전에 일찍이 오사카의 제일 명물인 오사카성의 덴슈카쿠를 먼저 가 보려고 택시를 잡기 위해 길거리로 나섰는데, 호텔에서 1백 미터도 채 덜 걸어가서 나는 참으로 처참한 사람들의 한 무더기를 발견하고 놀라지 않을 수 없었다.

칠십은 넘어 보이는 늙은 할아버지와 할머니와 그들의 손자 손녀로 보이는 어린아이 두엇이 누더기 차림의 한 무더기가 되어 번화한 인도 위에 퍽지거니 주저앉아 투덜거리며 갈 곳을 몰라 망설이고 있는 광경이 그것이었다. 이런 광경은 일본보다 훨씬 더 가난한 나라인 우리 한국에서도 요즘은 볼 수 없는 것인데, 일본엔 아직도 잘 곳도 없이 헤매는 이런 가족들도 꽤나 있는 모양이다.

택시를 타고 오사카 성으로 달려가면서 운전사더러 "한 달 월급이 얼마나 되느냐?"고 물었더니 "20만 엔쯤 된다"고 했다. 20만 엔이라면 우리 돈으로는 한 50만 원쯤 되는 것이다.

그래 내가 "상당하군" 하니까 운전사는 "상당은 무슨 말라빠질 놈의 상당이냐"고 불 먹은 말투로 내 말에 반대하며 "천장도 모르고 오르기만 하는 물가엔 견뎌 낼 장수가 없다"는 것이었다. 하기는 그렇겠다.

덴슈카쿠와 공동변소의 디스코 춤

오사카 성에 들어서며 나는 저절로 이조 선조 때 일어났던 임진왜란을 돌이켜 생각해 보지 않을 수 없었다. 이 오사카 성이야말로 임진왜란을 꾸며 우리나라를 일곱 해 동안이나 침략해서 괴롭혔던 도요토미 히데요시가 자리 잡고 앉아 일본의 정사를 14년 동안이나 좌우하던 곳이기 때문이다. 일본의 천황은 한낱 그늘 속의 존재였을 뿐, 임진왜란에 관한 일체의 명령이 내려지던 곳은 바로 여기였으니 말이다.

성은 군 본부와 요새와 그 둘레의 깊은 냇물 등을 합해서 일본 말로 '혼마루本丸'라고 불려 온 것도 꽤나 견고하고 튼튼하게 만들어져 있고, 그 혼마루의 한가운데 자리 잡고 있는 덴슈카쿠天守閣는 일본의 옛날 집들 가운데에서도 가장 대규모의 높은 건물의 하나로 치는 것이다.

기와로 지붕을 인 목조의 이 7층집은, 물론 처음 지은 꼭 그대로는 아니지만(벼락 맞고 불탄 후 콘크리트로 재건), 꽤나 튼튼하게 모든 게 되어 있어 일본 사람들의 자랑 중의 하나가 되기에는 아닌 게 아니라 충분할 듯하였다.

그러나 내가 이 오사카 성에 와서 가장 감동한 것은 그 성을 쌓아 올린 바윗돌의 어떤 것들이 우리나라 성에서 볼 수 있는 바윗돌들보다도 훨씬 큰 점이었다. 예나 이제나 개인의 힘을 겨루자면 우리나라 사람이 아무래도 일본 사람보다 나은 걸로 나는 알고 있는데, 별로 힘이 월등할 것도 없는 일본 국민들이 이런 큰 바위들을 떼어 나르느라고 얼마나 고생했으며, 또 얼마나 희생자가 많이 났을까를 상상해 보자니 말이다.

물론 여기와 덴슈카쿠는 일본 사람들의 예로부터의 신앙의 대상인 하늘의 아마테라스 오미카미를 모셔 지킨다는 전통인 그들 종교의 힘까지를 겸하고 있기는 한 것이지만, 도요토미 히데요시가 서양에서 새로 들여온 총의 위력을 너무나 믿고 조선과 중국까지를 몽땅 차지해 버리려는 과분한 마음을 낸 나머지 임진왜란을 먼저 일으켜 보았다가 여의치 않아 중도에 그만두어 버린 채 세상을 떠 버리고 만 것을 생각해 보자면, 그의 14년간의 숨 가쁜 패권의 상징인 이 덴슈카쿠는 또한 일본 사람들의 숨 가쁜 상징 같기도 하여 나를 잠시 웃기기도 했다. 제2차 세계대전 때의 한동안의 영웅 도조 히데키와 아울러 생각해 볼 때 그건 더구나 그랬다.

이튿날인 9월 2일은, 일본 제일의 상공업 도시인 오사카를 떠나 일본의 가장 고전적인 도시 나라로 가기 위해 오전 일찍이 열차 정거장에 나갔는데, 잠시 공중화장실에 들렀다가 나는 또 참으로 이상한 광경을 눈앞에 보고 놀라지 않을 수 없었다.

한 스무 살 남짓한 나이의 젊은 청년 하나가 손님들이 늘 드나드는 이 열차 정거장 구내의 공중화장실을 무대로 하여 혼자 열심히 디스코 춤을 추며 맴돌기를 쉬지 않고 있는 것이다. 혹 미친 사람이어서 무슨 행패나 부리면 어쩔까 처음은 염려했으나, 그는 아주 얌전한 사람으로 그저 그저 그 단순한 춤에만 몰입해 있을 뿐 여기가 어딘지, 누가 드나드는지도 의식하지 못하는 듯한 모습만을 보이고 있어 안심이 되었지만, 이런 광경도 일본에서만 볼 수 있는 특별한 것이 아닐까 한다.

지나치게 외골수인 사람다움을 느끼게 하면서도, 보는 사람을 답답하게 하고 염려스럽게 하는 그런 특별한 것 말씀이다.

나라의 법륭사, 기타

오사카에서 떠난 기차가 나라 역에 오기 전에 호류지法隆寺 역이 따로 있어, 거기서 내리면 법륭사가 있는 이 근방 일대를 예부터 이카루가라 불러 오고 있는데, 이 말은 반구斑鳩라는 뜻을 가진 말이니 비둘기의 평화를 가졌노라는 이름인 것이다.

아닌 게 아니라 농사가 썩 잘된 논과 밭 옆에 흐르는 남실남실한 도랑 물줄기들이며 고요한 마을의 담장가 감나무들, 그런 것들을 법륭사의 아담한 여러 채의 절간들과 아울러 보고 있자면 이카루가라는 그 이름이 잘 어울려 보였다.

마사오카 시키라는 이 나라의 메이지 때의 시인이 '감 먹노라니 종이 울리누나 호류지'라고 만들었던 구절이 잘 어울리는 듯했다.

법륭사에는 우리나라 삼국 시절의 백제에서 들여온 것이라는 관세음보살상도 모셔져 있어 그런지, 첫째 절간의 기와집 추녀들이 금시 날개를 퍼덕이며 날아갈 듯한 아름다운 기울기의 모양을 가진 것부터 우리나라 것을 많이 닮았다.

나라 시내의 살림집들도 많이 옛 모양 그대로지만 지붕들은 우리나라 것과는 달리 평퍼짐하기만 한데, 이 법륭사 절간의 지붕들만이 꼭 우리 옛 버선코의 그 묘한 곡선 모양을 그대로 지닌 우리의 기와집 추녀와 아주 많이 닮았으니 아마 이것부터도 우리 것을 배워 온 것일 듯하다.

이곳의 대보장전에 모셔져 있는 백제 관음의 서 계시는 모습도 일본적인 불상들의 모습과 다른 것은 잠시만 대조해 보면 누구라도 곧 느낄 수 있을 것이다.

이 다른 점을 두고 일본 사람들은 백제 관음을 가리켜 '메마르고 두두룩하지 못한 가벼운 모습'이라고 하고, 순 일본인의 손으로 된 석가삼존상이니 약사여래상 같은 것을 고진古眞의 아름다움을 지닌 것이라고 소개해 써 놓은 책도 보았지만, 내 눈에는 그건 정반대로 보였다.

나보고 느낌을 말하라면, 일본 사람의 손으로 된 석가삼존상이나 약사여래상은 육신의 살이 좀 토박토박 쩌 있는 대로 아직도 어디 불교 학생이 훈련 중에 있는 것 같은 덜 익은 풋내기의 모습을 하고 있어, 그 얼굴들만 보아도 일본 말의 '시부이네(떫구나)'가 떠오르게 하지만 우리 백제 관음의 좀 메마르신 모습에서는 그래도 영원을 그 정신으로 사는 이의 너그러움과 여유가 밋밋이 풍겨나고 있었다. 그야 물론 보는 눈의 차이도 있긴 있을 것이다.

법륭사의 절간에서 나와 뒷골목에 들어서니, 그 골목 모양도 여기가 원래 우리 백제의 영향을 많이 받았던 곳이라서 그런지, 흡사 우리나라 부여나 공주의 어느 뒷골목에 들어선 것 같은 느낌을 내게 주고 있었는데, 그래서 그런지 닭고기와 계란덮밥을 아내와 한 그릇씩 사 먹고 보니 그 값도 여기만큼은 딴 곳보다는 좀 쌌다.

동대사의 금상첨화, 기타

9월 2일 오후에, 호류지에서 버스로 나라 시내로 들어갔다.

나라는 아직도 옛날 그 모양대로의 기와집들이 많이 늘어선 고전적인 도시로서 무엇보다도 내게 좋게 느껴진 것은 그 조용함이었다. 오랫동안 불교의 물이 깊이 든 때문이겠지. 길거리에서도 큰 소리를 내는 사람이 없고, 골목에서는 개구쟁이들의 왁자지껄한 모습도 눈에 뜨이지 않으며, 거기다가 이 도시의 구석구석에는 아직도 시골처럼 논에 벼들이 우부룩이 자라고 있어, 시골과 도시를 한데 합쳐 놓은 것 같은 느낌이 들었다.

기와집 지붕의 추녀 끝이 우리 버선코 같은 아름다운 곡선의 기울기까지를 가지지는 못했지만, 하여간 그 거무스름한 기와지붕들의 연이은 모양은 마치 잔잔한 바다의 물결과도 같아서 그 가락이 들리는 듯해 좋았다.

나라의 큰 집은 역시 절간들이라 흥복사興福寺와 동대사東大寺 두 곳을 우선 돌아보았는데, 누구나 처음 보는 사람들은 다 감동하는 것처럼 이 두 절간 언저리에 자뿍 떼 지어 다니며 사람들과 어울려 놀고 있는 나라의 명물, 그 순한 사슴의 무리들엔 우리 내외의 마음도 누그러지지 않을 수 없었다.

동대사의 대불전은 현재 세계에서 가장 큰 목조건물로서, 1709년에 지은 것이라 하니 270년이나 견디어 온 것이다. 지붕 추녀들의 기울기의 아름다움은 나라 시대 민가의 평퍼짐한 그것들과는 달리 우리나라 것들에 가까워 보인다. 아마 여기 이것도 우리에게서 배운 것일 듯싶다. 다만 또 좀 웃기는 것은 대불전의 2층 지붕 맨 위에 소뿔 모양의 두 개의 뿔을 달아 놓은 점이다.

금상錦上에 첨화添花란 말씀이 있기야 물론 있지만서도, 하필이면 모처럼 아취 있게 잘 지어 놓은 이 큰 집 위에다 이런 소뿔 같은 것까지를 달랑 또 달아 놓는 별난 멋이라야만 할 것인가 싶어서 말씀이다. 일본의 옛날 사무라이들의 투구의 어떤 것에도 이런 뿔이 두 개나 있던 걸 나는 기억해 내지 않을 수 없었는데, "그게 멋이다"라고 사무라이 대장 중의 누가 시킨 것이나 아니었던지……

이런 생각을 하면서 이곳 계단원戒壇院의 광목천입상廣目天立像 같은 걸 보고 있으면 이것도 역시나 하늘의 둥긂에는 잘 안 어울리는 일본 사무라이의 그 '기쓰이(벽찬)' 얼굴 꼭 그대로인 것이다.

그러나 이곳의 대불만은 일본화되지 않은 세계 공통의 본모습을 많이 지닌 원만한 얼굴이어서 다행이었다.

키가 16미터나 되는 이 구리쇠의 부처님의 앉은 상은 752년 4월에 쇼무 천황의 명령으로 만들었던 것이라 하는데, 그 인자하고 끝없는 힘을 가진 목숨의 모습은 우리나라, 중국, 인도의 모든 부처님들과 공통되는 것이었다. 이 노사나 부처님盧舍那佛의 상을 여기서는 '나라의 큰 부처님'이란 별명으로 부르고 있는데, 이 역시 세계에서 가장 큰 금동金銅의 부처님이라고 한다.

교토의 은각사, 기타

9월 3일 저녁때 나라에서 교토에 열차로 도착, 역 앞의 철도 호텔에 짐을 풀었다. 시장하여 교토 역에서 식당에 들렀는데, 초밥이나 된장국은 꽤나 맛이 있었고 또 심부름하는 여자들의 말씨와 태도가 상냥하고 잘들 세련되어 있어, 여기가 1869년 도쿄로 수도를 옮길 때까지 1075년 동안이나 이 나라의 가장 오랜 서울이었던 걸 느끼게 했다. 식사 뒤에 역 안의 보석 가게에 잠시 들러 일본에서 많이 나는 진주 목걸이의 값을 알아보았더니 이것 역시 너무나 비싼 값이어서, 이후 일본에서 물건을 사는 것은 일체 작파하기로 하고 산책만을 하기로 했다.

9월 4일 오전, 일찌감치 우리 내외는 때마침 내리는 비를 무릅쓰고 교토 산책에 나서, 먼저 이름으로만 듣던 가모카와鴨川에 나가 시원스런 풍류를 즐겨 볼 양으로 그리로 택시를 몰았으나, 가서 보니 여기도 모두 시멘트로 다져 놓아 풍류는 이미 먼 옛날 것이었던 듯만 해서 다시 차를 몰아 과히 멀지 않은 곳에 있는 긴카쿠지銀閣寺로 향했다.

택시가 긴카쿠지에서 몇백 미터쯤 떨어진 곳에서 멎으며 "여기서부턴 걸어가라"고 해서, 할 수 없이 내려 '철학의 거리'라는 이름이 붙어 있는 보행자만의 거리를 비를 맞으며 걸어서 갔는데, 이 거리는 니시다라는 일본의 철학자가 즐겨 걸어 다니던 길이어서 그런 이름을 붙였다나. 길이 좁고 호젓하긴 했다.

은각사는 절이라고 하기보다는 어느 공부꾼의 초당같이만 보이는 예쁘장한 꾸밈새였다. 알아보니, 아닌 게 아니라 이것은 1482년에 장군 아시카가 요시마사가 별장으로 지은 것으로, 은각銀閣이란 이름의 까닭인즉, 이 집 마당 한복판을 은모래밭으로 만들어 놓고 여기 비치는 달빛을 즐기고 놀던 데서 그 달과 모래의 어울린 은빛을 숭상하여 붙인 것이란다. 좀 꼬마둥이 같은 느낌이었던 것 같긴 하지만, 하여간에 독특하기는 한 꾸밈새이다.

이 목조의 절간 집 지붕은 나무껍질을 덮어 두두룩이 인 것이 좋아 보였으며, 좁은 뜰이지만 못도 있고, 나무다리도 걸치고, 모양 좋은 소나무도 몇 그루 세워 살리고, 바위 사이 샘물도 집어넣어 놓고

—그렇게 오밀조밀 잔재미를 꽤나 모아 놓은 일본적인 것이어서 내게도 한 재미가 느껴졌다. 여기 물맛이 좋아서 엽차 맛도 좋았었다고 하니, 비나 주룩주룩 내리는 날은 호젓해서 지낼 만했겠다.

여기에서 다시 철학의 길을 걸어 나와 택시를 잡으려고 기다리고 섰는데, 문득 내 아내가 "아!" 하고 무척은 반가운 큰 소리를 내서 보니, 거기 큼직한 검정빛의 자가용차 속으로 흰 적삼에 깜장 통치마를 입은 토실토실한 예쁜 얼굴의 젊은 여자 하나가 들어가려고 잠시 멈춰서서 내 아내와 나를 주목하고 있는 것이었다.

그런데 그 눈초리의 매서운 독살스러움이라니! 그 예쁜 얼굴과 눈을 왜 이 여자 동포는 우리에게 이렇게 쓰고만 있는 것인지? 나는 그 옷차림새로 보아 틀림없는 북쪽의 한 요인인 걸 눈치채고 아내에게 나직이 "조심해, 조심해. 평양에서 온 사람일 거여" 소곤거리고, 그 여자도 바쁜지 후딱 차 속으로 들어가 버리고 말았지만, 이것 참 섭섭한 상봉이라면 무던히는 섭섭한 동족끼리의 상봉이 아닐 수 없었다.

동본원사, 옛날 왕들이 살던 곳 등

9월 4일 오후는 여전히 비가 찌걱찌걱 내리고 있는 속을 교토의 명소인 히가시혼간지東本願寺와 옛날 왕들이 살던 곳인 고쇼 등을 열심히 둘러보고, 또 이곳의 명물인 니시진오리의 비단 옷감 전시장에도 들러 보았다.

동본원사는 교토의 딴 곳에 자리 잡고 있는 서본원사와 아울러 1602년에 장군 도쿠가와 이에야스가 처음 지었던 것이나 여러 번의 불에 많이 타 버리고 지금의 건물은 1895년 메이지 천황 때에 지은 것이라 한다.

동본원사에서 가장 큰 건물인 미에이도御影堂는 일본의 돗자리―다다미를 927장 깐 넓이의 법당을 가지고 있어, 몇천 명이 한자리에 모여 앉을 수 있는 것이 첫째 자랑이 되어 있다. 그러나 내가 여기 들렀을 때는 중의 모습은 전혀 눈에 띄지 않고, 약간의 관광객을 빼놓고는 많은 비둘기들만이 구구거리며 날개를 파닥이고 있어, 그들만이 이곳 주인인 것 같은 인상을 주고 있었다.

여기를 떠나 이 나라의 왕들이 살던 고쇼御所를 찾아가는데, 택시 운전사가 정문 앞에 내려 주지를 않고 둘레 4킬로미터나 되는 고쇼 주변의 아무 데다가 내려놓은 때문에 정문까지 빗속을 걸어 찾아드느라고 꽤나 애를 먹었다. 먼저 눈에 띄는 문을 통해 이 댁의 바깥뜰의 수풀 속 길로 한 쌍의 비 맞은 꿩처럼 우리 내외는 들어서지 않을 수 없었는데, 비가 오시니 옛날의 왕들이 그리워진 것인지 사내 중학생 일당 여섯 명이 번개 치고 천둥 우르릉거리는 빗속을 우리 앞에서 무작정 쏜살같이 뛰고 있다가 비를 피해 고쇼의 담장 추녀 밑으로 모여들고 있었다.

그렇게 접촉해 가면 무척 순진한 소녀의 떨리는 가슴처럼 경비 벨이 찌르르릉 찌르르릉 울기로 마련되어 있는 듯, 또 그것도 연달아서 울고 하여 우리 내외는 웃느라고 어언간에 피곤도 다 깡그리 사라지고 말았다. 아이들은 어디 놓이건 참 좋은 것이다.

고쇼로 들어가는 정문에 몇 사람의 정복 경관이 서서 지키고 있어 들어갈 시간까지의 20분쯤 동안을 그들과 담배를 나눠 피우며 월급을 물어보니, 택시의 운전사 월급이나 마찬가지인 20만 엔쯤 된다고 했다. 우리 돈으로 50만 원쯤 되는 것이다. 마침 우뢰가 하늘에서 크게 우르릉거리고 있어서 내가 걱정을 하니, 여기 고쇼는 수풀이 칙칙해서 가끔 벼락도 잘 맞는다고 했다. 사람이 솔직해서 역시 좋아 보였다.

고쇼엔 우리나라의 근정전에 해당하는 시신덴을 비롯한 몇 채의 순 일본식 건물들이 깨끗하게는 늘어서 있었으나, 그 규모는 우리 창덕궁의 반도 채 못 되는 것이었다. 고쇼에서 제일 살맛이 있었던 곳은 오가쿠몬쇼란 조그만 일본 집과 그 앞의 역시 조그만 일본식 못물 하나가 아닐까 한다. 은각사 뜰과 거의 비슷한 나무다리며 소나무 몇 그루며 이쁜 바위 몇 개도 보여, 이 구석이면 왕들께서도 한숨 돌릴 수 있었을 것 같았다.

고쇼에서 나오자 이내 우리는 교토가 이 세상에서는 가장 잘 짜내는 것이라는 비단—니시진오리 전시장을 찾았다.

그러나 니시진오리도 이제는 한물 지나고 말지 않았나 하는 것이 전시장을 돌아본 내 솔직한 소감이다. 그 낡기만 한 디자인이나 그 촘촘키만 한 솜씨의 이 유명한 일본 비단의 운명도 세계 인류의 느낌에 맞춰 여러모로 많이 고쳐 생산해 내야 할 때가 된 것 같다.

용안사의 석정石庭, 기타

9월 5일 아침, 비가 부슬부슬 내리는 속을 나는 아내를 데리고 료안지龍安寺라는 이름의 절을 찾았다. 이 절에는 흰 모래를 깐 뜰에 열다섯 개의 바윗돌을 마음 써서 꾸며서 깔아 놓은 게 미묘한 그 놓임돌의 암시의 힘을 빌려 불교의 선禪의 깨달음으로 보는 이들을 이끌어 들인다고 일본 사람들이 부지런히 선전하고 있는 것이어서, 그게 어느 만큼의 효력을 내게도 주는가를 겪어 보려 함이었다.

이 뜰에 깔린 열다섯 개의 여러 빛깔로 된 바윗돌들은 어느 것은 크고, 어느 것은 작고, 어느 것은 납작하고, 또 어느 것은 뾰족하다. 그것들을 일정하지도 않은 거리를 두고 어떤 곳은 한 개씩, 또 어떤 곳엔 두 개나 그 이상씩 모아 놓았는데, 1729년에 미치 야스이라는 일본 사람이 『괴기』라는 책에서 말하는 걸 보면 '호랑이 새끼 건네기'라는 이름이 붙어 있는 꾸밈새인 걸 알 수가 있다.

이 뜰의 모래밭은 깊은 바다고, 그 위에 떠 있는 바윗돌들을 건너뛰어 디디고 가기가 어린 범의 새끼에게 얼마나 어려운 것인가 하는 삶의 길의 어려움을 보이려 한 것인가? 또는 마음먹고 뛰기에 따라서는 단숨에 이 난관들도 다 거칠 수 있는 것임을 보이려 함인가? 또는 이 두 가지 길을 아울러 보이려 함인가? 까딱 잘못 디디면 곧 한정 없는 깊이의 죽음의 바다에 빠지고 말 이 열다섯 개 바위 위의 인생행로의 두 가지 길 중 어느 것을 택하겠느냐고 이것들은 내게 묻고 있는 듯했다.

이것의 또 다른 이름으로는 '한바다에 떠 있는 섬들'이라는 것도 있다고 하는데, '호랑이 새끼 건네기'만큼 그 뜻을 제대로 차려 가지지는 못한 것만 같다.

하여간에 용안사의 절간 마루에 앉아 이 열다섯 개의 바위로 꾸민 뜰을 보고 고요히 한 식경을 앉아 있으면, 일본 사람들이 예부터 불교를 업고 걸어가던 발자취 소리가 꽤나 역력한 모양으로 보이고 들리는 것 같은 것만은 사실이었다. 이 절은 1450년에 이 이름으로 있기 비롯하여 몇 번의 화재를 겪은 뒤 지금 것은 1799년에 딴 데 집을 옮겨다가 놓아둔 것이라고 한다.

여기서 나와서 절 앞의 조그만 식당엘 들러 서양식의 간단한 아침식사를 청했더니, 토스트에 커피에 달걀과 햄과 야채를 섞은 것까지 세 가지씩을 내놓고는 두 사람 몫의 값은 우리 돈으로 만 원이나 가까이 됐다. 오사카의 싸구려 호텔의 짜장면값이나 진배없이 너무 지나치게 비싸기만 한 것이다.

우리 내외 옆에서 식사를 하던 미국의 할아버지 할머니 부부가 커피에 토스트만을 가지고 매우 씁쓸한 얼굴을 하고 있기에 왜 그런가 했더니, 그들은 이미 그 비싼 값의 경험자였던 모양이다. 정년퇴직 뒤의 연금으로 나오는 여행들이니 이런 늙은이들의 주머니로 일본의 물건값을 견디기는 정말 어려울 것이다.

신칸센 열차 속, 고쿄 속의 가쿠도 등

9월 5일 오후, 일찍이 일본의 경부선 격인 신칸센의 기차를 오사카에서 타고 세 시간쯤 만에 일본의 서울 도쿄 역에 도착했다. 오사카에서 도쿄까지 오는 사이의 자연과 마을들의 모양을 나는 일본을 알기 위해 열심히 차창으로 내다보고만 있었는데, 그 자연이란 거의가 언덕배기에 무성한 수풀—그것도 별 멋도 없는 평범한 수풀이었고, 그 사이사이 끊임없이 나타났다 사라지는 마을들은 오히려 서울과 부산 사이의 철도 연변의 어떤 새마을보다도 가난해 뵈는 것도 상당히 많이 눈에 뜨였다. 그러나 일본이 눈어리기는 전혀 않고, 우리가 그걸 무슨 신경질로건 아직 하고 있다면, 실제 그 주민들의 행복의 차이는 따로 생기는 것이겠지만.

내가 신칸센 열차 속에서 일본인들을 새로 존경하게 된 이유가 또 하나 있다. 그것은 딴것이 아니라, 이 열차 속의 오십대 이상의 승객들 중엔 한 20년 전에나 맞추었음 직한 허리가 넓고 구두 닿는 아랫도리엔 그 접은 '가부라'라는 것을 한 양복바지를 아직도 그대로 잘 빨아 다려서 입고 있는 사람들이 상당히 많이 눈에 띄는 점이었다. 그중에 어떤 이는 엉덩이께가 다 닳은 걸 안에 새 헝겊을 대서 재봉틀로 누벼 입고, 태연히 왕래하는 모습도 보이고 있었다. 이것은 물론 그들이 실제로는 사는 게 우리보다 훨씬 더 두두룩하다는 걸 보이고 있는 듯한데, 아닐는지?

이튿날은 오전 10시에 도쿄 역 앞에서 하도버스라는 이름의 관광버스를 내 아내와 같이 타고 도쿄의 전통적인 명소를 먼저 한 바퀴 돌아보는 구경길에 나섰다.

버스는 오래 가지 않아서 일본의 천황인 히로히토가 지금도 살고 있는 고쿄皇居의 한쪽 입구에서 멈췄다. 이 언저리에서는 고쿄로 들어가는 다리인 유명한 니주바시(이중교)라는 것이 과히 넓지 않은 시냇물 위에 걸려 있는 게 잘 보이는데, 이것은 옛날엔 나무로 된 2층의 다리였기 때문에 그 이름을 가졌던 것이지만, 1888년에 독일 사람이 단층의 쇠다리로 뜯어 고쳐 현재에 이른 것이라고 한다.

고쿄 히가시교엔皇居東御苑이란 이름의 울안에 들어서자 오래잖아 내 눈에 뜨여 나를 적지 아니 당황하게 한 것은 그 도카가쿠도桃花樂堂라는—성적이라면 매우 성적인 이름을 가진 너무나 지나치게 모던한 건물이었다. 이걸 보고 있으면 오스트레일리아의 시드니에 있는 오페라좌를 연상하게 하나, 여기 것은 비너스 탄생의 조개껍데기 모양이 아니라 동그라미를 여러 개 모아 놓은 지붕이 꽃잎들 모양으로 덮여 있고, 팔각으로 되어 있는 이 집의 벽들엔 상당히 추상적인 모자이크 그림들이 나열되어 있는데, 나와 내 아내의 취미로는 뭔지 잠깐 무슨 장난을 보고 있는 것만 같아 흡족한 느낌을 찾아 가질 수가 없었다. 3층으로 되어 있는 이 장난감 같은 집은 현재의 일본 천황 히로히토의 황후가 환갑을 맞은 기념 음악당으로 지은 것이라고 하는데, 하기는 많이 젊어지라고 이렇게 꾸며 놓은 것 같기는 했다.

이 고쿄 히가시교엔 즉 도쿠가와 막부의 쇼군보다 더 큰 온갖 권력이 행해지던 이곳에서 내 눈길을 가장 많이 끈 것들은, 드나드는 사람들 가운데 수상한 자를 샅샅이 엄중히는 찾아내려고 갖은 안간힘을 다하던 그 반쇼番所라는 것들이었다. 도신반쇼니, 햐쿠닌반쇼니, 오반쇼니 하는 이름으로 곳곳에 설치되어 있는 이 새까만 먹기와의 집들이야말로 도쿠가와 막부의 권위를 지켜 내던 눈이요, 칼인 것으로서, 도신반쇼同心番所 같은 이름을 보면, 하기는 여기에서도 일치단결은 쉬운 것도 아니어서 그걸 역설, 강조하는 배짱도 엿보이긴 하였다.

아사쿠사, 간다

우리가 탄 하도버스는 두 번째로 도쿄의 뒷골목이요 서민들의 마을인 아사쿠사淺草에 와서 전통적인 일본 식당의 일본 정식이라는 걸 대접했다. 이건 미리 낸 회비에 포함되는 것이라고 한다.

한국에서 만드는 일본 음식보다 더 나을 것도 없는 맛의 식사를 하고 있노라니, 양복 차림이지만 태도는 꼭 옛날 일본 사무라이 그대로의 장년 사내 하나가 손에 비닐봉지를 몇 개 들고 재는 걸음으로 들어와서 무슨 시정연설 같은 걸 정중히 소리 높여 해 대고 있기에 들어 보니까, 밥풀과자라던가 일본 엿 같은 걸 사라는 선물 장수였다.

식사 뒤에 먼저 뒷골목부터 기웃거리고 다녀 보았는데, 이건 흡사 우리 서울의 청계천 6가의 평화시장 뒷골목 그대로의 모양을 하고 있어, 헌 청바지 종류를 비롯해서 헌 비단의 일본 여자 옷들까지 온갖 헌옷들이 몽땅 모여 범람하고 있어, 일본 서민층의 허서그픔을 느끼게 해 주었다. 다만 웃기는 것은 그런 가게들 사이에는 날카롭게 번쩍거리는 일본도들을 늘어놓고 되게는 버티고 앉았는 군정들의 얼굴들도 더러 끼어 있는 것이라 할까? 어느 낡은 목조의 식당에 들어 맥주를 한 병 마시고 화장실을 빌려 써 보니, 이건 구린내 지린내가 제대로 다 나는 옛날 그대로의 '벤조便所'여서, 오랜만에 그립다면 그리운 것이었다.

2차 세계대전 전까지만 해도 이 언저리엔 요시하라라는 이름의 공창굴이 즐비하던 곳이니, 오십대 이상에는 그곳 출신의 여자들도 더러 섞여 있지 않을까 싶어 드나드는 여인들의 얼굴을 유심히 쳐다보기도 했다.

이 뒷골목에서 나와, 이곳 사람들이 마음을 의지하고 지내 온 절간인 센소지淺草寺로 향했다. 일본의 옛 시인 바쇼가 '꽃의 구름 종鐘은 우에노냐? 아사쿠사냐?'고 여기를 두고 표현해 놓은 걸 보면, 여기는 봄엔 사쿠라꽃 수풀 속의 종소리도 꽤나 감칠맛 있는 곳일 듯하기는 하나, 그 대문간의 모양은 우리 절간의 그것들과는 너무나 다른 일본식의 그 쓱 하는 우자로만 나를 맞이하고 있었다.

새빨간 핏빛 두리기둥들은 도금 무늬를 두루 눈부시게 박았을 뿐 아니라 출입구 위에 매단 역시 핏빛의 큼직한 종이 등에는 '가미나리몬雷門'이라는 굵직한 먹글씨가 쓰여져서, 여기가 하늘의 벼락같이 무서운 곳임을 뻐기고 있는 것만 같아, 우리가 흔히 호젓해지려고 절을 찾는 마음까지를 짓누르려 하고 있는 것만 같았다.

나카미세라는 이름의 가게들이 이 언저리에 즐비하게 늘어서서 북적거리고 있는 것도 절간 같지가 않았다. 이 절간은 628년에 성관세음보살을 모시고 처음 지어진 것이라 하며, 메이지 이전의 에도 시대에는 도쿠가와 막부의 장군들이 드나들며 기도를 드리던 곳이기도 했다고 한다. 2차 세계대전 때 많이 불타서 무너진 걸 새로 고쳐서 지은 것이라나.

여기서 우리는 간다에 있는 간다진자神田神社로 옮겨 갔는데, 여기서도 나를 섬뜩하게 하는 것은 그 집들에 두루 홍건히 칠해져 있는 그 새빨간 핏빛이었다.

핏빛을 좋아하는 이 귀신 집에 모셔져 있는 넋의 임자는 다이라노 마사카도라는 900년대의 장군으로서, 한때는 일본의 새로운 천황으로까지 군림했다가 반대파에 져서 죽었는데, 죽은 뒤엔 일반 민중의 소원으로 수호신이 되어 여기 이렇게 모셔져 있는 것이라고 한다.

우리가 들어 온 천황 숭배와는 또 다른 일본 사람들의 신앙을 보여 주는 곳이라고 할 수가 있겠다. 아마 이곳의 귀신 다이라노 마사카도는 그가 살아 있던 동안 일본의 서민들을 본심으로 사랑하고 아끼는 마음도 제대로 가졌던 장군이었을 것이다.

일본의 그 진자神社라는 것을 볼 때마다 느끼는 것이지만, 그 집 모양은 지붕을 비롯해서 우리 기와집 모양과는 다른 대로 거기 제주祭主들의 옷 입은 모습이 우리와 많이 닮은 점이다. 그 빛깔이 흰 것은 물론 그 만든 매무새가 많이 닮았다. 그들이 모시는 넋을 '가미'라고 하는 것도 우리말의 '검'을 그들의 발음 능력을 풀어 써 온 것이라는 풀이가 맞는 것 같다.

이 간다진자에 모셔져 있는 '가미—검님'의 넋의 이름은 간다묘진神田明神이다. 그들의 넋을 하늘의 밝은 빛에 돌려 부르는 것도 우리와 같다. 아마 이런 관습들도 우리나라에서 간 것이리라.

도쿄 국립박물관에서

9월 7일 오전에, 우리 내외는 우에노에 있는 도쿄 국립박물관 안에 전시되어 있는 것들을 대충 둘러보았다. 이 박물관은 일본의 대표적인 중앙박물관으로서 본관, 표경관, 동양관, 법륭사 보물관 등 네 채의 건물로 되어 있다. 본관은 1937년에 세운 철근콘크리트의 2층 건물로 25개의 진열실에 일본 것들을 전시하고, 표경관은 현재 일본 천황 히로히토가 황태자 시절에 결혼했을 때 그 기념으로 1908년에 세운 2층집으로, 아홉 개의 방에 일본의 옛것들을 전시하고 있으며, 동양관은 1968년에 세운 3층집으로 널리 동양 각국의 것들을 모아 보이고 있고, 법륭사 보물관은 1964년에 세운 것으로 나라의 법륭사가 1878년에 메이지 천황에게 바친 미술 공예품 319가지를 지니고 있는 곳이라 한다.

그런데 일본 것들만을 담고 있다는 본관을 돌아보다가 나는 놀라지 않을 수가 없었으니, 그건 다름이 아니라, 사실은 우리나라 대한민국의 옛 유물들이 몽땅 많이 그 속에 끼어 있는 때문이었다. 삼국시대 이래의 미술 공예품들이 우리나라 것이라는 표시도 없이, 다만 '○도 ○군 ○면 ○리 출토' 하는 따위의 딱지만을 달고, 마치 일본 안의 어느 지방에서 나온 것인 양 무수히 그 늠름한 맵시를 드러내고 있는 것이다. '대한민국 것'이라는 똑똑한 표시를 어째서 안 해 놓고 있는 것인지, 깊은 조예가 없는 외국 사람들이 와서 보면 이것들도 모두 일본의 어느 지방에서 출토한 일본의 옛것들로 오인하기 쉽게 해 놓았다.

우리나라가 일본의 식민지였던 시절에 만들어 놓은 그대로를 아직도 은연중에 그냥 그대로 놓아두고 있는 것인가? 그러나저러나 이것은 하루바삐 정확하게 표시되어야 할 것으로 안다.

그리고 이 본관 안의 전시품들을 본 소감을 나더러 솔직히 말하라면, 한국 출토품들이 차지하는 비중이야말로 아무래도 이 본관에선 뛰어나게 높은 차원을 차지하고 있는데, 일본 유물들과의 깊은 관계상 이것들을 함께 두어야만 한다면 또 그만큼 한 표시와 설명이 여기 첨가되어야 마땅하지 않을까? 옛 문화의 흐름에까지 에누리나 생략을 어떤 나라나 어떤 시대가 제 마음대로 해서는 안 될 일이니까 말이다.

내가 괜히 뜨끈뜨끈한 쇼비니스트가 되고 싶어서 이러는 게 아니라 눈 씻고 자세히 자세히 둘러보아도 칼이나 투구, 그 밖에 일본 사무라이들의 옛 물건들, 또 순 일본적인 화풍의 옛 그림과 조각들—그런 것들만 따로 한다면, 한국 옛것들은 어느 모로 보거나 일본인 그대들의 옛 스승이 아니었는가? 그걸 인정하지 않을 수 없다면 그만한 예를 갖추는 표시는 해 놓고 보아야 할 것이다.

내 눈길을 또 대단히 이끌고 있던 것은 표경관 입구 옆에 만들어 앉혀 놓은 용맹한 짐승—사자의 상이었다. 이 사자가 짓고 있는 표정—이것 하나만큼은 아마 이 세계의 인류 사회가 역사를 가진 후 만들어 온 모든 사자들의 얼굴 가운데에서도 아주 뚜렷하게 독특한 것이 될 것이다. 바보 다 된 입을 멍 하니 벌리고 있는 이 풀 죽은 사자의 얼굴—그 표정을 말하자면 '나도 인제는 할 수 없이 되었네' 하고 있는 것 같은데, 일본이 한창 기세를 올리기 시작하던 메이지 천황의 힘이 무르익던 시절에 무엇을 나타내려고 요로코롬 사자를 다루어 놓아두었는지 알기가 어려웠다. 혹 이것은 몰락한 도쿠가와 바쿠후의 사무라이의 권리를 비꼬아서 늙은 시종으로 하여 앉혀 놓은 것이나 아닌지?

일본의 주격은?

내가 9월 5일 오후부터 9일 오전까지 묵은 도쿄 아사부 호텔에서 가까이 끼니를 먹으러 다닌 아주 싼거리의 식당이 있다. 어느 날 저녁에 우리 내외가 여기서 오야코돈부리—닭고기와 달걀을 섞어 비빈 밥으로 끼니를 때우고 있노라니, 한 마흔 살쯤의 안경을 낀 바싹 마른 사내 하나가 들어와서, 뚱뚱보 주인마누라를 상대로 해 앉아 병맥주를 한 병 따 놓고는 나직한 소리로 둘이서 도란거리고 있기에 들어 보니, 이 사내는 요즘 홀아비가 된 모양인 듯 어디 참한 색시가 있으면 하나 알선해 달라고 뚱뚱보인 식당의 안주인에게 사정사정하고, 뚱뚱보 여자는 또 염려 마라, 염려 마라, 좋은 아이가 있으니 염려 마라고 하고 있는 것이었다. 내가 일본에 와서 열흘을 머무는 동안, 일본 사람의 피부와 심장을 느끼게 한 것은 꼭 하나 위에 적은 한 쌍 남녀의 대화의 광경뿐이었다.

일본 사람들은 무엇이 그리 바빠졌는지 내가 이 나라에 체류한 열흘 동안 어디에서도 어느 때에도 단 한 번도 그들의 그 주격主格이라는 것을 드러내 보인 적이라곤 없었는데, 오직 단 한 번 이 싸구려 식당의 뚱뚱보 안주인과 가난한 회사원인 듯한 중년의 홀아비 한 쌍이 겨우 요만큼 한 그 주격이라는 걸 내게 엿보여 줄 따름이었다.

나는 이 두 사람의 그래도 피부가 보이는 얘기를 미안스레 엿듣고 웬일인지 자연히 내가 9월 6일 날 타고 다니던 관광버스—하도버스의 안내양의 사람 그리운 듯한 사람 좋은 미소의 토실토실한 얼굴을 연상으로 기억해 내 놓고 '저 가난한 홀아비가 그런 여자하고나 백년해로를 했으면 좋겠다'고 괜한 생각도 하고 앉아 있었거니와, 이런 소개 정도를 거쳐 고로코롬 운명적으로 살려는 피부 같은 것—그런 주격의 한 장면을 나는 겨우 엿들었을 뿐인 것이다.

일본 사람들은 우리만큼도 비밀을 깊이 지킬 줄도 잘은 모르는 걸로 아는데, 그들의 본심의 비밀들은 눈에도 귀에도 안 뜨이고 안 들리는 어느 골목으로만 돌고 있기에 이리도 대단한 주격 부재가 되었는가? 이조 선조 때의 임진왜란에는 우리 겨레의 몸에서 가죽까지를 벗겨 말리기도 했던 그 일본 사무라이의 주격이라는 것까지도 아주 다 없어졌는가? 숨었는가?

도쿄의 가장 번화하고 사치스런 거리라는 긴자를 걸어도, 학문의 거리 간다를 걸어 보아도, 어디에서도 그들의 본심, 그들의 주격의 소리는 영 들리지도 보이지도 않고 무주공산無主空山의 느낌만을 내게 안겨 줄 뿐인 것이다. 이것은 그들의 기계문명의 복잡하고 치밀한 발전의 모습들 속에 한결 더 심각하게 느껴졌다.

그들의 주격은 지금 어디에 깃들어 있는가? 세계에서 유례가 없는 비싸디비싼 물가 속엔가? 아니면 어느 산골의 뒷구석에 숨어서인가?

그러나 내 생각으론 산과 산골짜기도 역시나 매우 드문 이 번번한 나라에서 그들의 그 주격이 잘 숨어 있을 만한 곳도 드물 것인데, 어디에 그게 깃들어 있는지 참 많이 궁금한 일이었다.

정말 대인大人다운 숨은 주격이 있긴 있어야 할 것이다.

중남아메리카 편 2

자메이카

불꽃나무를 보고 석가와 예수를 생각하다

지금 우리 내외는 모든 것에서 도망쳐 나와서 새로 유치원에 입학해 들어가는 느낌으로 자메이카의 서울 킹스턴 거리에 잠시 머물러 서 있다. 불쌍한 일이다.

아주 큰 느티나무만 한 나무의 가지가지마다 그뜩이 타오르는 불꽃빛 그대로의 꽃들을 무성히 피우고 있는 꽃나무들이 여기저기 많이 보여서 우리 내외는 "야!" 하고 유치원 아이들 같은 유치한 감탄사를 가지런히 외치며 "저 꽃나무 이름이 뭐냐?"라고 우리를 안내하던 이곳 대사관의 위성락 영사에게 물으니, 영어로는 '플레이밍 트리flaming tree', 불어로는 '플랑부아양flamboyant'이라고 부르는데, 우리에게 보이고 있는 느낌 그대로 '타오르는 불꽃'이란 뜻을 가지고 있는 꽃나무라고 했다.

나와 아내에게는 이 꽃나무를 보는 것이 참으로 큰 감동이었다. 이런 꽃나무를 단 한 번만 보기 위해서 우리 인생은 있는 것이라고 한대도 나는 곧 수긍할 것만 같았다.

나는 석가모니 부처님의 어떤 마음의 상태가 이 꽃나무 같았을까도 상상해 보았고, 또 저 굉장했던 옛 이스라엘의 젊은 어른 예수에 견주어서 이 꽃나무의 꽃 피어 있음을 생각해 보기도 했다. 하늘과 땅 사이에서 또 끝없는 인류 역사의 영원 속에서 그 두 분의 늘 불타고 있는 순수하고 고도한 정신 생명에 견주어서 말이다. 서러웁다면 지극히 서러운 그 불과 비교해서 말이다.

그러면서도 또 한쪽으로는 "육체는 서러워라"라고 시인 말라르메도 한탄했던 육체적 매력과 꽃나무를 대조하는 느낌들도 내 속에선 모락모락 일어나고 있었다. 가령 옛날 이집트의 여왕 클레오파트라 같은 육체파의 미인이 조그만 독사뱀 한 마리를 바닥에 숨긴 꽃바구니라도 한 개 사뿐이 들고 이런 꽃나무 앞에 다가선다면 어찌할 것인지요? 이런 꽃나무의 매력은 역시 그네를 촉발해서 안토니우스 같은 사내나 하나 얼싸안고 뒹굴다가 독사에게나 스스로 물려 숨넘어가게도 할 수 있을 것 아닐는지요?

석가모니나 예수의 불꽃나무, 클레오파트라의 불꽃나무, 양쪽 사이를 나는 마치 옛날 벽시계의 똑딱거리는 시계추처럼 왔다 갔다 하며, 이게 다만 너무나 격하게만 느끼어져서 그저 꽃나무 그늘에 누워 한동안 쉬고만 싶어졌다.

그러나 안내자인 우리 위 영사는 "포트로열로 어서 가서 해적 모건의 자취도 더듬어 보셔야죠" 하고 재촉해서 우리는 또 그쪽으로 차를 몰밖에 없었다.

영국 해적 두목이 활개 치던 포트로열

자메이카의 서울 킹스턴 항구의 동쪽을 테 둘러서 길고 가느다랗게 뻗쳐 있는 반도의 맨 끝에 자리 잡은 포트로열은 원래 이 나라의 수도로서, 옛날엔 영국의 유명한 해적 두목 중의 한 사람인 헨리 모건이 깃들여 살며 온갖 횡포와 사치를 다하기도 했던 곳이라고 한다.

포트로열을 향해서 차를 몰고 가는 도중에 나는 바닷물에 뿌리를 적시고 청청히 새파랗게 우거져 살고 있는 한 떼의 나무들을 발견하고 그게 무슨 나무냐고 안내자인 우리 위 영사에게 또 물었더니 "그것은 맹그로브mangrove라는 나무로, 바다의 소금기를 아주 좋아해서 그걸 먹고 사는 나무입니다"라고 했다.

포트로열에 도착해서 우리는 성 피터 교회를 먼저 둘러보았는데 여기에 아직도 있는 샹들리에 같은 것은 저 무서웠던 옛날의 영국 해적 모건이 파나마에서 훔쳐 온 것들이라고 했다.

영국의 호레이쇼 넬슨 제독이 젊었을 때 한동안 묵기도 했다는 요새에 들러서 미국 돈 2달러를 주고 영국 피가 섞인 오십대쯤의 이곳 사내 하나를 설명자로 고용했더니, 그는 대뜸 먼저 "지진이 터져서 아무리 사람들을 다 삼켜 버리려고 해도, 그 지진이라는 놈도 그대로 삼킬 수 없는 지독한 놈도 있기는 있었지요. 루이스 골디가 바로 그런 놈인데 17세기던가요, 여기 사람들을 모조리 다 죽인 큰 지진이 났을 때에도 그놈한테만큼은 도무지 이빨이 들어가지를 않아 도로 내뱉어 버려서 살아남았다구 해요. 지진으로 바다에 빠진 걸 다시 또 지진이 내뱉어 놓았다 해서 '바다가 내뱉은 놈'이란 별명이 붙어 가지고 여든두 살까지 살았다지, 아마" 하고 떠들어 대고 있었다.

원래 스페인의 이사벨 여왕의 지원을 얻은 이탈리아 제노바 출신의 콜럼버스가 최초로 발견해서 한동안 스페인의 지배 밑에 놓여 있다가 뒤에 다시 영국에 빼앗겨 여러 백 년의 통치를 받아 온 이 섬나라, 거기다가 무서운 지진까지가 자주 겹쳐서 1962년에도 큰 지진이 있었던 이런 섬나라에서 살자면 바다도 못 먹고 뱉어 내야 할 만한 악착스런 힘은 누구에게나 꼭 필요할 것이라고 느껴지기도 했다.

이런 그들의 마음의 특징을 상징이나 하는 듯이 내 옆에 버티고 서 있는 몇백 살은 넉넉히 먹은 듯한 험악한 나무—광구guangu라는 나무의 우뻑지뻑한 공이들을 잠시 만져 본 뒤에, 우리는 옛날의 영국 해적 모건 때부터 술꾼들이 술을 마시고 지랄했다는 바닷가의 유명한 술집으로 향했다. 가는 도중에 소위 사창굴이라는 조그만 오막살이들도 더러 보였는데 거기서 흰 이빨을 씩 드러내고 미소하고 있는 젊은 여자들의 얼굴엔 인도적印度的인 분위기가 상당히 느껴졌다. 이 나라에는 영국 사람들에게 끌려온 인도 사람들의 후예도 어느 만큼 있다고 한다.

해적 모건의 술집에서 술심부름을 하는 젊은 색시도 그 인도 냄새가 나는 혼혈아였다. 우는 것도 아니고 웃는 것도 아닌 그런 웃음—우리나라의 딱한 사람들이 흔히 눈가에 잘 보이는 그런 웃음을 띤 스무 살쯤의 미인 하나가 내 곁에 와서 술심부름을 열심히 하고 있기에 나는 미국 돈 5달러짜리를 그네 손에 쥐여 주었다. 조금 서러워서 말이지.

거대한 동굴 속 호수에서의 뱃놀이

1984년 6월 8일 오전에, 역시 위성락 영사의 안내로 우리 내외는 이 나라 북쪽의 오초리오스 시 근처에 있는 '쇼 파크 가든'이란 이름의 아름다운 식물원에 들렀다.

키 큰 아프리카 튤립나무들의 고혹적인 주황색 꽃들이 눈부시게 만발해 있는 아래 풀밭은 셰임풀 레이디shameful lady—부끄러운 아씨라는 이름의 풀로 자욱이 덮여 있는데, 부끄럼나무의 잎사귀 모양을 한 이 풀은 우리의 발이 조금이라도 닿기만 하면 즉시 겁을 집어먹고 냉큼 그 작은 잎사귀들을 오므라뜨렸다.

무슨 숨은 죄를 짓고 이런 넋이 되어 이런 데 와서 깔려 오들오들 떨고 있는지 매우 안쓰러운 일이었다. 또 그 옆에 깔려 있는 풀들의 이름은 크랩 그래스crab grass—게 풀이란 것으로 어린애 손톱만큼 한 게딱지 모양이었는데, 저 부끄러운 아씨들 옆에 이 바다의 자잘한 게들의 구경 나온 듯한 출동은 자칫 유치해지기가 일쑤인 요즘의 내 눈에는 매우 재미있었다. 내 아내도 나 비슷하여 싱그레 웃고 있었다.

무한정한 하늘 그리움 때문인 양 밋밋이 밋밋이 솟아만 오른 높은 종려나무들, 그리고 또 그 옆에는 영화에서 타잔이 냉큼 붙들어 잡고 공중을 휙휙 날아다녔던 그것과 아주 똑같은 반얀 나무들의 너울거리는 질긴 넌출들, 거기다가 또 이 언저리에는 심심치는 않은 꽤 괜찮은 폭포도 하나 걸려 흐르고 있어서, 시인 보들레르 아니라도 흑백 혼혈의 이쁘장한 계집아이나 하나 거느리고 앉아 맥주나 몇 병 마시기에는 아주 적당한 곳인 것 같았다.

위 영사가 마련해 온 점심을 든 뒤에, 우리는 자메이카의 신비의 하나로 손꼽히는 그린 그로토Green Grotto라는 이름의 동굴을 향해 차를 달렸다.

동굴에 닿기 전에, 황톳빛의 흙탕물로 된 호수가 차창 밖으로 내다보여서 저게 무어냐고 물으니, 그게 바로 이 나라의 주산물이었던 보크사이트의 저장소라고 위 영사가 일러 주었다.

그린그로토 동굴은 몇천 명쯤은 넉넉히 숨어 삶 직한 곳으로, 여러 모양의 여러 골짜기들을 가지고 있었는데 그 어디에는 용이라도 살고 있음 직한 상당한 넓이와 깊이의 호수도 있어서 우리 내외와 위 영사는 여기 띄워 있는 쬐끄만 쪽배에 올라 호수 위의 한때의 뱃놀이를 즐기는 용기를 내 보기도 했다.

스페인과 흑인의 혼혈로 보이는 살결이 좋고 이빨 좋은 중년 여자 하나가 내 옆에 가까이 늘 따라다니며 별 이유도 모를 너털웃음을 이어 터뜨리고만 있었는데, 좀 싱거운 대로 이런 것도 이때의 우리에게 위안이 되기도 했다. 이 동굴에서는 왕년에 영국군에게 쫓기던

스페인 총독 일행이 피신해서 살기도 했다는데, 스페인 피 냄새가 나는 토실한 이 여자는 그걸 한탄하기보다는 조금 다른 무슨 철학을 또 하나 발견해 가지고 고로코롬 떠들썩한 너털웃음을 터뜨리는 것이라고 생각되기도 했다.

동굴에는 바다로 통하는 비밀 통로도 마련되어 있어서, 이곳을 다스리던 스페인의 마지막 총독은 여기를 통해 런어웨이 비치—도망간 해안이라는 곳으로 가서 배를 타고 달아났다고 한다.

콜럼버스가 첫발 디딘 디스커버리 비치

동굴을 나온 우리는 스페인의 마지막 총독이 배를 타고 도망갔었다는 런어웨이 비치로 가기 전에 디스커버리 비치—발견의 해안이라는 바닷가 언덕 위에 잠시 머물러 섰다.

이곳은 남북아메리카의 큰 발견자였던 콜럼버스가 15세기 말에 자메이카를 처음으로 발견하고 상륙했던 곳이라서 발견이란 이름이 붙은 것이라고 했다.

한 5백 년쯤 전에 콜럼버스의 발걸음이 틀림없이 멎었을 이 자리에는 마침 맥주 같은 걸 파는 정자도 하나 있어서 우리는 거기서 토산의 맥주를 나누어 마시며, 대추알보다 조금 큰 박사새라는 새 이야기며, 리그넘바이타라는 쇠보다도 단단한 이곳 나무의 이야기며, 노란 원색의 꽃송이들이 하늘 속의 무슨 금빛 비밀처럼 눈부시게 숭얼숭얼 매어 달린 카시아 꽃나무며, 아키라는 핏빛의 붉은 열매와 생선을 함께 튀겨 먹는 이곳 특유의 음식 이야기를 하면서 역시나 새로 발견한 신기함에 한동안 젖어 있었다. 그중에서도 여러 야생 꽃나무들에서 단꿀을 귀신같이 잘 알아 찾아 먹는 데서 붙였다는 박사새doctor bird라는 이름은 유치해서 재미가 있었다.

그래 런어웨이비치의 모래밭에 다다랐을 때는 이것도 저것도 송두리째 다 잊어버리고 나는 그 맑고 푸른 카리브 바닷물에 어느새인지 뛰어들어 있었다. 55년 전엔가 중학교 음악 시간에 배운 〈산타루치아〉가 다 내 목청에서 튀어나오고 신바람이 한바탕 일어났는데, 개구리헤엄을 용감하게 치고 나서 옆을 둘러보니 언제 거기 와 있었는지 토실토실하게 살이 찌고 이빨이 썩 좋은 스물댓 살쯤의 젊은 여자 하나가 내게 찬성하는 양 왕창하게 웃어 주더군.

그래 나는 좀 계면쩍은 아이가 되어 다시 모래밭으로 뛰어나왔는데, 저켠에 무성한 종려나무 수풀 쪽을 보니 이곳 토인이 종려나무 푸른 잎사귀들을 엮어서 헬멧 모양의 모자들을 만들어 놓고 파는 게 보여 그리로 달려가서 우선 외상으로 냉큼 하나 사서 머리에 썼다. 값은 좀 있다가 옷을 챙겨 입을 때 주기로 하고……

그러구선 또 그 옆의 천막 속 술집으로 달려가서 맥주도 또 우선 외상으로 연거푸 마시고 있었는데 그 맛은 참 좋았어요. 잠시지만 외상이 통하니 특히 좋더군. 요만큼 한 자유가 내게는 겨우 알맞은 것 같더군. 더 이상이면 곤란할 것이구.

이런 내 마음속을 알아차리기나 한 듯이 우리 위성락 영사가 내 곁으로 와서 같이 맥주잔을 들며 말했다.

"여기서 서쪽으로 얼마큼을 가면 몬테고베이라는 곳이 있는데요. 그곳에 앤 파머라는 이름의 백인 미녀가 18세기에 살고 있었대요. 하얀 마녀라는 별명이 붙었으니까 대단히 요염한 여자였던가 본데, 숱한 남자들이 이 여자의 농간에 주물리어 목숨을 잃기도 했대요. 아이티 쪽에서 굴러들어와서 실컷 남자를 유혹해 대다가 스물아홉 살에 기진해 죽었다는데 생각해 보면 많이 불쌍한 일이지요."

이 얘기를 들으며 나는 '카리브 바다의 공기 속에는 백인 여자라도 자칫하면 마녀로 만드는 그런 요소도 들어 있는 것 같다'는 느낌도 들었다. 어떻게 이걸 잘 견디어 내느냐 그것이 문제겠지만……

밥 말리 조각상과 이브의 상

6월 9일 상오, 우리는 위성락 영사의 안내를 여전히 받으며 킹스턴에 있는 자메이카 박물관에 들러 특히 미술 전시실들을 흥미 있게 관람했다.

내 관심을 먼저 크게 끈 것은 밥 말리라는 이곳 남자 가수의 조각상이었다. 금방 흙 속에서 캐내 놓은 사람처럼 머리털에도 아직 손질이 가지 않은 채로인 이 남자의 서 있는 모양은 마치 무슨 거센 나무 한 그루가 뿌리를 땅속에 깊이 박은 채로 버티고 서 있는 것 같은 인상을 되게 풍기고 있었는데, 사실 그는 이미 1981년에 37세의 아까운 나이로 이 세상을 하직했다고 한다.

레게라는 이곳의 전통적인 노래는 그 가락이 우리나라의 육자배기 비슷한 구슬픈 구석도 있는 것으로, 이것을 그가 특히 잘 노래 불러서 그가 살았을 때 그 레게 노래를 부르면 구름처럼 모여드는 많은 청중들은 완전히 거기에 동화되어 열광했다고 한다. 이 나라에선 그의 이름을 붙인 '밥 말리의 날'이라는 게 제정되어 지금도 해마다 하루씩 이행되고 있다는 말을 듣고 나는 '우리는 이런 점은 본받아야겠다'는 생각을 깊이 하고 있었다. 먼저 구체적인 민족 단합을 이루어 가기 위해서 말씀이다.

그다음으로 내게 좋게 보였던 것은 에드나 맨리 여사가 조각한 〈이브의 상〉이었다. 이브라고 하면, 우리는 흔히 남편 아담을 유혹하여 금단의 열매를 따 먹게 함으로써 에덴의 낙원을 쫓겨나는 사람들의 원죄를 짓게 했던 죄인으로 생각하기가 일쑤지만 에드나 맨리 여사의 이브의 모양은 그런 마음의 표현이 아니라 아주 떳떳한 이브의 목숨의 주장이 용솟음쳐 나오고 있는 그런 것이어서, 그네가 생각하는 '인간성'이 어떤 것인가를 내게 여러모로 상상케도 했다. 이 외에도 그네는 여러 개의 조각과 그림들을 내보이고 있었는데 기본 실력이 두루 상당해 보였다.

이분은 이 나라의 전직 수상이자 현재 야당의 당수인 마이클 맨리의 친어머니로, 그네의 남편인 노먼 맨리도 이 나라의 큰 지도자였다고 하는데 우리나라에서도 소위 높은 사람들의 예술에의 참가도 격려해 볼 만한 일 아닌가, 나는 이 자리에서 생각하고 있었다. 가령 JP 김종필 씨의 그림이라든지 김준성 전직 부총리의 소설이라든지 그런 일들도 자타 간에 무슨 여담처럼만 아는 습관을 고쳐서 말씀이다.

"정치와 예술의 양립은 어렵지 않으냐?" 어쩌고 하는 이들이 있을는지는 모르지만 천만에, 양립해서 좋은 일이라고 나는 생각한다. 괴테도 왕년의 독일 수상인 동시에 시인이었고, 지금도 이 카리브 섬나라의 전직 수상의 어머니도 그렇게 하고 있지 않은가? 높은 것이 무엇이냐는 인식을 새로이 해야겠다.

이 밖에 카포라는 사람의 그림과 조각도 내게는 좋게 보였다. 그의 그림들에선 서양 화가들의 흔적도 보였지만, 이곳 사람다운 느낌도 순수하게 잘 풍겨 나와 역시 그 줏대 있는 게 좋았다.

블루마운틴에 올라 커피를 마시다

6월 9일 하오, 우리는 이곳 우리 대사관 참사관 부인의 안내로 블루마운틴—푸른 산이라는 이름이 붙은 산에 올랐다. 이 나라의 수도인 킹스턴 북쪽에 자리 잡고 있는 이 산은, 그 이름처럼 여러 가지 열대식물들로 자욱이 덮인 청산으로서 높이는 2천 미터가 넘는다 하는데, 그 높은 산봉우리 근처에까지 좁은 대로나마 꼬불꼬불 굴곡이 심한 포장 도로를 뚫어 놓은 걸 보면 그래도 대영국의 연방정부의 하나다운 면목은 어느 만큼 지니고 있는 것으로 보였다.

킹스턴 시가가 잘 내려다보이는 높이에까지 오르자, 이 산의 호젓한 모퉁이 길가에는 가끔 대단히 거친 모양의 산사나이들의 모습들도 보였는데, 동행하던 우리 위 영사 말을 들으면, 이들은 머룬 Maroon이라는 별명으로 불리는 산사람들로 오랜 영국의 통치에 불만을 가진 사람들이 반항 운동도 뜻대로 안 되니까 산속에 숨어 살며 이런 후손들을 낳아 길러 내고 있다고 한다. 숲이 너무나 칙칙해서 내가 "뱀도 꽤 많이 살겠는데요" 하니, 내 옆에 있던 참사관 부인은 "자메이카의 숲에는 망구스라는 짐승이 많이 살아서 뱀이란 뱀은 모조리 잡아먹기 때문에 이 나라에선 눈에 약으로 쓸래도 뱀은 한 마리도 보이지 않습니다"라는 이야기였다.

"그 망구스란 놈은 큰 놈입니까?" 하니 "아니요. 족제비만 한 조그만 놈"이라고 하였다. "아마 그 지독스럽다는 날담비 같은 놈들이겠군요" 나는 대꾸하며 '평화로운 낙원이 이루어지려면 먼저 이런 지독스런 것들도 있긴 있어야 할 것 아닌가' 하는 생각도 해 보았다.

스무 길쯤은 충분히 넘게 높이 자란 종려나무 숲을 지나서, 우리는 드디어 우리나라의 커피당 사이에서도 널리 알려진 '블루마운틴 커피'의 원산지인 커피 농원에 도착했다. 참사관 부인이 이 커피 농원의 주인과 친히 알고 지내는 사이여서 앞장서서 우리를 이곳까지 안내한 것이다.

일본 사람인 커피 농원 주인의 성의 첫 글자에서 'U'를 따고, 커피의 'C'자와 컴퍼니에서 또 'C'자를 따서 UCC란 상표의 여기 커피는 이미 품질이 세계적으로 널리 알려져 있다고 하는데, 이 농원의 규모는 그렇게 클 것도 없는 것이었다.

세계의 구석구석을 눈여겨 찾아서 커피 재배에 가장 적합한 이런 곳까지 손에 넣고, 또 그 생산을 끝까지 성공시켜 이루어 낸 일본 사람들의 집념과 노력에는 그저 감탄할밖에 별수가 없었다. 겨우 아버지와 아들 두 세대의 노력으로 이루어졌다는 이 커피나무밭을 돌아보며, 이런 점은 우리도 일본 사람들에게서 많이 배워야겠다는 생각만이 앞섰다.

원래 이 나라의 영국 총독의 별장으로 지어졌던 것이라고 하는 농원 주인의 집은 거죽보다도 그 속이 두두룩하게 쓸모 있게 꾸며져 있었다. 영국 귀족의 별장 취미로 지어진 집엔 다시 일본인 취미가 가미되어 동서양이 묘하게 절충된 분위기를 빚어내고 있었는데, 베란다에서 우리가 대접받은 이 집의 커피 맛과 향기는 역시 천하일품이었다. 갈색의 흑설탕을 넣어 마시는 이곳의 UCC 커피는 맛도 맛이려니와 특히 향기가 일품이었다.

도미니카

잃어버린 여행 가방과 대사님들의 여관

자메이카의 수도 킹스턴에서 도미니카의 서울 산토도밍고로 곧장 날아가자면 한 시간쯤이면 될 것이지만, 사실은 이 두 나라의 국교 관계가 원활치 않아서 킹스턴에서 먼저 미국의 마이애미를 거쳐서 산토도밍고로 가야만 하기 때문에, 아침 비행기로 자메이카의 킹스턴을 출발해도 그날 초저녁에야 산토도밍고에 겨우 도착하게 되어 있다. 이것은 외교가 제대로 되지 못한 도미니카와 같은 나라의 모든 것이 늦는 비극 또는 희극이리라.

'도미니카'는 사실은 '도미니카나'라고 하는 것이 정확하다고 한다. 왜냐면 이 카리브 바다의 섬나라 가운데는 '영국연방 도미니카'라는 나라가 또 따로 있기 때문에 그것과 구별하여 '도미니카나'라고 스페인 말로 발음하는 것이 정확하다는 것이었다.

그런데 이 도미니카나라는 나라, 한국보다도 모든 것이 갑절쯤은 싼 나라, 그러자니까 또 자연히 누구나 헐하게 살 수 있는 나라에 오기까지에는 나는 많은 고난을 겪어야만 했다.

그 첫째는 자메이카의 킹스턴에서 미국의 마이애미로 가서 한 네댓 시간을 무료히 지내고 있을 때의 얘긴데, 나와 내 아내는 무엇 때문에 그랬을까, 지루해설까 아니면 모든 것이 귀찮아설까, 우리가 마땅히 도미니카나로 부쳐야 할 짐 가운데 옷들이 든 트렁크에 딱지 붙이는 걸 깡그리 잊어버리고 만 것이다.

그래 도미니카나의 수도 산토도밍고의 공항에 내렸을 때는 우리 내외에게는 입을 옷이 든 트렁크는 없는 채로였다. 공항에 내려 아무리 발버둥거려도 소용없는 일이었다.

그리하여 우리 두 내외에게 남은 것은 여권이라든지 비행기 표라든지 그런 것이 들어 있는 작은 백 하나밖에는 아무것도 없었고, 이 카리브 바다의 섬나라들을 겨우 누비고 갈 몇 푼의 미국 돈이 남아 있을 뿐이었다.

그러나 우리가 들어간 호텔 이름은 스페인 말로 '엠바하도르', 번역하면 대사님들의 여관이라는 것이다. 이것은 홍콩의 중국인이 투자해 경영하는 것이기 때문에 '중국대반점'이라는 딱지도 옆에 붙어 있었다. '중국인은 역시 대단하구나' 생각하면서 갈아입을 옷도 하나도 없이 된 내가 그 식당으로 들어가서 메뉴를 보니, 어럽쇼, 랍스터 한 마리가 여기서는 3천 원쯤, 랍스터에 비프스테이크를 함께 먹어도 역시 여기서는 3천 원쯤, 그리하여 나는 옷 잃은 설움도 깡그리 다 잊고 그것들을 먹으며 몸을 유익하게 하는 일에만 골몰하고 있었다.

도미니카나에 오면 누구나 첫째 음식이 세상 어디보다도 더 싼 것이 고마우리라. 그것을 먹으면서 사람들은 생각하고 느끼리라. 이렇게 싼 음식을 먹으면서 우리는 정말로 비싸게 살아야 하는 그 값을 꼭 알아내야 한다고……

우리 대사관의 한병길 영사가 내게 말했다.

"가난한 사람들이 여행을 오려면 그야 이 도미니카나지요. 한국에서 드는 것 반쯤이면 여기서는 왕 노릇 같으니까요. 자동차 운전 기술이 제일 좋은 사람도 여기서는 한 10만 원이면 충분히 고용할 수 있고, 예쁜 스페인 얼굴의 계집아이를 식모로 두는 것도 일금 3, 4만 원이면 충분합니다. 아침 8시부터 저녁 8시까지 맘대로 부리고요."

가난한 여행자들의 천국—도미니카나

6월 11일. 싸고도 권위 있는 호텔 '대사'에서 하룻밤을 묵고 난 우리 내외는 먼저 갈아입을 속옷이니 남방이니 양말이니 그런 것을 우선 사기 위해서 우리 대사관의 운전기사 신희철 군의 안내로 이 산토도밍고에서는 가장 큰 백화점의 하나를 시장 거리—스페인 말로 메르카도에서 찾아들었다.

스페인 사람의 구멍새가 완연한 예쁘장한 젊은 여자들이 죽 늘어서서 손님을 맞이하고 있는 백화점 옷 가게는 역시 도미니카나 식으로 모든 것이 싸서 첫째 마음에 들었다. 점잖은 회색 빛깔의 남자용 남방 하나가 우리 돈으로 쳐서 1천5백 원쯤이고, 모든 것이 이처럼 싸서 나와 내 아내는 이것저것 주섬주섬 꽤 여러 가지를 샀는데, 그 합계는 계산되어 나온 걸 보니 도통 우리 돈 1만 5천 원 정도밖에 안 되는 것이었다.

우리 옆에 서 있던 운전기사 신 군이 말했다.

"이 물건들 가운데는 우리나라 여자 기능공들이 가르쳐서 만들어낸 것도 있을지 몰라요. 이곳의 옷 공장엔 우리 여자 기능공들이 한 백 명쯤 와 있는데요, 그 여자들은 모두가 이곳 여직공들을 가르치는 선생님으로 일하고 있거든요. 먹고 자는 것은 공짜로, 한 달에 미국 돈 5, 6백 달러씩 받아서 몽땅 고향 집으로 송금하고 있다고 해요."

그 말을 들어 보니 여기 오게 된 게 열 번이나 잘했다는 생각이 들었다. 우리나라 아가씨들의 입김이 묻은 옷들일 것이라니 내게 이것들은 여느 옷보다도 달갑게만 느껴져서 말씀이다.

우리는 백화점에서 나오자, 여러 가지 물건들을 좌판이나 알땅바닥에 놓고 파는 뒷골목의 아주 싼 장거리로 들어가 보았다. 다 큰 사나이의 대갈통만큼씩 한 야자수 열매들이 금시 하늘의 어느 낙원에서 쏟아져 내린 것처럼 즐비하게 누워 있는 옆에 작은 톱과 식칼을 가진 임자가 누르끄레한 이빨을 드러내 보이면서 씩 웃고 있었는데 "한 개에 얼만가?" 물으니 우리 돈으로 쳐서 겨우 4, 50원만 내고 얼마든지 마시고 먹으라는 것이었다.

그래 나는 그 야자열매 장수의 두 손의 손톱들이 너무나 때가 많이 새까맣게 끼어서 그게 비위에 좀 거슬리기는 했지만, 이 천국의 이렇게도 너무나 싼 맛이기에 냉큼 하나를 사서 그 속에 든 그 양기 좋다는 물도 바닥까지 다 들이마시고 껍질 안의 기름기 살도 저며 주는 대로 넙죽넙죽 받아먹고만 있었다. 그걸 그렇게 팔고 있는 사나이의 얼굴인즉, 그렇지, 영화배우 앤서니 퀸의 아주 처참할 때와 비슷하게 생긴 몰골이었는데 확실히 이때의 이 야자수 열매는 내 지친 양기에 크게 도움이 되었을 걸로 안다.

여기에서 벗어나자 때마침 점심때도 되고 하여, 나는 그 어디 바닷가의 조용한 음식점을 찾아 달라고 신 군에게 부탁하여, 야자수 우거진 말레콘—바닷가 거리를 달리다가 이름도 없는 어느 간이음식점 같은 데를 들렀다. 바다에서 나는 것들의 요리를 맛있고 싸게 잘해 주어서 신 군이 가끔 들르는 집이라고 했다.

남으로 남으로 무한처럼 깔린 바다는 때마침 아주 잔잔하여서 무슨 비너스라도 하나 나타났으면 좋겠다고 생각하고 있었는데, 아니나 다를까 보티첼리의 〈비너스의 탄생〉이라는 그림에 나오는 그 비너스 비슷한 달걀 모양의 얼굴의 미녀 하나가 웬 콧수염의 사내 하나를 앞세우고 우리 앞에 나타났다.

콜론 공원의 콜럼버스 동상, 기타

비너스와 같이 온 사내는 콧수염 하나뿐인 줄 알았더니 오래지 않아서 뚱뚱하고 유들유들한 또 한 사내가 그들 옆에 나타나서 세 남녀는 내 식탁 건너편 자리에 보란 듯이 버티고 앉았다. 버티고 앉았다기보다는 바닷가로 무슨 먹이를 찾아 나온 개들이 무얼 열심히 찾으면서 모여 있는 것 같은 눈초리로 우리를 자주 눈여겨보며 도사리고 앉아 있는 것이었다.

두 사내는 비너스의 시종들이 아니라 비너스야말로 그 두 녀석의 먹이가 아닌가 하는 생각이 저절로 들자 나는 그 비너스가 많이 측은해져서 그런 눈으로 그네를 물끄러미 보고 있었더니, 그 여자는 이걸 어찌 받아들였는지 기쁨도 슬픔도 아닌 묘한 눈과 입 모습으로 급하게 살짝 웃어 보였다.

나는 바다의 꽃게탕을 한 그릇 시켜 먹고 있었는데, "저런 여자는 저게 뭘까?" 하고 동석한 신 군에게 우리말로 나직이 물었더니 "저런 백인의 얼굴을 가진 남녀들도 여기는 심심치 않게 있습니다. 주의하시는 게 좋습니다"라고 대답했다. 나는 안주머니에 현금을 두둑이 담은 일본 사내로나 보였고, 저 비너스는 그런 나를 낚기 위한 낚싯밥이고, 그 두 녀석의 가슴에는 비수라도 한 자루씩 품은 것 아닌가 상상하자니, 이 바닷가도 도스토옙스키의 무슨 나스타샤라도 하나 만들어 갖지 않고는 못 견디는 매우 서러운 곳인 것만 같아 신 군을 재촉해 일어서고 말았다.

오후에는 한병길 영사의 안내로 이곳 박물관이란 데를 들렀는데 거기 진열돼 있던 무기니 뭐니 그런 것들은 지금 기억에 뚜렷한 것이 별로 없지만 오직 한 가지 지금도 역력히 내 귓속에 살아남아 있는 것은 그때 그 박물관 근처의 어느 수풀에선가 울부짖던 그 이상한 새의 울음소리다.

우리나라 산새들 중에 봄이면 꾹꾸우 꾹꾸우 울어대는 그 멧비둘기 소리에 사람들은 사설을 붙여 '계집 죽고, 자식 죽고, 망건 팔아 술 받아 먹고, 꾹꾸우 꾹꾸우!' 운다고 풀이하고 있거니와 그것의 소리는 비교도 안 될 만큼 훨씬 더 암담한 설움의 소리가 무슨 땅속의 지옥에서나 울려오는 듯이 울부짖고 있어서, 여기 박물관장을 찾아 그 새의 이름을 물었더니 피존 즉 비둘깃과의 일종이라고만 말했다.

이 지지리 싼 나라에서 헐값으로 살다 간 무척 서러웠던 사람들의 귀신들의 소리인 양 나는 이 새들의 울음소리를 귀담아들으며 콜론 공원이라는 이름이 붙은 콜럼버스 광장을 향해 걸어갔다. 콜론이란 물론 아메리카의 발견자 콜럼버스를 스페인 말로 부른 것으로서, 그의 출생지인 이탈리아 말로는 콜롬보 바로 그 사람이다.

공원이라는 이름은 붙었어도 주변에 몇 그루의 나무가 있을 뿐인 조브막한 광장에 우뚝 솟아 있는 콜론—콜럼버스의 동상은 여러 층의 대리석의 기단과 탑 위에 왼쪽 손을 들어 먼 곳을 가리키고 있는 자세로 서 있다. 남북아메리카의 여러 군데 서 있는 그의 기념상 가운데서 여기 것이 특히 나을 것도 없었지만, 도미니카나의 수도 산토도밍고가 그가 발을 들여놓은 어느 곳보다도 그에게는 가장 그리운 곳이었던 걸 생각하면서 이 동상을 우러러보고 있자니 그런 대로 그만큼의 실감은 있어 보였다.

산타마리아 성당과 알카사르 궁전

그런데 우리가 그 콜럼버스의 동상을 우러러보고 있는 동안 어디에 숨어 있다가 우리를 발견하고 나온 것인지 우리 주위에는 네댓 명의 이곳 주민들이 모여들어 우리를 에워싸고 대들어 왔다. 소년과 청년과 중년이 두루 다 낀 이 사람들은 손에 몇 장씩의 사진엽서를 들고 서로 제 것을 사 달라고 아우성을 치는 것이었다.

우리나라에서는 어느 관광 장소에서나 이제는 이런 정도의 처량한 행상들은 찾아 볼 수 없게 된 것을 생각하니 측은한 느낌이 앞서서 가장 나이 적어 보이는 소년의 손에서 콜럼버스 동상의 사진엽서 등 석 장인가를 미국 돈 1달러를 주고 샀거니와, 콜럼버스의 넋이 만일 그 어디서 숨어 이 광경을 보고 있었다면 그의 후손들의 이런 모양에 많이 울고 있을 것만 같이 느껴졌다.

이어서 우리는 콜럼버스의 동상이 서 있는 공원에서 멀지 않은 곳에 자리 잡고 있는 산타마리아 성당으로 발걸음을 옮겼다. 아시다시피 콜럼버스는 그가 발견해서 발을 들여놓았던 남북아메리카 여러 나라들 중에서도 유난히 이 도미니카나를 사랑하여, 죽을 때 유언으로 자기 무덤을 여기다가 만들어 줄 것을 부탁했었고, 그 유언이 이 20세기에 와서야 겨우 이루어져서 그의 무덤이 지금은 바로 우리가 찾아가고 있는 산타마리아 성당 한쪽에 자리 잡고 있음을 나도 들어서 알았기 때문이다.

성당의 겉모양은 오랜 세월에 그을리고 낡아서 마치 무슨 도깨비의 집처럼 음침하고 허술했으나 그 안에 들어가서 콜럼버스의 묘가 놓여 있는 곳을 살펴보니, 그래도 좋은 무늬의 대리석으로 만들어진 그곳만은 늘 깨끗하게 돌보고 있는 듯 으리으리하게 윤이 나고 있었다. 낡아 빠진 허술한 헌 집에서 좋은 비단 요이불이나 한 벌 덮고 누우신 격이라 할까? 역시 그래도 콜럼버스는 콜럼버스로구나 하는 느낌이었다.

여기에서 좁은 골목길을 더듬어서 한참을 걸어가면 휑하니 열리는 빈터의 언덕배기에는 옛 왕궁터가 나타나는데, 여기는 콜럼버스의 아들이었던 돈 디에고가 왕 노릇을 하며 살던 곳으로, 현재 이 자리에 세워져 있는 건물은 돈 디에고 당시의 것 그대로가 아니라 1957년에 본모양을 다시 살려 지은 것이라고 한다. 이름하여 알카사르 궁전이라고 했다.

불그무레한 빛깔의 집이었는데 그 크기나 규모는 우리나라의 시골 군청 정도로, 들어가 보니 그래도 돈 디에고가 살았을 때 썼던 16세기 스페인 제품의 가구들도 더러 남은 채로 있어서 아주 쓸쓸치만은 않았다.

조그만 옷장들 옆에 비단으로 만든 포장도 드리운 부부용의 깔끔한 침대가 하나 보였는데, 침대 이것이나 하나 어느 만큼 부러웁다면 부럽게 느껴졌다. 이 느낌은 아마 내가 이미 70세 나이의 많이 피곤키도 한 나그네인 때문이겠지. 돈 디에고 역시 여기서 그 아내와 더불어 한잠 푹 주무셨을 때쯤이 아무래도 가장 행복했을 것만 같았다. 이런 곳에 비라도 축축이 내리고 하는 날은 더구나 말씀이다.

산토도밍고 대학의 잉글잉글 타는 듯한 여대생들

6월 12일 오전에 우리는 남북아메리카에서 맨 처음으로 세워졌다는 산토도밍고 대학을 구경하러 나섰다. 이번에 나와 내 아내를 태운 차의 운전기사는 우리나라 사람 신 군이 아니라 스페인 피와 깜둥이 피가 혼혈된 새까맣게 잉글잉글한 얼굴의 삼십대의 사나이였는데, 스페인 말의 통역을 하기 위해 같이 탄 신 군의 말을 들으면 이 사내는 10만 원이 될까 말까 한 월급을 받지만, 그걸로 아내를 산토도밍고 대학에서 그네의 소원대로 공부도 시키고 있다는 것이었다. 가난하면 가난한 대로 장한 사나이는 역시 어디에나 있는 것이겠다.

산토도밍고 대학의 건물들은 이 나라의 형편을 닮아서 그런지 내가 상상하던 것보다도 훨씬 더 초라했다. 우리나라 시골의 새마을 공장 같은 모양의 집들이었는데, 그게 그래도 여러 채인 것과 2층 이상의 집도 한두 개 보이는 것이 다르다면 좀 달랐다. 그나마 두루 구중충하게 때가 자욱이 낀 것들이었다.

더구나 지저분해 보이는 것은 학교 건물의 벽돌에 아무렇게나 갈겨써 놓은 그 많은 낙서들과 또 함부로 여기저기 무질서하게 다닥다닥 붙여 놓은 무슨 광고용의 종잇조각 나부랭이들이었다. 1978년 여름에 내가 독일 프랑크푸르트의 괴테 대학교에 잠시 들렀을 때에도 이와 비슷한 지저분함에 눈살을 찌푸린 일이 있거니와 여기 산토도밍고 대학은 괴테 대학보다도 몇 갑절 더한 것이었다.

여기에 비기면 이런 점만큼은 우리나라 대학들이 비교도 안 될 만큼 깨끗한 것을 생각하니 그래도 적이 안심하는 마음이 생기기도 했다.

드나드는 학생들의 옷차림은 우리 대학생들보다 훨씬 더 남루했으며, 또 빛깔들도 더 많이 어두웠다. 때 낀 데가 쉽게 드러나는 밝은 빛깔보다는 오래 빨지 않고 입어도 되는 빛깔 옷을 골라 입은 성싶었다. 여학생들도 그 점은 마찬가지였다.

그러나 이곳 여자 대학생들의 어두운 옷차림에 비하면 그들의 얼굴과 몸이 풍기는 매력에는 독특한 데가 있어 보였다. 특히 스페인 피와 검은 피가 섞인 이곳 혼혈 여대생들의 얼굴과 몸매에서는 햇빛 같이 쨍한 무엇이 풍겨 나오고 있어 주목할 만한 것이었다.

피붓빛은 검지만 얼굴의 구멍새는 스페인 여자 그대로인 이들의 두 눈은 그 양쪽의 정열을 모두 합친 것이어서 그런지, 문득 잉글잉글 타는 듯한 매우 거센 욕망의 빛을 쏘고 있는 게 느껴져서, 우리처럼 점잖게만 표정을 가지기에 애쓰고 살아온 사람의 눈에는 대단히 인상적인 매력으로 느껴졌다.

우리는 여기를 벗어나자, 도미니카나의 특산품인 호박 제품을 만들어 파는 가게에 들러 보았다. 나는 외국에 가면 사건 안 사건 그 나라의 특산품인 보석을 찾아보아야 견디는 버릇이 있는 데다가 여기의 호박은 세계적으로 싸기로 소문이 나 있었기 때문이다.

우리 대사관의 신 군과도 친면이 있는 어느 인도 혈통 여자의 가게에 들렀는데 여기 것은 아프리카 케냐의 그런 불투명한 것이 아니라 북쪽 유럽에서 보던 투명한 것으로 그 값도 목걸이 하나가 4, 50달러면 괜찮을 정도로 쌌다.

야자나무 수풀에 에워싸인 해수욕장에서

6월 12일 오후, 우리 대사관의 신 군과 함께 우리는 이 나라의 유명한 해수욕장의 하나인 플라야 레알 쪽을 향해 야자수들이 무성하게 우거진 바닷가 길을 달려갔다. 이 야자수 수풀이라는 것이 내게는 이미 지난번 세계 일주 여행 때도 실컷 많이 보았으므로 별 신기할 게 없었으나 이번에 처음으로 이것을 대하게 된 내 아내에게는 무척 호기심이 당기는 양 좋은 모양의 그 나무들이 보일 때마다 그 밑에서 기념사진을 찍어 달라고 졸라 대서 나와 신 군을 웃겼다.

신 군의 말을 들으면 이곳에는 일본 사람들도 상당수 이민 와서 살고 있다고 하는데, 그들은 여기서 별 기세를 펴지 못하고 촌구석에서 농사를 짓거나 도시에서도 주로 두부를 만들어 파는 것 같은 저소득 생산에 많이 종사하고 있다고 한다. 1930년에서 1960년 사이에 이곳으로 옮겨 왔다고 하니, 대부분은 제2차 세계대전 전후의 일본 국내의 먹고살기 어려운 생활난을 피해서 이 구석까지 살길을 찾아온 듯하다.

플라야 레알의 해수욕장 역시 이 나라 나무들의 주종인 야자수 수풀로 에워싸인 좋은 해수욕장이었으나 제철이 아니어서 그런지 우리밖엔 단 한 사람의 해수욕객도 없는 매우 한가한 곳이었다. 미국이나 유럽의 겨울이 돼야 거기서 넉넉지 못한 사람들이 이 늘 여름의 해수욕장을 더러 찾아온다니, 6월은 아닌 게 아니라 한가할밖에 없을 때다.

그래도 이 해수욕장의 야자수 숲에는 풀잎사귀로 지붕을 인 정자도 군데군데 세워져 있어서 우리—우리 내외와 신 군과 운전기사인 혼혈 청년 네 사람은 정자의 하나에 자리를 잡고, 근처에서 기다리고 서 있던 역시 혼혈의 웨이터에게 이곳의 국산 맥주를 가져오라 했더니 다람쥐같이 빠른 걸음으로 그야말로 게 눈 감추었다 또 내놓듯이 재빨리 한 아름 안고 날라 왔는데, 맛도 그대로 괜찮은 것이 값은 우리나라 맥주의 반값을 조금 웃도는 것이었다.

나는 오랜만에 싼 맥주를 만나 일행과 함께 실컷 마시면서, 10만 원도 다 안 되는 월급으로 아내를 산토도밍고 대학에까지 넣어 공부시키고 있다는 그 혼혈의 운전기사에게 "답답해서 여기를 도망쳐 버리고 싶은 때는 없는가?"라고 물어봤더니, 그는 큰 물새들이 떼 지어 나는 바다 멀리 한번 눈길을 보내고 나서 "왜 아닌가. 답답해서 작은 배를 타고 푸에르토리코라는 데까지 가 보았으나 그래도 태어난 고향 생각이 나서 오래잖아 돌아와 버렸다"라고 하며 무슨 괜찮은 한 그루 나무의 그늘처럼 서글프게 아주 조용히 웃고 있었다.

바닷물에 뛰어들 만한 신바람도 잘 일지 않는 데다가 또 나는 많이 마신 맥주로 뒤가 급해서 여기 식당 본관의 화장실로 급히 달려갔는데 여기 변기는 틀림없는 양변기였으나 뒤본 후에는 휴지를 찾으니 영 남아 있는 게 없어서 호주머니의 담뱃갑이니 뭐니 그런 걸로 대용하다가 그래도 모자라 손수건 한 개까지를 보충해 써야만 하게 되었다. 도미니카나! 그래서 나는 너를 잊지 못한다. 언젠가 또 한 번 기어이 들르리라.

푸에르토리코

새 울음소리와 함께 떠오르는 원혼들

6월 13일 해 질 무렵에야 우리 내외는 도미니카나의 산토도밍고를 떠나 한 시간쯤을 날아서 초저녁에 푸에르토리코의 수도 산후안에 도착했다.

산후안 공항의 호텔 안내소에 들러 싸고도 좋은 호텔 한 군데 소개해 달라고 했더니, 엘 카나리오—스페인 말로 카나리아 새를 의미하는 듯한 아름다운 이름의 호텔을 소개해 주면서 어떻게나 친절한 얼굴 표정과 말씀으로 대해 주는지 이거 왜 이러시는가 싶어 황송할 지경이었다. 여기가 미국 영토라서 다르긴 다르다는 느낌이었다.

1일 숙박에 미국 돈 30달러쯤의 엘 카나리오 호텔 주인은 왕년의 프랑스 가수 겸 영화배우였던 모리스 슈발리에의 노년의 얼굴을 닮은 익살스런 늙은 사내로, 그 점 싼 대로 여유가 있어 뵈서 역시 다행이었다.

그러나 이튿날 이른 아침 고단한 잠에서 깨어나 창을 열어젖힌 나는 이 집 뜰의 어떤 나무 위에서 울어 대고 있는 '투비, 투비, 투비, 투비, 투비' 하는 새의 발음 소리에 적이 신경이 쏠려 눈을 동그랗게 뜨지 않을 수가 없었다.

영어로 '투 비to be'라 하면 '미래의'라는 형용사도 되지만, 내 마음에는 이 새의 소리가 그렇게 느껴지는 것이 아니라, 셰익스피어의 『햄릿』에 나오는 저 유명한 말 '투 비 오아 낫 투 비To be or not to be — 살 것이냐? 죽을 것이냐?'의 그 첫 부분을 열심히 되까려 거듭 발음하고 있는 것같이만 들려왔기 때문이다.

삶과 죽음을 눈앞에 생생하게 아울러서 보며 살다 간 넋들이 죽은 뒤에도 그 간절한 느낌을 어쩌지 못해 그렇게 되풀이해서 날마다 울고 있는 것같이만 느껴져 그 소리가 이내 내 귀에 한 개의 못처럼 박히게 되었다.

푸에르토리코는 미국과 스페인의 전쟁의 결과로 1898년에 미국의 영토가 되어 오늘에 이르고 있지만, 그 이전에는 또 오랫동안 스페인에 정복당해 지내 온 곳이니, 그 두 겹의 싸움에서 피 흘리고 죽은 이곳 원주민들과 스페인 혈통들이 불교적인 인과로 윤회전생을 했다면 아마 저 '투 비' 새들쯤 되기가 첩경이었으리라.

우리 내외가 묵은 이 싸구려 호텔의 아침 식사는 이 집 뜰에 있는 정자에서 손님 각자가 그 셀프서비스라는 걸로 먹고 마시게 되어 있어서 그 정자로 내려갔더니, 스페인 계통인 듯 눈 표정이 거친 사십 대쯤의 웬 깡패풍의 힘세 보이는 사나이 하나가 조그맣게 생긴 밤빛 머리 푸른 눈의 열일곱 살쯤의 양키 소녀 하나와 나란히 앉아서 무슨 설득을 열심히 하고 있는 광경이 전개되고 있었다.

미국 영어로 나직이 주고받는 그들의 대화를 대충 귀담아들어 보니, 이 소녀는 먼 북쪽 캐나다에서 온 꿈 많은 가출자로 여기 왔다가 여의치 않아 귀국하려 하는데, 상대자인 그 깡패 같은 사내가 뭐라고 집요하게 꾀며 말리고 있는 모양이었다.

이 소녀가 만일에 노잣돈까지 몽땅 떨어져 버렸다면 어찌 될까? 그걸 생각하니 아찔할 뿐이었다.

엘모로 요새 앞뜰에서 만난 검은 새 떼

6월 14일 오전, 우리 내외는 호텔 가까운 한길에서 택시를 하나 집어타고, 올드산후안의 유적들을 찾아보러 나섰다. 택시 요금은 시간제로 한 시간에 얼마씩 내기로 했는데, 한국에서보다는 약간 비쌌던 것 같다.

택시 운전기사는 영어도 능하지 못한 스페인계의 오십대 사내였는데, 족제비같이 빨리 움직이는 두 눈망울에, 그래도 심심한 나머진지 콧수염을 달고 있었다. 나 같은 동양의 수수한 나그네에게도 매우 공손하면서도 쉼 없이 어디로 빵소니만 치려는 듯 재빨리 움직이는 그의 눈망울을 보고 있자니 그와 그의 선대들의 수난과 도피의 역사가 눈에 보이는 듯하여 가엾게 느끼어졌다.

우리가 처음 찾아간 곳은 엘모로라는 성으로 둘러싸인 요새였는데, 이 요새 앞의 넓은 풀밭에서도 나는 또 이상한 모양의 검은 새 떼의 일당을 만나 혹시나 내가 호텔에서 듣던 그 '투 비' 새가 아닌가 하여 귀를 기울여 보았으나, 그게 아니고 장구라는 이름의 새라고 택시 기사가 내게 일러 주었다. 꼬리 모양이 펴 놓은 부채 모양으로 된 작은 비둘기만 한 이 새는 별 울음소리도 없는 것이었다.

이 요새는 1540년 이곳을 점령한 스페인 사람들의 손으로 착공되어, 주로 이 섬 안의 육지 원주민들의 공격을 막으며, 급하면 바다로의 재빠른 도피를 겸하기 위해 만들었던 것인데, 그로부터 58년 만인 1598년엔 영국의 컴벌랜드 백작의 침략—육지 쪽으로부터의 침략을 받아 빼앗긴 적도 있다고 한다.

그러나 컴벌랜드 백작의 패거리들은 이곳에 우연처럼 유행했던 적리赤痢의 전염병에 많은 목숨을 잃고는 할 수 없이 물러가 버려서 운수 좋게 독립을 되찾기도 했었다.

그 뒤에도 네덜란드 사람들의 공격에 또 수난을 겪다가, 드디어 오늘날 같은 난공불락의 견고한 요새가 건설되기는 18세기 후반기부터라고 한다. 군인들의 손으로 1783년에 낙성된 것이 지금 우리가 보는 바로 그것으로서, 이 요새는 19세기 말엽 미국과의 전쟁에도 그대로 견디어 냈다고 한다.

구중충하게 변색해 바랜 핏물 같은 빛깔의 이 엘모로 요새는 들어가서 여기저기 살펴보아도 견고한 감옥 같은 인상밖에는 무슨 산 매력을 느끼게 하는 것은 아무것도 없었다. 참 이상한 일이다. 이런 철통같은 방비의 도피 장소에 웅크린 권력이 무슨 재미나는 살맛을 지니고 살았던 것인지 궁금한 일이 아닐 수 없었다.

그래 나는 이 궁금증으로 엘모로의 돌로 다진 바닥들을 이 생각 저 생각하며 거듭 왔다 갔다 하는 동안 "아" 하고 짚이는 게 한 가지 있었다.

그것은 다른 것이 아니라 그 색정色情 노릇이라는 것과 술 같은 것이 아니었겠나 하는 점이었다. 술에 취해서 백인, 인디언 또 흑인 노예의 여자들까지 번갈아 탐색하며 여기 스스로 갇힌 답답함과 따분함을 잊어야 했던 것 아닌가 하는 것이었다. 그래 그들은 이 섬에서도 역시 많은 혼혈아를 생산해 냈던 것이니까.

요새 포르탈레사, 산크리스토발

다음, 우리는 현재 이 섬의 도지사가 살고 있는 포르탈레사라는 집으로 향했다. 이 섬나라는 1952년 미국으로부터 자치권이 주어져서, 상하 양원의 국회와 헌법까지도 가지고 있고, 또 비록 표결권이 없는 대로나마 미국 국회에 상주 대표도 보내고는 있지만, 아직도 완전 독립국가는 아니어서 돈도 미국 돈을 그대로 쓰고 있고, 또 정부의 대표도 대통령으로 불려지지는 못하는 것이다.

이 포르탈레사도 엘모로나 마찬가지로 원래는 이 섬에 사는 원주민들의 습격을 막기 위해 지은 요새로서, 1540년에 지어졌는데 오래잖아 이것이 요새로서는 별로 쓸모가 없는 것을 알게 되면서 이내 스페인 식민지의 역대 총독의 관저로 사용되어 오다가 미국의 영토가 된 뒤에는 그 지사 관저로 쓰여지고 있었다.

현재의 건물들은 1846년에 그 전에 있던 걸 고쳐서 지은 것으로, 16세기의 군용 건물 모양에 19세기 기술 솜씨를 두루 모은 것이라고 하는데 언뜻 보기엔 그저 수수하게 흰 건물로 뜰이 어느 만큼 넓고, 거기에 약간의 나무들과 꽃밭이 있는 것 외엔 별다른 매력은 없어 보였다.

그다음에 우리는 엘모로와 아울러서 가장 견고한 요새의 하나였던 산크리스토발을 보러 갔다. 이 요새는 1771년에 세웠다가 1783년에 다시 손을 쓴 것으로서, 엘모로와 마찬가지로 육지로부터 습격을 물리치기 위해 만든 것이다.

큰 본관과 다섯 채의 부속 건물들은 해발 150피트 높이에 자리를 잡아 지었다고 하며, 이곳의 총면적은 2만 7천 평으로 본관까지 오려면 반드시 다섯 채의 부속 건물을 거쳐야 되고 또 그 사이에는 비밀의 굴들과 깊은 냇물들이 막고 있어, 본관에의 침입은 좀처럼 꿈도 꿀 수가 없었다고 한다.

이 요새의 큰 마당에 놓여 있는 구식의 대포—지금도 날마다 기름을 먹여 번질번질하게 닦아 놓은 듯한 그 대포를 들여다보다가 멀리 일렁이는 바다의 수평선 쪽으로 눈을 옮기면서 나는 생각했다. '사람들의 사랑 사이를 이렇게도 꽝꽝하게 틀어막고 있는 이런 짓은 무엇 때문에 해야만 했던 것이냐?'고.

여기를 벗어나자 나는 우리의 너무나 공손한 콧수염의 운전기사와 작별하고, 마침 점심시간이어서 이 올드산후안의 시장 거리로 내려가 괜찮게 보이는 중국 음식점엘 들렀다.

그러나 미국에서보다도 훨씬 더 비싸게 치는 것은 이곳 올드산후안의 중국 음식 값이었다. 메뉴라는 걸 보니 우리 내외가 무얼 먹은 것같이 먹자면 아무래도 우리 돈으로 4, 5만 원은 내야만 하게 되어 있어서, 아내와 상의한 결과 미안한 자릿값으로 맥주를 한 병 겨우 시켜 태연히 그것만 비우고 일어서서 나왔는데, 맥줏값도 도미니카나에서 마시던 것에 비기면 세 갑절쯤은 넉넉히 되는 것이었다.

파나마모자와 삼베 원피스의 신사 숙녀가 되어

우리 내외가 속을 때우고 길거리로 나와서 보니, 아내의 단벌옷이 너무나 초라해 보여 싼 원피스라도 하나 사 입힐 양으로 아내와 둘이서 여기저기 옷 가게를 기웃거리고 다니다가 쇼윈도에서 가장 싼 정가표를 달고 있는 어느 인도 사람의 가게 하나를 구석진 데서 발견하고 그리로 성큼 들어섰다.

싼 물건들일수록 마음에 드는 걸 찾아내기란 시간이 꽤 걸리는 것이어서, 요걸 만지작 저걸 주물럭 한참 더듬어 헤맨 끝에 드디어 우리 내외는 싱가포르 제품의 흰 블라우스 하나와 인도 사람들이 만든 노란 미색의 스커트를 하나 찾아냈는데, 그나마 스커트라는 것은 18, 9세기에 춤추던 무희들에게나 어울리게시리 여러 층으로 주름을 잡아 만든 것들뿐이어서 마음에 내키지 않는 대로 그거나마 하나 골라서 살 수밖에 없었다. 그 값은 두 가지 합쳐서 15달러쯤. 여기에 그 인도인 가게 주인 사내의 "대단히 고맙습니다"의 영어 인사말이 세 번인가 네 번 합쳐졌다.

아내가 아쉬운 대로 갈아입을 한 벌 옷을 장만하고 보니, 이 뜨거운 곳의 너무나 더운 여름날의 햇빛에 머릿박과 두 눈이 덥고 눈부신 게 비로소 느껴져서 "이거 뭐 머리에 쓸 것은 그래도 하나씩 있어야겠는데" 아내에게 뇌까리며, 모자 가게를 찾아 다시 들어서지 않을 수 없었다. 그래 내 것으로 나는 진짜 파나마모자를 25달러인가를 주고 사서 머리에 얹어, 내 이십대의 어느 때와 같은 신사 모양이 다시 한 번 되었는데, 내 아내는 이런 건 절대로 쓸 생각이 없다고 우겨서 나만이 할 수 없이 아주 점잖은 모양이 되어 길거리로 나섰던 것이다.

그런데 나만이 이렇게 점잖은 신사 모양으로 한참을 올드산후안 거리를 걸어가며 곰곰 다시 생각해 보니, 아까 인도인의 가게에서 산 그 싼 노란 미색의 층층 주름 스커트라는 것은 아무래도 나같이 진짜 파나마모자를 쓴 신사의 배필에게는 어울리지 않을 것만 같아 불가불 다시 용기를 내서 싼거리 아닌 여자의 옷을 파는 가게를 또 하나 찾아들밖에는 별도리가 없었다.

그러나 신사 숙녀도 입을 만한 옷이 참으로 비싼 곳은 이 푸에르토리코의 수도 산후안이란 곳이다. 삼베로 만든 것이면 싸도 백 달러쯤은 주어야 원피스라도 하나 차례가 오는 곳인 것이다. 그렇지만 내가 먼저 신사용의 진짜 파나마모자를 하나 쓰윽 사서 쓰고 나섰는데 어떻게 하는가. 많이 무리였지만 모른 체 "좋다"고 하며, 흰 바탕에 잉크빛 선선한 무늬를 놓은 원피스 한 개를 아내용으로 다시 샀는데, 아내는 "뭘할라고? 그 비싼 걸. 뭘할라고?" 하면서도 비로소 마음에는 드는 듯한 얼굴이었다.

일이 이렇게쯤 되면 반드시 또 무슨 여흥이 안 따를 수는 없는 것이라, 우리는 이날 오후의 이런 결론으로서 그 어디 슈퍼마켓에 들러 내가 좋아하는 미국제 깡통 맥주 냉장 잘된 걸 여섯 갠가 사고, 또 아내의 소원으로 멜론이라 부르는 이곳 청참외도 두 갠가 샀다. 내일이야 삼수갑산을 가더라도……

주인을 기다리다 돌이 된 산제로니모의 개

이곳 푸에르토리코에서 빚어진 전설들 가운데서도 '산제로니모의 개'라는 전설은 한 맛이 독특하게 있는 것이라고 생각되어서, 여기 그 대략을 소개하려 한다.

고기를 잡다가 바다에 잠겨서 돌아오지 않는 주인을 바닷가 바위에 앉아서 기다리던 개가, 세월이 오래 지나는 동안에 앉은 그 자리에서 드디어 화석이 되어 영원히 거기 남아 있게 되었다는 게 이 전설의 골자인데, 우리나라에 있는 망부석 이야기—돌아오지 않는 남편을 기다리다가 화석이 되어 돌로 남은 이야기와 비겨 또 다른 중생미衆生味를 느끼게 하는 이야기이기 때문이다.

우리 신라 상대의 충신이었던 박제상이 일본에 사신으로 갔다가 죽임을 당하고 돌아오지 않자, 그 아내는 날마다 남편이 떠난 바닷가 언덕에서 기다리고 또 기다리다가 마침내 그 자리에서 망부석으로 화석돼 남게 되었다는 이야기가 『삼국유사』에 전해져 내려오는 걸 우리는 잘 알고 있거니와, 이것은 사람 즉 부부 사이의 깊고 단단한 정을 표현하고 있을 뿐인데 이곳 개의 화석—망주견석望主犬石이라고 이름 붙여야 할 이 돌의 이야기는 그 정미情味가 사람 사이만의 한계를 넘어 널리 동물까지 포함한 중생 전체에 뻗치고 있는 점이 재미가 톡톡히 있다는 말씀이다. 불교가 여기까지 보급되었다는 말은 들은 적이 없지만 이 이야기만큼은 불교적이라면 또 고스란히 그렇기까지도 한 것이다.

산제로니모라는 작은 요새 가까이 자리하고 있어 '산제로니모의 개'라는 이름이 붙은 이 개의 화석은 내가 마침 유숙하던 호텔이 있는 콘다도 거리 뒤켠의 바닷가에 있는데, 이것이 이리된 이야기를 좀 더 자세히 전하자면 아래와 같다.

18세기 초기, 이곳 산후안의 대서양 바닷가에 항만 공사가 끝난 지 오래지 않아서 이 공사에 종사했던 사람들 사이에서는 이상한 소문 하나가 퍼져 나왔다. 그것은 즉 이 항만 공사에서 다져 놓은 돌들 사이에 어느새인지 앉아 있는 개 모양의 바위 하나가 새로 생겨나 자리를 잡고 먼 대서양의 바다를 지키는 듯 바라보고 있다는 것이었다.

그리고 이곳 사람의 누군가가 말했다.

"어느 날 한 어부가 여기 바닷가 바위 위에서 고기잡이를 하고 있었는데, 거센 파도가 휘몰아 와서 그 어부를 순식간에 삼켜 버렸다. 주인인 어부를 따라왔던 개 한 마리가 그 주인이 다시 돌아오기만을 기다리고 있었는데, 아무리 오래 기다려 보아도 그의 주인은 영 돌아오지를 않는지라 기다리던 나머지 이 개는 드디어 한 개 바위로 화석이 되어 여기 남게 된 것이다"라고……

총총하게 바쁜 길이라 나는 콘다도 거리 뒤켠의 바닷가에서 어느 것이 그 개 바위인가를 찾아 확인치는 못했지만, 사람 사이뿐만 아니라 이 자연 속의 모든 생명 사이에 정을 통하게 하는 무엇이 있는 것만 같아 비로소 이 바다가 큰 값으로 느껴져 왔다.

마르티니크

카리브 해 상공에서의 여인의 유혹

6월 15일 오후 4시쯤 푸에르토리코의 산후안 공항을 출발하여 우리 내외가 마르티니크의 수도 포르드프랑스 공항에 도착한 것은 밤 8시쯤이었다. 중간에 과들루프라는 섬에서 쉬며 승객의 일부를 내리고 또 새로 태우느라고 한동안 시간이 걸리기는 했지만, 카리브 바다의 동남쪽을 향해 우리는 꽤 먼 거리를 다시 날아간 것이다.

그런데 한 심심풀이가 된 것은 과들루프에서 바로 내 옆자리에 올라탄 깜장 베짱이같이 생긴 깜둥이 여인 때문이었다. 내 아내는 창켠에 자리를 잡고 나는 가운데 자리에 앉아 있었는데, 그 하얀 두 줄의 이빨을 거의 언제나 드러내 보이며 싱글거리고만 있는, 매우 날씬하고 건강한 여름 베짱이 모양의 열여덟 살쯤의 깜둥이 여인 하나가 아주 반가운 듯이 복도 옆의 내 옆자리에 들어와 박혀 가지고는, 처음엔 들고 온 프랑스 파리 발행의 신문 피가로를 뚜적뚜적 읽는 체하더니, 이내 피식피식 소리 없이 웃어 젖히며 그네의 스커트 바로 옆에 놓인 내 바른 손등을 그네의 왼 손바닥으로 사알사알 부드럽게 문지르기 시작했으니까 말씀이다.

'이 색시, 프랑스 물 잘못 들었군' 하는 생각이 들었으나 그렇다고 그걸 야박하고 못생기게시리 왈칵 밀쳐 버릴 수도 없고 하여 모르는 체 한동안 그대로 두고 있자니 옆에 있는 아내에겐 좀 미안하기도 하여 비로소 그 여인을 보며 왼손을 들어 내 아내 쪽을 가리키면서 프랑스 말로 "이 사람이 내 아내입니다" 했다. 그랬더니 이 깜둥이 여인은 불에 덴 듯이 냉큼 그제야 그네 손바닥을 내 손등에서 떼어 주었다.

"몇 살이십니까?" 내가 물으니 "스물여섯 살입니다" 했다. 프랑스 물이 든 젊은 깜둥이 여자의 나이는 맞히기가 어렵고, 또 그 심심풀이라는 것도 미리 짐작하기는 어렵겠다는 생각이 내게는 들었다.

거기다가 마르티니크의 포르드프랑스 공항에 내리니 비는 또 찌득찌득 퍼부어 대는데 육혈포를 삼엄하게 찬 공항의 관리들은 나와 내 아내를 무슨 범인처럼 마구 다루어 겁이 더럭 나기도 했다. 왜 비자 없이 여길 왔느냐는 트집을 잡아서, 내 대답은 프랑스 본국에도 비자 없이 다녀왔는데 웬 시비냐는 것이었으나 여기는 그래도 안 된다 하며 두 눈을 부릅뜨고 나를 노려보는 것이다.

프랑스 본국 정부 자체가 공산당의 장관이 둘이나 있는 용공 정부니 그 식민지인 이곳의 사람들이 혹시라도 공산당이라면 나를 해칠는지도 모른다는 생각이 들자 나는 아찔하여 그들의 상관인 이곳 책임자를 만나게 해 달라고 해서 그를 만나자 "나는 금년 4월에 프랑스 외무성의 초청을 받아 간 일도 있는 한국의 시인이다. 의심나거든 바로 당신네 프랑스 정부에 연락해 보라"고 되게 큰소리로(물론 서툰 영어로) 고함까지 쳤다. 여기서 그리 멀지도 않은 그레나다에서 쫓겨 온 북괴의 깡패들이 여기에도 분산되어 와서 숨어 있다는 소문도 있었는지라 그것들에게 나를 넘겨 버린다면 어쩔 것인가 하는 염려도 물론 내 속에서는 부글거리고 있었다.

음산한 셰 안나 호텔에서의 숙박

마르티니크의 포르드프랑스 공항 관리 중의 우두머리는 그래도 그의 졸개인 현지인들과는 다른 하얀 얼굴의 프랑스 사람이어서 그런지 내 부화를 더 이상 건드리지는 않고, 경과자 비자라는 걸 써 주면서, 그 대신 우리 내외의 여권은 여기 맡겨 두었다가 떠날 때 찾아가라는 것이었다. 호텔에 묵을 때나, 돈을 여기 걸로 은행에서 바꿀 때에도 그가 써 준 비자를 보이면 된다고도 친절하게 말해 주었다.

그래 우리는 비로소 어디 괜찮은 호텔 하나를 알선받기 위해 근처의 호텔 소개소에 들르게 되었는데, 말메종—흉가라는 호텔 이름이 먼저 눈에 뜨였으나 그건 이름이 께름칙하여 접어 주고, 셰 안나—안나의 집이라고 붙인 이름이 비위에도 맞고 또 숙박료도 미국 돈

20달러 정도로 싸기도 하여 곧 택시를 집어타고 그곳을 향해 내리는 빗속을 달리어 갔다.

그러나 막상 셰 안나 호텔에 당도해 보니 그 이름이 상상시키는 것과 같은 로맨틱한 미모의 여성도 있는 매력적인 곳은 영 아니고, 부엉이나 박쥐라도 몇 마리 깃들이어 삶 직한 매우 어두컴컴하고 음산한 곳이었다.

무엇에 되게 겁에 질린 듯한 오십대의 흰빛이 좀 더 많은 혼혈 여인이 우리를 맞이하여 희고 긴 두 줄의 이빨만으로 미소하고 있었는데, 오래지 않아 그 옆에는 꼭 무슨 마술을 하고 있다가 황급하게 뛰어나온 듯한 모습의 육십대의 검정빛이 좀 더 많은 얼굴의 할망구 하나가 나타나서 내가 영어로 "굿 이브닝" 하니까, 실로 유창하고 유식한 영국 영어 발음과 말씨로 나를 다루며 우리가 묵을 2층의 방으로 안내했다.

이 괴상한 할망구는 캄캄한 방으로 우리 내외를 안내해 들이곤, 촛불을 새로 밝혀 놓고, 고장 난 전기를 새로 손대서 가까스로 불이 들어오게 하더니, 커튼으로만 겨우 가려진 화장실로 들어가 또 그 어디를 손대 고치고, 또 길거리 쪽으로 난 유리창도 매만지며 어쩌고 하고서는, "첫째 이런 걸 잘할 줄 알아야만 하잖아!" 하고, 나보고 들으라는 듯 불어가 아닌 영어로, 그 옆에 우두커니 서 있기만 하는 오십대 여인에게 호되게 날카로이 소리치고는 옴짝달싹도 못 하는 그녀의 한쪽 팔목을 잡고 밖으로 나가 버렸다.

이튿날에사 안 일이지만 오십대의 겁보 여인은 그 묘한 할망구의 친자매이며 또 이 집의 지배인이었고, 그 마녀 같은 할망구가 바로 이 집 셰 안나의 주인 안나 여사였다.

우리 내외는 잠자리에 들기는 했으나 눈이 잘 붙여지지 않았다. 우리가 여기 온 걸 탐지하고 북괴의 깡패라도 침입해 들면 어쩔까? 이 괴상한 호텔의 정체는 무엇일까? 아까 우리를 다루던 이곳 공항의 관리들 가운데는 우리 한국에 대항하려는 공산당원은 없을까? 이런 생각 저런 생각에, 또 오래 갈지도 않은 듯한 침대 시트에서 풍겨 오는 땀에 전 냄새에, 또 다른 여러 가지 불쾌한 냄새들 속에, 좀처럼 잠이 잘 이루어지지를 않았다.

고향 땅에 쓸쓸히 서 있는 조제핀 동상

6월 16일 아침, 지난밤이 불안했던 이 집에서 어서 벗어나고 싶은 충동으로 7시에 아래층으로 내려가 아침 식사를 재빨리 마친 다음 우리 내외는 거의 본능처럼 길거리로 뛰쳐나왔다.

비는 어느새인지 개고, 맑은 햇빛이 새로 나와서 내리쬐고 있어 이런 자연만이 오직 살길인 듯만 싶었다.

나무들이 많은 곳이 그리워져서 "공원이 어디냐?"고 서툰 불어로 길 가는 사람에게 물었더니, 그가 손가락질해 가리키는 곳은 우리가 묵은 호텔에서 동쪽으로 불과 3, 4백 미터쯤의 거리에 있는 곳이었다.

마르티니크의 수도 포르드프랑스에서 가장 큰 것이라는 이 공원은, 항구의 동쪽을 남북으로 1평방킬로미터의 넓이쯤으로 뻗쳐 있는 것으로서 수풀도 쓸쓸치는 않을 정도로 있는 데다가, 항구의 부두에 연접해 있고 바다가 엿보이는 남쪽 언저리에는 토산품을 놓고 파는 시장의 가게들도 열려 있고 하여 그래도 좀 살맛이 있어 보였다.

그래 이 시장 거리의 노점 가게들을 더듬어 다니며 여러 빛깔의 조개껍질로 만든 나비 모양의 브로치니 그런 것에 감탄도 하다가, 공원의 북쪽으로 접어들어 때마침 거기 나타난 내 고향 마을 것만 같은 한바탕의 대수풀을 만나 또 무척 반가워하면서, 그 근방의 한쪽을 보니 뜻밖에도 거기엔 한 여인의 밉지 않은 대리석상이 높은 대석 위에 하늘 높이 솟아 있어 끌려가듯 그리로 발걸음을 옮겼다.

가서 눈을 바짝 대고 보니, 그것은 또 뜻밖에도 프랑스 역사상 대단했던 영웅 나폴레옹의 먼젓번 아내였던 그 서러운 조제핀, 바로 그 여인의 상이란 것이 거기 쓰여져 있고, 이 대리석상을 여기 이 자리에 세우게 한 루이 나폴레옹—나폴레옹 3세의 이름도 거기 나타나 있었다. 내가 무식해서 여기를 다녀간 뒤에야 겨우 알게 된 일이지만, 이 대리석상의 임자가 태어난 곳은 딴 데가 아닌 바로 이 마르티니크였다. 딴은 고향 땅에 제대로 그네는 서서 있긴 있는 셈이다.

여기 포르드프랑스 공항에 처음 내려 호텔 소개소에서 본 호텔 리스트에 말메종—흉가라는 이름의 호텔이 여기 있는 까닭도 조제핀의 출생지가 이곳이라는 것을 알고야 비로소 이해가 되었다. 프랑스 파리에 있는 말메종—아들을 못 낳아서 남편 나폴레옹에게 소박을 맞은 조제핀이 슬픈 만년을 보냈던 그 집은 1978년의 제1차 세계여행 때 나도 들른 일이 있었으니까 말이다.

여기 조제핀의 대리석상이 서 있는 이유를 안 뒤에 나보다도 훨씬 더 그네를 슬퍼하게 된 것은 내 아내다. "아무리 양지 아닌 음지에서 살다 갔기로서니 너무했어요. 좀 더 깨끗하게 모실 일이지. 먼지와 때로 자욱이 덮이게 내버려 둔 그 대리석상 좀 생각해 보세요."

아닌 게 아니라 마르티니크의 포르드프랑스 항구의 공원 뒷구석에 우뚝 쓸쓸히 홀로 서 있는 그네의 모습은 너무나 때에 절어 있었다.

생피에르 해변의 플랑부아양 꽃나무와 참선

마르티니크 섬의 서남쪽에 자리하고 있는 이 나라 수도 포르드프랑스 항구에서 바닷가를 타고 서북쪽으로 두어 시간쯤 차를 몰면 생피에르라는 항구에 도착하는데, 여기는 1902년 이 섬에서 제일 높은 산이고 또 화산인 몽펠레가 크게 폭발하는 바람에 이곳 인구 4만 명쯤이 몽땅 다 죽고 오직 한 사람만이 기적으로 살아남은 참극을 겪기도 한 곳이다.

그러나 지금은 그런 참극도 옛날의 꿈인 양 바닷가에는 새 마을이 이루어져 상당히 흥성거리는 시장까지도 마련돼 있었다. 시장이라야 대부분이 알땅바닥에 물건들을 늘어놓고 파는 그런 곳이긴 하지만……

우리 내외가 타고 간 택시에서 내린 이곳의 바닷가에는 마침 대단히 큰 플랑부아양 꽃나무 한 그루가 무성한 주황색의 꽃들을 한 개의 작은 수풀처럼 피우고 있어서 우리는 그 마력에 끌려 먼저 그 밑

벤치에 가 폭싹 주저앉지 않을 수 없었다. 끝없이 이어지는 그 많은 죽음 속에서도 또한 쉬임 없이 피어나는 목숨의 가장 찬란한 상징처럼 왕성하게 꽃 피어 있는 이 타는 불꽃만 같은 나무가 우리에겐 큰 의지가 되어서였다.

그런데 우리 앞의 바다에 가장 가까운 벤치에서는 오십대쯤의 웬 허줄한 차림의 사내 하나가 자는지 깨어 있는지 바다 쪽으로 가로 누워 다리를 꼬고 있었고, 또 그의 옆 모래밭에서는 검정빛의 늙은 개 한 마리가 사내를 걱정하는 양 지키고 앉아 있는 게 보여서, 나와 내 아내의 이때의 감동과는 너무나 대조적이라 그들을 주의하지 않을 수가 없게 되었다. 플랑부아양의 찬란한 꽃 더미에 대한 감동마저도 이미 옛날이야기가 되어 버린 듯한 그들은 아무래도 우리보다는 한결 더 차원이 높은 곳에 마음을 두고 사는 대선배일 것이라는 생각이 들어서였다.

그래서 나는 이 사내에게서 무얼 좀 알아볼 양으로 먼저 큰 기침을 한바탕 하면서 그의 옆으로 다가가서 "이 꽃나무 밑에서도 그렇게 잠이 잘 옵니까? 더구나 지금은 정오 무렵인데요" 하고 또박또박한 영어로 물어보았다.

그러나 그는 내 말을 알아들었는지 어쨌는지 아무런 대꾸도 없이, 또 일어나 앉는 법도 없이 몸을 잠시 게으른 굼벵이가 꿈틀거리듯 한 번 꿈틀해 보이고는 여전히 잔잔한 강물처럼 침묵의 흐름 속에 다시 잠기고 말았다.

개도 잠시 혓바닥을 늘어뜨리며 헐떡이는 숨소리를 내뿜어 보이고는 다시 머리를 수그리고 참선에 잠겼다.

노자의 『도덕경』에는 '불거이거자弗居而居者' 즉 살아 있지 않으면서도 살아 있는 것을 중요시해서 표현하고 있는 곳이 보이거니와, 찬란히 꽃 피어 살아 있는 플랑부아양 꽃나무 그늘 속의 그들은 마치 그런 노자님 말씀의 귀신의 상징만 같아 내게는 매우 재미있었다.

몽펠레 화산 생존자와 해인사 공양주의 얼굴

사람들의 지껄임과 움직임이 그리워서 플랑부아양 그늘의 침묵을 떠나 시장 거리로 들어섰더니, 야자수 열매들을 땅바닥에 늘어놓고 팔고 있는 뚱뚱한 중년 여인의 흠벅스런 미소가 좋게 햇빛에 빛나고 있어서 그 옆으로 다가갔다.

이 여자는 이곳 원주민인 인디언과 프랑스 사람의 혼혈인 듯 얼굴 구멍새는 많이 프랑스 촌여자 비슷했는데, 나와 아내가 그걸 하나 사 가지고 그 속의 물을 나눠 마시고 나서 값을 치른 다음 "같이 기념사진을 찍읍시다" 하며 사진기를 들이대었더니 그만 기겁해서 피해 달아나는 시늉을 하며 완강히 거절했다.

그네의 두 손과 벗은 두 발은 거친 일에 부풀고 문드러져서 영 볼품이 없었으나 남의 사내와는 사진도 안 찍는 그 지조만은 하나도 안 문드러진 걸 거세게 보이고 있는 모습이 좋아 보여 "우리나라 여자 같다"고 아내에게 말했더니 그네도 동감이었다.

이쯤 생각이 되니 또 비로소 식욕도 당겨 우리는 이 시장 거리에서 과히 멀지 않은 곳에 있는 한 식당을 찾아들었는데, 여기서는 붉은빛과 검은빛의 도미를 남녀 한 쌍의 손님에게 먹여 주는 게 자랑인 듯이 우리 내외에게도 거듭 그걸 권해서, 그 뜻이 좋아 그걸 시켜 아내에게는 붉은 걸 주고 나는 검은 걸 맡아 먹으며 가끔 서로의 것을 여벌로 뺏어 먹기도 해 보니 과연 그 맛이 괜찮았다. 프랑스 계통 사람들의 짓이란 이런 점이 괜찮은 것이다. 참 이곳에서 만든다는 토산의 맥주 맛도 밉상은 아니었다.

여기를 나온 우리는 1902년 화산 몽펠레가 폭발했을 때의 참상의 자료를 보고 싶어 박물관을 찾아 둘러보았다.

그러나 단층으로 된 조그만 이 박물관에는 그때의 몇 가지 파편들과 이곳 집정자의 사진 같은 것이 진열되어 있을 뿐이었는데, 그중에서 그래도 내 관심을 끈 것은 그때 이곳 주민 약 4만 명이 몰살당한 속에서 오직 혼자만 깊지 않은 상처를 입어 살아남았다는 그 유일한 생존자의 사진이었다.

매우 좁은 이마 밑에 송곳 구멍처럼 조그만 두 눈과 두툼한 입술, 이런 상은 우리나라 동포 중에서도 상당히 많이 보이는데, 그런 하나와 똑같은 사진이 한 장 국판 네 페이지 정도의 넓이로 거기 쓰윽 걸려 있었으니 말이다.

나는 1936년 여름 한철을 경상남도 합천군의 해인사 원당願堂이라는 암자에서 묵은 일이 있거니와, 이 유일한 생존자의 사진은 그때 이 암자에서 끼니때마다 밥을 지어 주던 공양주와 너무나 같은 얼굴인 걸 기억해 내고 참 묘한 실감에 젖지 않을 수 없었다.

이 유일한 생존자도 해인사 원당의 공양주 같은 직업을 마지막에 가졌었는지 아닌지는 나로선 모르지만 어쨌든 '오래 사는 얼굴은 이런 얼굴인가 보다' 생각하고 있자니 그 또한 그럴듯했다. 아마 그는 이곳 원주민이었던 인디언의 피를 더 많이 가진 사내였을 것이다.

플라망 선창가 산책 뒤에 불어닥친 음란의 바람

6월 16일 오후 5시쯤 생피에르에서 다시 이 나라 수도 포르드프랑스의 바닷가 부두에 도착하여 해가 지도록까지의 시간을 번화가인 플라망 만의 선창가 언저리의 거리들을 싸득싸득 둘러보며 산책하기로 했다.

선창가의 광장은 이곳의 온갖 교통의 중심지가 되어 있지만 그런 복잡함만 뺀다면 마치 우리 전라남도 목포의 바닷가를 연상케 하는 심심치 않은 너저분함도 가지고 있어서 한번 돌아다녀 볼 흥미는 충분히 있었다. 내 신경 탓인지 어디에서 무슨 몸서리치는 사건이 곧 일어날 것만 같은 그런 예감을 자주 갖게 하는 곳이기도 했으나, 하기는 이런 예감도 있는 곳에서 멀리 바다의 놀을 바라보며 이곳의 명산물인 망고 열매 같은 걸 지근거려 보는 것도 한 재미라면 재미기는 했었으니까……

나폴레옹의 불쌍했던 아내 조제핀의 대리석상이 서 있는 공원 옆의 자유의 거리와 빅토르 위고 거리가 만나는 언저리에는 관광객을 상대로 하는 여러 가지 물건의 가게들이 늘어서 있었는데, 나는 빅

토르 위고의 『레미제라블』을 열일곱 살 때에 며칠 밤을 밝혀 가며 눈이 붓도록 읽던 소년이었는지라, 이름 때문에 이 거리에서 아내의 여름 샌들 한 켤레를 미국 돈 20달러쯤 주고 샀다. 파리 제품과 비슷하면서도 값은 여기가 아무래도 쌌다.

그러신데, 싸구려 호텔 셰 안나로 돌아와 퀴퀴한 냄새의 침대 위에서 우리 내외가 막 잠을 붙이려 하자 이 집에서는 큰 소란이 드디어 일어나고야 말았다.

이 집에 이날 밤 카리브 바다의 어떤 섬나라 축구 선수 일행이 묵게 되었다는 사실만큼은 나도 호텔에 돌아와 주인 안나에게 들어서 알고 있던 바였는데, 한밤중이 되자 이곳으로 시합을 하러 왔다는 축구 선수들이 색시 오입할 생각을 해 빨갛게 타올라 가지고 호텔이 휘청휘청할 정도로 고래고래 고함들을 치고 쿵쿵거리고 땅땅거리고 야단법석을 벌이고 만 것이다.

귀를 기울여 들어 보니 그 야단난 곳은 또 바로 우리 내외가 묵고 있는 방 바로 옆이어서 이게 더구나 내게는 신경이 쓰였다.

집주인 안나와 여동생이 타일러 달래는 소리도 들리고, 절름발이인 이 집 아들(여기 소개하는 게 좀 늦었지만)이 큰 소리로 거절하는 것도 들리긴 했지만, 혹시라도 마음이 아주 혼미한 그들이 내 아내의 나이도 모르고 노려 우리 방문을 부수고 침범이라도 하면 어쩔까, 마지막엔 그것만이 걱정이 되어 나는 매우 초조해졌다.

기독교의 구약성경에도 예수의 선조인 아브라함이 나그넷길에 그의 늙은 아내를 넘보는 자들 때문에 걱정하는 이야기가 보이거니와, 사내는 젊은 아내 때문만이 아니라 늙은 아내를 두고도 이런 일로 때로는 애를 태우기도 해야 하는 모양이다.

그러나 한 시간 남짓 그 소란이 계속된 뒤 경찰이라도 개입되었는지 천우신조로 그 음란의 바람은 멎었다.

바베이도스

브리지타운에서 만난 한국

6월 17일 오후 4시쯤 마르티니크의 포르드프랑스 공항을 출발한 우리 내외는 6시 반쯤 카리브 바다의 섬나라들 가운데서 맨 동쪽에 자리하고 있는 영국연방의 하나인 바베이도스의 수도 브리지타운에 도착했다. 이곳 카리브 사람들의 비행기 리아트의 조그만 걸 탔는데, 우리 옆자리에는 산타루치아라는 섬에서 무슨 건설 사업에 종사하는 막내아들을 만나러 간다는 영국 할머니가 타고 있어서 내 아내에게는 특히 동지 감각을 일으켜 많이 반가운 얼굴이었다. 우리 막내도 외국에 살고 있어서 아내는 늘 보고 싶어 했으니 말이다.

그런데 우리 건너편에 앉아서 나와 이 영국 할머니의 반가운 대화를 엿듣고 있던 검은 얼굴의 청년들은 우리의 이런 친밀함이 비위에 안 맞는 듯 힐끗힐끗 노려보며 우리가 말하는 걸 흉내도 내면서 매우 좋지 않은 눈초리를 하고 있었다.

그들은 요즘의 백인의 사내 대학생들처럼 위아래 수염을 더부룩이 기르고 있었는데, 아마 이곳 청년들 사이엔 반백인 감정도 상당한 것 같았다.

마르티니크와 바베이도스의 중간에 있는 섬 산타루치아에서 영국 할머니는 내리고, 우리는 바베이도스로 직행했는데 브리지타운의 공항에 내리니 이곳 우리 대사관의 참사관인 유명환 씨가 기다리고 있다가 "무엇보다 먼저 우리 한국 음식이 그리우실 겁니다" 하며 대사님 댁에서 우리를 기다리고 있다고 호텔보다 먼저 그리로 우리 내외를 태우고 갔다.

도미니카나에 있는 우리 대사관에서 우리의 이곳 도착 시간을 벌써 알려 놓은 것이었다. 푸에르토리코와 마르티니크 두 나라에서 우리 동포 한 사람도 만나지 못하다가 여기 와서 이런 대접을 받게 되니 정말 살 것 같았다.

장선섭 대사 댁에 도착해 보니 그 부인 차재길 여사의 친절로 뒤뜰의 잔디밭에 우리들의 저녁 식사 준비는 다 되어 있어 염치도 불구하고 오랜만의 한국 음식 먹기에 우리 내외는 잦아들었는데 물론 그중에서도 언제나 잊을 수 없는 건 우리 김치 그것이었다.

이 자리에는 대사관의 서기관인 이병국 씨도 부부가 같이 동석해 있었는데 그 부인은 내가 한동안 중앙대학교 국문과 강의를 나갔을 때 내게 배웠던 제자 중의 한 사람으로 이 먼 외딴곳에 와서 다시 만나니 이 또한 우리 김치 맛이나 똑같았다.

이 자리는 때마침 카리브 섬나라 중의 하나인 영국연방 도미니카(도미니카나가 아니다)로 보내는 우리 정부의 선물인 축구공과 축구화를 가지고 갈 이병국 씨의 송별연이기도 해서 더 감개가 깊었다. 총인구 10만 명이 다 안 되는 영국연방 도미니카엔 이제야 국가적인 축구단이 조직되는 단계인데, 이 축구공과 축구화들이 가면 거기 총독이 나와서 거국적으로 환영하며 받는다는 것이었다. 거기 총독은 여자라고 했다.

트라팔가 광장에서 느끼는 식민의 내음

6월 18일 아침, 바베이도스의 수도 브리지타운의 바닷가에 바짝 다가서 있는 힐튼 호텔 5층에서 잠이 깨었다. 이번 여행길을 너무나 싸고 안심찮은 여관에서 많이 시달려 왔으므로 여기서는 좀 편히 쉬어 가자는 속셈이었다.

넓은 유리창 밖을 내려다보니 맑은 호수같이 잔잔한 바다가 내 것처럼만 내려다보이고, 배들도 크고 작은 것들이 꿈꾸는 듯 여기저기 알맞게 떠 있어서 보들레르의 시 「여행에의 유혹」에 나오는 그 사랑의 낙원으로 가자는 배들을 내게 기억나게 하여 이런 그리움으로 나는 아내를 꾀어 즉시 바닷가의 모래밭으로 아침 산보를 나섰다.

여기 힐튼 호텔 자리는 원래 요새가 있던 곳이라 하여 뜰에는 아직도 구식의 대포도 진열되어 있었는데, 그까짓 것들보다는 바닷가의 모래들이 떡가루처럼 유난히 가늘고 부드러운 게 내게는 큰 매력으로 느껴졌다. 들으면 카리브 바다의 모든 섬나라들 중에서도 여기 해수욕장들의 부드러운 모래가 가장 좋다고 하여 미국이나 유럽의 해수욕객들이 미어질 만큼 많이 몰려든다고 하는데, 지금은 그 철이 아니라 호텔도 만원이 아니라는 것이다.

이 호텔의 뜰은 상당히 넓은 규모로 대수풀 사이의 호젓한 밀담의 길도 나 있고 키 큰 야자수에, 종려나무에, 불꽃나무에, 또 여러 가지 열대나무들의 그늘도 정열적으로만 깔려 있어서 우리나라의 마후래기 춤 같은 것에도 잘 어울릴 만한 곳으로 보였다. 또 이 수풀 그늘에는 어떻게 살아남은 로미오 비슷한 모양의 좀 얼빠진 듯한 젊은 사내도 가끔 거닐고 있어 심심치 않았다.

호텔 식당에서 아침을 들고 나니, 이내 우리 대사관에서 유명환 참사관이 우리에게 브리지타운의 시내 관광을 안내하러 와서 바로 우리 내외는 그의 차에 실려 먼저 제일의 번화가인 트라팔가 광장 거리에 내렸다.

광장의 한가운데 우뚝 서 있는 젊은 사내의 동상이 하나 눈에 뜨여서 누구냐고 물었더니, 그가 영국 역사에서 유명한 호레이쇼 넬슨 제독이라고 했다. 바베이도스는 영국 식민지로 3백 년쯤 지내다가 1966년에야 비로소 영국연방 국가의 하나로 독립했는데, 이곳 사람들이 가장 존경해 온 영국인 상승장군이었던 넬슨 제독 때문이라고 했다. 그가 마지막 승리를 거두고 죽은 트라팔가 바다의 싸움을 기념하여 영국 런던에도 트라팔가란 광장이 생겼고 거기에도 여기 것과 같은 넬슨의 동상이 서 있다.

이 광장의 가까운 곳에서 어떤 한국 의사의 미망인이 토산물 가게를 열고 있다고 해서 가 보았으나 마침 그분은 한국에 귀국 중이어서 만나지 못하고 그 가게만 대강 구경했다. 우리나라 사람으로선 이곳의 유일한 민간 거주자라고 했다.

아내가 일용품을 담아 가지고 다닐 이곳 구럭을 원해서 원주민의 가게에 들러 하나 골라 샀는데 "아주 튼튼해 좋다"는 그네의 칭찬이었다. 영국은 역시 잘 가르친 것이다.

성 마이클 성당의 거대한 불꽃나무

다음에 우리는 브리지타운 서민층의 식품들을 파는 시장에 들러 보았는데, 여기는 그래도 하늘을 지붕으로 하는 알땅바닥은 아니고, 어엿한 집 안에 자리를 잡고 있는 게 마르티니크나 도미니카나와는 달랐다. 영국의 오랜 다스림의 영향인 듯싶었다.

그러나 손발의 때도 제대로 다 빼내지 못하고 사는 이곳 원주민들이 그 어두컴컴한 시장에서 팔고 있는 물건들은 힐튼 호텔에서 파는 값들에 비기면 너무나 많이 쌌다. 바나나를 서너 명이 실컷 먹을 만한 덩어리로 하나 샀는데 그 값은 미국 돈으로 1달러쯤이었던 것 같다. 자연이 바로 주는 물건은 역시 손발에 많이 때 낀 사람들에게서 사는 게 좋겠다.

아 참, 이 언저리에서는 장비같이 힘이 세 보이는 대단한 사나이가 우리나라의 숭어 같은 물고기를 기름에 볶아 먹음직스럽게 산더미처럼 쌓아 놓고 팔고 있었는데, 그것들은 머리도 두 눈도 지느러미도 꼬리도 고스란히 태어난 모양 그대로여서 술안주로는 맛이 톡톡히 있어 보였다. 그 한 마리라면 망건이라도 벗어 주고 사 먹을 만하다고 느껴지기도 했다.

그러나 유 참사관이 앞길을 독촉하여 나는 할 수 없이 여기를 떠나 이곳 사람들의 가장 큰 정신의 위안처인 성 마이클 성당이라는 집을 보러 갔다.

열대의 유달리 밝고 뜨거운 햇빛 속에 잘 견디는 빛인 잿빛으로 만들어진 이 성당의 겉모양의 빛은 여기 모이는 여러 곤란한 욕망들에게는 첫째 잘 작용할 만한 고요함이 느껴져 좋았다.

그 안에 들어가 보니, 수수한 풀밭을 연상케 하는 풀빛이 많이 나타나 있고, 사치로 놓아둔 꽃 빛깔도 겨우 노랑이 으뜸을 차지하고 있는 것도 마음 편해 좋았다. 영국 사람들의 이만큼 세련된 운치, 그것이 그들 힘의 가장 근본적인 것의 하나가 아닐까 나는 생각하고 있었다. 이 성당은 1789년에 지어진 것으로, 이 자리엔 이어 앞서 딴 건물이 지어져 있었으나 그것은 1780년의 거센 태풍 때 무너져 버렸다고 한다.

우리는 검은빛 사람이나 흰빛 사람들이 겨우겨우 마음을 달래 온 그 유능한 집, 성 마이클 성당을 나와서 바다가 시냇물처럼 겸손하게 갈라져 들어오는 언저리에서 땀으로 멱을 감으며 배가 내린 짐들을 나르는 부지런한 이곳 서민들에게 대찬성의 눈웃음도 보내면서,

드디어 이고라—바베이도스의 자랑이라는 별명이 붙은 한 그루의 큰 꽃나무 옆에 다다랐다.

이 꽃나무는 아무리 얕잡아 본대도 꽃 피어 있는 덩어리의 지름이 5, 60센티미터는 되는 데다가 또 높이는 적어도 2, 30미터는 되는 것으로서, 자세히 보니 이것은 우리 내외가 카리브 바다의 처음 여행지인 자메이카의 킹스턴에서도 보았던 주황색 불꽃빛의 꽃나무 플랑부아양 바로 그것이었으나, 여기 것은 킹스턴의 그것에는 비교도 안 될 만큼 더 크고 무성한 것이었다. 더구나 여기 것은 그 찬란한 불꽃빛의 꽃가지들을 서 있는 우리 내외의 배 언저리에까지 드리워 아내의 배 속에서까지도 연방 "야! 야!" 소리를 내게 하고 있었다. 하늘땅이 새로 개벽한 것 같았다.

자연식물원에서 발견한 합죽

6월 18일 오후에는 이곳 우리 대사 부인인 차재길 여사가 직접 우리 내외의 관광 안내에 나서서 먼저 자연식물원으로 이끌었다. 이곳 특유의 나무와 풀들이 가장 무성하게 잘 자란 자연의 일부를 그대로 구역 지어 식물원으로 하고 있는 곳으로서 이 나라 수도인 브리지타운의 동쪽 언덕 한쪽에 자리 잡고 있었다.

높은 데로 올라가는 곳보다는 낮은 골짜기를 내려가는 곳이 더 많은 이 밀림 지대는 이날따라 딴 왕래객도 없는 데다가, 어떤 곳에 가면 누가 하나 곧 죽어 가며 고함을 친대도 알아들을 사람은 이 세상엔 하나도 없을 것 같은 밀림의 정적만이 첩첩하여서, '젊은 여자 혼자서는 다녀서 안 될 데'라고 장 대사 부인과 내 아내는 의견을 모으고 있었다.

고사리 잎사귀들과 이끼와 바위옷, 그런 것만이 무성한 밀림 속 아래춤의 휑한 빈터에 우리가 와 놓이자 나도 '살인은 이런 데서 날 것'이라는 강박관념이 저절로 앞서 "어서 빨리 갑시다"라고 일행의 발걸음을 재촉했다. 그런데 그런 곳의 한쪽에는 무성한 대수풀에 말로만 듣던 합죽合竹이란 것도 여러 겹으로 포개진 게 많이 보여 나는 죽음도 잠시 잊고 거기 눈을 박고 있었다.

우리 『삼국유사』에 보면, 신라 통일을 이루어 낸 김유신 장군과 문무대왕이 죽어서도 넋으로 함께 모여 나라의 장래를 걱정하면서 두 그루 대나무 모양으로 어느 섬에 나 있다가 마침내는 그 두 대나무가 한 개로 합하기로 했다는 합죽 이야기가 보이고, 그 합죽으로 신라 사람들이 한 피리를 만들어 불었더니 나라가 오래 평안했다는 이야기도 나오거니와, 여기 바베이도스의 밀림에 와서 나는 난생처음으로 실제의 합죽을 보았으니 말이다.

여기 것은 두 개씩 합해진 것뿐이 아니라 세 개씩 네 개씩 포개져서 한 몸이 된 것도 있으니 이런 것은 가족 같은 무슨 집단적인 결합의 상징으로도 보였다.

두어 시간쯤 걸려서 수풀 속을 빠져나오니, 빈터에서는 이런 곳의 여운처럼 또 산비둘기 떼가 울어대고, 거기를 빠져나온 행길가에는 마치 나를 기다리던 죽마고우처럼만 생긴 한 건장한 이곳 원주민 할아비가 빙그레 너그러운 미소를 온 얼굴에 그득히 띠고 큰 종려나무 그늘에서 무슨 큰 날고구마처럼 수수하게시리 서 있어서, 모든 게 내게도 두루 잘 격에 맞아 보였다.

우리는 우리와 많이 닮은 이 인디언 할아비와 같이 사진을 찍은 뒤에 언덕을 내려가 넓은 벌판의 사탕수수밭 사잇길로 차를 몰았다. 아직도 이 나라 산업의 주종을 이루고 있는 사탕수수의 재배와 그 설탕으로의 제조 과정이 지금은 두루 현대식 기계로 이루어지고 있지만, 바람의 힘을 빌려서 설탕을 만들었던 옛날의 풍차 공장도 아직 여기저기 더러 남아 있어 그때 그 노예들의 고되었던 쓰라림을 말하고 있는 듯했다.

동굴 탐험과 샘 로드 캐슬

6월 19일 오전에도 우리 대사 부인 차재길 여사와 이병국 서기관 부인의 친절한 안내로 이곳의 유명한 동굴 탐험에 나섰다.

우리가 차에서 내린 동굴 입구의 수풀 사이에는 옛날 원주민의 왕궁 같은 걸 본뜬 듯한 이색적인 건물이 지어져 있어 이 동굴의 관리 사무소로 쓰여지고 있었는데, 여기서 우리 일행은 탄광의 광부들이 머리에 쓰는 것과 같은 쇠로 만든 헬멧을 얻어 쓰고 동굴 안으로 들어갔다. 동굴 지붕에서 떨어져 내리는 낙석 같은 것에 대비하게 하는 듯싶었다.

원래 있던 것을 새로 가공해서 최근에야 열어 관람시키게 된 것이라는 이 동굴은 들어가 보니 예상보다는 넓고 길고 높고 또 곡절이 많은 곳으로서, 여기에는 탄광 안에서 사용되는 것과 같은 소형 열차가 천천히 쉬며 운행되고 있어 매우 편리했다.

전체의 길이가 2, 3킬로미터는 충분히 됨 직한 이 동굴 안에는 작은 호수들도 더러 있고, 작은 폭포나 냇물들도 심심치 않게 나타나고 하여 무던한 느낌이었다. 옛날에는 이 속에서 무슨 일들이 저질러지고 있었을까 상상하자니 나는 자연히 온갖 상스러운 짓과 또 잔인한 짓들도 머리에 그려 보지 않을 수 없었는데, 이런 상상까지를 이야기할 수 있는 동행들이 아닌지라, 그것들을 내 마음속에만 혼자 담아 가지고 다니자니 한결 더 감칠맛이 있기도 했다. 아무래도 무슨 진한 땀과 피 나는 일이 적지 아니 있었을 것만 같아 오싹했다.

점심 뒤에는 우리 두 내외만이 대사관 차로 '샘 로드 캐슬'이란 이름이 붙은 유명한 집과 이 집 근처의 아름다운 바닷가를 찾았는데, 샘이라는 영국인 성주가 살던 이 집 근처의 바닷가는 바베이도스에서도 가장 아름다운 곳의 하나라고 스페인계인 듯한 눈을 가진 반깜둥이의 운전기사는 내게 말했다.

마침 하늘이 우리를 썩 좋게 축복하는 듯 밝은 햇빛 속에 뿌리는 이슬비를 맞으며 샘 로드 캐슬에 들어가 보니, 대단한 것은 아니나 그래도 꽤 꾸미느라고 꾸민 흔적이 역력한 2층의 돌집은 특히 뜰이 아름답고 바다도 가장 좋게 보이는 곳에 자리하고 있어서, 이 집의 옛 주인인 샘이 어느 만큼 시적인 관심도 가진 사람이었을 거라는 연상을 내게 일으키게 했다. 그러나 샘은 영국의 식민지 개척자들이 많이 그랬던 것처럼 한동안은 해적이란 이름으로 불리어지던 사나이였다고 한다.

이 근처의 바다와 뭍의 조화는 이 나라의 수도 브리지타운의 어디보다도 훨씬 더 아름다웠다. 바다 물결들의 맑은 사설도 여기가 훨씬 더 매력 있었고, 열대의 수풀에 불어 오가는 바람 소리의 가락도 여기 것이 훨씬 더 차원이 높은 것 같았다. 심지어 나무 그늘들에 자욱이 깔린 여러 가지 종류의 풀들까지 모두 조물주의 특별난 고려 속에 놓여 있는 것만 같았다. 특히 이 언저리의 공기의 청징도淸澄度는 거의 100퍼센트 아닌가 싶었다. 애인들의 심장들이 와서 한번 놓여 볼 만한 곳이라고 생각되었다.

스틸 밴드와 칼립소에 깃든 한의 소리

스틸 밴드steel band라는 영어를 문자 그대로 번역하면 강철 악대가 되겠는데, 지금 트리니다드토바고를 비롯한 카리브 바다의 여러 섬나라에서 성행하고 있는 이 음악대가 사용하는 악기들이 강철로 만들어져 있다는 데 그 이름이 생겼을 뿐, 그 소리들이 강철같이 굳은 것이라는 뜻은 아니다. 이 강철 악기라는 것은 무슨 강철의 악기 공장에서 만들어 내오는 것이 아니라 사실은 2차 세계전쟁 때, 이 카리브 바다의 트리니다드토바고에 묵고 있던 영미 연합군이 쓰던 빈 석유탱크 버린 것들을 이곳의 음악을 좋아하는 주민들이 주워다가 적당히 끊고 쓸고 가다듬어 만들어 낸 것들이라는데, 그것들엔 크고 작은 여러 가지가 있고, 거기서 나는 소리도 각기 달라서, 이 스틸 밴드의 음악은 매우 미묘하고 섬세한 소리들까지도 아주 잘 낸다.

나는 이것을 6월 19일 밤, 마침 브리지타운의 어느 호텔 마당에서 공연하는 악대를 통해 듣고 보게 되었는데, 이것도 또 이곳 대사 부인의 안내를 따른 것이었다.

이날 밤의 스틸 밴드는 먼저 보라는 듯이 서양 음악의 고전을 몇 곡조 연주한 뒤에 이곳 카리브 바다 음악의 독특한 연주로 들어갔는데 이것이 합창을 겸하는 경우는 파랑parang이라고 했고, 독창의 노래와 같이 이루어질 때는 칼립소calypso라고 했다.

칼립소는 거의 민요적인 음악으로 여기 나와서 독창하는 가수들의 노래를 귀 기울여 들어 보니, 어떤 가락은 우리 고전음악의 판소리에서 울려 나오는 첩첩 쌓인 한을 방불케 하는 것도 있어, 인생은 많이 공통되는 것이라는 생각을 다시 한 번 내게 일어나게 했다. 특히 이들은 우리와 비슷한 여러 역경을 겪은 때문이리라.

이런 음악의 막간에는 불을 아주 잘 먹는 사나이와 육체 좋은 이곳 미인 사이의 불붙는 듯한 데이트의 광경이라든지, 또는 남녀가 따로따로 춤을 추다가 달라붙어 찐하게 결합하는—말하자면 춤 속의 기막힌 사랑 같은 것도 전개되어 나왔는데, 이런 자칫하면 어색하기 쉬운 것들이 하나도 그렇지 않게 잘 세련되어 있는 데에 나는 놀라지 않을 수 없었다. 이것들이 서양적인 교육이나 그런 것에 세련된 게 아니라, 자연을 따르는 이들의 전통의 결과일 것이라는 데 생각이 미치자 나도 어느새인지 이들의 일당같이 되어 가고 있지 않을 수 없었다.

여기에는 물론 보는 눈을 기피해야 할 만한 에로틱한 동작도 적지 아니 끼어 있었으나, 그것들이 당연한 것으로서 우리에게 느껴질 만한 자연스런 조화를 이루는 데는 박수를 안 보낼 수가 없었다.

나는 미안한 줄도 모르고 옆에 놓인 술병을 연거푸 내 잔에 기울였고, 그것이 비면 염치도 잊고 또 딴 병을 부르고 있었거니와, 지금 생각하자면 내 옆의 우리 대사 부인에게 첫째 많이 무례한 짓 아니었는가 한다.

그러나 그건 순전히 이 스틸 밴드와 칼립소의 음악에 그 춤이 있어 그들은 사는 보람이 있고, 또 카리브의 바닷물도 비로소 간절한 것이 된다는 내 생각의 홍취 때문이었다.

트리니다드토바고

인종도 언어도 복잡한 섬들의 나라

남미 베네수엘라 바짝 옆의 동쪽에 자리하고 있는 트리니다드와 토바고의 두 섬 이름을 합해서 트리니다드토바고라는 이름의 영국 연방 국가의 하나가 이루어져 있다. 1962년에야 겨우 독립한 나라로서, 스페인과 영국의 오랜 지배를 받은 관계로 지금도 스페인 말과 영어 두 가지 다 사용되고 있다. 인구는 120만 명쯤인데 스페인계, 영국계, 흑인 노예들의 후손들에, 인도계와 프랑스계까지가 합해져서 매우 복잡하다. 트리니다드토바고의 두 큰 섬 외에도 열다섯 개의 작은 섬들이 더 이 나라에 소속되어 있다.

6월 20일. 우리 내외는 이 나라의 가장 큰 섬인 트리니다드에 있는 이 나라 수도 포트오브스페인 공항에 오정 때쯤 내렸는데, 이곳엔 우리 공관은 없지만, 여기서 어업회사를 경영하고 있는 조남직이란 이름의 성실한 우리 교포 사장이 자리 잡고 있어서 그의 따뜻한 영접을 받게 되었다. 우리나라 해양대학을 마치고 일찍이 여기서 고려원양의 기지장基地長 노릇도 한 일이 있는 그는 바다 선수다운 늠름하고 활력이 넘치는 인물로 우리 내외를 만나자 씩 웃고는 "우선 피곤을 좀 푸셔야죠" 하며 어느 큰 중국 음식점으로 대뜸 안내해서 큰 그릇에 담은 무슨 죽을 두 그릇 시켜 주었는데, 들어 보니 그건 상어 지느러미 죽으로 나도 전에 이 조그만 그릇의 것을 먹어 본 경험은 있지만 이렇게 큰 그릇에 담긴 것은 난생처음이었다. 아닌 게 아니라 이걸로 우리 피곤은 상당히 완화된 듯했다.

우리는 점심 뒤에 곧장 '새의 성역'이라는 이름이 붙어 있는 붉은 학들의 서식지를 찾아보게 되었는데, 홍학들이 모여 사는 강가의 수풀을 찾아가기 위해 어느 강 입구에서 현대식 엔진이 달린 조그만 목선에 몸을 실었다. 수풀 사이로 꾸불꾸불 흐르는 냇물 정도의 좁은 강을 우리는 아마 한 4, 50리쯤은 족히 운항해 가면서 강가에 출몰하는 여러 동물들의 설명도 듣고 또 직접 목격하기도 했는데 그중에 제일 많이 보인 것은 역시 진펄에 가끔 보이는 이곳 특유의 게들로 '이 게가 사는 인내력의 우수함은 세계적일 것이다'라는 사상도 새로 내게 일어나게 했다.

우리는 드디어 해 질 녘 가까이 되어서야 홍학들이 난무하는 수풀 언저리에 당도했는데, 문명을 떠난 원시 그대로의 강가의 수풀 위에 황혼을 난무하는 수만 마리 붉은 학들의 춤은 우리 사람들의 역사의 흐름과는 또 다른 굉장한 것이어서, 우리 내외와 조 사장은 그저 어안이 벙벙하여 이 기막히는 새 경험 속에 몰입하여 자기라는 걸 한동안이나마 잊을밖에 별수가 없었다.

강가 푸른 밀림 위에 몇만 마리씩의 주황색 학들이 날아 앉은 광경은 수만 송이 붉은 꽃들이 신화 속의 하늘을 날다가 땅이 좋아 땅의 수풀에 내려 다시 꽃 피는 것만 같아 너무나 황홀할 뿐이었다.

포트오브스페인의 하늘에 올려진 태극기

붉은 학의 성역을 돌아본 뒤에 우리 내외는 조남직 사장의 초대를 받아 그 댁에서 가족들과 함께 저녁 식사를 들었는데, 조 사장의 회사가 참치잡이를 주로 하는지라, 참치들 중에서도 가장 상등품으로 또 제일 맛있는 부분만 골라 회를 해 내놓아서, 우리는 난생처음으로 특히 좋은 참치 회를 먹어 보게 되었다. 이 댁 주부인 유기분 여사는 아주 상냥한 분으로 또 늘 첼로로 가족들의 단란과 평화를 이끌어 가는 첼리스트이기도 해서 포근한 분위기를 우리에게 만들어 주었다.

조 사장의 이야기를 들으면, 이 나라 독립의 국부國父이고 첫 총독이었던 에릭 윌리엄스는 65세로 몇 해 전에 사망해 유해는 그의 유언대로 화장해서 이곳의 파리아 만의 바다에 재로 뿌려졌는데, 그는 생전의 한동안은 우리 조 사장과도 친분을 갖고 도와준 은인이었다고 한다. 조남직 사장이 이곳에 있는 고려원양 회사의 기지장으로 있을 때 어느 파티에서 알게 된 에릭 윌리엄스 총독은 미국 하버드 대학 출신의 좋은 이해자로, 조 사장이 따로 독립된 어업회사를 만들어 중국인의 회사로부터 많은 부당한 모함을 당했을 때 바르게 일하는 조 사장의 편을 들어 도와주었고, 또 그에게 이곳에 영주할 수 있는 권리까지도 내주게 했다는 것이다.

에릭 윌리엄스는 그의 시체를 화장해 바다에 재로 뿌리게 한 걸로 보면 인도 계통의 생사관을 가졌던 사람 같은데, 권리 없는 조 사장의 편을 끝까지 들어 도운 걸 보면 대단한 정의의 사나이였던 모양이다. 이만한 사람이니 이 나라에 자주독립도 있게 한 것이리라.

이날 밤은 예약해 두었던 홀리데이 인 호텔에서 자고, 이튿날 아침 우리 내외는 조 사장이 경영하는 원양어업회사의 뜰로 나갔다. 조 사장이 지난 저녁 식사 때 말씀하기를 "얼마 전 우리 회사 앞뜰에도 우리나라 국기 게양대를 만들어 놓았는데, 아직도 게양을 하지 않고 미룬 까닭은 이것을 우리와 함께 해 주실 만한 우리 국내의 인물이 여기 들르시는 걸 기다려서였습니다. 그런데 이제 서 선생이 마침 오셨으니 되었습니다. 내일 아침에 나오셔서 우리 회사 사람들하고 함께 달아 올려 주십시오" 해서였다.

조남직 사장 내외와 우리 내외와 이 회사의 사원들이 같이 처음으로 이 나라의 하늘에 우리 국기를 달아 올리고 나서, 경례를 하고, 소리를 나란히 우리 애국가를 합창했는데, 이 또한 내게는 난생처음 겪어 보는 특별난 신바람이었다.

이곳 포트오브스페인 주변의 높고 낮은 밉지 않은 산둘레와 대조해서 우리 태극기의 바람 속의 흔들거림은 점잔한 기쁨처럼만 느껴져서 보기에 썩 좋았다.

이 회사의 배들이 매여 있는 부두 쪽도 돌아보았는데, 몇백 톤급의 배들이 대여섯 척뿐이었고, 그중에는 나이가 많은 것도 보여, 어서 더 많은 발전이 여기에 있기만을 마음속으로 빌었다.

로빈슨 크루소의 동굴 찾아 밀림으로

조남직 씨의 원양어업회사 마당 하늘에 우리 태극기를 게양한 뒤에 우리는 이 회사의 직원 ○군의 동행을 얻어 이 나라의 또 한 개의 큰 섬인 토바고로 가는 비행기에 올랐다. 그러나 토바고행 비행기는 만원 연속이어서 대기 번호를 받아 기다리다가 11시쯤 되어서야 겨우 떠나서 한 2, 30분 걸려 목적지에 닿았다.

일본 사람이 쓴 여행안내기에 '로빈슨 크루소의 동굴'이 첫째 구경거리로 나와 있어 먼저 택시를 잡아 그쪽으로 달리게 했다. 영국의 소설가 대니얼 디포가 그 유명한 작품 『로빈슨 크루소 표류기』를 구상한 곳으로 소개되어 있어 거기를 먼저 찾았으나, 사실은 동굴이랄 것도 없는 바닷가의 한낱 미미한 바위틈에 불과하고 이곳까지 가는 동안의 험하고 외진 길에선 가끔 강도의 습격도 있고 하여 요즘 거기를 찾아 나서는 이는 거의 없다는 걸 택시 운전사에게 들어 겨우 알게 되었다.

그래도 내가 고집해서 "꼭 가 봐야 한다"고 하니 택시 운전사는 할 수 없이 우리를 태우고 가서 바닷가의 어느 밀림 입구에 내려놓고 "여기서부터는 길이 좁아 차는 못 가니, 조심해서 걸어갔다 오라"고 했는데 밀림 속의 우거진 풀섶길에는 독사도 적지 않을 것 같아 주춤거리며 안심찮은 걸음을 옮길밖에 없었다.

"하여간 가 봅시다" 하는 아내의 격려에 힘을 입어 밀림의 잡초 속을 한참 헤쳐 나가니 조그만 빈터가 바다 바로 옆에 나타났는데 거기에는 또 뜻밖에도 우리와 모양새가 같은 동양인 남녀 너댓 명이 반나체로 웅크리고 앉아 도란거리고 있어서 이게 혹시나 이곳에서 가까운 그레나다에서 도망쳐 온 북괴의 깡패들이나 아닌가 하여 섬뜩하지 않을 수 없었다.

그러나 그들의 말을 귀 기울여 잘 들어 보니 중국어여서 우리는 비로소 어느 만큼 안심할 수 있었다. 참 치사한 일이 아닐 수 없다.

여기에서 한 2킬로미터쯤 방향감각도 깡그리 잊어버린 채 여전한 바닷가 밀림 속의 잡초를 헤치고 실처럼 나 있는 작은 길만을 따라 더듬어 올라가니 휑하게 넓은 빈터가 나타나고, 여기는 어느 신선 같은 농민의 농장인 듯 노란 황소 몇 마리가 풀을 뜯고 있었다. 한쪽에 풀로 지붕을 한 조그만 오막살이집이 보여서 그리로 가 주인을 찾았더니, 신선이 아니라 매우 거친 가시나무같이 모든 게 거칠게만 생긴 중년의 사나이가 나타나 따끔하게 찌를 듯이 서며 내 물음에 대답하기를 "거기는 가서 무얼 하느냐? 갈라면 가 보아라만 헛수고일 것이다. 길은 여기서부터 더 험해지고, 그게 한 4, 5킬로미터는 족히 된다"는 것이었다.

하여 나는 일상생활에서 급한 때면 늘 살펴보기로 되어 있는 내 아내의 눈빛을 보아 하니 역시 위험신호를 보이고 있어, 이 탐험은 뒷날 다시 장정들의 탐험대를 만들어서 거행키로 하고 여기를 물러나고야 말았다. 비겁한 것일까?

다시 그 험한 수풀 길을 헤치고 나와 큰길에 도착했더니, 거기에는 아까 우리를 태우고 왔던 택시 운전사가 아직도 그 자리에 버티고 우리를 기다려 주고 있었다. 그는 아마 우리 같은 사람들보다도 몇십 배는 더 사는 참을성이 많은 것인가, 아니면 이곳은 이렇게도 한가한 곳인가. 그것은 잘 모르지만 하여간 그에게는 잘 기다리는 능력이 그 사는 첫째 밑천임엔 틀림없으리라. 스페인과 인도와 흑인의 피가 여러 대를 걸려 이루어 놓은 듯한 그 얼굴은 거기서 그저 헤벌쭉이 웃고만 있는 것이었다.

나도 불가불 안 웃을 수가 없어 조금 웃어 보이며 "하여간 우선 어디 가서 무얼 좀 먹고 보자"고 제안하여, 그의 안내로 어느 뒷골목의 식당을 찾아들게 되었는데, 무엇이든 돼지기름 같은 것에 볶아서만 내놓는 이곳 음식은 너무나 느끼해 비위에 거슬렸고, 또 이곳은 여색女色을 많이 숭상하는 나라인 듯 젊고 늙은 여인들만이 우리를 에워싸고 역시 느끼한 친절과 애교를 부려 대 아내에겐 이게 또 질색인 모양이었다.

그러나 내게는 이 스페인과 흑인 혼혈의 흐르는 핏소리가 완연히 들리는 듯한 그들의 애교는 좀 무딘 대로 볼만한 특징은 있어 보였다. 우리가 식사를 하고 있는데, 코끼리의 발목에 낀 때같이 때가 낀 손으로 우리의 옆을 깨끗하게 해 주기 위해 비로 먼지를 일으키며 쓸어 대는 그런 친절까지는 좀 번거로웠지만……

점심 뒤에 우리는 역시 그 참을성 좋은 운전사의 택시로, 또 적당히 요금을 에누리도 해 가면서, 여러 겹의 첩첩한 야자수의 수풀 길을 지나 어느 아주 화창한 바닷가 마을에 당도했는데, 이 마을 앞 바닷속이 이 나라에서 유명한 산호림이 꽤 넓게 무성한 곳이다.

바닷속의 산호 수풀을 탐방하러 가는 배는 스무 명쯤 겨우 앉을 수 있는 것으로, 한가운데는 유리를 통해 바다 바닥까지 내려다볼 수 있는 조감구鳥瞰口라고 할 수 있는 것이 두 줄로 배의 길이를 따라 배치되어 있어서, 거기로 바닷속 산호 수풀은 물론 그 사이에서 노니는 온갖 크고 작은 여러 빛의 고기들의 움직임까지를 역력히 들여다볼 수가 있었다. 여기 산호 수풀은 1킬로미터쯤 넓이로 몇 군데 나눠져 있었는데, 여러 빛의 산호 나무들이 우거진 속을 붉고 푸르고 희고 노란 크고 작은 고기들이 헤엄쳐 다니는 걸 그 친구 된 마음으로 내려다보고 한때를 즐기는 건 첫째 시원해서 좋았다.

또 이 산호 수풀들에서 과히 멀지 않은 곳에는 모래만이 깔린 물 깊이가 아주 옅은 곳도 있어서, 관광객의 일부는 이런 데서 내려 해수욕을 즐기다가, 이들을 데리러 오는 배편을 이용해 해안으로 돌아갈 수도 있게 마련도 되어 있었다.

이 언저리의 바다는 특히 식욕이 많은 가마우지 새들도 많이 모여 살고 있는 곳으로, 그것들이 수십 마리씩 떼 지어서 고기를 채느라고 바닷속에 잠겼다 나왔다 하는 그 열심한 움직임을 지켜보고 노는 것도 한 큰 재미인 듯 이 옆의 해안에서는 기타까지 울리며 노래 부르면서 이걸 지켜보고 있는 젊은 패도 보였다.

산페르난도와 새까만 호수 피치레이크

6월 22일 오전에 토바고 섬에서 다시 이 나라 수도인 트리니다드 섬의 포트오브스페인으로 돌아오자, 조남직 사장 댁의 점심상이 기다리고 있어서 다시 거기서 대서양의 참치 중에 가장 맛있는 부분만을 가려서 만든 회를 실컷 만끽하고 우리는 또다시 이 회사의 ○군이 운전하는 차로, 이 나라에서 둘째 번으로 큰 아름다운 도시인 산페르난도를 거쳐 피치레이크라는 이름이 붙은 특수한 호수가 있는 곳까지 달려갔다.

이쪽으로 가는 길에서는 이쁜 산과 수풀들도 많이 보이려니와 재미있는 곡선으로 된 바닷가의 해안선들도 매우 아름다워서 왕복 다섯 시간쯤의 드라이브는 우리 내외에게 좋은 약이 되었다.

특히 산페르난도라는 도시는 산과 바다의 이쁜 점들을 고루 갖춘 자연환경 속에 깨끗하고 조그마한 주택들을 겸비한 도시로서, 이 나라 수도인 포트오브스페인에 직장을 가진 월급쟁이들도 많이 살면서 여기서 출근을 하고 있다고 했다.

이 도시 가까운 바닷가의 큰 나무 밑에서는 금방 바다에서 잡아낸 싱싱한 물고기들을 가느다란 넌출에 꿰어 들고 행인에게 팔고 있는 소년들도 보이고 하여, 술꾼에겐 한잔 생각이 간절할 만한 곳이기도 했다. 또 이곳은 수박이 잘되는 듯, 길가의 풀섶에다가 그걸 많이 뒹굴리며 팔고 있는 여인들도 보여, 우리의 구미를 돋우기도 했다.

이날 마지막으로 찾아간 피치레이크란 호수는 딴것이 아니라, 우리가 서울 거리에서도 아직 깔고 지내는 아스팔트 바로 그것의 원료가 되는 '피치'로 그득히 차 있는 새까만 호수인데, 그 깊이는 자그마치 90미터나 되지만, 그 위를 사람이 걸어가도 그것은 전부가 단단히 아스팔트처럼 굳어 있어서 그 속으로 빠지는 일은 없다. 뿐만 아니라 이 피치 호수 위에는 군데군데 소가 좋아하는 풀들도 우부룩이 자라 있어서 풀을 뜯어 먹고 섰는 황소—우리나라 것과 똑같은 그 황소도 몇 마리 보였다. 이 호수의 지름은 한 1킬로미터쯤 되어 보였다.

그런데 여기에서 우리에게는 뜻밖에도 한 사건이 몰아닥치고 말았으니, 그건 우리가 이 피치 호수에서 기념사진을 찍고 언덕 위의 길로 돌아와 막 차에 오르려 하자 이 근처에서 기다리고 있던 각종 혼혈의 이곳 주민 사내 10여 명이 우리를 에워싸고 만 일이다.

나는 이때 마침 일본제의 모양이 괜찮은 대나무 지팡이를 짚고 있었는데, 우리를 에워싼 그들 중에서 가장 나이 많아 보이는 육십쯤의 사나이가 내 지팡이를 손가락질해 가리키며 "나 다우!" 했다. 반 명령조의 말투였다. "안 된다. 이 지팡이는 내 긴 여행의 가장 중요한 친구니까……" 내가 대답했더니, 그 늙은 사내와 패거리들은 이 지팡이 속에는 무슨 긴 칼이나 아니면 독약 또는 마술 같은 거라도 담겼다고 생각하는지 서로 얼굴을 마주 보고 한동안 의아한 눈초리로 머뭇거리고 있었다. 하여 이 틈에 우리는 재빨리 쓰윽 버티며 차에 올라 달아나 버리고 만 것이다.

타율 속의 인생 그리고 기다림의 시간

토바고에 온 6월 22일 오후 늦게라도 트리니다드의 수도 포트오브스페인으로 돌아가려 한 것이 '우리는 비행기의 예약 손님'이 아니고 '남는 자리 손님'의 자격만 가지고 왔기 때문에 이곳 공항에서 세 시간 가까이 기다려 봤으나 허사여서 불가불 여기서 하룻밤을 묵어야만 할 타율他律 속의 운명이 되고 말았다. 이렇게 사는 걸 나는 매우 싫어하는 사람이지만 할 수 없이 또 한 번 이렇게 당하고 만 것이다.

그러나 이런 경우에도 사람에게는 여벌의 흥밋거리라는 것은 눈여겨 찾아보면 주위에는 언제나 또 적당히 마련되어 있는 것이어서 나도 또한 그쪽으로 마음을 돌리고 있을밖에 별수가 없었다.

이곳 공항 밖의 광장에는 손님들을 위해 벤치가 두 군데 놓여 있었는데 한 군데는 백인들이 주로 앉았고, 또 한쪽에는 혼혈족의 따분한 사람들이 많이 모여 싼거리의 이곳 과일 같은 걸 사 먹고 앉아 있어서, 우리 내외는 이 따분해 보이는 사람들의 자리에 가서 한몫 끼어 앉아 보았는데 차분히 눈독을 주어 거기 앉은 군상들을 물색해 보고 있노라니, 그 속에는 인도계의 얼굴을 한 젊은 미인들도 심심치 않게시리 끼어 있어서 지루한 이 타율의 기다림의 시간을 그 눈요기로도 사용할 수 있었으니 말씀이다.

시간 가는 줄도 모르고 한정 없이 겸손하기만 한 들녘 구석의 무슨 풀꽃들처럼 생겨 먹은 그 인도적인 젊은 여인들의 아름다움이 여기 서양풍이 많이 젖어든 곳에 옮겨져서 여러 대의 혼혈을 겪어 놓으니 그 표정이며 언어 동작엔 약간 까부는 것까지가 몸에 배어 있어, 나 같은 늙은 사내에게도 눈요깃감으로는 괜찮았다. 해는 뉘엿뉘엿 져 오는데 내 눈요기를 재빨리 알아차린 그들 중의 하나가 일부러 내 옆을 지나가며 "굿 이브닝" 한마디를 흰 덧니 사이에서 만들어 선사해 주는 것도 좋았다.

이 타율의 시간들을 요로코롬 사용한 뒤, 겨우 이날은 못 돌아간다는 게 알려져서, 우리는 할 수 없이 하룻밤을 묵을 방을 찾아 나섰는데 아무래도 허술한 데서 자는 것은 안심찮아 여기저기 더듬어 다닌 끝에 크라운 리프 호텔이란 이름의 이곳에서는 제일 비싸다는 호텔에 들었다. 가난에 오래 찌든 아내와 꽤 입씨름을 한 끝에였다.

그러나 우리의 평안한 자유를 인증하지 않는 타율은 여기에도 활개를 펴고 있었으니, 그건 다른 게 아니라, 내가 분명히 양파 수프를 시켰는데도 심부름하는 인도 얼굴의 여자는 이걸 깡그리 까먹어 버리고 빵과 생선 프라이만을 날라 온 것이다. 그네의 건망증 때문인지, 아니면 '그런 건 안 먹어도 되지 않느냐?'는 형편 보아준 친절인지 알 수 없었으나 나의 타율 속의 인생은 여기에서는 드디어 더 점잖게 참지를 못하고 "악! 이게 뭐냐?!" 하고 힘을 다해 못나게도 고함을 치고 말았다.

이 글을 쓰고 있는 지금 생각해 보자니, 그네는 나와 같은 동양의 혈통 출신으로서 그네의 형편을 따른 두터운 배려로 우리 내외의 식사비를 절약시켜 주려고 그랬을는지도 모를 일인데 내가 참 잘못한 일이었다.

유럽 편 2

러시아

야! 이것이 롸씨야다!

헝가리의 부다페스트에서 러시아의 모스크바까지를 러시아 비행기 아에로플로트로 한 시간 남짓한 동안에 날아갔는데, 오줌이 급해서 비행기 안의 화장실엘 들렀더니, 야! 찌린내 찌린내 해도 이렇게도 대단한 찌린내가 도수 높게 풍겨 나오는 화장실은 정말로 참 오랜만에 만나게 되었다. 우리가 일본 식민지 백성이었을 때 서울의 그 공동변소라는 것 속에서 풍겨 나오던 냄새보다도 오히려 찌린내가 도수 높게 코를 찔러 대서 '야! 이것이 저 북풍한설 속의 롸씨야의 냄새로구나! 도스토옙스키의 『죄와 벌』 속의 가련한 창녀 쏘냐의 냄새의 일종이기도 한 것이구나!' 요로코롬 한바탕 이해한 뒤에야 친밀감을 회복할 수 있었다.

이때는 1990년 5월 하순, 내가 모스크바 공항에 내리어 호텔을 향해 가고 있었을 때는 때마침 저녁노을 속의 해 어스름이었는데, 나는 또다시 한 번 더 '야!' 소리를 되뇌이지 않을 수가 없었다. 그것은 딴게 아니라, 하늘 한쪽에 가로 누운 한 떼의 구름이 완연한 선지 핏빛으로 성큼하게 내 눈망울에 어려 왔으니 말이다.

'야! 이것이 롸씨야다! 도스토옙스키의 『백치』라는 소설에 나오는 그 슬기로운 미인 나스타샤의 가슴에 날카로운 칼날을 꽂아 몸부림치며 숨넘어가게 했던 치정한 로고진, 그가 흐르게 한 그 선지 핏빛이구나, 저 구름빛은!' 나는 마음속으로 외치고 있을 수밖엔 없었다.

그다음으로 내가 겪은 이 나라의 뚜렷한 인상은 1990년 5월이 아니라 두 번째 러시아 여행이었던 1992년 7월의 일이다. 나와 내 아내는 러시아 비행기로 열 시간의 시베리아 횡단 비행을 거쳐 모스크바에 초저녁에 내렸는데 우리 교포 변승복 씨가 경영하는 여행사의 직원들이 마중 나와 우리의 짐을 찾아 옮겨서 레닌 큰 거리에 있는 스푸트니크라는 3류 호텔까지 가족처럼 안내해 주시는 데는 정말 고마웠다.

호텔 방에 들어섰을 때 내 앞에 나타나서 그 순전한 제정러시아식의 예모를 갖춘 인사를 정중히 하던 꽤나 상냥스럽던 젊은 여인— 그녀의 미소는 좀 말의 웃음 비슷하기는 했지만, 진짜 제정러시아 왕실의 시녀처럼 스커트의 아랫자락을 두 손으로 가만히 점잖게 잠시 위로 추켜올리며 나붓이 내게 고개를 숙여 경의를 표하고 있었으니 말이다. 이름을 물으니 마리아 이바노브나라고 하기에, "그건 귀족의 이름 같은데요" 내가 대꾸했더니, "저의 집 혈통은 옛날의 어떤 황제로부터라고 하지만, 자세한 건 잘 모르겠는데요" 했다.

이상에서 내가 말한 이 나라에 대한 세 가지의 첫인상을 나는 아무래도 잘 잊을 수가 없다.

나는 이 모스크바에는 1990년 5월에 어느 단체 여행단에 끼어 며칠 동안 둘러본 일이 있는 데다가, 이번 길은 디스크 수술 뒤에 걸음과 기억력이 좋지 않게 된 내 아내를 정양시킬 겸 나도 수도도 좀 할 겸 코카서스 산맥행을 주목적으로 해 왔던 만큼 여기 도착한 뒤 며칠 동안은 바깥 구경도 나가지 않고 호텔에 박혀 쉬고만 지냈는데, 첫째 여기에서는 먹을 것이 큰 문젯거리였다.

이 호텔에도 지하층의 큰 식당을 비롯해 몇 개의 식당이 있기는 했지만, 그 어느 곳에도 딱딱하게 오래 굳은 빵과 치즈 그런 것뿐 달걀 하나 얻어먹기도 꿈에 떡처럼만 어려우니 이거 이래 가지고야 여기서 어떻게 제대로 살아갈 수가 있어야 말이지. 한국의 중국 음식점에서 파는 배갈보다는 좀 더 독한 보드카라는 술은 달라면 주지만, 이걸로 목숨을 오래 부지해 갈 수도 없는 일 아닌가?

옐친 대통령도 곧잘 그런다는 신문 기사를 본 기억으로, 러시아 말로 '이크라'라고 하는 그 매우 짠 어란 것을 비싼 값으로 가끔 얻어 가지고 "카아! 카아! 카아! 카아!" 자연 발생의 목구멍 소리를 내며 이 '보드카 길들이기' 노력도 한동안 해 보았지만, 이것만큼은 나와 내 아내에게는 아무래도 무리였다.

이러고 지내면서 우리가 묵고 있는 호텔 6층의 방에서 아래 질펀히 깔린 레닌 큰 거리의 그 넓은 큰길을 내려다보고 있으면 거기에도 우리 같은 남녀의 떼들은 한정이 없어, 저마다 한두 개씩의 비닐봉지나 백 같은 걸 들고 먹을 것을 찾아 헤매는 광경이 목메게 보였다.

그래 나도 어느 날부터인가 빈 보자기를 하나 들곤 이들 무리에 끼어들어, 길가에 놓고 파는 반쯤 상한 무슨 과일이라도 찾아 헤매는 신세가 안 될 수는 없었다. 왕복 10리나 20리쯤은 예사로 걸어서 말이다.

크렘린 광장의 금빛 찬란한 둥근 지붕들

1990년에 여기 크렘린 광장에 처음 왔을 때에는 당시의 고르바초프 정권에 항의하는 옐친 지지의 시민들 데모 행렬이 광장을 빽빽이 메워서 우리의 크렘린 입장을 한동안 제대로 안 되게 했는데, 1992년 두 번째로 여기를 찾아왔을 땐 1990년에 데모대들이 손에 손에 들고 있었던 제정러시아의 삼색기도, 그 데모대도 전연 보이지 않아 외국인 관광객인 우리에겐 편리하다면 편리하게 되어 있었다.

크렘린이란 우리말로 하면 '성城'이란 뜻으로, 이 크렘린을 견고하게 만들어 옛날부터 제정러시아나 그 뒤의 소련이 정권의 근거지로 삼았던 곳인 만치 이 안에는 그런 유적과 유물들이 많이 모여 있다.

그뿐만이 아니라 여기에는 이 나라가 오래 믿어 온 그리스정교회—그리크 오서독스의 금빛 찬란한 둥근 지붕들을 가진 성당들도 웅장하게 아울러 모여 있어서, 유럽의 여느 나라에서는 볼 수 없는 특수한 분위기를 느끼게 하고 있다.

그러므로 우리는 여기에서 아무리 바쁘더라도 그 그리스정교회의 기독교가 어떤 것인가를 잠시 이야기하고 넘어갈 필요가 있다.

서력기원전부터 지금 터키의 이스탄불(옛 비잔티움)에 와서 살고 있던 그리스 사람들 사이에서 동로마 시절에 만들어진 기독교파의 하나로서, 11세기에 로마의 가톨릭에서 갈려 나갔던 것인데, 이것이 러시아에 가서 자리를 잡아 오랫동안 러시아의 국교가 되어 오늘에 이르고 있는 것이니, 우리나라의 로만가톨릭과 현저하게 다른 점은 인도를 비롯한 아리안 족의 세상에서 흔히 많이 생각해 온 윤회전생 정신 같은 것도 포섭해 담고 있는 점이라 하겠다.

톨스토이의 『안나 카레니나』라는 소설을 잘 읽어 보신 이는 기억하겠지만 여주인공인 안나 카레니나의 오빠인 오입쟁이 오블론스키 공작의 부인 다리야 알렉산드로브나도 말하자면 이 윤회전생설을 믿는 그리스정교회 신자가 아니었는가?

여기에서의 공통점은 물론 그리스 사람들과 러시아 사람들의 대다수가 두루 아리안 족이었던 데 있었던 걸로 봐야겠다.

크렘린에 들어서면 맨 먼저 우리 앞에 나타나는 건 1917년 이 나라에 공산주의 정권을 세운 레닌의 묘역인데 러시아가 자유화한 뒤에도 여기만큼은 조끔도 건드리지 않고 고스란히 그대로 잘 모여져 있는 것은 내 생각을 기울게 했다. 자유로이 해방된 지금의 러시아 사람들도 그의 시체를 철거하지 않는 것은 그를 한 공산주의자로만 보는 것이 아니라, 제정러시아의 악정에 시달리던 굶주린 다수의 국민을 사랑해 싸웠던 인도주의 감정에 대한 지금 사람들의 인도주의 감정이 시키는 일같이만 내게는 느껴지는 것이었다.

마스끄바의 첫째 명물 갈가마귀 떼들

이 나라 최고 최대의 대학교로서 현재(1994년 기준) 약 3만 2천 명의 학생들을 공부시키고 있는 모스크바 대학교의 내부를 관람하기 위한 허가를 미리 받아 놓지 못한 관계로 나는 그 정문 쪽에서 피상적으로만 보았을 뿐이지만 지금 이 대학교에서는 우리 한국 학생들도 어느 만큼 끼어서 공부하고 있다고 들었다.

이 대학을 둘러싼 공원의 수풀들엔 때마침 흰빛 보랏빛의 라일락 꽃들이 무성하고 찬란하게 피어 있는 속에 갓 젊은 남녀 학생들이 얼리어 소곤거리고 있는 것이 곱게 보여서, 이 나라 출신의 화가 마르크 샤갈의 그림들이 실감나게 기억에 떠올랐다.

또 한 가지 여기 첨가해서 특기해 두고자 하는 것은 이곳에 라일락과 아울러 많이 피어 있던 연분홍빛 아카시아꽃들이다. 내가 난생처음 보는 이 연분홍빛 아카시아꽃을 북조선의 인민공화국에서는 여기가 사회주의 체제일 때 이미 여기서 옮기어다가 많이 번식시키고 있다고 들었는데, 지금 여기는 자유 해방 시대니 인제는 우리도 이걸 씨 받아다가 산자락이나 들에 키워 가꾸어서 즐겨 보고 지냈으면 좋겠다는 생각이 들었다.

"마스끄바의 첫째 명물은 무엇인가?"

누가 내게 묻는다면, 나는 서슴지 않고 대답할 것이다.

"그것은 갈가마귀 떼들이다."

특히 모스크바에 안개가 자욱이 끼거나 이슬비 뿌리는 날에는 어느 빈터건 이들 무리의 내방을 받게 되는 것이니, 까욱까욱 울부짖는 그들의 울음소리야말로 모스크바의 한 상징처럼만 느끼어진다. 큰까마귀 수컷의 이곳 이름은 '보론', 암컷 이름은 '바로나'라고 하며, 작은 것들은 '그라치'라고 하는데, 내가 묵고 있던 3류 호텔의 뒤뜰에도 날만 흐리면 모여들어 그들의 울음의 분위기 속으로 나를 끌어들이는 것이었다.

그런데 어느 날 오후의 이슬비 속에서는 내가 있는 호텔 뒤뜰의 그라치 떼들 앞에 한 노파가 나타나서 보재기에 싸 가지고 온 모이들을 뿌려 나눠 먹이고 있다가 호텔 감시원에게 발각되어 쫓겨 가는 광경이 6층 유리창가에 다붙어 섰던 내 눈에 들어왔다.

'이 노파의 죽은 남편이나 아들딸의 저승에서의 복을 비는 짓일까? 아니면 그들이 죽어서 그라치들이 된 것만 같아 그러고 있던 것일까?'

그런 생각 속에 나는 젖어 있을밖엔 없었다. 왜냐면 그 노파도 이곳의 그리스정교회의 신자 중 하나라면 불교 신자인 우리 할머니들처럼 윤회전생이라는 것을 아마도 믿고 있기 쉬울 것이니 말씀이다.

인류 역사의 성인 레프 톨스토이

우리가 흔히 레오 톨스토이라고 부르는 소설 『부활』의 작가의 성명을 러시아 말로 발음하자면 레프 톨스토이가 되는 것이니, '레프'란 러시아 말은 라틴어의 '레오'나 마찬가지로 사자獅子라는 뜻이다. 그 생김새나 성질 때문에 이런 이름이 붙게 된 것이겠지.

이 레프 톨스토이 백작은 오랜 세습적인 제정러시아의 귀족이고 또 대지주로서 그가 소유했던 땅에서 해마다 수확할 수 있었던 곡식은 2백만 석쯤은 되었으니, 일정 때의 우리나라의 가장 큰 지주였던 인촌 김성수 댁의 양아버지와 친아버지 두 집의 1년간의 총수입인 5만 석에 비기면 40배에 해당하는 실력을 가진 큰 지주였던 것이다.

그러나 그는 큰 문인일 뿐이 아니라 기독교 성경의 정신을 아주 철저히 따르던 인물로서 만년에는 그 막대한 소유 토지 전부를 거저 농민들에게 나눠 줘 버렸던 것이니 이 때문에 러시아의 사회주의 혁명의 지도자 니콜라이 레닌은 『러시아 혁명의 귀감인 레프 톨스토이』라는 책까지 써서 그를 극구 찬양하기도 했지만 그것은 톨스토이의 본심과는 상관없는 일로 보아야 할 것이다.

그는 그의 막대한 땅들을 농민들에게 무상분배한 것만 가지고는 안심찮아서 그가 일생 동안 열심히 써낸 소설들과 희곡들과 평론들에서 해마다 들어오는 그의 저작권 수입, 인세라는 것까지를 전부 러시아의 불행한 서민들의 복지사업 기금으로 쓰도록 몽땅 바쳐 버리는 데까지에 이르렀다. 『부활』이나 『안나 카레니나』, 『전쟁과 평화』 등의 장편소설을 비롯해서 그가 일생 동안 써낸 책들은 그의 생존 시에도 벌써 여러 나라 말로 번역되어 인기를 얻어서 그 수입도 상당한 것이었는데 이것까지를 이 성경 실천자는 모조리 다 하늘과 서민을 위해 내놓고 마신 것이다.

그러자 여기에 먼저 반대하고 나섰던 사람은 바로 그의 아내인 소피아 부인이었으니, "열한 명이나 되는 우리 자녀들은 무얼 먹고 살아남으라고 이러시오?" 하는 게 그 여인의 목맺힌 하소연이었다.

그러나 '사자'라는 이름의 이 톨스토이 영감은 들은 체도 않았고, 그러자 소피아는 넓은 뜰 한쪽에 있는 꽤나 깊고 넓은 호수에 몸을 던지는 사태에까지 이르렀었다.

그것을 눈치 차린 가족들과 일꾼들의 도움으로 물에 빠진 그녀는 건지어 내져서 목숨만은 가까스로 다시 살아났지만, 이때에서 오래잖아 이 옹고집의 영감 톨스토이는 팔십도 넘은 나이에 성지순례의 새 계획을 세워 단신 남루에 몸을 싸 가지고 표연히 가족들을 떠나 혼자만의 길에 들어서고 말았다. 그래 이것이 그의 이승에서의 마지막 길이 되었던 것을 우리는 잘 아는데, 이런 그의 호칭은 무엇이라고 하면 가장 적합할까?

아직도 정식으로는 붙지 않은 호칭이지만 내 생각으론 그렇다. '성인 성聖' 자를 그의 이름 위에는 먼저 붙여야 할 걸로 안다. '성 톨스토이'인 것이다.

레닌은 사회주의 체제가 끝남으로써 그의 정신적 수명을 다했지만, 톨스토이는 21세기에도 무한히 계속될 정신적 지표로서 이어서 남으실 걸로 나는 안다.

『안나 카레니나』라는 장편소설에서 그는 작중 인물의 하나를 시켜 "공산주의의 똑같이 나누는 물질 분배가 인간의 행복을 좌우한다고 하는 건 무슨 엉터리 소리냐?"고 말하게 했거니와 이분의 이런 사상의 폭과 깊이를 나는 존중한다.

이것저것 아울러 생각해 볼 때 세계문학사에서 이런 성인도 더는 없었음은 물론, 넓게는 인류 역사에서도 이런 성스러운 이는 드물다.

그래 그의 살던 집이 있는 야스나야 폴랴나를 찾아가는 일은 러시아에 온 내게는 가장 중요한 일 중의 하나가 되었다.

톨스토이 영감님의 무덤—야스나야 폴랴나

성 레프 톨스토이 댁이 있는 야스나야 폴랴나까지는 모스크바에서 세 시간 반쯤을 자동차로 달려가야 하지만, 그 도중의 수풀들이 울창하게 아름답고 또 좋은 강물과도 만나게 되어서 지루한 느낌을 주지 않았다.

톨스토이 백작이 살던 저택은 가로세로가 10리쯤은 넉넉히 됨 직한 무성한 수풀 속에 자리하고 또 거기에는 꽤나 큰 호수도 남실거리고 있어서 좁은 뜰과 비좁은 집에서만 살기에 길든 내 눈에는 정말 별천지만 같았다.

야스나야 폴랴나의 수풀 속에서도 가장 고요하고 한갓진 곳에 자리하고 있는 톨스토이 영감님의 무덤엔 그의 유언을 따른 것이겠지, 비석은 고사하고 비목 하나도 서 있지 않았다. '하늘이 꾸미신 자연 그대로 두어라' 하는 것이 이 영감님의 유언이었겠지.

우리나라 것과는 달리 사각형으로 만들어진 무덤에는 두루 잡초만 우부룩하게 자라 있어서 유달리도 숱이 짙던 톨스토이 영감님의 위아래 수염을 연상케 했다. 간간이 들려오는 새들의 울음소리와 가끔 날아드는 나비들의 춤이 보일 뿐인 고요함 속에 숨어 잠겨 있는 그의 넋 앞에서 나도 어느새인지 고개를 숙이고 있었다.

솔직한 말이지만 그가 만년에 글을 쓰던 집필실은 현재 내가 집필하고 지내는 곳보다도 좀 더 간소한 곳이었다. 나는 둥글고 꽤나 넓은 판자 위에 니스라던가 뭐 그런 것도 좀 칠한 포커 놀이의 그 포커 테이블을 집필용 책상으로 쓰고 있지만 톨스토이 영감님이 쓰시던 것은 아무것도 전연 바르지 않은 송진 냄새 그대로 나는 소나무 책상으로, 그것은 우리나라 두메산골의 옛날 국민학교 아이들이나 쓰던 것 같은 그런 것이었다. 그리고 거기 딸린 의자도 역시나 아무것도 안 칠한 소나무로 만든 극히 나지막한 것이었으니 그런 자리에 앉아서라야 글을 쓸 수 있었던 그의 마음속을 상상해 볼 때, 나도 글을 60년쯤이나 써 온 사람으로 어느새인지 눈시울이 더워져 옴을 안 느낄 수가 없었다. 그는 만년에 이런 자리를 만들어 앉아 어린이들에게 주는 글을 쓰기를 즐겼다고 하니 톨스토이 영감님의 마음속의 순수성을 이해하기에 여기는 참 적합한 곳으로 느껴졌다.

위에서 말한 톨스토이 약전에서도 잠시 말했지만 톨스토이 백작이 그 막대한 토지를 두루 다 농민들에게 무상으로 분배하고 또 그가 지은 책의 인세까지도 불행한 사람들에게 나눠 주라는 성명을 발표했을 때, "우리가 낳은 열한 명의 자녀들은 무엇을 먹고 살라고 그러십니까?" 하고 외치면서 나섰던 톨스토이 백작의 영부인인 소피아가 마지막에 마지못해 죽으려고 뛰어들었던 호수도 이 야스나야 폴랴나 안에 있다. 빽빽이 우거진 수풀의 나무로 사방이 둘러싸인 이 호수는 이 댁의 출입구인 정문에서 과히 멀지 않은 곳에 자리 잡고 있는데 그 둘레의 언덕들은 과히 가파르지는 않아서 여기 투신한 소피아 부인을 건져 내기에 힘들지는 않았을 것같이 보였지만 그래도 구조대가 조금만 늦었더라면 이 호수가 이 댁의 안주인을 마셔 버렸을 걸 생각하니 아찔하기도 했다.

톨스토이 내외가 만년을 함께 지내던 집 가까이에 구식의 펌프로 물을 길어 올리던 펌프 우물이 있어서 내 손수 그 펌프를 움직여 물을 길어 올려 손바닥으로 받아서 마셔 보았는데 물맛은 참 희한하게 좋았다. 갈증은 물론 쌓였던 피곤까지도 가라앉히는 시원하고도 좋은 물이었다. 톨스토이 영감님께서 그만큼 오래 사신 것도 이 물의 덕택인 것 같기도 했다.

다시 찾은 이름 상트페테르부르크

1992년 여름 내가 처음 가서 보는 상트페테르부르크—사회주의 체제로부터 자유해방되어 낡은 이름 '레닌그라드'를 지워 버리고 제정러시아 때의 이름으로 복귀한 이곳을 처음 대하는 인상은 참 묘한 것이었다.

페테르부르크 관광에 나선 나는 이 도시의 특별난 시원함과 깨끗한 짜임새에 저절로 감동하게 되었다. 이 나라의 수도인 모스크바가 어딘지 구중충한 것들을 상당히 많이 갖고 있는 데 반해서, 여기가 더 많이 산뜻한 느낌을 주는 까닭이 무엇인가를 곰곰이 생각해 보니, 첫째 이유는 아무래도 이곳의 한가운데를 동에서 서쪽으로 관류하는 큰 네바 강에 있는 것 같았다. 이 네바 강은 발틱의 바다 쪽에서 밀려들어 오는 바닷물을 주세력으로 해서 이루어지고 있는 강으로, 늘 갈매기 떼들도 넉넉히 날아들고, 또 러시아의 해군 함대들도 즐비하게 떠 있는 강이니, 거기서 오는 선선한 느낌이 으뜸이다.

그러나 또 한쪽으론 찝찝한 데 없이 사통오달 잘 정리되어 있는 이 도시의 훤칠한 짜임새에서 오는 시원한 느낌도 크게 작용해 오고 있었다. 이것은 이 나라의 중시조中始祖인 표트르 대제가 모스크바 아닌 이곳을 로마노프 왕조의 새로운 수도로 정하면서 유럽 선진 도시들의 건축양식과 기술을 두루 도입하여 도시계획에 빈틈이 없게 했던 공로의 결과라고 하니, 역시 위대한 것은 표트르 대제의 힘이었던 것이다.

그 건축양식들만이 서구적인 게 아니라 그 서구 사상도 이 도시 주민들이 솔선해서 배워 먼저 서구화해 갔던 것이니, 1825년에 이곳에서 일어난 데카브리스트—12월당의 농노해방과 황제의 전제정치에 반대한 민주혁명도 물론 서구 사상의 영향에서 온 것이며, 1917년에 레닌을 대표로 해서 수립된 사회주의 정권도 또한 이 도시를 중심으로 해서 추진된 서구 사회주의의 도입에서 온 것임은 뚜렷한 사실이다.

이렇게 생각하면서 여기 사람들을 잘 살펴보면 모스크바 사람들에 비해 어딘지 좀 더 세련되고 때 벗은 것 같은 인상을 주기도 한다.

우리 내외가 하루에 미국 돈 24달러를 주고 고용했던 젊은 여자 안내원도 유창한 영어에 그 행동거지 일체가 프랑스 파리의 외교계에 갖다 놓아도 손색이 없을 것만 같았다.

페테르부르크의 도심 지대를 흐르는 네바 강의 견고한 돌다릿목에 서면 맑은 강물에 낚싯줄들을 드리우고 서 있는 태공망들이 보이고, 옆에 있는 바구니 속에는 그들이 낚아 올린 큰 숭어들이 아직도 숨을 쉬고 있는 것도 보이고, 그들의 위를 감돌며 끼룩거리는 갈매기 떼의 노랫소리도 많이 들리어 와서 우리의 숨결이 확 풀리는 것을 느끼게 된다.

조끔만 뒷골목으로 들어서면 여름에는 그 어딘가에 저 분홍빛 찬란한 해당화꽃도 잘 피어 있어, 여기가 우리나라의 바닷가와 공통된 것도 있는 걸 느끼게 해 반갑다. 그러나 이런 해당화꽃들 옆에서 몇 발짝만 더 옮기어 가다 보면 아직도 새파라니 젊은 예쁘장한 여인이 어린애를 끌어안고 앉아 "한 푼 줍시오" 하는 모양도 보여 많이 안쓰러운 느낌을 주고 있었다. 자유해방 뒤의 그들의 자립의 길이 되도록 빨리 잘 이루어지기만을 바라는 마음 간절했다.

마침 일요일이어서 우리 내외의 관광 안내인인 엘레나 양의 제의를 따라 우리는 페테르부르크에서 가장 큰 그리스정교회의 성당에 참배해 보았다. 대단히 많은 신자들이 장 서듯이 모여 그 신앙 행위들을 전개하고 있는 속에서 엘레나 양은 세 자루의 양초를 구해 오더니 거기 두루 다 불을 붙여 촛대에 꽂아 놓고는 두 손을 모아 우리 내외와 자신에게 불행이 없기를 빌었다. 그녀가 이렇게 단순한 관광 안내자의 입장을 떠나 그 마음을 다해 우리 내외를 아껴 준 데 대해서 나는 이 글을 쓰는 지금에도 충심으로 감사하고 있다.

성당을 나와서 조끔 걸어가자 그 어디 길가에도 때마침 꽃을 피운 반가운 분홍빛 해당화의 가시 많은 나무가 서 있었는데 엘레나에게 러시아 이름을 물었더니 '쉬뽀브니끄'라고 일러 주었다. 그래 나는 이걸 '쉬 뽑히지 마라'는 우리말로 고쳐 들으며 '인제부터는 우리 엘레나도 '이 쉬뽀브니끄'처럼 절대로 쉬 뽑히지 마라'라고 마음속으로 빌고 있었다.

여름 궁전, 에르미타주 미술관, 도스토옙스키의 집

우리 내외의 여행을 두 번째로 며칠 동안 안내하기로 맡아 나선 이는 이곳의 유명한 자연과학대학의 반도체 물리학 교수인 김광국이란 성명의 남자 교포였는데, 물론 두말할 것도 없이 교수 월급으로는 너무나도 살기가 어려워서 부업으로 좀 더 벌어 보태려고 이렇게 작정해 나선 것이다.

그에게 나는 "일반 관광객이 많이 가는 데 말고, 이곳의 자연의 맛을 볼 수 있는 한가한 데가 보고 싶다"고 했더니, 그는 표트르 대제의 그 넓은 수풀 속의 여름 궁전과, 네바 강의 넓은 하구 쪽과 또 세계문학사의 가장 큰 다리의 하나인 도스토옙스키 선생 댁—이 세 군데를 사흘 동안에 걸쳐서 성의를 다해 안내해 주었다.

표트르 대제의 여름 궁전은 스웨덴의 계속되는 침략을 막고 안전하게 살기 위해서 1703년 5월 16일 건설이 시작된 페트로파블롭스크 요새와 아울러서 세워진 궁전으로서, 넓이는 12헥타르나 되며 무성한 수풀이 에워싸여 있어서 한여름 녹음 속의 산책에는 아주 적합한 곳이었다. 공중 높이 솟아오르는 분수가 시원한 느낌을 주었으며 수풀 속에는 연못도 마련되어 있었고, 대리석의 조각들도 나무들 사이사이에 배치해 놓아서 그 운치가 무던한 꾸밈새였다. 여기 배치한 대리석 조각의 수효만도 250개나 된다고 했다.

유난히도 우람스런 대규모의 분수도 좋고, 수풀도 꽤나 좋고, 그 수풀 사이에 꽤나 많이 배치해 놓은 조각들도 심심치 않은 이 러시아 역사상의 가장 현명하고 착한 왕이었다는 표트르의 여름 궁전에 들어와 앉아서, 그러나 내가 가장 많이 생각하고 있었던 것은 러시아의 옛날이야기에 잘 나오는 그 '바보 이반'이었다.

본심이야 더없이 선량하지만 잔꾀가 모자라서 늘 큰 코만 다치고 다녀야 하는 바보 이반—저 어리석은 곰에 늘 비유되는 러시아 사람들의 근성 그런 걸 생각하면서 나무 그늘의 벤치에 앉아 있노라니, 어디서 날아왔는지 꽤나 큰 호랑나비 떼들이 몇 마리 내 앞에 나타나 맴돌기 시작했다.

옆에 있던 김광국 교수에게 그 나비를 러시아 말로는 뭐라 하느냐고 물었더니, '바보치까'라고 한다고 하여 나는 우리말의 '바보'가 거기 붙어 있는 걸 생각하며 나 역시 바보나 된 듯 실없는 웃음을 터뜨려 보기도 했다. 바보치까…… 바보치까…… 그것은 아주 딱 적당한 이름 같기도 했다. 내 생각으론 이런 일이 두루 괜찮은 것만 같기도 해서 말이다. 뒤에 알아보니, 여기의 나비라는 건 중국 장자의 「소요유逍遙遊」에 나오는 그런 나비와는 또 다른 마성의 것이래나.

영국의 대영박물관과 프랑스의 루브르와 아울러 세계 3대 박물관의 하나라고 러시아 사람들이 자랑으로 여겨 온 에르미타주 국립미술관. 이 미술관의 이름이 불어인 '에르미타주Ermitage'로 되어 있는 것은 제정러시아의 귀족들이 자기 나라 말보다도 불어를 하는 걸 멋으로 여겨 애용해 왔던 결과의 하나임에 틀림없겠지만, 어엿한 제 나라 말은 접어두고 요로코롬한 것은 웃기기는 좀 웃기는 일이다. 이 불어의 뜻은 '은사隱士의 오두막집'이라는 것인데 이것을 그 큰 미술관 이름으로 붙인 것도 멋이 좀 지나치게 시큰둥해진 것과 같은 느낌이 든다.

표트르 대제의 딸이었던 엘리자베타 페트로브나 여왕과 그 뒤의 예카테리나 2세 여왕이 주로 수집한 것들로 이 미술관은 채워져 있는데, 레오나르도 다빈치와 미켈란젤로 등 르네상스의 거인들을 비롯해서 유럽 각 시대의 미술 작품이 골고루 수집되어 전시되어 있고 현대 작품으로도 피카소의 그림 36점까지가 전시되어 있다.

멀찌감치 차를 몰아 네바 강의 하구 쪽으로 가던 날은 그 도중의 어느 수풀가에서 요새 러시아에선 그래도 구하기 쉬운 편인 '에또 푸로스토 말리나!(야 이거야말로 진짜 산딸기로구나!)'의 그 산딸기

—사실은 수풀 딸기 파는 청년을 하나 만나서 일금 100루블(미국 돈 70센트쯤)을 주고 수풀 딸기 2킬로그램을 사서 한쪽 팔에 묵직하게스리 들고 갔었지.

그래 네바 강 하구의 바다 그대로의 물결 소리뿐인 모래밭에 앉아서 무슨 새로 할 일이 있었겠나? 김광국 교수가 묵직이 들고 간 봉다리 속의 그 맥주나 들이켤밖에! "롸씨야야! 잘되어라! 아조 썩 잘되어라!" 건배하며 그 애먼 맥주나 들이켜고 있을밖에!

20세기 세계의 소설 문학에 가장 큰 영향을 준 19세기 후반기의 러시아 소설가 표도르 도스토옙스키가 살던 집을 찾아가 보았는데 가난한 사람들이 살던 마을에서도 그의 집은 온채가 아니라 아래층에 집필실인 작은 방 하나와 삐걱거리는 나무 계단을 통해서 연결되는 2층의 가족 공용의 침실 하나뿐이었다.

세 평쯤 됨 직한 집필실에는 아주 간소한 책상 하나와 의자 하나가 놓여 있는 뒤켠에 삼류 병원의 작은 수술대 비슷한 검은 커버를 씌운 긴 의자가 한 개 달랑 놓여 있을 뿐이었는데, 아마 이것이 그의 유일한 안식처였던 모양이다. 유리창을 열어놓아도 하늘 한 조각도 제대로는 잘 보이지 않는 그런 방의 벽시계는 그의 마지막 숨넘어간 시간에 맞추어서 멎어 있었다.

3층의 가족 공용 침실 입구의 상자 위에는 그래도 가난한 신사용의 검은 중산모자 하나가 덩그렇게 그의 유일한 유품으로 놓여서, 보는 이들에게 쓴웃음을 자아내게 하고 있었다.

이것이 19세기의 러시아와 세계를 대표하는 가장 큰 작가—『죄와 벌』, 『악령』, 『백치』, 『가난한 사람들』, 『학대받은 사람들』, 『죽음의 집의 기록』 등의 기막히는 소설들을 열심히 열심히 써서 남긴 도스토옙스키의 마지막 사시던 모습의 전부였다.

내가 러시아에서 그렇게 빨리 돌아온 이유

위에 말한 것들을 적어 놓고 나서 생각해 보니, '러시아에 오래 체류하면서 공부도 하고 수양도 하고 아내의 병도 고쳐 내겠다더니 왜 그렇게 빨리 돌아오고 말았는가?'를 사람들이 궁금해할 것 같다. 그래 그것을 아래에 말씀하겠다.

애초에 내 예정은 저 아름다운 코카서스 산맥이 뻗쳐 있는 곳에 가서 평화한 자연과 인심 속에서 싼 생활비로 아내의 병을 돌보며 공부도 하고 글도 쓰고 수양도 해 볼 생각이었는데 모스크바에 도착해서 자세하게 알아본 결과 거기 가는 건 보류해야만 하게 되었다.

소련이 무너진 뒤 재출발한 15개 공화국들의 분리 독립운동들 가운데서도 이 코카서스 지대가 가장 치열해서 비행기로 날아가다간 격추당할 위험도가 아조 높으며, 또 기차로 가다가는 강도당할 가능성이 많다고 우리 대사관 측이나 여행사 측이나 내 여행 안내원인 러시아 사람들까지가 두루 극구 만류하는데 아무리 모험이 좋기로서니 낸들 어찌하는가?

차선으로 나는 우랄 산맥 지대—아시아와 유럽의 분수령인 그 우랄 산맥 쪽으로라도 가 보려고 했다. 그러나 또 잘 알아보니까 거기는 오래전부터 전쟁 산업을 비롯한 많은 공장들의 밀집 지역이라 매연투성이의 대표적 공해 지대라 해서 그리로 가는 것도 중단할밖에 없었다.

그래서 나는 불가불 가능한 한도 내의 러시아 여행만을 하고 지내다가, 식품난 속에 허리가 구부러져 가는 마당이 되어 재빨리 이곳을 빠져나와 미국의 큰아들 집에 가서 회복해 가지고 일단 돌아왔지만, 새해의 봄이 되면 다시 또 러시아로 갈 예정이니 그리 아시기 바란다. 나는 이 러시아를 이렇게 많이 사랑하고 있다.

중국

천안문 광장의 끝없는 자전거 행렬

극단의

슬픔과

분노와

절망이

삼삼오오 짝을 지어 걸어 나와서

한참을 헤매다가

퍽지근이 주저앉어

하늘 한쪽만 멍하니 바래보고 있는

중국 대륙의 그런 젊은이들의 광경을

보신 일이 있는가?

나는
그 광경을
1990년 6월 3일
북경의 천안문 광장 대학살 1주년 기념일에
그 천안문 광장에서 목격하고 있었다.
보무도 과하게 도열행진하고 있는
군대들의 삼엄한 경계 옆에서
전개되는
1990년 6월 3일의
중공 젊은이들의 그런 삶의 광경을
똑똑히 내 두 눈으로 목격하고 있었다.

—「1989년 6월 3일의 북경 천안문 광장
대학살 1주년 기념일에, 그곳에서」

위에 보인 내 졸시는 1990년 6월 3일, 그러니까 1989년 6월 3일에 북경 천안문 앞에서 데모대에 대한 대학살이 자행된 지 꼭 1주년 기념일에 내가 마침 그곳에 있게 되어 그때의 그곳에서 전개되던 광경을 눈여겨보고 적은 것이거니와, 지금 이 글을 쓰고 있는 순간에도 그 젊은이들의 절망과 분노의 눈초리는 잊을래야 잊을 길이 없다.

그런가 하면 또 한쪽으론 이 천안문 광장을 가끔 누비고 가는 그 구중충한 푸른빛의 인민복과 인민모자 차림의 인민위원님들의 꾸무럭하게 풀죽은 기인 행렬들. 그들의 얼굴에는 아조 쬐끄만 기쁨의 빛도 보이지 않았으니, 이것은 그들의 자의의 움직임이라고는 아무래도 보여지지 않았다.

그러나 또 한쪽으로는 천안문 앞 광장을 비롯해서 거리마다 떼를 지어 몰려다니는 그 많은 자전거들의 끝없는 행렬—먹고살기에 매우 바쁜 듯이 질주하는 그 긴 자전거들의 행렬을 보고 있노라면, 이 나라 사람들의 다수는 정치와는 하등 관계가 없는 것같이만 보여서, 임어당林語堂이라는 이 나라의 수필가가 말했던 '중국 국민의 정치 무관심론'을 다시 기억해 보게도 했다.

임어당은 '중국의 일반 국민들 앞에 정권이 바뀐다는 것은 낯모르는 상점의 간판이 바뀌는 정도의 실감밖에는 주지 못한다'는 의미의 말을 어느 수필에선가 말하고 있거니와 1990년 6월 3일 즉 북경 천안문 광장의 대학살 1주년 기념일에 내가 이 광장에서 모든 걸 종합해 느낀 실감도 바로 임어당의 그 표현에 가까운 것이었다.

임어당은 또 다른 수필에서 중국 국민의 철저한 가족주의 정신을 말하면서 '그러나 어떤 배추밭을 가꾸는 농부라도 그들은 대부분 잘 우는 귀뚜라미 한 쌍만큼은 이쁜 버들가지로 짠 집에 담아서 늘 휴대하고 다닌다. 그래 그들이 배추밭 가의 나무 그늘에 누워 한동안씩 낮잠을 자게 될 때에는 좋은 고양이의 털 세 개로 만든 붓으로 그 귀뚜라미 내외의 등때기를 가벼이 문질러 주어 이쁜 울음이 시작되게 하고는 그걸 어느 나뭇가지에 걸어 놓고 그 미묘한 울음소리 속에 잠기면서 낮잠에 들어가는 것이다' 하고 귀뚜라미의 자연과의 공존을 표현하고 있다.

나는 그들의 그런 귀뚜라미와의 공존은 체험해 보지 못했지만, 북경의 어느 오리 요릿집에서 본 한 접대부의 움직임에서는 묘한 어울림을 느끼게도 되었다.

북경의 명물인 오리 요릿집에 들러 우리 일행이 머물고 있을 때였는데 술을 날라 올 때가 되자 이걸 가지고 들어온 사십대쯤의 접대부는 나를 최고 연장자로 알았는지 먼저 내 옆으로 와서 가벼이 경례를 하고는 첫 잔을 내게 따르려 했다.

그러나 나는 우리 일행 중의 최고 연장자가 아니었으므로 가벼이 턱으로(나는 중국 말을 할 줄 모르므로) 최고령자가 있는 쪽을 알려주고 있을밖에 없었다. 그랬더니 그 여인은 재빨리 말도 없는 내 표정을 알아차려서 내 턱이 지시하는 쪽으로 물 찬 제비같이 조용히 달려가더니 거기 다시 가벼운 경례를 올리고 술을 공손히 따르는 것이었는데, 이런 재빠른 이심전심의 성찰력은 어디서 오는 것일까?

이것은 물론 오랜 가족주의의 세련에서 오는 것도 있겠지만 내 생각으론 더 많이 임어당이 말한 그 자연과의 공존에서 오는 것같이만 느껴졌다. 유난히 솔직한 두 눈과 두툼한 흰 치아가 참 이뻐 보였다.

자금성, 천단, 기타

중국 공산당을 있게 한 최초의 주석인 모택동의 푸른 인민복 차림의 매우 큰 사진이 걸려 있는 천안문을 들어서서 한참을 걸어 들어

가면 명과 청 시대의 궁전으로, 자금성이라고도 하고 황궁이라고도 하는 이름의 으리으리한 옛 궁전과 만나게 되는데 지난날 황제 시절의 영화를 전시하는 박물관들로 사용되고 있어 관람자들의 관심을 끈다.

그러나 대부분의 중요한 귀중품들은 국민당의 장개석 주석이 공산당에게 몰려 대만으로 옮겨 갈 때에 여러 채의 배에 두루 싣고 가버려서 여기 것들은 아주 빈약하게 되었다는 이야기다. 그러니 우리는 이곳과 아울러 대만의 대북에 있는 고궁박물원을 반드시 보고서라야 중국사 유품들의 진가를 말할 자격을 비로소 갖게 되는 것이다.

이곳 전시품들을 둘러보는 중에 내 관심을 가장 많이 끈 것은 코끼리의 어금니를 가는 실처럼 가늘게 쪼개어서 엮어 만든 여름용 발이었다. 황제와 황후는 이 매우 힘들여 만든 발을 더운 한여름에 그들 방의 열린 창에 드리우고 그 안에서 소곤소곤 사랑을 소곤거리고 지냈던 모양인데, 그 귀여움보다는 이것을 손톱이 문드러지도록 만들고 있었던 그 장인에 대한 측은한 느낌만이 내게는 훨씬 더 많이 앞섰다.

천안문을 들어서면 두 번째로 우리의 관심을 끄는 것은 아무래도 천단天壇이 아닐 수 없다.

이 천단은 물론 하늘의 뜻의 계승자임을 자처해서 '천자天子'라고 했던 이곳의 황제들이 앞장서서 하늘에 기도를 올리던 곳이다. 명나라 때에 세워진 것으로서 기년전, 황궁우, 원구단, 재궁 등 네 개의 집으로 이루어져 있는데, 기년전은 황제가 해마다 정월에 한 해의 풍년 되기를 빌어 하느님에게 기도를 드리던 곳이고, 재궁은 황제가 기년전에서 하늘에 빌기 전에 먼저 제사를 드리던 곳이다.

그런데 이 네 개의 집 가운데 하나인 황궁우의 안쪽 벽들은 회음벽回音壁이라는 걸로 만들어져 있어서 그 벽에다가 대고 나직한 소리로 속삭여도 그 소리는 이어서 자신에게로 잘 울리어 들려온다. 말하자면 명나라 시절 과학의 힘을 다 모은 것이지만, 이 명나라만을 절대적인 것으로 숭배해서 '대명천지大明天地'라고까지 말하고 살았던 우리의 사대주의 사신들이 이곳에 들어서서 이런 경험을 하는 동안에는 그 사대력事大力도 좀 더 많아졌을 듯도 하다.

이곳 고궁의 한쪽 구석에는 '진비정珍妃井'이라는 이름의 우물이 있는데 여기에다가는 청나라 광서 황제의 황후를 손과 발을 잘라서 집어넣어 버렸다기에 나는 거기를 가 보는 것만은 포기할밖에 없었다.

서태후의 인공 낙원—이화원

북경의 서북쪽 교외에 자리한 이화원頤和園—인공 호수인 곤명호와 인공 축산인 만수산을 비롯해 갖은 기술을 다 부린 누각들을 지어서, 그야말로 중국 황실의 대표적인 인공 낙원이라고 할 수 있는 이곳에 이화원이란 이름을 붙인 것은 다른 사람 아닌 서태후—청나라 말기의 걸녀傑女였던 바로 그 서태후이다.

사람의 턱을 의미하는 '턱 이頤'라는 글자와 '화할 화和'자를 합해서 만든 이 말의 뜻은 아무래도 '내 턱이 느끼기에는 기분이 괜찮구나' 하는 정도의 것이겠는데, 이만하면 호걸녀의 마음속이 보이는 것 같아 한 재미는 없지 않다. 그녀는 열일곱 살 소녀로서 청나라 말기의 함풍 황제의 후궁으로 들어가서 뒤에 황후까지 되고, 함풍이 죽자 그녀의 다섯 살짜리 아들로 동치 황제란 이름의 황제를 삼고 자기는 섭정으로서 실권을 잡았던 인물인 만큼 그런 모습이 이 이화원의 명명에도 제대로 잘 드러나보이는 것 같다.

그러나 총면적이 267헥타르나 되는 이곳을 억지로 만들어 내기 위해 해군 군함들의 건조비까지 몽땅 이 인공 낙원 만들기에 집어넣어 버려서 그 때문에 청일전쟁에서 참패의 원인이 되게 했다는 것은 아무래도 중국의 역사가 계속되는 한 용인받지 못할 것이니, 이 무식했던 여자의 옹고집은 참 별난 것이었다고 안 할 수는 없겠다.

이화원의 역사를 잠시 소급해서 되살펴 보자면, 여기는 원래 금나라가 1153년에 황제의 궁전을 세웠던 곳으로, 명나라 때에는 몇 채의 집을 새로 세워 호산원好山園이란 이름을 붙였던 것을, 청나라의 건륭 황제 때에 와서 1750년 원래 있던 곤명호를 넓히고, 여러 채의 집들을 만수산에 또 세웠다고 한다. 그 뒤 서태후가 자기 나라의 불이익을 모르고 이곳을 '이화원'이란 이름을 붙여 매우 크게 확장한 것은 위에서 대충 말한 바 와 같다.

이 서태후의 턱에 좋은 것이라는 이화원의 중요한 구성은 대략 아래와 같다.

1. 인수전仁壽殿

인수문을 들어서면 여섯 개의 궁전이 즐비하게 늘어서 있는데, 그

중의 대표적인 건물의 이름이 인수전으로서, 이것이 바로 황제가 이 별궁에서 집무하던 곳이니, 여기에는 황제가 버티어 앉았던 용상도 비치되어 있다. 이 자리에서 서태후가 그 길쭉한 턱으로 명령을 내리며 너무나 나이 어렸던 두 황제 동치와 광서를 대신해서 대권을 행하고 있었던 것이다.

2. 옥란당玉瀾堂

인수전에 가까이 있는 집으로, 광서 황제가 커서 친히 집정을 시작하자 서태후가 그를 잡아 여기다가 10년 동안이나 가두어 살게 했던 곳이다.

3. 덕화원德和園

이곳은 서태후의 환갑을 기념해서 세워진 것으로, 이것을 짓는 데 70만 냥의 은을 썼다고 하는데, 3층으로 된 극장이 중심이 되어 있어, 여기에서 늙은 서태후는 온갖 구경거리를 보고 듣고 깔깔거리고 즐기며 지냈다.

4. 낙수당樂壽堂

이곳은 서태후의 침실을 비롯한 사저로 만들어졌던 곳인데, 여기로부터 서쪽으로는 728미터나 되는 긴 복도가 아름답게 꾸며져서 뻗쳐 있어, 곤명호의 배 타는 곳까지 이어져 있다. 그런데 이 긴 사치스런 복도 북쪽에는 '불향각佛香閣'이란 이름의 집도 지어져 있는 걸로 보면 서태후는 한쪽으론 불교를 제 나름대로 좋아하는 마음도 어느 만큼 가졌던 듯도 하다. 물론 그것은 늘 죄도 많이 짓고 사는 사람들이 이런 보시를 함으로써 죽어서는 극락에 가 보겠다는 집념을 일으키는 것—그런 것의 일종이었을 거라고 생각도 되지만……

싸고도 질기고 좋은

이화원의 4분의 3의 면적을 차지하고 있는 호수인 만치 인공 호수로서는 매우 넓은 곤명호지만, 맑지 못한 구중충한 물빛을 비롯한 모든 것에서 자연의 싱싱한 맛은 잘 느껴지지가 않는다.

우리 일행은 천천히 가는 모터보트로 한 20분쯤 곤명호를 한바탕 돌아보고 있었는데, 누구에게서도 "야!" 하는 감동의 소리가 한마디도 목청을 울리고 자연 발생하지 않은 걸로 보아, 억지로 무리하게 만든 권세의 인공의 값은 결국 이런 것이구나 하는 실감만을 자아내게 했다.

이날은 날씨가 꽤나 맑은 날이었는데도 곤명호에는 날아드는 물새들도 잘 보이지 않았다. 아마도 이 나라가 사회주의 체제가 되면서 이곳을 청나라의 망국으로 이끈 서태후의 좋지 않은 폐해로만 인정해서 물고기를 기르는 것도 멈춰 버린 때문이겠지.

하여간에 불쌍했던 건 서태후였다고 아니할 수는 없겠다. 겨우 열일곱 살짜리 소녀로 함풍 황제의 궁녀가 되지 않고 한 좋은 농부의 아내라도 되었더라면 그녀는 그런 치사한 욕명辱名까지는 남길 필요 없이 평범한 한 여인으로서 살다 갈 수가 있었을 것이니 말이다. 권력에 가까워 간다는 것, 그것이 얼마나 경계해야 할 일인가를 거듭 내게 실감나게 할 뿐이었다.

'북경에 가면 귀하고도 싸고 좋은 것이 있다. 그것을 구해 가져라' 하는 이곳 여행객들의 일반적인 풍조에 휘말려서 나도 이곳 필방에서 가장 좋다는 먹 한 개를 나 자신의 것으로 사고 또 집안의 약용으로 동인당의 우황청심환을 몇 상자 사 가지고 귀국해서 그것들을 애용하고 지내 봤는데, 아닌 게 아니라 그것들은 소문난 그대로 싸고도 좋아서 이것들을 만든 중국의 일반 국민들에 대한 내 신뢰를 두두룩히 해 주었다. 우리가 한국에서도 매양 중국 음식점에 가서 싸게 사서 요기를 하는 그 짜장면에 늘 부여하고 있는 신뢰와 다름이 없는 바로 그것인 것이다.

거기다가 나는 요즘도 중국산으로 우리나라 시장 거리에서도 많이 퍼져 팔리고 있는 왕발이란 이름이 붙은 것도 싸고 질이 좋아 늘 사다가 맥주 안주로 애용하고 있다. 이것은 우리나라의 피문어와 조금도 다를 것이 없는데, 우리나라 것이 한 마리에 4, 5천 원씩 하는데 반해 이 중국 왕발은 겨우 1천 원씩이면 얼마든지 구해서 내 영양분을 보충하며 음미해 먹을 수가 있으니 안 그럴래야 안 그럴 수가 없이 된 것이다.

여기에다가 나는 또 일정 시절의 어렸던 때에 내가 살던 곳에까지 흘러들어 왔던 중국인의 옷감 가게에서 싸고도 질긴 그 상해 양말이라는 것을 늘 사서 신고 지내던 것을 너무나도 뚜렷이 잘 기억하고 있으니, 이런 기억은 또한 그들의 그 '싸고도 질기고 좋은' 사람의 값을 내게 거듭 강조하고만 있다.

이런 중국의 10억이 넘는 일반 국민에 대한 호감은 나 혼자만 가지는 것이 아니라 우리나라 사람들의 대다수나 또 중국인을 경험해 아는 세계 인류 대다수의 공통점일 거라고 생각하는데, 이것은 21세기 중국인들의 세계 진출에 가장 큰 힘이 될 걸로 나는 안다.

그러나 여기에서 그들이 무엇보다도 먼저 극복해야 할 큰 애로점이 하나 따악 가로막고 있으니, 그것은 그들이 국민으로서의 정치적 주권 의식을 아직도 철저히 자각해 갖지 못하고, 가족 중심의 한계 안에서만 싼값으로 벌어서 살아가는 데 있는 것이다.

나는 중국 짜장면의 거짓 없는 한 친구로서, 아직도 늘 물 위에 기름방울 돌듯 하는 중국의 정권이라는 것을 국민들의 자각된 주권 의식으로서 맡아 잘 경영해 갈 날이 되도록 빨리 오기만을 기다리고 또 기다릴 따름이다.

만리장성과 대나무 지팡이

중국의 좋은 수필가였던 임어당은 중국인들의 세 가지 자랑거리이자 또 특징적인 것으로 만리장성과 양자강과 중국인들의 길게 기른 손톱을 들고 있다. "만리장성은 이 세상에서 제일 긴 성이니까 그렇고, 양자강은 세계적인 순위는 셋째이지만 역시나 크고 긴 강이어서 그렇고, 긴 손톱을 기르는 취미도 중국인에게만 공통된 일반적인 취미"라며 이어서 일본의 아조 맑은 내해內海인 세토나이카이를 지나 본 인상을 "우리같이 양자강의 넓고 긴 탁류만 매양 보고 지내 온 사람들에게는 너무나 맑아서 신경을 불안하게 하고 있다"고 말하고 있다. 만리장성에 막상 와서 그의 말들을 다시 한 번 회고해 보자니 역시 공감이 가는 데가 있다.

북경의 북쪽 70킬로미터 지점의 팔달령이란 산 위에서 우리가 만나게 되는 만리장성은 동쪽은 발해만의 산해관에서 뻗어 와서 서쪽은 몽골의 고비 사막에까지 이르는 아주 긴 성으로, 진나라의 시 황제始皇帝 이전에는 중국의 각 지방의 작은 나라들이 북쪽의 강한 흉노족들의 침략에 대비해서 여기저기 소규모로 쌓아 놓은 성들을 진시황 때에 이르러 연결한 것이 그 시초가 된다. 그러나 오늘날 우리가 보는 것 같은 만리장성을 견고하게 쌓아 놓은 건 명나라 때에 와서 비롯된 일이니, 명나라는 그들이 멸망시킨 몽골 즉 원나라의 부흥을 두려워한 나머지 이 거창한 성을 이렇게 굳게 만들어 놓았던 것이다.

팔달령에서 우리가 보는 이 성은 바위와 전甎이라는 이름의 일종의 벽돌을 합해 쌓아 올린 것으로 높이는 7.8미터, 너비는 아랫부분이 6.5미터. 윗부분이 5.8미터로서 즉 성 위에는 5.8미터의 단단한 길이 나 있는지라, 몇 마리의 말이 나란히 달려갈 만한 넓이가 되는 것이다. 이 성의 윗길의 가장자리는 2미터쯤의 높이로 쌓여져 있는데, 여기에는 군데군데 덤벼 오는 적을 향해서 쏘기 위한 무기 발사용의 구멍들이 뚫어져 있고, 또 일정한 거리마다 2층으로 된 성루가 만들어져 있는데, 아래층은 이 성을 지켰던 군인들이 묵던 곳이고, 위층은 망보던 곳으로, 싸움이 시작되면 전투대 노릇도 했다고 한다.

이 팔달령의 장성은 물론 좌우 양쪽으로 자유로이 오를 수가 있는데, 왼쪽으로 오르는 것이 서쪽의 좋은 산들과의 조화를 감상하기 위해서는 좋다고 하는 안내인의 말씀을 따라 그렇게 했더니 아닌 게 아니라 그랬었다.

장성 위에서 다시 내려오자 나는 이곳 성문 밖의 한 선물 가게에 들러 늘 하는 버릇으로 떠돌잇길을 위한 지팡이를 하나 찾아서 구했는데, 대나무에 든든한 딴 나무의 손잡이를 붙여서 만든 그 좋은 멋진 지팡이의 값은 우리 돈으로 환산해서 겨우 5백 원쯤이 될까 말까 한 것이었다. 대나무의 안쪽에는 유창한 붓글씨로 '벽운사碧云寺'라고 쓰여져 있는 걸로 보아, 이것은 아마도 벽운사라는 절에서 살고 있는 스님들이 용돈을 벌려고 만들어 내놓으신 것 같은데, 너무나 싼지라 그런 걸 곰곰이 생각해 본 나머지 나는 뒤에 소품의 졸시 한 편을 만들었기에 그걸 아래에 붙여 둔다.

북경에서 만리장성으로 가는 길가의 선물가게에서
우리 돈으로 쳐서 오백 원짜리
미끈한 대나무 지팽이를 하나
새로 사서 짚고 가나니,
푸른 하늘이 말한다는 뜻의
'벽운사碧云寺'란 절 이름이 적힌
싸고도 하우디〔好的〕한
기분 좋은 새 지팡이를 사서 짚고 가나니,

이렇게도 너무나 싼 이 대나무 지팽이에는

든든한 딴 나무 손잡이까지도 만들어 붙여서
대중국의 문화의 역사에
부끄럽지 않게 꾸며 내놓았나니.

이걸 만들기에
그 벽운사의 스님네들은 얼마나 많은 애를 쓰셨을까?
그 무슨 싼 밥을 먹으며
이것을 만들었을까?
그것을 생각하며 만리장성 길을 올라가나니……

—「북경 벽운사의 대나무 지팽이」

황제와 황후의 무덤들—명 13릉

북경의 북쪽에는 만리장성과 아울러서 빼놓아서는 안 될 또 하나의 큰 유적이 있으니 그것이 바로 '명 13릉'이다. 명나라 세 번째 황제인 성조 영락 황제를 비롯해서 마지막의 숭정 황제까지 13대의 황제와 황후의 무덤들이 모여 있는 곳으로서, 여기는 과히 높지는 않은 산자락이지만 수풀들이 늘 무성하게 잘 자라게 지켜 준 덕으로 자연스런 좋은 공원처럼 되어 있어, 우리가 여기 들른 6월 초에는 서늘한 녹음이 좋았었다.

그러나 명나라를 처음 세운 태조 홍무 황제—주원장과 그 뒤를 이은 손자인 혜 황제—윤문의 묘를 여기에서 볼 수 없는 건 유감이었다.

명나라의 태조 주원장朱元璋은 원래 붉은 수건으로 머리를 질끈 동여매고 다니던, 저 한동안의 명물이었던 홍건적의 깡패의 우두머리였던 사나이로서 힘으로 주변의 경제력까지를 휘몰아 명나라를 세우고 남경에다가 수도를 정한 사람이긴 하지만, 세 번째 황제인 성조·영락 황제로 말하면 명나라의 속국인 연나라의 왕인 '체棣'라는 이름의 부하였을 따름이었는데 기회를 노려 주권을 차지하기는 했지만 어떻게 그 주종 관계의 의리까지를 깡그리 외면하고 이렇게 따돌려 버리고 말았는지, 제아무리 핏줄이 중요하다고 하더라도 이런 의리 단절은 쉽게 이해가 되지 않았다. 하기는 '주원장은 남경을 수도로 했고, 성조 자기는 북경으로 옮겨 왔지 않느냐'고 변명할 수도 있을까. 그러나 이 변명 역시 의리를 잘 지켰다는 해답은 될 수 없을 것이다.

명 13릉 중에서 오직 한 무덤이 발굴되어 내부가 일반에게 공개되어 있는데, 그 이름은 정릉定陵이라고 붙여져 있지만 어느 황제의 무덤인지는 아직 알려져 있지 않다. 아마도 늘 싸워야 했던 역사 속에서 생겨났다가 어려서 이내 간 어느 유주幼主의 무덤이나 아닐는지? 하여간에 그게 누구의 무덤이라는 것도 알리지 못한 채 이렇게 전해져 오고 있다니 중국인들도 자세해야 할 것을 항용 자세하지 못하게만 지내 온 민족의 하나라고 안 할 수는 없겠다.

대리석으로 된 문을 들어서서 여러 층계의 돌계단을 조심조심 내려가면 묘지 안의 전전前殿이란 방에 도착하는데 전등이 늘 비추고 있어서 실내는 두루 잘 보이고 지하실인 만치 또 시원하다. 천장은 둥그런 아치형으로 이루어져 있다. 여기서 두 번째의 대리석 문을 지나면 중전中殿이란 곳으로 이 무덤의 주인공들인 황제와 두 사람의 황후의 의자인 옥좌라는 것 세 개가 놓여 있고 그 옥좌들 앞에는 돌로 만든 거북이 각각 한 마리씩 놓여 있다. 그리고 세 번째의 문으로 들어가면 후전後殿에 들어서게 되는데, 딴 데보다 훨씬 더 큰 방인 이곳에는 바로 이 무덤의 주인들인 황제와 두 황후의 시체가 담긴 관이 방 한가운데의 석대 위에 놓여져 있다. 이 방의 임자들이 애용했던 값진 보물들도 그 옆에 놓여져 있었다는데 발굴 뒤에는 무덤 밖의 전시관으로 옮겨 놓았다고 한다.

시베리아

하바롭스크 공항에서의 천우신조의 만남

'피 식은 젊은이 눈물에 젖어 북풍한설 오로라도 끝없이 가는 애달픈 이내 신세 누가 알리오 누가 알리오.'

이것은 1930년대 전반기 일본 식민지 시절에 이 나라에 유행했던 한 많은 유행가의 한 구절이다.

나도 십대 후반기의 그 무척 답답기만 했던 시절에는 내 또래의 친구들과 함께 이 노래를 부르며 들길과 산길을 헤매 다니면서 오로라—북극광이 가까운 시베리아의 넓은 벌판을 방랑해 보기가 무척은 소원이었던 것인데, 여러 가지 장벽과 애로가 막혀 이걸 해보지 못하고 지내다가 인제 내 나이 팔십의 늙은 사람이 되어서야 겨우 비로소 이 소원을 풀게 되니 내게는 정말 여러 겹으로 기막히는 일이 아닐 수 없다.

1994년 6월 5일 오후에, 나와 내 아내는 서울의 김포공항에서 러시아 비행기 아에로플로트를 타고 두 시간 남짓 날아서 동쪽 시베리아의 대표적인 관문의 하나인 하바롭스크에 당도했는데 처음 보는 하바롭스크의 인상은 내 예상과는 너무나도 다른 것이어서 엉거주춤한 느낌에 잠길밖에 없었다. 내가 상상하고 온 하바롭스크는 늑대들이 우글거리는 수풀들 사이로 드문드문 마을들이 나타나 보이는 곳이었는데 막상 와서 보니 인구가 60만쯤이나 되는 꽤나 큰 도시로서 고층 건물들도 즐비하게 늘어서 있어 내가 상상하던 시베리아는 저만치 구석참을 할밖에 없었다.

그러나 이런 구석참이라는 것도 다시 고쳐 생각해 보면 새것인지라 그만큼 한 새 관심은 불러일으키게 되었던 것인데 여기에 또 기적처럼 나타난 천우신조라고 할밖에 없는 한 교포 청년의 출현은 내 두 눈을 감동으로 그득하게 해 주었다.

하바롭스크 공항에서 내려 우리 내외가 짐 보따리들을 들고 메고 우물쭈물하고 있는 판이었는데 우리를 반겨 가까이 온 점잖게 생긴 우리나라 청년이 내게 "미당 선생님이시지요?" 하고 다정한 목소리로 한마디 묻고는 그렇다고 내가 대답하자 자기 차에 우리 내외와 짐들을 싣고 이곳 제일의 인투리스트 호텔로 안내해서 우리를 안전하게 거기 묵게 수속 절차를 다 밟아 주었음은 물론 다음 날부터 이곳의 관광도 도와주었고 이어서 계속된 이르쿠츠크와 바이칼 호수의 관광과 또 캄차카 반도의 여행에도 거기 살고 있는 친지들에게 전화로 연락해서 이번의 내 시베리아 여행을 조금도 염려할 것 없이 잘 이루어지게 해 주었으니 말이다.

그의 성명은 이장호. 나이는 32세, 직업은 럭키금성의 하바롭스크 지점 대리인데, 그의 출현은 무어라고 표현해야 옳을까? 아무래도 내게는 옛말이지만 천우신조라는 말에 대치할 딴 말이 잘 생각나지 않는다. 물론 그는 대학까지 공부하는 동안에 내가 쓴 시도 좋아했던 것 같기는 하다. 그렇지만 이것만으로 어떻게 이런 천우신조까지 만들 절대 요인이 된다고 할 수가 있겠는가.

나는 아무래도 이런 천우신조의 뜻밖의 출현은 어느 인과율을 통해서 오는 것이건 간에 믿지 않을 수 없는 걸로 생각한다.

'인투리스트'라는 말은 러시아어 사전에서 찾아보면 '전소全蘇연방 외국 여행 주식회사'라고 풀이되어 있다. 물론 이건 전소연방이 외국 여행을 하기 위한 주식회사라는 뜻일 수는 없는 것이니까, '소련에 들어온 외국 여행자들을 위한 주식회사'라는 뜻으로 보아서, 이 이름의 호텔들은 그 의미의 주식회사의 연쇄망 중의 하나인 것으로 이해하는 것이 옳을 듯하다.

그런데 벌써 고쳤어야 할 이 이름이 아직도 그대로 이어서 사용되고 있는 이유는 잘은 모르겠으나 아마도 그 경영상의 별다른 개혁이 없는 데에서 타성적으로 아직도 그 이름 그대로 쓰고 있는 것으로 보인다. 시베리아에서도 큰 도시에서는 이 이름의 호텔이 아직도 가장 안전한 곳으로 소개되며 개업을 하고 있다.

하바롭스크의 인투리스트 호텔은 하루 숙박에 미국 돈 1백 달러가 좀 넘는 값으로 손님을 받고 있었는데 어떤 방에는 목욕통이 없고 샤워기만 달려 있기도 하니 목욕통이 필요한 이는 방을 정할 때 미리 말해 두는 것이 바른 순서이겠다. 그러나 하바롭스크는 어디서나 혼탁한 아무르 강물을 그대로 쓰고 있으니 그것이 맑은 물일 수 없는 점도 미리 양해해 두어야 한다.

먹는 물은 러시아에서 생산하는 달지 않은 사이다 같은 미네랄 물이라는 걸 사 마시거나 우리나라 설악산에서 왔다는 설악산수 같은 걸 사서 마시고 살밖에 없다. 요즘 러시아의 비행기 아에로플로트 편을 이용해 뻔질나게 한국에도 드나드는 이곳 시베리아의 그 머리털이 노란 보따리장사 아줌마들을 비롯한 두 나라의 장사꾼들의 어느 편에 수입해 들여온 것인지는 모르지만, 이곳 하바롭스크의 제일 호텔인 인투리스트의 11층에 있는 일본 음식점에서도 설악산 산수를 손님들에게 팔고 있어서 나도 여기 묵는 동안에 그 덕을 볼밖에 없었다. 어이튼 이곳에 무엇보다도 첫째로 시급한 일은 식수난의 해결로 보인다.

호텔의 맨 아래층 뒤쪽에는 우리나라에선 보기 어려운 매우 넓은 러시아 식당이 휑하게 마련되어 아침 8시부터 밤까지 쭈욱 이어서 손님을 받고 있는데, 아침의 브렉퍼스트값도 조금씩 받고 있었으나, 언제 가서 무엇을 먹건 여기 음식값이 싼 것은 나 같은 나그네에겐 큰 힘이 되었다. 나와 내 아내가 함께 앉아 제아무리 걸쭉하게 먹고 마셔 봐도 2, 30달러면 충분하니, 비싼 일본 음식점에 가는 것보다 여기서 안심하고 먹는 게 좋았다. 거기다가 이 러시아 식당에는 엶은 삼벳빛의 머리털에 새파란 눈동자와 복숭아꽃빛 살결을 한 미인들도 꽤나 많이 나와서 손님 접대를 하고 있어서 눈요기만큼은 아주 충분하다.

취직난이 심해서 그런지, 여섯 명씩 앉기로 되어 있는 자리마다 러시아 미인 한 사람씩이 맡아 당번을 하고 있었는데, 내가 어느 날 특별히 마음을 써서 5달러(러시아 돈 1만 루블레이)를 수곳값으로 주었더니, 영어로 "유어 웰 컴" 한마디를 이쁘게 발음하면서, 허리를 굽혀 그녀의 그 푸른 두 눈동자를 내 눈 바짝 가까이까지 갖다 대고 함빡 넉넉한 미소를 터뜨리는 것이 이뻐 보였다.

이 인투리스트 호텔은 하바롭스크에서는 제일 좋은 명당자리에 놓여 있으니, 이곳의 가장 아름다운 공원인 '문화와 휴식의 공원'의 무성한 수풀 곁일 뿐이 아니라 이곳의 대표적 큰 강인 아무르가 또 가까이 흐르고 있어, 객실의 창에서도 언제나 이 흐름의 조화에 마음을 담을 수가 있어서, 여름에는 특히 마음 편히 지낼 수 있는 곳이다.

아 참, 첩첩이 날마다 늘어나는 공기 오염으로 우리나라 서울에서는 이미 보기가 힘든 그 반가운 강남 제비도 이 호텔 창가에는 쓸쓸치 않게 날아들어 감돌고 있어서 많이 반가웠다.

인투리스트 호텔 앞에서 쬐끔만 걸어가면 '문화와 휴식의 공원'이라는 좀 지나치게 자세한 이름의 공원 수풀 속에 들어서게 되는데, 여기에는 걸어가는 오솔길 가에 우리나라 들판에 많이 피는 노란 민들레꽃들이 꿈에서 깨어난 듯 자욱히 피어 있고, 가끔은 분홍빛 해당화도 보이고, 어디선가 꾀꼬리 소리도 들려오고, 거기다가 또 가끔은 우리나라의 까치 꼭 그대로 짹짹거리는 까치들도 나타나고 해서, 여기도 우리의 먼 옛 고향 중의 하나인 것같이만 느끼게 했다. 단군의 때보다는 좀 더 먼 옛날 옛 고향의 한 부분으로서 말이다.

아무르 강가의 공원 산책

아무르 강을 한쪽에 끼고 있는 '문화와 휴식의 공원'이란 이름의 수풀이 무성한 넓은 공원은 60만 명의 하바롭스크 시민들의 대표적인 휴식처가 되고 있다. 이 시골뜨기 냄새가 나는 긴 이름은 물론 러시아 말—'빠르끄 꿀뚜뤼이 알뒤카'를 직역한 것인데, 여기 나오는 '문화'의 의미는 아마도 이 공원의 한쪽에 시설해 놓은 근대적인 어린이 놀이터 같은 걸 강조해서 특별히 붙인 듯하다.

이 공원의 남쪽을 동에서 서로 관류하는 아무르 강은 매우 넓고도 긴 강으로서, 만주 흑룡강성의 흑룡강과 연결하고 있기 때문에 '흑룡강'이라고도 불린다.

나는 1994년 6월 8일인가의 오후 한나절을 '문화와 휴식의 공원'을 산책하다가 그 남쪽 언덕에서 아무르 강—흑룡강을 내려다보고 있었는데, 그때 거기서는 이미 많은 수효의 젊은 남녀들이 그 깨끗하지 못한 강물에 뛰어들어 수영과 목욕을 즐기고 있었다. 한국에서면 아직 강물에 뛰어들 만한 기온은 아니었는데, 여기 추운 곳 사람들은 더위에 견디는 힘이 우리들보다는 못한 것 같았다. 그리고 그 더러운 강물이나마 즐기고 있는 그들의 그 잘생긴 모양들이 많이 측은해 보였다.

시베리아 까치 떼들도 더러 나와 짹짹거리는 수풀 속의 은근한 나무 그늘로 접어들면, 벤치들 위에는 반나체의 젊은 남녀들이 소곤거리는 사랑의 소리도 들리고, 가끔은 혼자서 아양스런 미소를 띠고 앉아 지나다니는 사내들을 눈여겨보고 있는 미니스커트의 아가씨도 보인다. 뒤에 들어 보니, 여기가 매춘부 아가씨들이 손님들 낚는 자리이기도 하다는 것이었다.

그런가 하면 이 수풀 속에서는 가끔 매우 사나운 눈초리를 한 갓 젊은 사내들이 몇 사람씩 떼를 지어 거친 걸음걸이로 휙 스쳐 지나가기도 하는데, "이들만큼은 주의해야 합니다"라고 이곳을 잘 아는 어떤 교포는 내게 귀띔을 해 주었다. 이 공원의 수풀 속의 한 곳에는 카지노를 하는 집도 마련되어 있어서, 어느 날 밤엔 일본인 여행객 하나가 여기에 들러 한바탕 끼었다가 나오는 판이었는데, 이곳의 젊은이들에게 칼로 찔려 가진 돈을 몽땅 털리고 죽임을 당했다고 이 교포는 내게 말했다.

시베리아뿐만이 아니라 러시아의 수도 모스크바에서까지도 '잔인한 도적질이라도 해서 우선 살아 보자'라는 이 환장한 젊은이들의 풍조는 가끔 거칠게 나타나고 있는 모양인데, 물론 이것은 이 나라의 사회주의 체제를 자유화한 뒤의 과도기에 아무것도 가진 것이 없는 일반 국민이 자립을 유지할 만한 생활비를 벌 길이 없는데서 이렇게도 나타나는 일일 것이니, 전 세계의 계속적인 원조 속에 이 나라가 되도록 빨리 자유경제체제의 건전한 자주력을 빚어내기를 기다려 볼밖에 없겠다.

그런데 어느 나무 그늘 밑에서 만들어 팔고 있는 아이스크림을 사서 먹어 보니 이것은 우리나라 것의 세 갑절은 충분히 되는 것이어서 놀라지 않을 수가 없었다. 푸짐하게 많으니 넉넉하게 느껴져서 그 점은 물론 좋지만, 가능한 한도까지는 먹는 것의 분량을 줄이며 사는 노력도 필요할 것으로 생각되었다.

또 민들레의 노란 꽃들이 자욱하게 피어 있는 어느 풀밭가에서는 매우 외로워 보이는 노파가 쭈그리고 앉아서 겨울에 입을 것인 듯한 스웨터를 털실로 열심히 고부라져 절고 있는 것도 인상적으로 눈에 뜨였는데 이 스웨터가 노파 자신이 입을 것인지 아니면 가족 중의 누구 딴 사람에게 줄 것인지 그건 모르지만, 노파의 이런 고부라져 있는 경건한 자세야말로 이 민족이 늘 배워 나가야 할 가장 중요한 것의 하나로 느껴졌다.

그러나 이 공원의 바로 옆, 내가 묵고 있는 인투리스트 호텔 내 방에까지 밤마다 울려오는 그 수풀 속의 재즈 음악의 소음들, 게다가 우리나라에서는 이미 한물 지난 고고 음악의 멜로디들도 퍼져 나오는 것을 듣고 지내자니 이건 내게 괜찮겠다는 느낌도 주었지만 안 괜찮다는 느낌도 동시에 주었다. 왜냐하면 사회주의 독재 정권 밑에서 짓눌려 온 그들의 느낌을 가볍게 풀어 줄 것이라고 생각해 보면 괜찮겠다고 느껴지지만 이것이 사람 사는 성실성을 흐리게 하면 어쩔까 염려하노라면 걱정스럽기도 하고 말씀이다.

극동미술관과 시베리아의 야생 마늘

하바롭스크의 번화한 거리인 카를 마르크스 거리와 칼리닌 거리가 교차하는 언저리에 있는 극동미술관은 이 명칭이 말하듯이 시베리아의 동쪽에서 오랫동안 그려진 그림들을 주로 모아 전시하는 미술관으로, 그중에는 러시아정교회파의 성인들의 초상화들이 가장 많이 눈에 뜨였는데 그 얼굴 생김새나 표정이 유럽 어느 나라의 성인화聖人畵에서도 볼 수 없는 대단한 심각미를 띠고 있는 점에 관심이 쏠리지 않을 수가 없었다. 모진 추위 속 시베리아 광야의 삶의 시련들이 겹쳐서 심각미를 빚어낸 것이리라.

현대 화가들의 그림도 약간 전시되어 있었지만 이것들이 풍기는 정신도精神度는 성인화보다는 훨씬 엷어 보였다.

미술관의 맨 아래층 한 방에서는 지금으로부터 60~80만 년 전에 이곳에 많이 살았다는 맘모스의 어금니로 만든 여러 가지 조각품들을 전시해 놓고 팔기도 하고 있었는데 그렇게나 오랫동안 땅속에 묻혀 있던 이것들을 다시 꺼내 이렇게도 재주를 부려 만들어 낸 것들을 보고 있자니 등골이 오싹해지는 신비감이 들기도 했다.

우느베르마크라는 러시아 말의 뜻은 그저 백화점을 의미하는 것이지만, 하바롭스크 시에는 이 이름이 붙은 가게는 한 군데뿐이다.

서울의 내 집으로 돌아갈 때의 이곳 특수한 선물을 찾아보기 위해 들러 봤는데, 내가 갔을 때에는 특수한 러시아 물건들은 영 눈에 뜨이지 않고 외국에서 들여온 싸구려 상품들만이 판을 치고 있었다. 제일 싼 것으로 중국에서 온 것들이 가장 많고, 우리 한국에서 들여

온 울긋불긋한 싼 옷들도 한몫을 톡톡히 보고 있었다. 3층인가 4층의 백화점이었는데, 러시아 냄새를 좋게 풍기는 그런 것을 찾아 볼 수는 없었다.

그러나 여기를 벗어 나와 거리의 가로수 밑에 오자, 나는 거기에 진을 치고 있는 보따리장사 아줌마들이 갖고 있는 것들 속에서 참, 처음으로 희한한 것을 한 가지 발견했으니, 그건 딴게 아니라 산과 들판에 야생하고 있는 야생 마늘이었다. 이 야생 마늘은 우리나라 울릉도에서도 나오는 게 있지만, 그것들은 약간 둥그스럼한 마늘잎 비슷한 잎을 가지고 있는데 반해서, 여기 시베리아의 것은 흡사 생강 잎사귀 같은 잎들을 가졌고 뿌리는 여러 알이 아니라 이쁜 보랏빛의 한 알맹이의 마늘로만 되어 있는 게 특징이었다.

그걸 팔고 있는 오륙십대 여인네들의 얼굴들을 잘 살펴보아 하니, 그들 대부분이 우리와 비슷한 족속 같았다. 그래 나는 우리 돈으로 쳐서 한 1백 원쯤에 그 마늘을 사 가지고 가서 밤에 맥주 안주로 맛을 음미하며 먼 단군 때의 일을 생각해 보고 지냈다. '단군의 어머니께서 자시고 사람이 되신 마늘이란 것도 이런 야생의 들마늘이나 산마늘이 아니었을까' 하고 말이다.

안가라 강가의 이르쿠츠크

이르쿠츠크 시는 몽골의 북쪽에 자리 잡고 있는 인구 60만의 도시로 시베리아에서는 가장 큰 도시 가운데 하나이며, 하바롭스크에서 비행기로 세 시간을 서쪽으로 날아가면 도착한다.

세계에서 일곱 번째로 큰 바이칼 호수—현재 우리 대한민국의 영역을 몽땅 다 집어넣어도 좀 더 남을 면적을 가진 이 호수에서 흘러내려 오는 오직 하나뿐인 안가라 강이 이 도시의 한가운데를 누비고는 흘러가고 있어, 언뜻 보기에는 아무르 강을 끼고 있는 하바롭스크 비슷하지만, 이 두 개의 도시에 사는 사람들의 느낌은 현저하게 다르니, 하바롭스크 사람들이 아무르 강의 탁류를 쓰고 사는 데 비해서 이르쿠츠크 사람들은 맑은 바이칼 호수에서 흘러내려 오는 깨끗한 안가라 강물을 쓰고 사는 점이 그 차이이다.

기후는 하바롭스크보다는 좀 더 높은 위도에 있어서, 6월 10일경에도 여기서는 춘추복으로 지내기가 알맞았다.

내가 여기서 머무르는 이틀 동안 묵고 지냈던 이곳의 인투리스트 호텔의 내 방에서는 맑은 안가라 강물이 잘 내려다보여서 기분 좋았고, 유리창 밖으로는 '강남에서 온 제비' 떼들이 날아다니는 것도 가끔 눈에 뜨여서 반가웠다. 그리고 호텔 밖의 나무 그늘로 조끔만 걸어 들어가면 우리나라의 까치들 꼭 그대로의 까치들과 만나게 되는 것도 하바롭스크에서나 마찬가지로 역시나 기뻤다.

호텔 지하 1층의 러시아 식당도 수수하고 좋지만, 5층에 있는 사쿠라라는 일본 음식점에서는 일본 국수 '우동'도 싸게 팔고 있어서 우리 동양 사람의 식성에는 도움이 되었다. 다만 여기 주인은 사십대쯤의 러시아 여자인 게 좀 이상해 보이기는 했지만, 그녀의 시종일관 얌전키만 한 침묵은 우리의 전통적인 여성들과도 잘 일치하는 데가 있어서 호감이 갔다. 여기가 세계에서 제일 깊은 바이칼 호수 가까운 곳이라는 은연중의 영향에서 오는 것이나 아닌가? 그런 걸 상상해 보며, 침묵 속의 여주인 앞에서 우동을 차분히 먹는 맛은 괜찮았다.

즈나멘스키 수도원, 데카브리스트 기념관

이르쿠츠크에서 제일 명소로 알려져 있는 즈나멘스키 수도원엘 가자면, 이곳의 큰 거리인 마르크스 거리를 거쳐서 우샤코프카라는 강의 다리를 건너가면 되는데, 여기에서는 아무래도 먼저 즈나멘스키 수도원은 어떤 곳이기에 그렇게 중요한가 하는 점을 대략 말씀해 두지 않을 수 없겠다.

이 즈나멘스키 수도원은 1825년 12월에 러시아의 페테르부르크를 중심으로 해서 우크라이나에서까지 왕성하게 일어났던 양심적인 귀족들 중심의 그 12월 당원들이 차르(제정러시아의 황제)의 학정에 항의해 싸우다가 체포되어 귀양살이를 와서 죽어 갔던 묘지들이 놓여 있는 곳이고, 그들의 진혼鎭魂을 위한 성당이 서 있는 곳이니, 말하자면 러시아 자유 혁명사의 유적지 중에서도 가장 중요한 곳이다. 12월을 러시아 말로는 '데카브리'라고 하기 때문에 이곳의 무덤들을 '데카브리스트의 묘역'이라고 한다.

내가 이곳의 성당에 들렀을 때는 해 질 녘이었는데, 성당 문을 열고 들어서자마자 때마침 무슨 의식을 진행 중이던 신부님은 내 곁으로 오시어서 출입문 쪽을 가리키며 엄하게 퇴장을 명령했다. 바른 자유를 지키기 위해 죽음을 무릅쓰고 살다가 간 영혼들과의 조촐한 마음의 대화에는 외부 침입의 수다함이 끼어서는 안 되기도 할 것이라는 걸 겨우 이해하면서, 머리 숙여 그 위대했던 데카브리스트들의 명복을 마음속으로 빌며 이 자리를 주춤주춤 물러날밖에 없었다.

데카브리스트들의 유적지는 즈나멘스키 수도원 쪽 말고도 도심지에서 멀지 않은 곳에 또 한 군데 있으니, '데카브리스트들이 살던 기념의 집'이다. 여기에는 원래의 시베리아식의 나무로 만든 집이 지어져 있어서, 19세기 전반기에 러시아의 양심적인 귀족들이 '삶과 죽음'을 깊이깊이 느끼고 생각하며 아직도 살아남아 있던 모습을 내게 뼈저리게 상상시키고 있었다.

이 두 군데의 데카브리스트 유적지를 비롯해서, 이르쿠츠크 시의 가장 중요한 특징은 하바롭스크 시가 현대적인 빌딩들이 꽤나 많은 데 반해서 여기는 아직도 더 많이 전통적인 옛날식의 것들을 지니고 있는 점을 들겠다.

첫째 이곳 길가의 많은 가로수들은 러시아 말로 베료자란 이름의 버치birch 나무들인데, 이것은 시베리아 활엽수의 주종을 이루고 있는 것이니만치 이 점에서만 보더라도 이르쿠츠크는 시베리아의 가장 전통적인 자연까지를 겸비한 도시라고 할 수가 있겠다. 우리말로는 자작나무라고 불리는 이 나무는 잎사귀가 풍기는 향기도 좋아서, 미국의 어느 유명한 담배 회사가 만들어냈던 VIP용의 파이프 담배는 이 잎사귀를 섞어 만들어 내기도 했던 것이니만치, 이 나무의 효용을 찾아서 우리 기업들도 좀 더 자세히 마음을 써 보는 것도 좋을 듯하다.

바이칼 호수 가는 길

이르쿠츠크 시에서 바이칼 호수까지는 잘 달리는 자동차로 두 시간쯤 그러니까 우리나라 이수里數로 5백 리쯤의 거리니, 서울에서 대전 사이쯤 되지만 이 사이의 길은 무성한 수풀들로 에워싸여져 있는 데다가, 그것은 또 '언덕 너머 골짜기, 골짜기 건너 언덕'으로 이어지는 길이어서, 꼭 무슨 신비스런 옛날이야기 속의 괴상한 왕궁으로라도 들어가는 것 같은 인상을 주었다.

시베리아 지방의 옛날이야기들을 보면, 먼 길을 표현할 때는 '얼마만큼 많이 온 것인지 적게 온 것인지 알 수도 없이 와서'라는 상투적인 문구를 붙이는 것이 상례이거니와 이것은 아마도 막막하기만 한 광야 속의 나그넷길을 느껴 말한 것일 텐데, 이르쿠츠크에서 바이칼 호수로 가는 길만큼은 특수한 어느 선경으로 나를 이끌고 있는 것만 같았다.

안내인은 도중의 특히 아름다운 수풀 속에 들어오자 "타이가의 수풀은 여기에서 과히 멀지 않은 곳에 있습니다" 하고 영어로 말해서 나는 "호랑이가 거기 가면 많이 사는가요?" 하고 물었더니 '타이가'라는 말은 영어가 아니라 러시아 말로, 뜻은 침엽수의 밀림을 의미하는 것으로서, 여기 것은 전 시베리아에서도 아조 큰 것 중의 하나라고 했다. 그리고 거기에는 호랑이는 살지 않으며 곰과 늑대와 사슴들이 많이 살고 있으며 그러나 곰은 사실은 침략자는 아니기 때문에 자기의 사는 영역을 먼저 침략하지 않으면 선침략을 해서 남을 괴롭히는 일은 하지 않는다고도 했다. 우리의 단군 할아버지의 어머니께서도 처음엔 곰님이었던 걸 기억하며 나는 이 안내인의 말씀에 머리를 까딱거려 공감의 뜻을 표시해 보였다.

바이칼 호수는 주변에서 모여드는 336개의 강물과 냇물이 합해져서 이루어진 호수로서, 넓이는 세계에서 일곱 번째로, 우리 대한민국의 영역을 다 집어넣어도 오히려 남을 만하다는 것은 이미 말했거니와, 깊이는 세계에서 단연 으뜸이니 가장 깊은 곳은 1742미터나 된다. 그러면서도 호수의 물은 아조 맑아서, 이 호수로부터 흘러가는 유일한 강인 안가라 강물을 이르쿠츠크 시를 비롯한 모든 주민들이 두루 마시고 건강하게 잘 살게 하고 있으니 또한 곱기로도 아조 깨끗하게 고운 호수인 것이다.

나는 이 호숫가에 다다르기 전에 그 서곡으로 무성한 수풀 속의 빈터에서 담배를 피우며 잠시 쉬고 있었는데, 주변에 눈을 주어 보니 거기 우거져 있는 나뭇가지들엔 울긋불긋한 여러 빛의 헝겊 조각들이 다채롭게 매달려서 바람에 나부끼는 것이 자극적으로 내 마음을 건드리며 들어오고 있었다. 마치 돌무더기 쌓아 놓은 것만 없는 우리나라의 서낭당을 여기 와서 다시 만나 보는 느낌이어서 "저게 뭐냐?"고 안내원에게 물었더니, 그것은 바이칼 호수로 신혼여행을 온 신부들이 머리에 감고 있던 리본들을 끌러서 매달아 놓은 것으로서, 이렇게 해서 그들은 바이칼 호수와 바이칼 산맥의 신령들에게 장래의 가정생활에 행복이 있기를 비는 것이라고 설명해 주었다.

나는 저절로 어렸을 적에 할머니를 따라서 서낭당 옆을 지나가던 때의 일을 기억해 내지 않을 수가 없었다. 할머니는 산속에 있는 서낭당을 만나시면 돌무더기 위에 새로 돌을 하나 주워 올려놓으시고, 두 손을 모아 합장하시며 두 눈을 지그시 감고, 머리를 숙여 공손히 절을 하시면서 "아가, 여기 나뭇가지들에 걸린 울긋불긋한 이쁜 헝겊들을 오래 보고 있어서는 안 된다. 오래 보고 있다가는 눈병이 생겨나" 하고 나를 타이르셨는데, 아니나 다를까 여기 서낭당 그 이쁜 여러 빛의 헝겊 쪼가리들도 눈에 따가웁게만 느끼어져서 나는 잠시 얼굴을 모로 돌릴 수밖에 없었다. 이렇게 여기는 오랫동안 잊어버렸던 내 고향의 어디에 온 것 같은 그런 느낌 속에 나를 잠기게 했다. '이 서낭당의 옛 풍습 같은 것도 아마도 단군 시절 이전부터 이 시베리아 쪽의 샤먼들이 우리나라에 옮겨 들어오면서 퍼뜨린 것 아닐까?' 하는 아득한 상상 속에 나는 다시 잠겨들어 가고 있었다.

비취의 돌칼과 구석기 시대의 마음

바이칼 호수라고 할 때의 그 '바이칼'이란 말은 원래 달단어韃靼語에서 온 것이라고 하는데, 그 의미는 '풍요로운 호수'라고 한다. 달단족 즉 타타르 족이라면 시베리아와 몽골은 물론 터키 쪽에서까지 그 세력을 휘둘러 온 매우 세었던 종족인 만치 이 호수의 이름도 아조 잘 생각해 붙여 놓은 것으로 보인다.

내가 이 바이칼 호수의 바로 앞에 나와 서 있게 된 건 1994년 6월 9일 오후 1시쯤 바이칼이란 이름의 호텔 앞에서였는데, 그 첫인상은 소나무 그늘에서 내려다보이는 이 깊은 호숫물의 너무나도 맑은 아름다움이었다. 1742미터 깊이의 이 넓은 호숫가에 서 있는 한 그루의 감나무에 열린 한 개의 떫은 땡감처럼 나는 나라는 것을 느끼며, 내 사상과 정서의 깊이를 이 호수의 깊이에 비교해 곰곰이 생각해 보고 있었는데, 아직도 아무래도 적고 옅고 떫기만 한 게 내 정신인 것같이만 느껴질 따름이었다.

내가 서 있던 곳의 왼쪽은 끝없는 바다와 같은 호숫물의 풍요로움뿐이고, 바른쪽에는 수풀이 울창한 산들이 어깨들을 나란히 하고 뻗쳐 있었는데, 산 밑 호숫가의 어떤 곳에는 몇천 톤급이 넘어 보이는 큰 기선들이 줄지어서 멎어서 있는 광경도 눈에 잘 들어왔다.

나는 시간이 없어서 이곳에서 하룻밤을 지내 보지 못했기 때문에 황혼에 이 호수에 해가 지는 광경을 보지는 못하고 돌아왔지만, 이곳 일몰의 아름다움은 여러 여행안내서에도 특기되어 있다.

이 호수에서 제일 많이 잡히고 또 많이 사람들에게 먹히는 물고기는 '오물'이란 것인데, 이곳 호텔에서 점심때에 그 국 끓인 것도 먹어 보고 또 기름에 튀긴 것도 먹어 보았더니 그 맛이 특수한 별미였다. 국 맛은 솔버섯국 비슷했었고, 튀긴 것은 구운 송이버섯 냄새를 풍겨서, 동물성보다는 식물성의 맛을 주고 있었는데, 자, 이건, 윤회전생설로 생각해 보자면, 이곳 산맥들의 버섯들이 오랜 윤회전생 끝에 이 바이칼 호수의 오물이란 물고기로 다시 생겨난 것이나 아닐는지? 내 생각으로는 인도의 윤회전생설이란 것도 여러 가지 점으로 미루어 중앙아시아가 그 본고장으로 보는데, 이 바이칼 호수 주변도 중앙아시아에 넣어 볼 수 있는 것이니, 오물이란 물고기의 식물성의 맛도 그런 각도에서 음미해 볼 수도 충분히 있겠다.

바이칼 호수에서 걸어서 한 시간쯤이면 도착할 수 있는 곳에 리스트반카라는 마을이 있다. 아직 무엇으로도 오염되지 않은 산골에서 흘러내려 오는 시냇물이 여러 가지 풀꽃들이 핀 사이를 흘러 마을의 한가운데를 관류하고 있어, 나는 문득 여기가 내가 태어났던 질마재 그대로가 아닌가 하는 착각 속에 빠지기도 했다. 내가 어렸을 때 자라던 전라북도 고창군 부안면의 질마재라는 마을도 그 한가운데는 쇠산이라는 산에서 내려오는 맑은 돌개울의 물줄기가 서해 바다를 향해 흐르고 있어, 더운 여름이면 내 또래의 어린 친구들이 여기에서 늘 물장구를 치고 놀았으니 말이다.

이런 생각에 잠겨 있다가 문득 이 시냇물가의 다른 한쪽을 보니, 거기에서는 우리나라 시장 거리에서 아직도 가끔 보는 것 같은 그 널판자로 짠 좌판에 무엇을 담아 놓고 팔고 있는 소년이 보여서 재빨리 그리로 좇아가 보니, 야, 이건 진짜 이곳 산중의 옥으로 만든 참 이쁜 여러 가지 것들이었다.

나는 먼저 깊은 바닷빛의 옥으로 만든 여자용의 목걸이를 하나 30달러쯤 주고 사서 내 늙은 아내의 목에 걸어 준 뒤에, 그 옆에 놓여 있는 비취로 만든 칼을 또 하나 더 역시 30달러쯤의 값으로 사서 이건 순 내 개인용으로 차지하게 되었는데, 물론 이렇게 한 이유는 여기가 저 구석기 시대의 유적지 가운데서도 가장 뛰어났던 유적지의 하나임을 감안한 때문이기도 했다.

이 순 녹색의 비취로 된 칼 속에는 검은빛의 무늬가 또 적당히 박혀 있어서, 자연이 빚어내는 신비의 미묘함을 내게 느끼게 하는 것이어서, 이걸 내 재산 목록 중에서도 가장 귀중한 것 속에 넣어 간직하고, 인제부터는 이걸로 내가 쓰는 종이도 자르고, 귀중하게 여기는 과일도 벗겨 먹고 살다가 가려고 하는데 어떨는지? 구석기 시대의 그 찬란하게 맑고 밝던 햇빛과 공기를 늘 그리워하면서 말이다.

조촐한 성당의 종소리도 때에 따라 점잖게 잘 울리는 리스트반카 마을의 집들은 물론 수수한 목덕木德의 평화를 빚고 있는 낡은 목조 건물들뿐인데, "그 값은 얼마쯤 될까요?" 하고 안내인에게 물었더니, "한 1, 2천 달러면 괜찮은 것 한 채를 구해서 살 수 있습니다"라고 대답해서, 내 마음속에서는 '여기 와 박혀서 살다가 가 버릴까' 하는 생각이 불현듯 일어나기도 했다. 20세기 막바지의 온갖 공해와 오염에서 멀리 떠나 여기 와서 '구석기 시대의 마음'으로 살아간다면 첫째 목숨을 좀 더 늘여 갈 수도 있을 것이라고 생각이 되어서 말이다.

산맥의 고장 캄차카 반도

러시아의 가장 먼 동쪽에 자리하고 있는 캄차카 반도는 우리 한국 반도의 갑절은 충분히 되는 면적의 땅이지만, 총인구는 겨우 40만 명쯤으로 그나마 그중 35만 명쯤은 이 반도의 맨 남쪽에 있는 페트로파블롭스크 항구에 살고 있으니, 그 나머지 5만 명쯤이 드문드문 이 반도 구석구석에 묻혀 살고 있는 곳이다.

이 캄차카 반도를 비행기 위에서 내려다보면 어디나 첩첩한 산들만이 내려다보이는 산맥의 고장인데, 그것도 대부분은 화산들이어서 여기서 나오는 온천들이 사방에서 솟아나고 있는 광범위한 온천 지대이기도 하다.

내가 이 반도의 페트로파블롭스크 항구에 도착한 것은 1994년 6월 12일이었는데도 여기는 4월의 초봄 정도의 기후여서 새로 피어난 신록이 아름다워 보였다.

우리 내외가 들어 있던 호텔 이름은 이 항구 도시의 이름 그대로 페트로파블롭스크였는데, 여기서 내다보이는 산들의 의젓한 모습들은 내게는 참 좋은 약이 되었다. '코리야크'와 '아바치'와 또 하나의 산봉우리가 높이 솟아 내게 나타나서 큰 위안을 주었는데, 이것들의 높이는 두루 해발 4천 미터는 넘는 것들이었다. 이 페트로파블롭스크 호텔이 벌써 해발 2천 미터의 높이에 있기 때문에 산들의 높이가 그리된다는 것이었다.

산들의 모양은 마치 갈기 진 호랑이들 같다고 할까. 그러나 이 갈기들은 사실은 하이얀 눈들이 그런 모양으로 산들의 몰골에 쌓여서 그렇게 나타나 보이는 것이니, 화산 아닌 산들에서 우리가 볼 수 있는 것과는 아조 달라서 재미가 있었다. 우리는 딴 곳의 높은 산들에서는 눈 덮인 것도 그 봉우리 언저리에서만 보는 것인데, 여기 캄차카의 화산들에선 위로부터 3분의 2쯤까지 죽죽 그어진 흰 눈의 갈기들을 보게 되니 말이다.

그러자니까 이 흰 눈의 갈기들 이외의 남은 부분들은 두루 푸른 수풀들로 뒤덮여 있었는데, 산에 따라서는 그 봉우리까지도 파란 것이 보여서 아주 신비스러웠다. 가만히 생각해 보자니 이것은 아마도 그 화산들의 속에서 발산하고 있는 열의 작용에 따르는 것 같아 보였다.

이 화산들 중의 주봉은 북위 57도쯤에 자리 잡고 있는 '클류첩스카야 솝카'로서 4722미터의 높이니, 프랑스의 주봉 몽블랑보다 쬐금만 낮은 키다.

그런데 이곳의 산들의 이름엔 옛날 시베리아에서 살아온 샤머니즘의 여러 종족들 이름이 그대로 붙여져 있는 것들도 보이니, 가령 페트로파블롭스크의 명산 코리야크 같은 것도 그 한 예이다. 코리야크라면 옛날 시베리아의 샤머니즘 종족들 가운데서도 혁혁했던 종족의 하나인데, 이 이름이 미국의 알래스카에 가까운 곳인 캄차카 북쪽의 산맥의 이름으로도 붙여져 있는 걸 보면, 지금으로부터 약 2만 5천 년 전에 아메리카로 건너갔다는 아메리칸인디언의 선조들은 이들이 아니었을까 하는 상상을 갖게도 한다. 내가 묵고 있는 호텔에서 또 잘 바라다보이는 그 아바치란 이름의 산을 두고 생각해 보아도 이것은 아메리칸인디언 족들 중 아파치 족의 이름과 '바'와 '파' 음의 차이만 가지고 있을 뿐이니, 여기가 아메리칸인디언의 원점이었을 거라는 내 상상은 점점 그 밀도를 더해 가기만 하는 것이다.

이 캄차카의 중요한 산들에서는 아직도 저 옛날의 시베리아의 샤머니즘을 신조로 해서 살고 있는 족속들이 옹기종기 모여서 사냥도 하고 약간의 농업에도 종사하고 있다고 들었다.

캄차카 박물관에서

페트로파블롭스크 시에서뿐만 아니라, 캄차카 반도 전체에서도 대표적인 박물관인 캄차카 박물관은 지하 1층부터 지상 2층까지의 3층이 전시실이었는데, 전시되고 있는 내용도 세 가지로 나누어져 있었다.

첫째는 캄차카 반도의 동물을 박제한 것 등이고, 둘째는 이곳 원주민의 하나인 퉁구스 에벤키 같은 종족들의 생활상을 사실적으로 미술화해서 보여 주고, 셋째는 이 캄차카를 기점으로 해서 탐색되었던 알래스카 탐색대의 선구자들의 모습과 그 경로와 성과 등을 소개하고 있는 것이었다.

이곳에 많이 살고 있는 동물들의 표본실에서 내가 많이 그리웠던 것은 이곳 산에서 아직도 살고 있다는 '산닭'의 표본이었다. 이것은 우리나라 오계烏鷄와 같은 검은빛의 털에 덮여 있었지만, 크기는 우리나라 것의 세 곱절은 되어 보이는 큰 닭으로서, 날개를 쩌억 벌리고 있는 모양은 공작이 날개를 벌리고 있는 것만큼 커 보였다.

우리가 집에서 기르는 닭들도 원래는 야생이었으리라는 상상은 해 보았었지만, 여기 와서 이렇게 오계의 원종原種이 사는 곳을 만나게 되니, 그것도 적지 아니 반가운 일이었다. 들으면 이들의 암컷과 수컷 사이의 사랑의 모습은 대단하여서 그걸 본 사람들의 부러움거리가 되고 있다고 하니 그것 또한 기쁜 이야기였다.

다음으로 퉁구스 에벤키 족의 사는 모양을 전시하는 방에 들어서자 바로 느낀 것은 그들의 모양이 꼭 우리 한국인과 같은 점이었다. 실을 뽑아내는 물레를 잣고 있는 여인의 모습을 표본으로 만들어 놓은 걸 보고 있다가 나는 어느새인지 내가 어렸을 적에 살았던 내 고향 마을의 어느 아주머니 옆에 놓여 있는 것 같은 착각에 빠져 있었다. 그러면서 중학교 때 국사 선생님이 "우리도 퉁구스 족의 후예인 걸로 나는 생각한다" 하시던 말씀도 새삼스레 생각되었다. 이 족속은 아직도 이 캄차카 산속에 어느 만큼 숨어 살고 있다고 한다.

다음으로 내가 들어간 방은 베링을 비롯해서 이 캄차카와 알래스카 탐색에 공헌을 세운 러시아 사람들을 소개하고 있었는데, 그중에서도 베링에 관해서는 그의 데스마스크까지를 만들어 놓을 정도로 자세하게 소개하고 있었다. 캄차카 반도 맨 북동쪽에서 알래스카로 건너가는 과히 넓지 않은 해협인 베링 해협에까지 그의 이름이 붙게 된 비투스 베링은 원래 덴마크의 해군이었는데 뒤에 제정러시아에 귀화하여 캄차카를 거쳐 베링 해협을 발견하는 데까지 성공하고 캄차카 반도의 동쪽에 있는 한 섬에서 세상을 떠났다고 한다.

이곳 교포들 중의 유지인 48세의 장길남 씨의 말을 들으면, 인구 35만 명의 페트로파블롭스크에만 살고 있는 우리 교포의 수도 약 2천 명쯤은 된다고 하며, 그들은 아직도 거의 공짜인 들판의 빈터나 산 변두리의 땅을 일구어 갈아서 야채를 재배해 생계를 유지하고 있다고 하는데, 그들이 가꾸어서 공급하는 야채들 덕으로 시민들은 이것의 궁핍은 안 느끼고 살고 지내니, 이 점 우리 교포들에게 많이 감사해야 할 일이라고 장 씨는 강조했다.

그러나 서글픈 일은 그들의 거의 전부가 여러 대째 여기서만 살아왔기 때문에 우리말을 할 줄 모르는 점이다. 그들이 모여서 야채를 팔고 있는 구석의 노점 거리에도 나가 보았는데, 생김새는 우리 시골의 5일장에서 보는 장사꾼들의 모양 그대로지만, 러시아 말뿐이고 우리말은 한마디도 할 줄을 몰라 나를 서글프게 하고 있었다.

야채 장사 외에 식당을 하는 교포도 좀 있어서, 여기의 특산인 게를 먹으러 한 군데를 들러 보았는데, 우리말에 철벽이기는 매한가지였다.

공짜 다시마 안주와 원시적인 벌판의 온천 지대

페트로파블롭스크 시에서 과히 가파르지 않은 언덕배기를 몇 굽이 돌아 내려가면 드디어 나타나는 캄차카의 남쪽 바다는 참 아름답다. 내가 보기에는 세계의 대표적인 미항이라는 호주의 시드니나 브라질의 리우데자네이루보다도 잘 조화된 자연미에 있어서는 훨씬 더한 깊이의 감칠맛을 지니고 있었다.

여기 캄차카 남쪽의 내가 간 바다도 만 안에 고인 호수와 같은 점은 시드니나 마찬가지지만, 시드니 주변에는 산다운 산의 경치가 보이지 않는 데 반해 여기 바다 저쪽으로는 좋은 산들이 잘 둘러싸여 심심치 않게 하고 있으며, 브라질의 리우데자네이루가 망망한 남대서양의 번한 바닷가인데 반해, 여기는 시드니보다도 더 좋은 바다의 맑은 내해도 가지고 있으니 말이다.

1994년 6월 14일이던가에 나는 우리 교포 유지인 장길남 씨의 안내로 이곳의 가장 좋다는 곳에 가 보았는데, 으리으리하게 속까지 두루 다 내비치는 이 바닷가에는 때마침 밀물 때인지 한정 없이 밀려오는 다시마 미역의 사태가 이루어지고 있었다.

"그 많은 게 바로 다시마요" 하고 장길남 씨가 말해서, 무턱대고 한 줄거리를 집어 입에 넣고 씹어 먹어 보니, 그 떫고 달고도 싱싱한 맛에 금시 나는 젊어지는 것 같은 감각이 되살아나는 것만 같았다. 그래 가지고 간 깡통 맥주를 터뜨려서 안주로 해 보았는데 맥주 안주로도 이 공짜의 무진장한 다시마는 극상품으로만 미각되었다. 왜 이 흔하고 좋은 다시마 공장을 우리 기업가들이 여기에 안 차리는지 그것이 답답하기만 했다.

공짜 다시마 안주로 맥주를 몇 깡통 마시고 있노라니, 우리 차의 운전기사는 어느 결엔지 여기 낚시꾼들이 낚아 올린 가자미들을 몇 마리 사 가지고 왔는데, 그것들은 한국의 가자미가 두루 검은 등때기를 가지고 있는 것과는 대조적으로, 여러 가지의 빛깔로 채색되어 있는 게 이뻐 보였다. 특히 블루 옆의 오렌지빛이 이뻐 보였는데, 추운 곳의 이런 색채의 자연 생산은 신비스럽다고 아니할 수는 없었다. 우리나라에서 여름이 가장 덥다는 대구에서 미인을 많이 보듯이 말이다.

우리 교포들 중의 대표적인 유지이자 어느 사이 내 친구가 되어버린 장길남 씨가 "이 캄차카에 와서 온천을 경험하지 않고 간다는 건 있을 수 없는 일입니다!"라고 열렬히 주장하는 바람에 6월 15일 하루 동안 그들 부부의 안내를 받아 온천들 중의 한 곳을 찾아가서 지내 보았는데, 아닌 게 아니라 이 경험은 내 생애에서도 처음 겪는 흥밋거리가 되었다.

페트로파블롭스크에서 북쪽으로 두 시간쯤을 급행차로 달려가서 만나게 되었던 온천장의 이름이 무엇이더라? 그 이름을 나는 틀림없이 종잇조각에 적어 가지고 와서 내가 원고 쓰는 책상 위에 놓아두었는데, 그 뒤의 어느 날 마침 내 집의 집필실에 들른 두 살짜리 내 손자 녀석이 나 없는 사이에 만지작거리다가 어찌한 것인지 지금 여기서 알릴 수는 없이 되었지만 그야 하여간에 그곳은 참 묘하기는 묘한 곳이었다.

우리나라의 온천장이라면 으레히 근사한 집 속에 마련되기 망정이지만 여기는 대부분이 아직도 그렇지를 못하고, 그냥 산 가운데 벌판에서 솟아나온 그대로가 모여 더운 못물을 이루고 있는 것이어서, 여기 들어가서 한 탕湯을 하자면 남자건 여자건 온천 못물가의 풀 언덕에 입은 것을 얌전하게 잘 벗어 놓고 팬티와 젖통가리개만으로 조심조심 잠겨 들어가야만 했었으니 말이다.

나는 75세의 내 늙은 아내와 함께 여기 들어가서 잠겨 있었는데, 하늘—이 세상이 처음 열렸을 때 그대로인 듯한 새파란 하늘의 때

묻지 않은 흰 구름들 몇 덩어리만을 데리고 이런 원시적인 벌판의 더운물 속에 부부가 가지런히 잠겨 있는 맛은 정말 희한한 것이었다.

이 자연 그대로의 온천에서 일주일쯤만 가끔가끔 잠겨 지내면 요즘 늙은이들에게 많이 생기는 병―디스크를 비롯해서 관절염, 신경통, 위장병 등은 송두리째 잘 고쳐진다고, 장길남 씨는 자기도 신경통으로 한쪽 다리를 절고 다니던 걸 닷새 동안 여기에 잠겨 지내고 나서 완전하게 고쳐 냈다고, 우리 내외에게도 한동안의 체류 치료를 권해 주었으나, 이번은 짜여 있는 스케줄 때문에 그리 못하고 떠나게 되니 섭섭한 일이었다. 디스크 수술 뒤에 아직도 완치는 되지 않고 있는 내 아내가 "이상하게도 훨씬 더 거뜬해지는 것 같아요" 하고 이날 밤 호텔에 돌아오자 내게 감탄해 보인 걸로 보면, 여기는 첫째 그녀를 위해 다시 꼭 찾아와야만 할 곳으로 작정되었다.

이 못물 온천 주변의 수풀가에는 여러 채의 천막촌이 이루어져 있었는데, 그게 모두 이 천연의 온천에서 병을 고치기 위해 모여 있는 병자들과 그 가족들의 것이라고 했다.

이 근처의 산에서는 곰들도 꽤나 많이 살고 있지만, 그 곰들은 절대로 천막촌의 그들을 해친 일은 없다고 장길남 씨가 말해 주어서, 여기에서도 나는 다시 한 번 그 곰들―우리 단군 할아버지의 어머님의 전신이기도 했던 그 곰의 일족들에 대한 호감을 두터이 할밖에 없었다.

캄차카의 운수 좋은 만남

'우연히'라고 하기엔 참 우연히 캄차카에서의 내 안내인이 되었던 우리 교포, 장길남 씨는 여러모로 보아 여기 내 '세계 방랑기'의 한 부분을 빌려 소개하기에 족한 인물이라고 생각되어서, 아래에 대략의 그의 이야기를 해 보려고 한다.

그는 북조선인민공화국 치하에서 성장하여 시베리아의 하바롭스크 대학에서 건축학을 전공해 졸업한 건축설계사로서, 캄차카의 페트로파블롭스크 시에서 개업해 유명한 여러 개의 기념비들도 만들어 낸 수재였는데, 어느 좋은 날 그의 옆에는 아조 얌전하게 아름다운 금발 벽안의 젊은 순종 러시아 여인 하나가 그리운 눈초리로 나타나서 이내 잘 결합하게 되었으니, 장길남 씨의 현재의 아내가 누구냐 하면 바로 레닌 공산주의 혁명이 성공하기 전의 제정러시아 말기에는 후작이라는 높은 귀족의 자리에 있던 사람의 증손녀가 된다는 것이다.

나와 내 아내에게 산골의 못물 온천을 대접하기 위해 장길남 씨의 부인도 따라와서 밥을 짓고 국도 끓이고 하며 친절을 다해 주었는데, 잔잔히 조용하면서도 귀해 보이는 태도를 보고 내가 "귀족 같다"는 찬사를 영어로 한마디 했더니, 장길남 씨가 호탕하게 한바탕 너털웃음을 웃고 나서 "맞습니다. 제 아내의 증조부는 제정러시아 말기에 후작 신분의 귀족이었는데, 레닌 혁명 뒤에는 쫓겨나서 이 캄차카 구석에까지 살길을 찾아 방황해 와서 한 어부로서 정착하게 되었다고 해요" 하고 내게 알려 주는 것이었다.

이 고백을 들으며 나는 내가 갓 젊었을 때 서울 거리에서 가끔 만났던 백계 러시아의 화장품 장수 사내들의 모습을 기억에 떠올리고 있었다. 아코디언—수풍금手風琴을 어깨에 메고 울리며 골목들을 헤매면서 싼 화장품들을 팔고 다니던 그 처량하기 짝이 없던 백계 러시아인들, 레닌의 소련에서 쫓겨났던 귀족 출신자들의 말로의 모습 말이다.

'그중의 한 사내가 이 장길남 씨 부인의 증조부였구나' 하고 생각하며 느껴 보자니, 특히 오늘날의 러시아의 자유해방의 물결 속에서 가만히 이걸 음미해 보자니, '역사는 참 묘하게도 기막힌 굽이들을 만들며 흐르는 것이구나!' 하는 실감만이 첩첩하게 일어나 쌓일 뿐이었다.

유고

"헬레네냐? 페넬로페냐?" — 베오그라드의 밀밭 길에서

1990년 5월 어느 날, 나는 어느 단체의 여행단에 끼어서 유고슬라비아의 수도 베오그라드에 도착하여, 벨그라드 인터콘티넨탈이란 호텔에 투숙했다. 우리의 관광을 안내하게 된 사람은 위아래 수염도 점잖게 잘 기른 철학자 모양의 사십대 사나이로서, 우리가 학교에서 배운 영국 영어의 발음을 또박또박 그대로 잘해 주어서 많이 고마웠다. 뿐만 아니라 그는 신화나 전설 같은 것에도 상당히 잘 통하고 있어서 내게는 편리한 동반자가 되었다.

여기에 있어 본 이는 아시겠지만 여기는 아직도 철저한 농본국이어서, 수도인 베오그라드의 가장 큰 호텔인 인터콘티넨탈 주변까지도 밀밭투성이였다. 그 밀밭 둑길에는 그리운 양귀비꽃들이 붉은 것과 흰 것 아울러서 상당히 많이 피어 있기에 "저것의 이름은?" 하고 물었더니, 그 수염 좋은 안내인 사내는 "예, 그 꽃이요? 붉은 건 '헬레네'라고 하고 흰 것은 '페넬로페'라고 합니다. 저 호메로스의 서사시에 나오는 대조적인 두 여인의 이름 그대로지요" 했다.

그래 나는 새삼스럽게 옛 그리스로 돌아가서 트로이 전쟁의 원인이 되었던 스파르타의 왕비 헬레네와, 이 전쟁에 참가했던 그리스 연합군의 장수였던 오디세우스의 아내 페넬로페를 대조해서 다시 한 번 곰곰이 생각해 보지 않을 수 없게 되었다.

트로이의 미남 왕자인 파리스의 열렬한 사랑의 유혹에 넘어간 분방한 미인 헬레네를 상징하는 붉은 양귀비꽃과, 전쟁이 끝나 오디세우스가 고향인 이타카 섬으로 돌아오는 도중 바다에서 폭풍을 거듭 만나 20년쯤을 헤매고 지내는 동안 한결같이 아내의 본분을 지켜 사내들의 모든 유혹을 뿌리치고 열녀의 정조를 지켜 냈다는 페넬로페의 상징이라는 흰 양귀비꽃. 유고슬라비아 수도의 밀밭 길에서 이 두 꽃을 오늘의 유고 상황과 관련시켜 대조해 보는 내 느낌은 각별한 것이 아닐 수 없었다.

'아마도 이런 옛 그리스적인 사고방식과 느낌이 오늘날에도 유고슬라비아 사람들의 마음 밑바닥에 있을지도 모른다'는 결론에 몰입하면서 나는 우리를 실은 관광버스의 차창 너머로 거듭거듭 나타나 보이는 넓은 벌판의 밀밭 길에 핀 두 빛깔의 야생 양귀비꽃들을 유심히 바라보았다.

한 걸음 더 깊이 들어가서 생각해 보자면 이런 옛 그리스의 숭상은 이 나라 사람들의 필연 같기도 했다.

첫째, 유고슬라비아의 역사는 로마의 통치 시대를 비롯해서 파란 많은 피지배의 곡절을 겪어 왔지만, 그리스나 마찬가지로 이들도 아리안 족에 속해 있는 것만은 뚜렷한 사실이니, 그 점에서 같은 종족의 유대 관계를 가지고 있다는 것을 알 수 있다. 그래서 옛 그리스의 뛰어난 영웅이었던 알렉산더 대왕의 본고장이었던 마케도니아까지도 그들의 6개 연합국의 하나로서 포섭해 오고 있는 것이 아닌가.

둘째로는 유고슬라비아 연합 6개국 사람들의 신앙 가운데서 압도적인 다수의 신자를 가지고 있는 종교는 지금도 여전히 그리스정교니, 옛 그리스인들이 터키의 이스탄불(옛 이름 비잔티움)에서 세운 이 종교의 신앙을 통해서도 그리스적인 일치점을 가지고 있는 것이다.

이런 것을 아울러 생각하며 가고 있자니, '여기는 아직도 많이 그리스적이구나' 하는 생각을 금할 길이 없었다.

그래 나는 여기 사람들이 이 두 빛깔의 양귀비꽃을 대조해 보며 '헬레네냐? 페넬로페냐? 아니면 그 둘 다 좋다는 것이냐?' 하고 마음속에서 늘 묻고 살아왔을 것을 상상하면서, 어느새인지 마음속으로 그걸 꾸준히 되풀이해 묻고 있었다.

티토의 무덤과 토프치데르 공원

이런 생각을 하고 있는 중에, 우리가 탄 관광버스는 예장을 한 보초병들이 선 어느 한 곳에 멎어섰다. 바로 현대 유고슬라비아의 아버지라는 티토의 무덤이 있는 곳이었다. 키가 난쟁이보다 쬐끔 더 클 정도였던 이 작은 사람의 고향도 옛 그리스의 영웅 알렉산더 대왕의 고향에서 그리 멀지 않은 곳이었다는 것도 인상적이라면 인상적이다.

동유럽의 여러 나라들이 소련의 압력을 이기지 못해 굴복하고 지낸 데 반해 티토는 스탈린의 명령이라도 제 나라의 발전을 위해서는 과감히 반대도 하고 나섰던 자유로운 자주정신에 나는 찬성해 왔었고, 또 인도의 네루 수상과 이집트의 낫세르 대통령과의 사이에 행한 '중립국 회담'이라는 것도 찬성해 온 사람인지라, 유고슬라비아의 이 진짜 애국자의 무덤 앞에도 가서 서 보고 싶기도 했다. 그러나 같이 여행 중인 일행의 다수가 그럴 것까지는 없다고 해 원경으로만 묘지 쪽을 살펴보다가 돌아설 수밖에 없었다. 무덤은 그가 대통령이었을 때의 그의 집 온실 안에 마련되어 있다고 하니 아마도 꽃들과 나무들을 위한 그 온실을 그는 무척 사랑했음을 짐작할 수가 있다. 티토의 본성명은 요시프 브로즈, 그가 생겨난 곳의 이름도 티토그라드로 바뀌어져 있다.

우리의 관광버스는 이어서 토프치데르 공원이라는 무성한 수풀 언덕 위로 올라갔다. 토프치데르라는 말은 터키어로, 여기는 지난날 터키의 포병대가 주둔했던 곳이어서 '대포의 앞'이라는 의미의 터키 말을 아직도 그대로 사용하고 있다고 한다.

이 공원은 많은 나무들의 그늘로 덮여 있어서 봄부터 가을까지는 시민들이 산책하는 휴식 공간으로 이용하는 곳인데, 주변에는 베오그라드 부유층의 한가한 개인 주택들이 좋은 뜰을 지니고 있었다.

사회주의 강대국이었던 소련의 압력을 받아 동유럽의 나라들이 두루 소련의 사회주의 체제를 따르지 않을 수 없게 되었을 때, 이 나라도 물론 거기 뒤따르지 않을 수 없었지만, 민족 지도자였던 티토는 과감히 스탈린과 대립하면서 이런 부유층 주택 건립의 자유까지도 잘 보호해 냈던 것이니, 사회주의와 자본주의의 짬뽕을 잘 이루어 낸 것이 티토가 이끄는 유고슬라비아의 특징이었던 것이다.

"아무렴, 제아무리 사회주의의 통제 사회를 만든다 하더라도, 땀뻘뻘 흘리고 애써 벌었으니 저만큼 평안하게 살 수 있는 개인 주택 건설의 자유쯤은 주어져야 하고말고!"

나도 어느 결엔지 벤치에 같이 앉은 우리 일행 중의 누군가를 향해 이런 공감을 표현하고 있었다.

이 공원은 또 터키의 지배에 반항하여 1815년에 민중 혁명이 일어났을 때 터키의 군대가 완전히 철수하기까지 혁명군이 최후의 거점으로 해 싸우기도 했던 곳이다.

싸움의 언덕 칼레메그단 성

베오그라드의 첫째 관광 대상으로 꼽히는 칼레메그단 성은 유럽의 여러 나라들을 감돌아 흐르는 다뉴브 강과 이 나라의 북쪽에 있는 가장 높은 산 트리글라브를 발단으로 해서 베오그라드 쪽으로 흘러들어 오는 사바 강과의 합류가 잘 내려다보이는 넓은 언덕 위에 자리하고 있다. 성의 이름인 칼레메그단은 이 나라를 터키가 지배하고 있던 시절에 터키 말로 붙인 것을 지금도 그대로 습용하고 있는 것으로 '싸움의 언덕'이라는 의미를 가지고 있다.

이 성은 원래 동로마 제국이 나라를 지배하고 있었을 때 쌓은 것이다. 동로마 제국 시대 말기에 남쪽의 슬라브 족들이 침범해서 이 성벽의 흰빛을 바라보고 그들의 말로 '흰 성벽'이란 뜻의 '베오그라드'라고 부른 데서 뒤에 이 성벽을 포함해 수도의 이름으로까지 된 것이라고 한다.

이 나라는 동로마의 지배를 비롯해서 많은 강대국들의 침략을 이어서 받아 왔고 새로운 침략 때마다 이 성이 막바지의 싸움터가 되었다. 그래서 그 기념물들도 여기에 거의 다 만들어지게 되었으므로, 이곳은 마치 이 나라의 피침략사의 큰 전시장처럼 되어 있다. 동로마 지배 시대의 유물인 '로마의 우물'이 있는가 하면, 터키 지배 때의 총독이었던 다마트 알리 파샤의 무덤도 있고, 오스트리아가 세운 시계탑이 보이는가 하면, 소련의 압력을 어쩌지 못했던 기념물도 역시나 눈에 뜨인다.

그러나 이런 창피한 침략의 기념물들 사이에는 '카라조르제의 문' 같이 터키의 지배에 항전했던 이 나라 애국자의 이름이 붙은 유적도 보여서 반가웠다.

이 성은 각국에서 모여드는 관광객들로 늘 붐비는 속에 시민들의 산책로로도 많이 이용되고 있고 또 쇼 공연장으로도 기꺼이 쓰여지고 있어 미남 미녀들의 출랑거리는 모습도 가끔 눈에 잘 들어온다.

이 성벽 위에서 사바 강의 흐름이 바른편으로 잘 내려다보이는 언덕배기를 우리 일행이 담소하며 내려가다가 기념 촬영을 하고 있을 때였다. 정열이 대단히 왕성해 보이는 연분홍빛에 가까운 토실한 얼굴을 한 웬 젊은 여인 하나가 바로 내 옆으로 바짝 다가서면서 손에 들고 있던 무슨 풀꽃 한 송이를 내 손에 쥐여 주며, 사진 찍기를 요청하는 일이 생겼다.

비라의 전설과 열차 안의 버찌 상자

그러자 우리 일행 중에서는 나보다 훨씬 더 담이 크고 얼굴에도 자신이 있는 사내 하나가 이걸 눈여겨보고 있다가 냉큼 달려드는 바람에 나는 그만 할 수 없이 이 자리를 슬그머니 비켜날 수밖에 없이 되었는데, 여기서 비켜서면서 내가 절실하게 느끼게 된 것은 다른 것이 아니라 유고슬라비아에서 예부터 전해져 내려오는 '비라'라는 선녀들의 전설이었다.

비라라는 참 매력적인 선녀들의 전설은 대략 다음과 같은 것이다.

아조 밝은 달밤에 유고슬라비아의 무성한 수풀 속으로 들어가면, 참 좋은 나무 그늘의 빈터에서 대단히 이쁜 비라라는 선녀들이 늘 기다리고 있다가 일어서서 마중한다고 한다. 그들은 다 연분홍빛 가까운 얼굴을 토실토실하게 가진 너무나 정열적인 여인들로서, 먼저 그 달빛 속에서 같이 춤출 것을 제의하고, 그다음에 신바람 나는 춤이 절정에 달하면 끌어안고 뒹굴다가 잘 것을 요구한다고 한다.

그러나 정력의 힘이 어찌나 센지 이 비라의 요구대로 한동안을 겪어 내고 나면 그 사내는 그만 두 눈이 침침해질 정도로 김이 빠져서 납작해져 버린다고 하니, 이건 말하자면 옛날 우리나라의 허한 남녀들이 걸렸던 '뇌점'이라는 병의 상태에 들어서는 것이다. 요샛말로 하면 폐결핵, 즉 폐병이 그것이다.

그런데 이렇게쯤 비라들의 아름다움에 말려들었던 사내들이 쇠약해져서 눈이 침침해지면, 비라들은 그런 사내들의 두 눈의 총기를 두루 모아서 밝은 달빛 속의 전나무 그늘 같은 데에다가 저장해 두고, 그녀들의 두 눈이 흐려질 때마다 저장해 둔 것들을 착복해서 아조 밝게 회복하고 정력을 다시 왕성하게 만들어 갖는다고 하니, 이런 종류의 선녀 이야기는 아마 드물 것이다.

그러나 우리나라에서도 정력이 넘쳐서 남편을 병들게 하는 여자 보고는 '서방 잡아먹을 년'이니 하는 것도 사실이다. 그러니 유고슬라비아 비라 선녀들의 전설도 이만큼의 사실의 비유적인 이야기로 간주하면 되겠다.

그래 나는 내게 먼저 꽃을 주며 사진을 찍자고 가까이 다가온 연분홍빛 토실한 얼굴의 유고슬라비아 미인을 채 간 우리나라 친구에게도 이 비라의 전설을 간단히 들려줄까 했으나 그도 나 비슷한 생각을 했음인지 이미 벌써 저 혼자서만 걷고 있었으므로 그만두어도 되었다.

베오그라드에서 헝가리의 수도 부다페스트로 가는 길을 우리 일행은 비행기를 타지 않고 일부러 열차 편을 이용했는데, 물론 그 이유는 열차의 차창을 통해서 나타나는 두 나라의 풍경을 내다보고 즐기려는 데에 있었다.

가끔 푸른 강물들이나 더러 만날까, 가도 가도 끝이 없는 기름진 평야 위를 달려가면서 나는 밀밭 둑길에 문득 나타나는 붉고 흰 양귀비꽃들을 다시 발견하고는 옛 그리스인처럼 '헬레네냐? 페넬로페냐?'를 마음속으로 또 되풀이하고 있었다.

그런 중에 뜻밖에도 내가 들어 있는 찻간의 문이 드르르 열리며 "선생님" 하고 들어서는 사람이 있어 보니 우리 일행 중의 한 사람인 내 대학교수 시절의 제자였던 이 군이었다. "선생님이 특히 좋아하시는 것이 있어 모시러 왔는데요" 하기에 따라가 보았더니 한참 만에 그는 상자들이 많이 쌓여 있는 이 열차의 어디론가로 나를 안내했다. 이 군이 한 상자에 손을 집어넣어 한 움큼 꺼내는 것을 눈여겨보니, 그건 다른 게 아니라 붉은 루비 빛깔로 너무나 황홀하게 잘 익은 서양의 버찌 열매들이었다. "야!" 하고 내가 소리를 치지 않을 수 있겠는가? 고된 여행 속의 감동이란 바로 이런 발견에 있는 것이니 말이다.

이 큰 버찌 상자들 옆에 나란히 서 있는 한 쌍의 못 먹은 노루처럼 생긴 유고슬라비아의 늙은 부부에게 "한 상자의 값이 얼마냐?"는 걸 말로써가 아니라 눈치코치에 손짓이니 뭐니 다해서 물어봤더니 사내는 볼펜을 꺼내 가지고 한 상자 위에 20이라는 아라비아 숫자를 써 보였다. 물론 이것은 미국 돈으로 20달러를 달라는 것이로구나 짐작하고 내주었더니 그들 부부는 온 얼굴이 기쁨으로 누그러지며 아조 좋아하였다.

나중에 알고 보니 이건 30킬로그램이 넘는 버찌의 큰 상자로서 이걸로 우리 일행은 헝가리에서는 물론 러시아에서 지낼 때까지 싱싱하고 달고도 새콤한 양버찌의 맛 속에 잘 지낼 수 있었기에 여기 특기해 두는 바이다.

헝가리

서쪽의 부다와 동쪽의 페스트

5월의 어느 날 황혼, 나는 헝가리의 수도 부다페스트에 도착하여 다뉴브 강의 다리를 건너가고 있었는데, 정말 참 아름다운 곳이라고 생각했다. 독일과 오스트리아를 거쳐 체코슬로바키아, 헝가리와 유고슬라비아, 루마니아 등의 여러 나라를 감돌아서 흑해로 쏠려 들어가는 다뉴브 강에서도 이 부다페스트 쪽의 다뉴브가 가장 이쁘다는 세상의 평판에 나도 공감하지 않을 수 없었다. 서쪽의 부다Buda와 동쪽의 페스트Pest라는 시가 사이를 남북으로 관류하는 이 다뉴브 강은 여덟 개의 다리를 이고 충분히 넓은 폭으로 아조 유유히 흐르고 있어서, 해 질 녘의 분홍 햇빛에 당당키만 한 그 모습은 헝가리의 다난했던 역사를 내게 한동안 잊게 만들었다.

그러나 내가 예약된 호텔에 들어서 정해진 내 방으로 가기 전에 잠시 동안 로비의 대기실에서 기다리고 있을 때 내 앞에 전개된 광경은 나를 무척 아찔하게 만들었다. 사십대로 보이는 수수한 검은 옷차림의 이쁠 것도 별로 없는 여인 하나가 내 맞은쪽의 소파 옆에 나타나더니 한쪽 손으로 그 소파의 등을 짚고 서서 나를 향해 추파를 보내기 시작한 것이다. 그런데 이 여인의 추파라는 것은 쌩긋 웃는 윙크라든가 그런 것이 아니라 '열심히 사람을 하나 찾고 있소!' 하는 듯한 심각한 표정의 것이어서, 나는 그걸 똑바로 바라보기가 힘들어 슬쩍 딴 데로 외면해 버리고 말밖에 없었다.

뒤에 이곳의 일을 잘 아는 사람에게 물어보았더니, 이런 여자들은 요즘 아주 못살게 된 러시아에서 원정해 오는 경우가 많다고 하는데, 그야 하여간에 이렇게도 재빨리 나타나 보이는 이런 여인의 따분한 모습은 모처럼 본 이곳 다뉴브 강의 그 맑은 유구함에 쓰라리게 서러운 먹구름을 얹어 놓고 있는 것만은 사실이었다. 먹구름이라기보다는 헝가리 사람들이 외롭고 서러울 때마다 잘 켜 온 바이올린의 가장 슬픈 멜로디 G선의 떨리는 울림소리를 듣고 있는 것 같은 소름이 내 느낌 속에도 끼쳐 들기 시작했다.

나는 사람들의 이야기의 사설이 요만큼 되면 제절로 그들의 그 역사라는 것도 아울러 더듬어 보아야만 하는 버릇이어서 아래에 아주 간략히 살펴보겠다.

헝가리는 단일민족인 점이나 우랄알타이 계통의 말을 사용하는 점에서 한국과 공통되는 나라로서, 9세기 말엽에 와서야 중앙아시아 즉 지금의 서쪽 시베리아 유목민의 한 종족이었던 마자르 족들이 흘러들어 와서 세운 나라다. 우두머리의 이름은 아르파드. 헝가리에서 그의 종족들과 함께 농민으로 정착한 그는 이때 여기에 들어와 있던 가톨릭교로 개종했다고 하는데, 우리의 옛 사람들처럼 하늘을 숭상해 온 그의 전통적인 신앙이 이런 개종을 가능케 했던 것으로 생각된다. 이때 뿌리를 내린 로만가톨릭의 신앙은 그 뒤 꾸준히 이어져 지금도 헝가리 사람들의 약 70퍼센트가 그 신자들이다.

그러나 2세기 남짓한 동안 한 독립국가로서 발전해 왔지만, 1241년에는 몽골의 침략을 받아 허덕여야 했고, 또다시 소생해서 3세기쯤 나라를 꾸려 나가다 1541년부터는 터키의 지배 속에 놓여 압제를 받아야 했고, 또 17세기 말부터는 약 2세기에 걸쳐 오스트리아의 지배를 받아 오다가 1848년 대혁명의 결과로 오스트리아·헝가리 이원국가 제도 속에 살아 보기도 했으며, 1차 세계대전에는 불가불 오스트리아와 독일 편을 들어 참전했다가 전 국토의 70퍼센트를 잃고 망조가 들었으며, 2차 세계대전에는 독일의 편에서 싸우다가 또 망하여 1945년 4월부터는 소련의 지배 밑에 놓여서 1988, 1989년의 자유민주화 시대까지 숨도 제대로 못 쉬고 살아온 것이다.

그렇지만 그들이 자주력을 가지고 살던 때의 패기를 잃지 않고 1848년에는 자유를 요구하는 민중대혁명을 일으켜 오스트리아에 맞섰던 점이나, 또 1956년에 소련과 헝가리의 괴뢰정권의 독재에 대항해 일어섰던 점 등은 민족정신의 건재함을 잘 나타낸 것이라고 해야 할 것이다.

다뉴브 강가의 이곳저곳

위에서 말씀한 헝가리의 대략의 역사를 머리에 담고 내가 인제부터 소개하려는 이곳의 관광의 뒤를 따르시기 바란다.

다뉴브 강의 서쪽 언덕 위에 솟아 있는 겔레르트 언덕의 높이는 235미터밖에 되지 않지만 강의 서쪽의 부다 시가와 동쪽의 페스트 시가를 조망하기에는 가장 적합한 곳으로, 가물지 않은 여름에는 폭포도 하나 괜찮은 게 흘러내려 보기에 시원하다.

겔레르트는 이 헝가리 나라를 세운 아르파드 왕가가 숭상하던 로마에서 온 가톨릭의 선교사였는데, 아르파드 왕가가 1046년에 가톨릭으로의 개종 정책을 표명하자 이에 반대하는 완고한 전통 종교의 신자들에 의해 한 개의 통 속에 유폐된 채 다뉴브 강으로 내던져져 목숨을 잃었다고 한다. 이를 영구히 기념하기 위해 그의 이름을 따서 이 언덕의 이름을 삼고, 여기에 성 겔레르트상—그가 바위 위에서 하늘을 향해 십자가를 들고 있는 모양의 조각상도 세웠다.

겔레르트 언덕에서 멀지 않은 곳의 다뉴브 강가에는 '어부의 요새'라는 회랑으로 된 흰 건물이 인상적으로 늘어서 있으니, 이것은 1848년에 오스트리아의 지배로부터 자유를 요구하는 헝가리 혁명이 일어났을 때, 오스트리아가 러시아와 합세해서 이 나라를 무력으로 유린해 오자 다뉴브 강의 어부들까지 무장하고 나서서 적의 침입을 막아 지키던 자리의 하나인 것이다. 이것은 1899년부터 1902년까지의 4년간에 걸쳐 지어진 것으로 헝가리의 자주적인 민심의 발로가 잘 드러난 곳이다.

역시나 다뉴브 강의 서쪽인 부다 시가의 한쪽 언덕 위에는 옛 헝가리가 독립국가로서 왕성했던 13세기에 지은 왕궁이 솟아 있는데, 지금 여기는 박물관과 미술전람회의 전시장으로 사용되고 있었다. 내가 들렀을 때는 어느 전시장에서던가 소련 지배 시절의 독재를 풍자한 만화 전람회도 열리고 있어서 우리 일행을 심심치 않게 웃기기도 했다.

다뉴브 강의 동쪽에 늘어서 있는 페스트 시가지는 1848년의 헝가리 혁명에서 오스트리아에 대해 자유해방을 요구하고 싸운 결과 1867년에 헝가리의 자치권(오스트리아 국왕을 여전히 모시는 자치권)이 인정된 이후에 시로 발전된 번화가로서 현대적인 시설과 상점 등은 주로 이곳에 모여 있다.

국회의사당도 여기에 있고 부다페스트의 제일 번화가인 '인민공화국 거리'도 이곳에 있다. 다뉴브 강의 동쪽인 페스트 시가지에서 가장 번화하게 발달된 이 거리는 그 때문에 '부다페스트의 샹젤리제'라고 하여 프랑스 파리의 번화가 샹젤리제를 따서 별명으로까지 삼고 있는 곳으로서 이곳의 엥겔스 광장과 영웅 광장 사이에 위치하고 있다. 각종 상점들도 즐비하니 이곳에 온 나그네가 기념품을 사기에도 알맞은 곳이다.

이 거리의 이름으로 '인민공화국'이 붙은 까닭은 1917년에 러시아에서 레닌의 사회주의혁명 정권이 생겨나자 그 영향을 받아 부다페스트에서도 1919년에 그런 혁명을 일으켜 '헝가리 소비에트 인민공화국'이 3개월쯤 세워진 적이 있었기 때문에 그때의 일을 기념해서라고 한다.

영웅 광장은 1896년에 헝가리 건국 천 년을 기념해서 세워진 것으로서, 물론 여기에는 이 나라를 최초로 세운 아르파드와 여섯 명의 부하들의 기마상이 서 있고, 그 위쪽에는 36미터 높이의 천사상이 서 있다. 헝가리 사람들의 민족정신과 가톨릭의 결합이 잘 보이는 곳이다.

세계 제일의 도망의 명인 야노쉬 쵸르하

부다페스트 시에서 조금만 교외의 시골길로 접어들면 곳곳에 피어 있는 들장미꽃(찔레꽃) 덤불들과 만나게 되는데, 우리나라 시골길에서 보는 것 같은 그런 흰빛이 아니라 그보다는 로맨틱한 연분홍 빛깔을 띤 것들이다. 물론 이 빛깔도 자연이 준 것이겠지만 이것을 처음 보는 우리의 느낌으로는 이곳의 로맨틱한 인심이 오랜 세월 못 당할 일도 많이 당하고 숨어 살면서 마지못해 발산하는 정열로 이렇게 물들이어 피워 놓은 것 같은 인상을 받는다.

분홍빛 찔레꽃 덤불들 옆에 나지막이 늘어서 있는 마을 집들의 뜰마다 익어 있는 양벚나무 버찌 열매들의 새빨간 루비빛까지가 그들의 오래 숨어 살아온 정열의 불들같이만 느껴지기도 한다. 그러나 그렇게 오래 숨어 살면서도 아조 꺼져 버리거나 불순하게는 만들지 못했던 그들의 순정의 불을 깊이 생각해 보는 것은 눈물겨웁다.

헝가리라 하면 우리는 먼저 음악의 나라로 바이올린 솔로의 구슬픈 멜로디를 기억하고, 또 저 유명한 부다페스트 현악 사중주단의 깊이 쌓인 정열의 복받치는 흐름의 소리로도 기억하고, 또 천재 작곡가인 리스트의 〈헝가리 광시곡〉의 그 폭포같이 쏟아지는 정열을 통해서도 잘 기억하고 있거니와, 이것들은 그 모두가 많이 숨어서 살았어도 마지막 순정까지는 없애 버리지 못했던 그 마지막 것의 발로로만 느끼어지기도 하니 말이다.

숨어서 사는 사람들의 이야기가 나왔으니 그렇던 헝가리 사람들 가운데 대표적인 숨음의 선수였던 사내의 이야기를 하나 여기 아무래도 꺼내 놓아야겠다.

야노쉬 쵸르하라는 이름을 볼 것 같으면, 이 사람은 아무래도 중앙아시아에서 내려와서 나라를 세웠던 그 마자르 족의 핏줄로 보이는데, 1241년의 몽골 침략 때인지 아니면 그 뒤 터키의 침략 때인지 그 시기는 나타난 게 없지만, 하여간에 이런 강국의 침략의 때를 만나서 잘 도피해 다니던 헝가리의 대표적인 명인으로 소문나서, 요즘의 헝가리 민화집에도 잘 소개되어 있는 사나이다.

야노쉬 쵸르하는 어떤 국난을 만나 도망칠 때에도 포켓 속에는 애인이 머리에 빗질하던 빗 한 자루를 언제나 지니고 다녔는데, 적들이 그를 죽이려고 떼를 지어 달리어 오면 그 빗을 꺼내 그들 앞에 던졌다고 한다. 그러면 빗이 떨어진 자리에서는 그 빗의 살들 같은 수풀이 돋아나 빽빽하게 우거져서, 적들이 그 수풀을 헤쳐 나오느라고 무척 애쓰는 동안에 그는 멀찌감치 빠져나가 도망갈 수가 있었다 한다.

그는 벌판과 논둑길, 밭둑길을 숨어 달리고, 물을 건너고, 산을 넘어서 마침내 먼 인도까지 도망쳐 갔는데, 그가 인도의 수도에 도착했을 때에는 마침 왕궁의 뜰에서 '잘 숨기 내기 대회'라는 것이 열리고 있어서, 우리 야노쉬 쵸르하도 물론 이 내기 대회에도 참가했다고 한다.

인도의 매우 예쁘신 공주님께서는 꼴도 보기 싫은 세상에서 되도록 재빠르게 숨어 달아나서 애인끼리만 오붓하게 살 능력을 가진 사나이가 나타나기를 기다리면서, 아버지의 승낙을 얻어 자주 이 숨어 살기 내기 대회를 개최했던 것인데, 우리 헝가리의 1등 선수 야노쉬 쵸르하도 한판 끼어 보게 된 것이다.

맨 처음으로 그는 날아서 바닷속으로 뛰어들어 가서 한 마리의 큰 고래로 둔갑해 가만히 엎드려 있었는데, 인도 공주의 예민하신 혜안이 어김없이 발견해 내자, 두 번째는 그렇지, 바로 천하 만물을 두루 비치시는 해님의 등 뒤에 가 찰싹 달라붙어 숨어 있었다. 그러나 이번에도 인도 공주의 밝은 눈이 이것마저 용하게 알아맞히자 마지막으로 무엇이 되었는가 하니, 이번엔 한 마리의 아주 쬐끄맣고 재빠른 벼룩이 되어서 공주님이 머리에 꽂고 있는 장미꽃 속으로 들어가서 밖에서는 잘 안 들리게 숨을 쉬고 있었다.

그제서야 비로소 발각과 탄로의 재주꾼 1호였던 이 예쁜 공주님도 이번에만은 모르겠다고 나지막한 소리로 고백을 하게 되어, 이 극진한 야노쉬 쵸르하를 신랑으로 정해 버렸다는 이야긴데, 아닌 게 아니라 두 내외가 오붓하게 숨어 살기 위해서는 정말 알심 있는 자를 하나 신랑감으로 잘 골랐다고 생각한다. 그리고 이 상징적인 이야기야말로 저 다난했던 헝가리 민족의 지혜를 잘 나타낸 것으로 보인다.

헝가리의 매력

부다페스트 시를 벗어나서 과히 멀지 않은 곳의 나지막한 산자락에는 조촐한 한 채의 별장이 꽤나 쓸쓸하게 지어져 있는데 이것은 헝가리 왕조시대의 어떤 왕비의 별장이라고 한다. 그 왕비는 남편의 눈을 속여 딴 사내와 한동안 밀통을 하고 지냈으므로 왕은 관대하게 그녀를 여기에 별거시켜 근신하며 살게 한 것이라고 한다.

조촐하고 아담한 별장을 보는 내 느낌은 각별한 것이었다. 불륜을 저지른 왕비의 경우 가혹한 벌이 따르는 것이 상례였을 텐데 이 왕비의 남편만은 가혹한 벌 대신에 이런 좋은 별장까지 지어 주며 그녀를 오히려 무척은 아껴 냈으니 말이다.

남녀 간의 로맨스에는 되도록 관대하라는 것이 그들의 인생관일까? 그런 것을 생각하며 이 언저리에도 많이 덤불 져 피어 있는 헝가리의 독특한 연분홍빛 찔레꽃들을 아울러 보고 있노라니, 이 꽃들의 빛깔까지도 낭만주의인 것같이만 느껴졌다. 이런 낭만주의가 좋은 남녀들은 여기 와서 살아 보는 것도 괜찮겠다.

헝가리 제일의 호수이자 중부 유럽에서 가장 큰 호수인 발라톤 호수는 맑은 물을 가진 호수로서 바다가 없는 헝가리에서는 바다 노릇을 대신하고 있어 이 호수를 통한 어업의 발달도 대단하거니와, 주변의 휴양과 위락을 위한 시설들도 갖출 만큼 갖추어져 있다. 여기의 명물 요리는 잉어에다가 이곳 고유의 양념들을 가미한 것이라고 한다.

나는 총총한 나그넷길의 짜인 스케줄 속에서 잠시 동안만 이 호숫가의 한쪽 귀퉁이에 멎어 서 보았지만 그 상쾌했던 느낌은 아직도 내 기억에 뚜렷하다.

부다페스트에서 어느 만큼 남쪽에 있는 칼로차에 가면 헝가리의 젊은 미인들이 서비스하는 가게들의 아름다운 자수의 매력에 잠기게 된다. 대부분이 수수한 무명 바탕에 찬란한 여러 빛깔의 수를 놓아 만들어 낸 옷들과 또 섬세한 레이스들로서, 물론 여성의 옷들 중심이지만, 여기의 이것들은 지구의 딴 어느 곳에서도 구하기 어려운 특수한 아름다움을 빚어내고 있어서 여행 선물로서는 빼놓기가 아깝다.

나도 내 노처를 위해 순 무명의 흰 레이스로만 꽃무늬를 넣어서 절은 블라우스 하나를 사서 선사했었는데, 내가 아내와 함께 미국 어느 도시의 산보로를 걷고 있을 때 이걸 입은 내 아내의 곁으로 점잖은 백인 여인들이 다가와서 "어디서 사셨습니까?" 하고 물어 대기도 했었다.

오세아니아 편

아메리칸사모아

실소 자아낸 젊은이들의 금이빨 유행

1984년 7월 18일 오전, 나와 내 아내는 그야말로 바람이 오라는 대로 남태평양의 아메리칸사모아라는 섬나라를 향해 하와이의 호놀룰루 공항에서 비행기에 올라 다섯 시간 반쯤을 남으로 날아 오후 4시쯤 이 섬의 수도 '팡고팡고'에 내렸다. 글자로는 파고파고Pago Pago라고 쓰지만 이곳 사람들은 팡고팡고라고 발음한다고 했다.

이 팡고팡고로 가는 비행기 속에서 내 주의를 먼저 끌었던 것은 승객들의 잔심부름을 하는 폴리네시아 혈통의 젊고 팔팔해 보이는 스튜어드와 스튜어디스 남녀들이 거의가 다 아름다운 하얀 이빨들 사이에 금이빨을 쬐끔씩 끼워 가지고 있는 점이었다. 더 이쁘게 보일 목적에서라고 한다.

우리나라에서도 1920년대에서 1930년대에 걸쳐 한동안 유행하였던 이 선멋의 금이빨—주로 앞이빨 옆의 이빨에다가 그 가를 테두리 해 금으로 입혀 가지고 씨익 웃어 보일 때마다 그걸 드러내는 것으로 자랑을 삼았던 그 '도화桃花 이빨'이라는 것을 이 비행기 속에서 많이 많이 다시 보게 되니, 이것 참 반갑고 유치한 느낌 때문에 나는 무심코 픽 실없는 혼자 웃음을 터뜨리지 않을 수가 없었다.

그때 우리나라에서는 대개 남의 소실댁이나 갈보 갈 색시거나 집안 망쳐 먹을 젊은 사내들이 주로 이것을 했었는지라, 이런 걸 회고하며 뒤늦은 이곳 젊은 사람들의 유행이 적이 걱정되기도 했다. 야생의 금방 새로 피어난 꽃 같은 그들의 풋풋한 아름다움이 대견하다는 느낌이 더하면 더할수록 그 멋쟁이 금이빨에 대한 측은한 느낌도 거기 따라 더해만 갔다.

팡고팡고 공항에 내리니 이곳 주재의 단 한 분인 외교관 김민종 영사와 몇 분의 이곳 우리 동포가 마중을 나와 있다가 곧 우리 내외를 안내해 '레인 메이커Rain Maker'라는 물기 많은 묘한 이름을 가진 호텔로 갔다. 이 이름이 무슨 뜻이냐고 물었더니, 그건 이 항구의 뒷산 이름을 딴 것이라고 김민종 영사가 일러 주었다.

하룻밤 숙박에 30달러쯤 받는 이 섬나라에서 가장 호화판인 이 호텔은 ㄷ자 모양의 2층집으로, 지붕은 무슨 나무껍질로 덮고 있어 소박하고 아늑한 느낌을 주었고, 서쪽은 바로 맑게 출렁이는 바다여서 여기 한동안 묵으며 글이나 쓰고 지내면 좋을 것 같았다.

여기 사람들은 남자나 여자나 아랫도리는 무늬가 고운 책보 같은 것 한 장만 빵 둘러매고 다니는 게 매우 시원스럽고 자유로워 보여 나도 즉시 거기 감염되어서, 호텔 매점에 가 한 장에 미국 돈 2달러씩을 주고 두 장을 샀는데, 이곳 사람들처럼 순 나체의 아랫도리에 싸악 둘러 보니 기분이 참 좋았다. 이걸 '라바라바'라고 했다.

남태평양의 젊은 참치잡이 교포 총각들

7월 18일 저녁에는, 이곳 수도 팡고팡고에 살고 있는 우리 동포들의 대표로 원양어업소장인 김원근 씨를 비롯한 몇 분이 김민종 영사의 안내로 나를 레인 메이커 호텔로 찾아와서, 이분들과 함께 이 호텔의 식당에서 저녁 식사를 하게 되었는데, 그들의 말을 들으면 아메리칸사모아를 근거지로 해서 살고 있는 우리 교포의 수효는 약 830명가량 되며, 그중에 25명의 남자는 이곳 원주민의 여성들과 결혼해 주로 식품점 같은 걸 경영하면서 비교적 잘살고 있다고 했다. 그러나 배를 타는 사람들에겐 결혼하자는 여자가 오지 않기 때문에, 여기 여자를 얻어 살려면 선원 노릇을 그만두고도 집안을 꾸려 갈 만한 밑천을 잘 모아 놓고서야 가능하다는 이야기였다.

우리나라 동포들의 대부분인 젊은 총각의 뱃사람들은 물론 여기를 그 첫째 번 근거지로 삼고 넓은 남태평양에서 주로 참치잡이에 종사하고 있는데, 미국인 경영의 이곳 통조림 공장에 우리 뱃사람들이 잡아서 파는 참치의 공급량은 한 해에 미국 돈 4천만 달러어치나 된다고 했다.

그러니만큼 이 쬐그만 섬나라에서 우리가 차지하는 비중은 적지 않은 것이어서, 1979년엔 이곳 총독이 우리나라를 찾아 새마을 운동을 배워다가 청소년 운동 같은 걸 실천도 해 왔으며, 우리 정부에서는 여기 팡고팡고에 '한국의 집'이라는 이름의 기와집도 지어 놓았는데, 이 집이 이 나라에서는 가장 좋은 집이라고 한다.

바다의 조망이 아름다운 호텔 2층의 식당은 5, 60명쯤 수용할 만한 방으로, 거기에는 작은 공연을 위한 무대도 달려 있어, 우리는 여기에서 이곳 특유의 식사를 들며 토인들의 춤과 노래를 감상할 수가 있었다.

우리가 늘 먹는 밥이나 빵 대신에 이곳 토인들은 타로taro라는 야생의 감자를 주식으로 하고 있다기에 시켜서 먹어 봤는데, 그건 우리 하지감자—포테이토처럼 흰 살이었으나 하지감자만큼 차짐도 못 가진 아주 퍼걱퍼걱하고 단맛이 전혀 없는 것이었다.

다만 무대에서 진행되는 그들 노래의 단순한 슬픔과 춤의 선동적인 성적 매력은 서로 잘 대조가 되면서 섬나라 특유의 정서를 풍겨주어 한동안 몰입해 볼 만했다. 그들의 춤은 엉덩이를 잘 흔드는 걸 주로 하고 있었는데 그게 섬세하게 빠른 속도의 순진한 리듬을 이루면서 우리의 성 감각을 무던히 자극했고 여기다가 아주 절망일 것까지는 없는 엷은 슬픔의 노래들이 가미되니 그만큼 한 슬픔도 또 하나의 즐길 거리인 것만 같았다.

팡고팡고의 한국의 집과 원주민들의 노끈 예술

7월 19일 오전, 김민종 영사의 안내로 우리는 먼저 '한국의 집'을 한 바퀴 둘러본 뒤에, 이 섬나라의 옛 수도 레오네를 보러 갔다.

우리나라에서 이곳에 지은 한국의 집은 건평이 100평쯤 되어 보이는 기와집으로, 여기에는 우리 영사관을 비롯해 원양어업소 등의 각종 사무실과 회의실까지 구비되어 있어, 뱃사람 중심의 우리 동포들이 모이는 곳으로서 부족함은 없다고 했다. 큼직한 학이 금시 내려앉는 것 같은 기와지붕의 구배의 아름다움도 이 섬의 자연에 잘 조화되어 보였다.

여기에서 나와 우리는 이곳의 유명한 토산품인 돗자리를 만들어 보이면서 팔고 있는 장에 들렀는데, 여러 가지 소박한 무늬를 짜 넣어서 만들어 내고 있는 그 돗자리들은 우리 강화도의 화문석보다도 좀 더 솜씨가 섬세해 보였다. 여자들이 짜는 이 돗자리는 이곳에서는 또한 시집가는 신부의 대표적인 재산이기도 하여, 이걸 여러 장 많이 가지고 갈수록 그 신부는 더 융숭한 대접을 받는다고 했다.

돗자리 시장의 한 귀퉁이에서는 원주민 할아비가 항아리에 이곳 토산의 카바라는 술을 담아 놓고 수수한 토기 보시기에 떠 담아 팔고 있었는데, 인심 좋게도 외국 손님에겐 첫 잔은 무료로 대접해 주었다. 무슨 나무뿌리로 빚은 것이라고 하는, 우리 막걸리 비슷한 빛깔의 이 술은 마실 때는 유순하지만 취기는 대단한 것이다. 맨발로 앉아서 보살님처럼 너그러이 웃고만 있는 이 할아비가 내게는 꼭 이 섬나라의 첫째 주인처럼만 보였다.

팡고팡고의 동쪽을 덩그렇게 차지하고 있는 레인 메이커 산의 골짜기를 등으로 한참 동안 야자와 바나나와 이름 모를 꽃들의 무성한 밀림을 헤치고 가니 드디어 이 나라의 옛 서울 레오네의 옛 국회의 사당인 팔레에 도착했는데, 이 집은 한 백 명쯤은 수용할 수 있을 만큼 제법 큰 것이었지만, 묘한 것은 벽이라고 할 게 전혀 없고, 지붕과 그것을 받친 기둥들로만 지어져 있는 점이었다. 나무껍질로 입힌 둥그런 지붕을 아마 열 개도 더 되는 기둥들이 빙 둘러서 떠받들고 있을 뿐이었다. 여기만 이런 게 아니라 이 섬나라의 주택들도 원래는 모두 이 모양이어서, 지금도 촌사람들이 사는 집은 이렇다는 우리 영사의 설명이었다.

그런데 보아하니 이 집엔 지붕 밑에 휑하니 큰 방이 단 하나뿐이어서 "일반 주택도 이렇다면 시부모와 자식들 며느리들이 한방에서 자다가 애를 만들 생각이 나면 매우 곤란하겠는데……" 내가 말하니, "그런 경우 한 쌍의 내외는 그야 슬그머니 방을 빠져나갈밖에 별 수가 없겠지요" 하고 김 영사는 웃으며 대답했다.

이 섬나라 원주민들의 정치 지도자들이 모여서 회의를 했었다는 팔레라는 이름의 그 집 안에 들어가서 내부 구조를 살펴보는 동안 나는 상상 밖의 정교함에 감동했다. 우리나라의 옛날 집들이 나무못이라도 그 못이라는 걸 사용해서 연결해 지었던 데 반해서 여기 이들의 집은 못을 전혀 쓰지 않고 맵시 있게 꼰 튼튼한 노끈으로 묶어 연결할 데를 두루 다 연결하고 있는 게 특징이었는데, 아무 흙도 바르지 않은 천장의 서까래들 사이나 서까래들과 기둥들 사이를 순전히 노끈으로만 묶어서 연결해 든든하게 집이 지탱하게 만들어 놓은 솜씨는 경탄할 만했다.

더구나 노끈들의 묶음에는 실용의 효과뿐 아니라 예술적인 아름다운 조화를 노린 효과까지가 역력히 나타나 보여서 나는 한동안 거기 홀려 있었다. 몇 가지 색채의 배합까지를, 또 이 노끈 묶음의 예술을 지니고 있어서 참 재미가 있었다.

이 팔레에서는 원주민들의 최고 추장이 정부와 국회와 법원까지를 대표하여 국민들의 목숨을 좌우했는데, 현재도 이 나라에는 '파라마운트 치프'라고 부르는 최고 추장이 6명, 그 밑에서 변론을 일삼는 '하이 토킹 치프'가 60명, 또 그 아래에서는 가족과 친족을 맡아 권리 행사를 하는 '아잉아 치프'들이 이 나라 씨족의 수효만큼 있다고 한다. 그래서 현재 이곳의 영토권을 쥐고 있는 미국으로서도 민사와 형사의 소송에서는 이들 추장들의 주장을 토대로 하지 않을 수 없다는 이야기였다.

1900년에 미국 영토가 된 이 나라는 현재 총인구 6만 5천 명이지만, 그중에 2만 명은 미국 본토에 가서 살고 있고, 또 하와이에 1만 명이 살고 있어, 이곳만의 실제 인구는 지금은 3만 5천 명밖에 되지 않는데, 우리의 호기심을 자아내게 하는 건, 여기는 사내보다 여성의 권리가 훨씬 더 많은 모권사회로서 자녀들의 양육 책임까지도 여자 쪽이 진다는 것이었다. 그래서 그런지 길에서 만나는 젊은 여자들이 이성을 향해 던지는 추파가 사내들보다 훨씬 더 진하고 강렬한 것만은 사실인 것 같았다.

결혼식은 요즘은 두루 토요일에만 하는데, 그들이 사는 집은 어디나 전 가족이 함께 기거하는 큰 방 하나뿐이어서 그런지 근친혼인, 그 생피라는 것이 적지 않게 이루어지고 있어 그 때문에 그런 부부 사이에서 생긴 아이들 속엔 중성中性도 심심치 않게 끼어 있다고 했다.

그러나 이들은 또 한편으론 대단히 종교적이기도 해서, 오후 6시의 '교회 시간'이 되면 마을과 마을 사이의 모든 길은 교통이 일체 차단된 채 10분 동안을 전 국민이 열심히 기도에 몰입한다고 한다. 그들의 종교엔 기독교, 천주교, 모르몬교 등이 있는데, 그렇지만 이런 기도와는 또 달리, 그들의 감정은 낮과 밤의 차이나 밝은 날과 흐린 날의 차이, 평일과 휴일의 차이를 너무나 잘 반영하여 돌변해 나타나기 때문에 이 점을 잘 이해하고 그들을 대해야 한다고 한다.

연인 살기에 안성맞춤인 투 달러 비치

7월 20일 오전에는, 가장 아름다운 해수욕장으로 이름 나 있는 속칭 '투 달러 비치' 쪽에 가 보았다. 여기 해수욕장과 놀이터의 입장료가 미국 돈 2달러여서 붙여진 이름이라고 한다. 그러나 이날은 우리뿐이고 사람들이 모여들지 않은 날이어서 그런지 돈을 내라고 하는 이가 없어 우리는 무료로 여기를 독차지할 수가 있었다.

팡고팡고에서 투 달러 비치로 가는 바닷가의 경치는 무던히 이쁘다. 한 쌍의 애인이 새로 애기를 만들며 살기에 꼭 안성맞춤인 쬐그만 섬들이 멋들어지게 늘어선 야자수와 종려나무 수풀 속에 모양 좋은 기암괴석들을 엿보이면서 바로 손에 잡힐 듯이 가까이 춤추는 듯 나타나는 바닷가의 모래밭은 아주 깨끗하고 또 질이 좋아서 휴일이면 많은 사람들이 이리로 모여든다고 한다.

또 이 바닷가는 낚시꾼들이 재미도 많이 보는 곳으로 특히 참치 새끼들이 잘 물린다고 한다. "낚싯대만 튼튼한 걸로 두어 개 가지고 와 살면 식생활에 돈은 안 드는 곳입니다. 언덕에만 올라가면 바나나는 어디서건 따 먹을 수 있고, 또 타로라는 이곳 감자는 도처에서 캐낼 수가 있으니까요" 하고 안내하던 우리 김민종 영사가 농담 삼아 귀띔해 주었다. "밤잠 자는 데도 돈 들 건 없겠는데요. 늘 춥지 않은 날씨겠다, 아무 데서나 깃들여 자면 될 테니까" 내가 말하니, "그렇습지요, 원주민같이 살 작정이라면요. 또 신발은 안 신어도 되고, 옷은 아랫도리의 라바라바 한 장이면 되는 곳이니 옷값도 별로 걱정할 것도 없고……" 하고 김 영사는 또 내 말에 장단을 맞추었다.

우리의 바로 눈앞에 작은 섬이 건너다보이는, 아주 좋은 수풀 그늘의 모래밭에 쉬고 있노라니, 뜻밖에 밤빛의 개가 한 마리 우리 곁에 나타나고 바로 뒤이어서 역시 밤빛 머리털을 가진 중년의 서양 여자 하나가 그 뒤를 따라 나타나서 하얀 두 다리의 무릎 위까지 스커트를 걷어 올리면서 거울같이 맑은 바닷물의 한 자락을 건너, 앞섬으로 들어가 버리고는 드디어 영 보이지 않게 되어 버렸다. 그런데 개는 웬일인지 그 여자를 따라가지도 않고 우리 주위에서만 서성거리고 있었다.

"이 개는 아마 저 여자의 개는 아닌 것 같습니다. 이곳에는 주인

없이 자유만을 즐기는 개들이 많으니까요. 그리고 이 자유의 개들은 때로는 좀 흉악해지기도 하니 주의해야 합니다" 하고 김 영사가 가르쳐 주어서 "그런데 아까 그 서양 여자의 저 이쁜 섬 속으로의 잠입은 무엇일까요? 무슨 종교적인 감각 때문일까요? 아니면 또 무슨?……" 하고 내가 물으니 "글쎄요. 종교적이거나 색정적인 뜨거운 고민—그 두 가지 쪽의 상상이 다 가능할 것 같습니다. 이 섬나라에는 미국을 비롯해 서양에서 와 정년퇴직 뒤의 여생을 편안히 살고 있는 부부가 꽤나 있고, 또 그중에는 일부다처주의의 모르몬이라는 종교 신자도 어느 만큼 있으니까요" 그는 웃으며 대답했다.

우리는 마침 해수욕복을 준비해 오지 못해 바닷물에 몸소 잠겨 보지는 못했지만, 이곳의 생활과 자연이 마주 닿는 가장 깊은 공기의 한쪽에 비로소 젖고 있는 것 같아 나는 빙그레 웃고 있었다.

우리 동포들의 묘지와 박목월 시인의 위령비

투 달러 비치에서 돌아오는 길에 우리는 산 밑 언덕의 한가한 곳에 있는 우리 동포들의 묘지에 들러 보았다. 팡고팡고에서 투 달러 비치로 가는 사이에 자리하고 있는 우리 동포들의 묘지엔 남태평양에서 원양어업의 고기잡이에 종사하다가 희생된 81명의 선원들의 유해가 묻혀 있으며, 33명의 묘지는 또 딴 곳에 있으니, 모두 합치면 114명이나 된다고 했다. 이 밖에도 바다에서 시체를 찾지 못한 채로 그 넋이 하늘에 옮겨진 수효도 150여 명이나 된다고 한다.

여기 묘지에는 무덤마다 그래도 그 임자의 성명과 생년월일, 사망 연월일을 새긴 작은 묘비들이 서 있었고, 또 묘지의 윗춤에는 시인 박목월이 쓴 위령비가 서 있어서 쓸쓸한 가운데도 국적 있는 따뜻함은 가난한 대로 풍기고 있어 다행이었다.

우리나라 안에서 무엇이 좀 되어 보려고 갖은 안간힘을 다 쓰다가 그게 도무지 여의치가 않아 원양어업의 배에 새로운 꿈을 싣고 적도 남쪽의 이 먼 바다에까지 나왔던 새파랗게 젊은 그들이 거친 풍랑 속에 허우적거리다가 죽어 갔을 것을 생각하니 남의 일 같지가 않아, 나는 일흔 살의 내 나이도 잊어버리고 아내를 재촉하여 그들의 무덤들 한 귀퉁이에 꿇어 엎드렸다. 아니 꿇어 엎드렸다기보다 나도 여기 그들과 같이 쓰러졌다. 나는 이때 꿇어 엎드려서 다난했던 1930년대 후반기에 쓴 「바다」라는 내 시의 한 구절을 기억하고 있었다.

아라스카로 가라
아니 아라비아로 가라
아니 아메리카로 가라
아니 아프리카로 가라
아니 침몰하라. 침몰하라. 침몰하라!

그런데 이 몰입에서 벗어나 겨우 일어나니 묘지 저만큼의 한쪽에서는 국적을 알 수 없는 외국인 일당이 우리를 지켜보고 있었던 듯 우리를 향해 공감의 미소를 그득히 띤 표정을 보내고 있었다.

"저건 웬 사람들이오?" 내가 물으니, "우리 비슷한 외국인들입니다. 그 사람들이 있는 저쪽엔 또 그들 나라의 선원들이 묻혀 있거든요." 하고 김 영사가 설명해 주었다.

그들에게 손을 흔들어 감사의 뜻을 표시한 뒤에, 우리는 또 김 영사의 안내를 받아 우리 동포와 이곳 원주민 여자가 결혼해서 꾸미고 지낸다는 어떤 잡화상 가게 한 군데를 찾아가 보았는데, 여기 주인은 마침 출타해서 가게엔 없었고, 삼십대의 아름다운 폴리네시아 여성인 주부만이 무척 반가운 얼굴로 우리를 맞이해 주었다.

두 눈이 보티첼리의 〈비너스의 탄생〉이라는 그림에 보이는 그 비너스와 많이 닮은 이 안주인은 남편과의 사이의 여러 가지 사랑에서 만든 것인 듯한 삼삼한 눈주름도 자잘하게 꽤 이미 만들어 가지고 있었는데, 남편 그리움의 여벌인 듯한 우리를 향한 그 호의의 눈초리는 한결같기만 해서 우리를 적이 마음 편하게 해주었다.

들으면 이 가게의 주인도 원래는 원양어업의 선원으로 푼푼이 저축하여 이런 아내를 거느리게 된 것이라고 하는데 이걸로 보자면 특히 용감한 우리 총각들이 발분하여 한번 진출해 볼 만한 곳이 바로 이곳인 듯도 싶었다.

남태평양에서 제일 아름다운 경치들

7월 21일 오정 때쯤, 우리는 아메리칸사모아의 수도 팡고팡고를 대여섯 명쯤이 타는 조그만 경비행기로 떠나서 한 30분쯤 걸려서 서사모아의 관문인 팔레올로 공항에 도착했다.

저공비행으로 천천히 날아가는 경비행기의 창에서 내려다보는 이곳 바다의 모든 것이 해인 삼매海印三昧처럼 내리비치는 것만 같은 고요한 조화는 그것만으로도 절묘한 것이었다.

서사모아는 남태평양의 여러 섬나라 가운데서도 야자수 수풀이 무성하기로 유명한 곳으로, 16만 명쯤의 인구가 2842평방킬로미터 면적의 수풀 속에 흩어져 살고 있고, 수도 아피아의 인구는 3만 명쯤밖에 되지 않는다. 1962년에 독립해서 1970년에 영국연방의 하나가 되기까지는 영국, 미국, 독일, 뉴질랜드 등의 지배를 받아왔었다.

팔레올로 공항에서 수도인 아피아까지는 35킬로미터쯤의 거리로 공항 택시로 한 30분 걸렸는데, 이 사이에 있는 경치들을 『남태평양 이야기』라는 책으로 쓴 제임스 미치너는 남태평양에서 제일로 아름다운 곳이라고 칭송하고 있다. 좀 과장인 듯도 하지만 하여간에, 호젓하고 고요한 해안의 굴곡들이 꽤나 매력적인 것만은 사실이었다.

아피아 바닷가의 비교적 한적한 곳에 자리 잡고 있는 투시탈라라는 이름의 호텔에서 묵기로 하고 짐을 풀었는데, 사모아 사람들의 전통적인 건축양식과 서양식을 절충해서 지은 이 호텔의 여러 채의 집들 속엔 순 사모아식인 지붕과 기둥만으로 된 것도 있어, 여행자들의 이국정서를 돕기 위해서는 안성맞춤이었다.

투시탈라라는 사모아 말의 뜻은 '이야기꾼'으로, 일찍이 여기에 와서 살다가 죽은 『보물섬』의 작가 로버트 루이스 스티븐슨에게 이 나라 사람들이 붙여 준 별명에서 따서 쓰고 있는 것이라고 했다.

벌써 오후 두어 시나 되었을까. 배가 상당히 고파 와서 아내와 함께 식당—그 나무껍질 지붕과 기둥만으로 된 식당으로 갔더니, 그래도 여기는 이류 호텔이라 그런지, 깨끗하게 때를 빼고 샌들도 신은 예쁘장한 젊은 색시가 나와 무엇이든 다 들어주겠다는 듯한 미소로 우리를 수련꽃들이 아주 잘 핀 연못가의 자리로 안내하고는 단정히 서 있었는데, 야, 이건 참 보살이라도 썩 잘 다스려진 보살만 같은 그 고요함이 좋았다. 학교 공부에서가 아니라 이곳 자연이 그렇게 가르쳐 낸 것일 텐데, 많이 섭섭하다고 생각되었다.

그러나 이곳 사람들식의 생선 요리를 시켜서 먹어 보니, 아메리칸 사모아에서 먹어 본 그대로의 기름기 많은 느끼하기만 한 것이어서 식욕이 당기지가 않아 유감이었다. 이로 미루어 보자면, 우리 옆에서 있는 웨이트리스의 그 특수한 고요함을 만든 힘은 역시 이런 음식 같은 것에서 온 것은 아닌 성만 싶었다.

스티븐슨이 약한 몸을 이끌고 와서 1890년에서 1894년까지의 4년간을 살다가 여기 묻힌 까닭도 이런 고요함 때문 아니었나 생각도 되었다.

야자수에 얽힌 별난 사랑의 전설

여기 서사모아에 가장 많은 야자수 나무, 이 나무를 두고 아래와 같은 전설이 전해지고 있다고 한다.

'바다의 뱀장어 한 마리가 서사모아의 이쁜 처녀 하나를 죽도록 사랑했는데, 사랑하다가 죽게 되자 그는 한 그루의 야자수 나무가 되어 그 처녀에게 바치는 마지막 선물로 남았다. 그래 이 나무에서 많은 야자수 수풀이 번식하게 되어 주렁주렁 야자열매들을 이 섬 사람들에게 선물해 주게 되었는데, 이 야자수의 겉껍질을 벗기고 자세히 보면 아직도 거기엔 뱀장어의 두 눈 비슷한 것도 보이고, 또 입같이 생긴 것도 보인다. 그러나 이 열매의 속을 아주 잘 열고 싶은 사람은 뱀장어의 눈같이 생긴 부분을 건드려서는 안 되고, 입같이 생긴 부분에서부터 손을 대야만 잘 열린다.'

이런 바닷가의 야자수 수풀에 그 미끈한 뱀장어 비슷한 나무둥치들을 매만져 보며 7월 22일 오전을 산책하고 지내다가 점심때가 되자 우리는 식성에 안 맞는 이곳 음식 대신 중국 음식이라도 먹고 싶어 아피아의 구석구석을 한동안 헤매고 찾아다니다가 음식점 하나를 겨우 발견했다. 그런데 나는 여기에서 비로소 그 속을 너무나 빨리 내게 털어놓은 미인을 하나 우연히 만나게 되었으므로 그걸 여기서 얘기하지 않을 수가 없겠다.

이 중국 음식점은 한국으로 치자면 삼사류 수준으로 식탁이나 의자도 모두 판자로만 되어 있는 곳이었는데, 자유중국(대만)에서 왔다는 주인 사내가 처음 나와서 간단한 인사말을 하고 들어가자, 그 뒤를 이어 삼십대 전반의 이곳 미인 하나가 뜻밖에 나타나 나에게 각별한 호의의 미소를 보인 데서부터 이 이야기는 시작된다.

나는 마침 담배가 없어서 그걸 한 갑 사 줄 수 없느냐고 했더니 "좋다. 내가 사다 주마" 하고 그 여인은 내게서 돈을 받아 가지고 나가더니, 그걸 사다가 주고는 "당신 혹시 한국 사람 아니냐?"고 물었다. "그렇다"고 하니 "당신네 나라 말을 나도 조금은 알아듣는다" 하고는 여자는 안으로 들어가더니만, 곧 이어서 웬 사진 한 장을 손에 들고 나왔다. 그러고는 그 사진을 내게 주며 보라고 해서 자세히 보니 이 여자와 어린 계집애와 그 동생인 듯한 세 살쯤의 사내아이가 함께 찍은 것이었는데, 여자는 "이 사내아이는 당신네 나라 사내의 씨앗입니다" 하는 것이었다.

사연을 들어 보니, 이 여자는 계집아이 하나를 데리고 아메리칸사모아의 수도 팡고팡고에서 한국 선원 출신의 사내에게 시집을 가 둘 사이에서 사내애를 하나 낳았지만, 또 서로 마음이 안 맞아 얼마 전에 작별을 하고, 이곳 중국 음식점의 주인 사내한테로 아들딸 남매를 데리고 다시 시집을 와서 잘 살고 있다는 이야기였다. 여기도 모권사회니 아들딸의 양육은 언제나 어머니가 맡는다는 것이었다.

그래 이야기는 할 수 없이 맨 처음의 뱀장어와 이곳 미인 사이의 그 이야기로 되돌아가거니와, 나라고 하더라도 이런 미인 앞에선 그런 야자나무라도 될밖엔 딴 수가 없겠다고 생각되었다.

아피아의 이모저모

7월 22일. 점심 뒤의 오후를 우리는 서사모아의 수도 아피아의 이모저모를 요량하기 위해 번화가를 비롯해서 바닷가의 시장 거리 등을 헤매 보았다.

이곳 시민들의 반 이상은 원주민 특유의 옷에 알발로 걸어 다니고 있어, 그게 땅에서 태어난 사람의 직접적인 간절감을 나타내고 있는 것만 같아 좋았는데, 간혹 어떤 이는 우리처럼 넥타이를 맨 양복 바지저고리에 알발로 걷는 이도 있어 그건 왜 그러느냐고 물으니, 그들은 이 나라 정부의 국장급 이하의 관리라고 했다. 국장급보다 더 높은 사람들이라야 이런 옷차림에 신발까지 신을 수가 있다는 얘기였다. 관리가 아니면 이 제한은 없다고 했다.

도심지의 빌딩 아래에서도 젊은 이곳 남녀가 백주에 나란히 나자빠져 누워 있는 광경도 여러 군데 보였고, 어떤 이쁘장한 젊은 여자는 행길가에 엣비슥이 누운 채 길 가는 사내에게 얄궂은 추파를 보내고 있기도 했다.

아내가 옷 가게엘 들어가 보자고 졸라서 가 보았더니 여자용 원피스에 우리나라의 묵화와 똑같은 필치로 잎사귀 달린 대나무를 그려 넣은 것도 보여, 그것 하나를 미국 돈 3달러쯤 주고 샀는데, 우리와의 이런 근사성은 어디서 오는 것인지 모르겠다. 혹 여기 와 있는 중국인 누가 그려 준 것이나 아닌지……

바닷가의 지붕과 기둥만의 집의 알땅바닥에 먹을 것들을 늘어놓고 팔고 있는 시장에 들렀더니, 이곳의 주식물인 타로라는 감자를 한 열 말쯤 펴 늘어놓고 그 옆에서 단단해 뵈는 하얀 두 줄의 이빨로 흠벅스럽게도 웃고 있는 밤빛 머리, 밤빛 눈동자의 중년 후반기의 서양 여자 하나가 이곳 원주민들 사이에 끼어 있는 게 단박에 눈에 뜨여서, 호기심이 이끄는 대로 나는 그 옆으로 다가가서 섰는데 "이

감자의 이름, 타로를 영어로 어떻게 철자합니까?" 하고 내가 물어보니, "티, 에이, 아르, 오" 하고 태연히 정확하게 대답하는 게 아주 무식한 여자도 아닌 성싶었다.

영어 발음하는 푼수나 그 표정 등으로 보아 아마도 이 여자는 독일 혈통으로 보였는데, 그렇다면 그네는 독일인 등이 한동안 여기를 통치할 때 왔던 사람들의 후예일 것이다. 그래 나는 여기서 출발해 아래와 같이 상상의 추리를 전개하고 있었다.

'그러나 그 독일인 남편은 별 유산도 안 남기고 일찍이 세상을 뜨고, 이미 독일의 통치권도 없어진 이곳에 그네는 과부로 남아 애정은 너무나 많으므로—이게 가장 중요한 일이므로 이곳 원주민 중의 어떤 괜찮은 사나이를 닿아 살게 되었으나, 그 애정의 사나이도 또한 지지리는 가난하여서……'

이상이 내 상상의 추리의 대강인데, 아마 무던히 맞힌 게 아닐까 한다. 그래서 이런 종류의 서양 여자도 이 섬나라에는 많지는 않겠지만 어느 만큼은 있으리라는 것도 생각이 서게 되었다. 이 또한 괜찮은 일인 것이다.

(아 참, 오늘 치의 이 글의 서두에서 말해 둘 걸 깜빡 잊고 있었지만) 이때 나는 마침 아랫도리엔 이곳 원주민의 남녀 공용의 스커트인 라바라바 한 장만을 거뜬히 입고 있어서 그런지 여기를 떠나 시원한 바닷가의 야자수 밑을 걸어가는 내 기분도 또한 괜찮은 것이었다.

우폴로 섬 일주, 팔레파 폭포에서

7월 23일 오전, 우리는 우리가 묵고 있는 호텔 투시탈라에서 미국 돈 50달러를 주고 택시를 얻어 하루 동안 수도 아피아가 있는 우폴루 섬 일주의 관광에 나섰다. 섬나라 서사모아는 우폴루 외에 사바이이라는 또 하나의 큰 섬과 일곱 개의 자잘한 섬들을 합해 모두 아홉 개의 섬으로 이루어져 있다.

우리 내외가 탄 택시의 운전사는 아마 100킬로그램쯤은 됨 직한 사십대 후반의 장한으로, 남방에 라바라바 치마에 때에 전 알발을 하고 사는 이곳 원주민 사나이의 한 표본이었는데, 인적이 뜸한 산속의 밀림 지대를 지날 때는 혹시나 그가 우리의 호주머니 속을 노려 대들기나 하면 어쩔까 싶어 겁도 났다.

아피아의 호텔을 떠나 동쪽으로 20킬로미터쯤 달려서 우리는 이 나라의 유명한 폭포인 팔레파란 이름의 폭포 위춤의 언덕 위에 서게 되었는데, 폭포가 잘 내려다보이는 쪽으로 나를 안내하던 택시 운전사를 바짝 가까이 따라가고 있던 나에게 내 아내가 "너무 가까이 가지 마" 하고 경계의 발언을 한 걸로 보면 그네도 생각은 나 같은 데가 있었던 모양이다.

그러나 나는 우리 신라 향가 중의 '영재가 도적을 만난 노래(「우적가遇賊歌」)' 같은 걸 용하게 기억해 내면서, 노래라도 부를 듯한 유쾌한 음성으로 "베리 베리 굿!" 어쩌고 뇌까리며 소리 내 웃으면서 그를 따랐더니, 아, 그만 별일은 없었다. 역시 사람은 이런 경우엔 영재 스님을 배울 일이다. 믿어 의심치 않는 친구의 얼굴과 마음씨를 가질 일인 것이다.

지금 이 글을 쓰며 곰곰 다시 생각해 보자니 잠시나마 이때 내 동행자를 의심했던 건 정말로 미안한 일이었다.

이곳 팔레파 폭포는 우리나라 제주도 서귀포의 천제연 폭포 비슷한 규모로, 폭포 아래 새파랗게 깊은 초록의 못물을 이루고 있는 것도 우리 천제연과 많이 닮은 것이었다.

여기에서 또 수풀을 헤치고 산길을 꼬불꼬불 한 30분쯤 차를 몰고 올라가면 마파라는 산마루에 도착하는데 바다의 조망이 아름답기로 소문나 있는 곳이다. 이 산마루의 일대는 비교적 넓은 고원으로서 길가에는 칡덩굴이 무성했으나 한쪽으로는 작은 규모이긴 하지만 소를 기르고 있는 목장도 보였다.

우리가 의심했던 그 장한은 길가에 피어 있는 이쁜 빛깔의 풀꽃을 꺾어 모아 내 아내의 손에 쥐여 주며 호탕하게 웃어 대고 있어서, 아내도 빙그레 미소하는데 이제는 겁이라는 것도 없어져 버린 것만 같았다.

자녀는 몇이나 두었느냐고 사내에게 물으니, 여덟 명을 두었는데 그중에 두 딸은 지금 미국의 캘리포니아에 가서 일을 하며 살고 있어, 보고 싶어서 그들을 만나러 갈 여비를 시방 열심히 벌어 모으는 중이라며 넙적한 앞이빨을 사람 좋게 오래 드러내 보이면서 웃고 있었다. 미국으로 품팔이 간 여인들은 여기에도 꽤 있는 모양이다.

동쪽 끝 마을 랄로마누의 인심

이 섬에서도 가장 전통적이고 민속적인 마을로 알려진 동쪽 끝의 랄로마누라는 마을을 찾아 우리는 마파 산마루를 내려서 동으로 동으로 남태평양 제일의 울창한 야자수 수풀을 누비고 꼬불꼬불 굽은 길을 따라 내려가고 있었는데, 유난히도 야자열매들이 탐스럽게 많이 열린 어느 야자수 수풀 자락 속에 접어드니 문득 갓 젊은 원주민 여인 하나가 내 대갈통만큼 한 야자열매 하나를 손에 들고 그 어디만큼 서 있다가 우리 차를 보고 반겨 웃으며 우리보고 가지라고 차창을 향해 그 열매를 내밀었다. 수풀이 좋으니 인심도 역시 좋은 것이었다.

토실토실한 살결에 눈과 이빨도 좋은 열여덟 살쯤의 여자였는데, 이 인심 좋은 수풀의 선물을 우리는 냉큼 받고도 고맙다는 인사말 한마디로 입을 씻고 만 것은 참으로 미안한 일이었다. 『시경』에 나오는 「모과木瓜」의 사연처럼, 모과 선물엔 이쁜 구슬을 주었듯이 우리도 그네에게 정중히 답례로 줄 만한 무슨 좋은 구슬이라도 한 개 지니고 있었더라면 좋았을 텐데……

섭섭한 대로 그네를 하직하고, 또 한참을 메추라기 떼가 우글우글 기어 다니는 타로감자 밭머리를 지나가노라니, 수풀에 반쯤 가려진 마을의 집들도 더러 나타났는데, 벽이라고는 전혀 없는 지붕과 기둥들만의 이들의 집들 중에서는 아직 오전 11시쯤인데도 방바닥에 느른히 누워서 주무시는 여자의 모양도 가끔 엿보여서 여기가 사실은 우리보다도 훨씬 더 많은 자유와 평화를 지닌 곳이라는 느낌을 물씬

물씬 풍기고 있었다.

그래 요런 언저리를 무척 부러워하면서 엿보며 지나가노라니, 어느 세 갈림길에선가는 이곳 토산인 듯한 나지막한 키의 말을 타고 오는 소년도 보여, 우리 택시 기사는 그에게 랄로마누로 가는 지름길을 묻기도 했다.

드디어 도착한 랄로마누 마을은 아닌 게 아니라 별천지였다.

여기는 이 섬에서도 맨 동쪽 끝이라서 그런지 무슨 특별히 깨끗한 꽃 속에나 놓인 듯 공기의 밝고 맑음이 꽃답고 대단한 게 곧 마음에 들어와서 좋았고, 그래 그런지 여기 사람들의 눈빛에는 사람들이 당연히 가져야 할 그리움의 감정이 그득히 담겨 있는 게 좋았다.

19세기 후반기의 영국의 괴짜 소설가 로버트 루이스 스티븐슨이 이 섬이 그리워서 만년을 이 섬에서 살다가 묻힌 까닭도 여기 와서 이곳 사람들의 눈에 담긴 그 본래의 그득한 그리움을 보니 저절로 알 것만 같았다.

때 한 점도 없는 듯한 깨끗한 모래밭과 맑게 씻은 거울 같은 바다 물결의 잔잔한 출렁거림에 맞추어 춤추는 듯 멋들어진 야자수의 수풀. 이 수풀 속의 집들 앞에 서면 어디서나 그 집 속의 사람들은 반가이 나와서 우리를 그리운 눈으로 환영해 주었고, 국민학교 옆을 지나니 마당에서 놀던 아이들도 마치 오랜만에 돌아온 저희들의 반가운 조부모나 맞는 듯 몰려나와서 우리 내외를 에워싸고 껑충껑충 춤을 추고 있었다.

『보물섬』의 작가 스티븐슨의 하얀 집

랄로마누 마을의 국민학교 아이들의 흰옷 입은 천사들 그대로의 도약하는 순진을 보면서 나는 어느새인지 영국의 이튼 스쿨 학생들의 그 검정 예복으로 공부하는 점잖은 귀족적인 모습들을 기억해 내 대조해 생각해 보고 있었다. 이튼 스쿨 아이들의 문화적인 우아한 세련미도 고운 것임엔 틀림없지만 이때 내게는 자연의 조화로만 빚어진 듯한 이곳 아이들의 발랄한 그 순진의 아름다움이 한결 더 달가롭게만 느껴졌다.

마을 한쪽의 후미진 바닷가에 자리 잡은 식당에서의 식사는 요즘 우리나라에서도 한참 유행하고 있는 셀프서비스—먹을 사람 각자가 마음대로 골라 가져다 먹는 그것이었는데 참치 조림이 우리 식성에도 맞게 된 것이어서 우리 내외는 이걸 많이 먹었다.

점심 뒤에 우리는 이 섬의 남서쪽 바닷가에 있는 레파가라는 마을을 찾아 한 시간쯤 차를 몰고 갔는데, 이 마을은 왕년에 유명했던 영화배우 게리 쿠퍼가 주연한 영화 〈낙원으로 돌아오라〉를 촬영한 무대라고 하여 지금도 많은 관광객을 불러 모으는 곳이다.

대단한 별천지로 예상하면서 부풀어 갔으나 막상 가서 보니, 랄로마누 마을보다는 모든 게 빈약한 곳으로, 영화 〈낙원으로 돌아오라〉에 찍혀 나왔다는 민가도 중류도 제대로 못 되는 원주민의 집일 뿐이었다. 야자나무 잎사귀들이 바람난 여자의 풀어 흐트러진 머리칼처럼 바람에 유난히 흩날리고 있는 밑에서 엊그제 까 놓은 물개 새끼 비스름한 어린애들이 앉고, 서고, 뛰고 노는 게 인상적이라면 인상적인 곳이었다. 하기는 여기는 아주 한적하게 귀 빠진 바닷가여서, 이 귀 빠진 모래밭에 뒹굴며 맑은 바닷물에 잠기기도 하면서 조용히 숨어 글이나 쓰고 살기엔 적합해 보이기도 했다. 여기에서 우리는 다시 소설가 스티븐슨이 만년에 살던 집이 있는 바일리마로 갔는데, 근처의 경치도 빼어나거니와 집 주위의 풍경은 정말 쓸 만한 것이었다.

우리 이 왕조의 대갓집이 여러 채의 기와집을 연달아 포개어 지었듯이, 스티븐슨의 집은 세 채를 포개어 지었는데, 맨 오른쪽 것은 맨 앞으로 나와 있고, 가운데 것은 조금 뒤켠으로, 왼쪽 것은 또 좀 더 뒤켠에 자리 잡게 해 놓았으며, 이 세 채가 다 2층집으로, 지붕들도 구배는 평평하지만 동양의 지붕 모양을 하고 있었다. 그것들은 두루 하얀빛이었다. 마당은 1천 평은 넉넉히 됨 직한 넓고 푸른 잔디밭이었으며 그 둘레로는 몇천 평 되는 과일나무들과 꽃나무들의 수풀이 뻗쳐 있었는데, 수풀 한쪽에는 골짜기의 맑은 시냇물도 소리를 내며 흐르고 있어, 아직도 그가 그 어디 살아 있는 듯한 느낌을 주었다.

'집이란 뱃사공이라' 나는 그의 시구절을 기억해 되뇌고 있었다. 이건 그의 묘비에도 새겨져 있는 말이다.

피지

인도인의 낙원—낭디

7월 24일 오후 2시쯤 서사모아의 아피아 공항을 떠나서 같은 날 오후 4시쯤에 피지의 낭디 공항에 도착했는데, 서사모아와 이 나라 사이에는 날짜변경선이 가로놓여 있어, 이곳에 오니 날짜는 할 수 없이 25일로 앞당기어졌다. 그리고 이곳 낭디도 글자로는 '나디 Nady'라고 쓰고 발음은 '낭디'라고 한다고 했다.

섬나라 피지는 가장 큰 섬인 비티레부 외에 약 8백 개쯤의 작은 섬들로 이루어진 나라로서, 총인구는 약 70만 명이고 1874년부터 영국의 식민지가 되었다가 1970년에야 독립해 영국연방의 하나가 되었다. 국제공항이 있는 낭디는 수도는 아니지만 이 나라 교통의 중심지이자 또 남태평양 교통의 중심지이기도 한 곳으로서, 여기서

처음 눈에 띄는 특색은 마치 인도의 뉴델리에나 선 것처럼 인도 혈통의 고요한 얼굴들이 많이 보이는 것과, 공항에서 과히 멀지 않은 주위를 에워싸고 있는 그 특유한 산둘레의 아름다움이었다.

산들의 높이는 거의 다 1킬로미터도 안 되어 보이는 것들이었지만, 세로 쭈욱쭈욱 주름져 있는 그 산들의 주름살들의 미묘한 조화는 내가 지구 위 어느 산맥에서도 볼 수 없었던 독특한 감칠맛을 풍기고 있어서, 느지막한 오후의 낭디 거리를 오가는 느릿느릿한 인도 사람들의 고요한 삶의 표정과 아주 좋은 대조를 이루고 있었다.

인도 사람들은 1870년대부터 영국의 알선으로 이 섬나라의 사탕수수 재배를 위한 노무자로 와서 살게 되었다고 하는데, 그 수효는 현재 이 나라 전체 인구의 반을 넘는다 하며 또 이 나라의 상업이나 농업의 중요한 것도 그들이 많이 차지하고 있다고 한다. 하늘은 참 묘하게는 인도인의 낙원을 이 별천지에 또 하나 마련해 주신 것이다.

이곳 거리를 나직나직 걸어가고 있는 인도 여인들의 그 긴 옷의 주름과 이곳 주위의 산들의 주름살의 모양이 너무나 많이 닮은 것을 눈여겨보면서 내게는 이곳 인도인들의 전화위복이 자연의 무슨 신비한 섭리만 같이 느껴지기도 했다.

공항에서 한 10리쯤의 거리에 있는 도미니언 인터내셔널 호텔에 묵게 되었는데, 이 집 안주인도 인도 여자였다. 네팔 같은 데서 내려온 인도인의 후손인지 비교적 우리 한국 사람에 가까운 얼굴을 가진, 자그맣고 호리호리한 키의, 미목이 준수한 이 젊은 여자는 내가 숙박부에 직업을 시인이라고 쓴 것을 보자 깜짝 반가운 표정을 만면에 띠면서 "야, 시인이라니!" 하고 감탄하며 좋아라 했다. 나는 사실은 교수라고 쓰려다가 글자 수효가 시인이라고 쓰는 게 영어로는 간단해서 게을러 그렇게 썼을 뿐이었는데, 이런 시 애호자를 다 만나다니, 이건 참 웬 떡이냐였다.

나는 이런 경우에는 언제나 술을 좀 자셔야만 하는 성미인지라, 이 집 바의 뜰이 잘 보이는 곳에 자리를 잡고 이곳 토산의 맥주를 마셨는데, 맥주 맛이나 값도 수수하여 다 무던했다.

조용하고 이쁜 도시—라우토카

비티레부 섬 서쪽의 가운데쯤에 자리하고 있는 낭디에서 북으로 24킬로미터쯤을 가면 이 섬의 서쪽에서는 가장 잘된 도시로 손꼽히는 라우토카가 있다. 또 이 라우토카로 가는 길가 해변에는 이 나라의 전통적인 민속을 잘 보여 주는 마을도 있어 그곳에서는 조그만씩한 토산품들을 헐값으로 팔고 있었다.

이 민속촌의 전통적인 주택들은 사모아의 그것과는 상당한 차이가 있었으니 그 벽이라는 것들을 가지고 있는 점이었다.

나는 7월 26일 오전에 택시로 이곳에 들러 보았는데, 굴러가는 솔방울같이 재빠른 열 살쯤의 인도 아이 하나가 안내를 지망하고 나타났기에 우리 돈으로 한 5백 원쯤 주고 그 애의 안내를 받았다.

큰 느티나무 밑의 바닷가에서 큰 강아지만 한 대구 비슷한 고기의 아가미를 벌려 보이며 "사라"고 외치고 있는 노인 곁으로도 그 안내

아이는 우리를 데리고 갔고, 여러 빛깔의 조개껍질들을 쪼개서 만든 목걸이 장사 아줌마 옆으로도 이끌고 갔고, 또 누구네 집 부엌문을 주인의 승낙도 없이 열어젖히고는 그 속을 구경도 시켜 주었는데, 그들의 부엌은 우리나라 시골 농부 집의 구식 부엌과 비슷했다.

드디어 우리가 도착한 라우토카는 영국이 이 나라를 식민지로 지배할 때 그 지배계급들이 이루어 놓은 도시답게 깨끗한 양옥들이 꽤 이쁘게 늘어서 있었고, 공원도 규모는 작지만 짜임새가 있었으며, 특히 이곳의 인도인들의 시장은 가난한 대로 먹을 것의 종류가 많고 조용해서 좋았다. 사람들은 조용하게 사는 것만큼은 아무래도 인도인들에게서 먼저 배워야겠다.

여기에서 우리는 사탕수수의 명산지인 시가토카로 가기로 했는데, 이 섬의 서남부인 시가토카를 가자면 또 일단 낭디를 거쳐야 하므로, 나는 이왕이면 또 다른 경험을 얻기 위해 돌아가는 길은 아까 오던 길이 아닌 다른 길을 택하도록 했다.

그리하여 우리 운전기사는 아직 포장이 안 된 들길과 개울가의 길도 달려가게 되었는데 여기에서 나는 인도 농부들이 옛날 그대로의 방법으로 농사를 짓고 있는 광경과, 개울에서 그들의 여인네들이 한가로이 빨래하는 모양도 보았다. 그들의 이런 모양은 구식의 우리 시골 그대로인 것이었다. 벼를 기르는 인도 사람의 논도 이 언저리에는 상당히 많았다.

그러나 이 섬나라에는 인도인들보다 약간 적은 수의 이곳 원주민인 멜라네시아 인종들이 살고 있어, 그들과 인도인들의 사이는 첫째 그 기질이 잘 맞지 않는다고 한다. 불에 지져 놓은 밤송이 같은 모양의 검은 머리칼을 가지고, 눈이 훨씬 더 독해 보이는 이 원주민들은 권력을 잡는 데는 인도인들보다 훨씬 재빨라서 이 나라 정부의 요직도 그들이 거의 전부 맡고 있지만, 농업이나 상업에 능한 인도 사람하고는 결혼을 하는 일도 아주 드물다고 했다. 이것이 이 나라의 가장 큰 문제점이라고 한다.

끝없이 펼쳐진 사탕수수밭—시가토카

점심 뒤에 피지의 낭디에서 사탕수수의 고장인 시가토카 쪽으로 한 90킬로미터쯤의 포장도로를 택시로 달렸는데 길 양쪽으로 넓게 넓게 뻗쳐 있는 사탕수수밭은 내게 오랜만에 그리운 어린 시절을 추억게 하여 고마웠다. 외갓집 울타리 안의 빈터에다가 외할머니는 해마다 어린애들을 위해 사탕수수를 몇십 그루씩 심어 가꾸시어서, 단 것이 먹고 싶은 가을철 한동안씩은 나는 이 신세를 가장 많이 졌기 때문이다.

그래 나는 저절로 어느새인지 어린애 철로 돌아가서 그런 웃음을 온몸에 짓고 있는 판인데, 인도인 택시 운전사도 나 비슷한 기억 속에 잠겨 있었는지 내 것과 비슷한 웃음을 만면에 띄우며 "이 사탕수수는 우리들의 제일 좋은 자랑입니다" 하고 그 자랑을 또 얼굴 표정에 나타내 보여 주었다. 차창 밖 어느 수수밭 머리에는 어머니인 듯한 여자의 손을 잡은 대여섯 살짜리 어린애도 보였는데, 그들 모자의 낯곳에서 보이는 것 또한 나나 운전사와 같은 것이어서, 사탕수수의 좋은 영향력을 내게 새삼스레 깊이 느끼게 했다.

'친구 따라 강남 간다'는 말이 있듯이 사실 이 시가토카에 온 것은 내 소원이라기보다는 우리 택시 운전사인 인도 사내가 자랑으로 하도 간절히 권하는 바람을 더 많이 탄 것이었는데, 이 나라 사탕수수의 제일 큰 집합지이고 또 그걸 설탕으로 만들어 내는 대규모의 공장이 즐비하게 서 있는 이곳에 와 보니 여기는 그들의 떳떳한 자랑이 될 만했다.

사탕수수밭 벌판으로부터 시가토카의 설탕 공장 사이에는 철로가 멀리까지 깔려 있어서 지붕 없는 긴 화물열차의 행렬이 늘 그 수확한 사탕수수 더미들을 실어 나르고 있었는데, 이것들을 부려 놓는 사람들의 얼굴에서도 이 사탕수수의 그 근본적인 기쁨은 두루 배어나고 있는 듯하여 재미가 있었다.

이곳 설탕 공장에 모인 세계의 관광객들 틈에 끼어 우리 내외도 쇠사다리 계단 등을 조심조심 오르내리며 공장 내부를 여러 층에 걸쳐 돌아보았는데, 여기서는 사탕수수에서 설탕이 만들어져 나오기까지의 여러 공정을 자세히 보여 주며 설명해 주고 있어, 우리 내외는 난생처음으로 비로소 이런 구체적 사실들을 배워 알게 되었다. 설탕이 제대로 완성되어 쏟아져 나오는 기계 앞에 서니 관광객들에게 자유로이 집어 맛보게까지도 하고 있어, 나는 지금은 설탕을 별로 즐기지 않는 편이지만 권에 못 이기는 체 조금 집어 먹으며 낄낄거리니 그것도 괜찮은 느낌이었다.

공장 안의 훗훗한 증기 속에 함초롬히 땀에 젖으며 견학을 마치고 밖으로 나와, 공장 노무자들이 사는 마을 길을 돌면서 보니, 문밖에 나와 섰는 이 마을 남녀노소의 얼굴에도 역시 그 사탕수수의 근본적인 행복은 깃들어 있는 것만 같았다.

새 경험 안기운 멜라네시아 여인

오후 6시에 피지의 낭디 공항을 떠나서 한 40분 만에 이 나라의 수도인 수바에 도착했다. 낭디에서 수바로 가는 비행기의 창에서 내려다본 중첩한 산맥의 아름다움은 특이한 것이어서 말이거니와, 황혼의 어스름에 쌓이고 있는 그 미묘한 산그늘 속의 어디엔가는 옛날부터 우리가 말해 온 신선도 몇은 살고 있을 것만 같아 보였다.

들으면 지금 이 섬나라에는 19세기에 사탕수수 생산의 노무자로 왔던 인도인의 자손들이 원주민 자손보다 더 많고, 그들은 또 인도에서처럼 그들의 전통적인 종교인 힌두교를 거의 믿고 있다고 하니, 힌두교는 불교나 신선교와도 상당히 많이 공통되는지라, 내 이 상상은 점점 더 깊어만 갔다.

수바 공항에 도착하니 벌써 어둑어둑했는데 비행기에서 내리는 바짝 밑에까지 이곳 우리 대사관의 박승무 영사가 마중 나와 주어서 여간 반가운 게 아니었다.

우리는 박승무 영사가 운전하는 차로 30분쯤을 가로등도 별로 없는 산골길을 달려서 드디어 수바 항구 언덕 위에 있는 타운하우스 호텔에서 묵게 되었는데, 여기는 가족 동반 여행객들을 위한 호텔로 자유로이 무얼 만들어 먹을 수 있는 시설이 갖추어져 있어서 그 점이 편리하다고 했다.

그야 하여간에 이 집에서는 창밖으로는 먼 동쪽 산둘레의 안쪽으로 괴어 있는 항구의 호수가 가장 잘 내다보이는 데다가, 선선히 불어오는 바닷바람에 휘말려서는 무성한 수풀 속의 빛 고운 곤충들이 열어 놓은 창 사이로 가끔 찾아들고 하여, 내게는 드물게 만난 좋은 집으로 보였다.

언덕 아래 중국 음식점에 가서 간단한 저녁 식사를 마친 다음에 호텔로 돌아와 심심하여서 호텔 4층에 있는 바에 들렀더니 술을 나르는 웨이트리스 색시는 이곳 토종의 원주민인 멜라네시아 사람인지라 내게는 새 경험이 되었다.

멜라네시아 사람 특유의 아주 거칠게 곱슬곱슬한 검은 머리에 삶의 극점을 금방 본 듯한 사나운 작은 눈초리의 이 미인은 마치 무슨 특별난 에누리로 나를 대해 주는 듯한 그런 표정으로 그럭저럭 살살살살 하고 있었는데, 사모아의 얼굴이 완연한 이 바의 지배인 사내 앞에서는 그의 길들인 한 마리 암캐처럼 부르르르 떨고만 있는 것이었다. 이걸로 보면 사모아는 경제력으로는 피지만 못하지만 그 종족의 본질값으로는 더 우수한 것으로 치부되고 있는 것만 같았다.

그래 그 우수한 자랑의 얼굴을 한 이곳 지배인이 마침 내 옆을 지나가기에 옆에 앉으라고 하여 몇 말씀 나누어 보았는데, "사모아로 그만 돌아갈 생각은 없는가?" 내가 물으니 잠깐 속셈을 하는 듯 조용하더니 "돌아갈 생각은 전혀 없다"고 대답했다.

역시 우수함을 스스로 알며 우수한 자 노릇을 하고 사는 재미는 제 고향으로 돌아가는 것보다는 그에게는 나은 일인 것만 같아 보였다.

수바 식물원의 하늘의 꽃밥 때

7월 27일. 오전 일찍 우리 내외는 수바의 명물인 바닷가의 시장에 나가 보았다. 부두의 길가에 일렬로 길게 깔리는 이 시장은 오전 중에만 서는 것으로, 임시로 가설한 천막 밑에서는 주로 이곳 서민들의 각종 수공품을 팔고 있었는데, 장사꾼들은 거의가 인도 혈통으로 그중에도 여인네들이 많았다.

이미 5, 6천 년 전의 베다 문명 시절부터 발달해 온 인도 사람들의 정교한 수공업의 예술적인 솜씨가 오늘날 남태평양 한 귀퉁이의 바닷가에까지 와서 이렇게 조용하게 판을 치고 있는 것을 보자니 참으로 대견스럽게 느껴졌다.

우아한 빛깔의 비취로 만든 목걸이니 팔찌니, 멋들어진 나비 모양의 브로치니, 여러 빛의 바다거북 껍질을 용하게도 깎아서 만든 가락지니 반지니, 이별의 눈물을 주로 닦기 위한 것인 듯한 참 아름다운 빛과 무늬의 부드럽고 가벼운 비단 손수건들이니, 어느 시대 어느 문명사회에 내놓아도 밉상이 될 수는 없는 솜씨들이 아주 헐값으로 널려 있어서 나는 그것들을 팔고 있는 그 눈그늘 짙은 인도 여자들의 누구라도 하나 붙들고 엉엉 울고 싶은 심정까지 되어 있었다.

이 긴 바닷가의 시장 길을 북쪽으로 한참을 걸어가면 이 나라의 총독부가 보이고, 거기에서 멀지 않은 곳에 유명한 식물원이 있고, 그 식물원 안에는 또 이 섬나라의 쬐그만 박물관도 마련되어 있다.

이곳의 식물원은 나무와 꽃을 새로 많이 심어서 가꾼 것이라기보다 원래 여기 있던 자연생의 초목들이 좋아 그걸 위주로 구획 지어 만든 흔적이 농후한 곳으로 그래도 그 수풀 길들엔 자갈들을 깔았고 여기저기 벤치도 놓아 나 같은 나그네의 휴식의 한때를 편리하게 해 놓고 있었다.

이 수풀 사이의 길을 가면 이름 모를 키 높은 나무들은 새빨간 꽃들을 우리 위에 자주 떨어뜨리고도 있어 나는 불경에서 읽었던 '하늘의 꽃밥 때化供養時'를 여기서 실감했다. 입으로 꽃을 밥같이 먹는 게 아니라 떨어지는 꽃의 정기를 우리의 정신으로 받아들여 그 꽃 똑같이 되어 버리는 그런 때 말씀이지. 내 아내도 그런 걸 느꼈는지 낙화하는 꽃들을 조용히 주워 모아서는 내 손에 건네주기도 했다.

식물원 안에 있는 피지 박물관에는 주로 이 나라 원주민들이 물길을 타고 다니던 카누니 원주민들이 사냥하고 싸울 때 쓰던 원시적인 무기니 그런 것들이 많이 진열되어 있었으며, 이곳을 지키는 박물관 직원들도 여기 어울리게 하려는 듯 머리털이 거칠게는 많이 곱슬곱슬한 이곳 원주민—멜라네시아 사람을 골라 배치하고 있었다.

다시 큰길가로 나오니, 마침 서너 살쯤의 어린애 하나가 혼자서 울고 서 있어서 미아인가 싶어 잠시 어르고 있노라니, 오래지 않아 저만큼서 젊은 미인이 내게 다가와서 "고맙다. 얘는 내 아이다" 하며 데리고 유유히 사라져 갔다. 이런 식의 유아 훈련도 여기서는 하는 모양인가?

열대 섬나라의 뜨거운 바윗돌 밟기

점심 뒤에 우리 내외는 이곳 대사관의 박승무 영사가 운전하는 차로 수도 수바를 떠나 이 섬나라 남쪽의 한가운데쯤에 있는 퍼시픽하버라는 곳의 컬추럴센터에 한 시간 반쯤 만에 도착했다.

이곳은 하와이의 오아후 섬에 있는 센터보다 규모는 작았으나 하와이에서처럼 온갖 민속놀이를 보여 주는 한편, 한쪽에선 온갖 토산품도 팔고 있어 편리했다. 이 섬나라 원주민들의 전통적인 격식을 따라 지은, 풀로 지붕을 한 목조의 집들은 상당히 견고해 보였으며 집과 집 사이에는 지붕이 달린 다리도 있어 거기서 그 아래 연못을 내려다보고 놀며 즐기게까지도 만들어져 있었다.

못물 건너 꽤나 넓은 푸른 잔디밭 언덕으로 되어 있는 무대를 앞에 하고, 한 백 명쯤은 수용할 수 있는 서너 층계의 지붕 달린 관객석도 마련되어 있었는데, 극장을 구경하려면 표를 또 따로 사야 한다.

우리가 이 극장에 앉은 날은 일주일에 두 번씩 있는 〈불 위의 걸음 Fire Walking〉이 공연되는 날이어서, 세계적으로 유명한 공연을 볼 차례를 가지게 된 건 천만다행이라고 박승무 영사는 말했다.

오후 3시 반 정각이 되니까 못물 건너 푸른 잔디밭 언덕의 바른편—관객석에서 보기엔 왼편 높은 곳에 있는 탑에서 먼저 화려한 풀 잎사귀와 꽃의 옷으로 장식한 늙은 제사장께서 엉금엉금 걸어 나오시고, 이어서 그보다 좀 덜 화려한 장정들이 열 명쯤, 또 그 뒤를 대서 애송이 청소년들 열 명쯤이 잎사귀로 사타구니나 좀 가리고 무대에 나타나더니, 거기 미리 준비해 놓았던 나지막한 장작더미에 불을 질러 활활 타오르자, 그 언저리에 널려 있던 자그마한 바위들을 불 위로 운반해 올려놓아 뜨겁게 달구는 일을 공동으로 하고 있었다.

그러더니 그 장작더미가 다 타서 재로 내려앉고 뜨거운 바위들만이 그 자리를 차지해 놓이게 되자, 늙은 제사장은 소나무 가지 비스름한 푸른 나뭇가지 하나를 손에 들고, 불에 달군 뜨거운 바위들 위를 알발로 아주 점잖게 천천히 밟으며 건너고 그다음에는 장정들 각자에게 똑같은 짓을 되풀이하게 하고, 마지막엔 또 애송이 청소년들에게도 이 어려운 시험을 치러 내게 하는 것이었다.

일본 교토의 용안사龍安寺라는 절간에 가면 '바다에서의 호랑이 새끼 건네기'라는 이름으로 된 바위들이 뜰에 일련의 배치로 깔려 있어, '높고 낮고 또 서로 거리가 먼 바위들을 호랑이 새끼가 어떻게 바다에 빠져 죽지 않고 잘 디디고 건널 수 있을 것인가?' 하는 데 관객의 관심을 모으고 있거니와, 열대 섬나라의 이 뜨거운 바윗돌 밟기 훈련은 그에 견줄 만한 지독한 것을 가지고 있어 우리도 좀 참고해 볼 만한 것으로 생각되었다. 이열치열—열로 열을 다스린다는 말이 새삼스레 떠올랐다.

솔로몬 군도의 학생들과

저녁에는 이곳 피지의 우리 대사관의 김성구 대사 댁에서 우리 내외를 초대해 주셔서 갔더니, 마침 그 자리엔 피지의 서북쪽에 있는 솔로몬 군도群島에서 온 10여 명의 대학생들도 초대되어 와 있어서, 우리가 아직 가 보지 못한 그들 나라의 일면을 엿볼 수 있게 되어 다행이었다.

김성구 대사의 설명을 들으면 솔로몬 군도는 1978년에야 영국연방 정부의 하나로 독립한 나라로서, 총인구는 22만 명쯤 되는 작은 나라지만 김일성의 북괴 정권은 이런 데까지도 손을 벌리고 있어, 우리도 북한보다 더 영향력을 펴 나가도록 지금은 애를 많이 써야 할 때라는 것이었다. 대사관에서 준 자료를 보니, 그들의 수도는 인구 1만 5천 명의 호니아라라는 곳이며, 제일 큰 종교는 기독교이고, 영국을 모시는 총독이 있어 이곳을 다스리며, 국민의 개인소득의 연간 평균은 450달러이고, 코프라—야자열매 말린 것과 목재와 수산물들을 중요한 자원으로 가지고 있으며, 지금의 공용어는 영어라고 소개돼 있다.

나와 한자리에 앉은 솔로몬 섬나라 학생들의 몰골을 살펴보니, 그들 가운데는 붉은 머리털도 몇 보였으나 대부분은 우리와 같은 검은 머리로서, 우리와 다른 것은 그들 중의 어떤 사람은 그 머리털을 자연 그대로 두지 않고 여러 갈래로 주렁주렁 땋아 늘인 점이었다. 그들의 옷은 여름철 우리나라 젊은이들처럼 청바지에 남방 차림이 많았는데, 저녁 식사하는 것을 보니 그 알큰한 매운 김치를 "참 맛이 좋다"고 하며 거듭 집어 먹는 것이 그들의 식성도 우리와 많이 공통되는 것 같았다. 자극성 음식을 좋아하는 우리 비슷한 지독한 족속들이겠지.

나보고 뭐라고 한마디 격려하는 말씀을 해 주라고 우리 대사가 부탁하시기에, "서로 사랑하고 협력하며 살자"는 뜻의 당부를 몇 마디 했더니, "고맙다, 고맙다. 우리는 그대와 그대의 나라를 진심으로 사랑한다"고 정이 넘치는 음성으로 그들 중의 하나는 대답했는데, 그들을 빵 둘러보니 얼굴 표정이 두루 다 그 답사를 하는 친구와 똑같은 솔직한 우정 그것뿐이었다. 그래 나는 "그대들의 지금의 우정을 잊지 않겠다" 하고 자리에 앉았다.

그런데 김 대사의 말씀을 들으면 요즘 북한은 인도네시아에 있는 그들의 대사관을 발판으로 솔로몬 군도뿐 아니라 이곳 피지까지도 온갖 유혹과 헛된 선전을 일삼고 있어 이것을 막아 내기에 여간 힘이 드는 게 아니라고 했다. 얼마 전에도 인도네시아의 북한 대사관원들이 피지 정부를 유혹해 수바에서 허위 선전의 전시회를 열게 된 것을 우리 대사관 측에서 탐지하고 여기 정부에 타일러 가까스로 철거케 했다는 것이었다. 너무나 적은 수의 직원으로 남태평양의 여러 섬나라들에 뻗쳐 오는 북한의 마수를 막아 내기란 정말 벅찬 일일 것이다. 여기 대사관엔 대사 밑에 단 두 명의 영사가 있을 뿐이었다.

누벨칼레도니

카지노 룰렛 판에서 돈을 따다

7월 29일. 오전에 피지의 수바를 출발해 낭디에서 갈아타고, 누벨칼레도니의 국제공항이 있는 라통투타에는 오후 3시쯤 도착했다. 공항에서 이 섬나라 수도 누메아까지는 51킬로미터나 되는 거리로, 사람들이 사는 마을도 드문드문한 이 사이의 산골길을 버스로 한 시간 가까이 걸렸다.

수도 누메아가 있는 그랑테르라는 가장 큰 섬과 그 밖에 여러 개의 작은 섬들로 이루어진 이 나라는 1768년에 프랑스의 부갱빌이라는 항해가가 처음 발견한 것을, 1774년에는 영국의 저 유명한 캡틴 쿡의 눈에 다시 발견되어 '뉴칼레도니아'라고 불리게 되었고 1853년에 프랑스의 식민지가 되면서 불어로 '누벨칼레도니'라고 부르게 되었다. 현재 이 나라의 인구는 15만 명쯤으로, 수도 누메아의 인구는 6만 명가량 된다고 한다.

반 고흐의 그림에 나오는 것 같은 배들도 보이는 누메아 항구 뒤켠의 호젓한 언덕배기에 자리 잡고 있는 르 서프 호텔에 묵게 되었는데, 그 이름 중의 '르'라는 정관사는 불어지만 '서프'라는 바다의 파도를 의미하는 말은 영어니까 말하자면 그런 반 섞기의 집인 것이다. 이 호텔 가까운 바다가 그 서핑surfing이라는 것—파도 위의 널빤지 타기에 적합한 곳인 때문의 이름이겠지.

나는 많이 지쳐 있는 데다가, 이 호텔 프런트의 매니저들 가운데는 친절하고 젊은 일본 청년도 있어 하룻밤에 70달러쯤의 숙박료를 내고 여기서 그만 머물려고 했으나 그 길든 가난살이 때문에 이런 건 늘 싼값으로만 견디어 왔던 내 아내는 "더 싼 데로 갑시다"라고 고집해서 딱 질색이었다.

"고단해서 그러니 좀 비싸지만 여기서 쉽시다" 하고 내가 아무리 간절히 타일러도 그네의 찌푸린 얼굴의 저기압은 사라지지를 않아 "그러면 모처럼 여행하는 재미가 다 달아나 버려서 되는가?" 해 보아도 웃는 얼굴은 영 되살아나지를 않아 나도 또 그 영향 속에 걱정만으로 서성거려야만 하게 되었다.

그러나 나는 이런 경우에는 단호한 편이라 "여기서 묵겠다" 하고 우리에게 주어진 방으로 짐들을 옮기게 한 뒤에 아내를 억지로 이끌고 우리 방에 들었는데, 여기에서도 그네의 웃는 낯은 보이지 않아 야단이었다.

그런데 이런 때에도 사람들을 웃길 수 있는 열쇠는 잘만 찾아보면 반드시 있는 것이니, 이때의 우리에게 그것은 딴게 아니라 바로 아까 프런트에서 우리 방을 예약할 때 덤으로 받은 이 호텔 카지노의 1인당 6달러 50센트씩의 시험적인 참가 자격을 공짜로 준 두 장의 표였다.

"어디 이거나 가서 한번 해 보자구. 이걸루 백 달러만 따도, 비싼 사흘분 호텔 값은 상쇄될 것 아니야?" 하고 나는 아내의 앞장을 섰는데, 아니나 다를까, 구십 몇 달러를 내가 보기 좋게 땄으니 이게 어찌 내 아내인들 안 웃을 수 있는 일인가?

내가 묵고 있는 호텔 르 서프의 1층에 있는 카지노장은 조그만 것이기는 해도 차려야 할 격식은 다 차려서 여기 입장하는 데는 나도 넥타이를 갖춘 옷을 입어야 했다.

호텔에서 숙박객들에게 공짜로 준 1인당 6달러 50센트짜리 표 두 장을 토큰으로 바꾸어 들고 우리 내외는 누구에게나 가장 쉬운 도박인 룰렛 판을 찾아 한몫 끼었는데, 이제 여기서 자백이지만 나는 이 룰렛에는 어느 만큼의 경험도 있고 또 자신도 있었었다.

어떻게 된 경험이고 자신이냐고?

본래 도박이라는 것과는 인연이 먼 내가 카지노의 룰렛 판에 끼어본 것은 미국의 라스베이거스에서 꼭 두 번뿐이었지만 그 두 번의 경험으로 나는 자신을 가지게 되었다.

어떻게 해서냐고? 잘 들어 보시기 바란다. 만일에 그대가 맑은 호수에 낚싯대를 드리운 낚시꾼 옆을 아주 슬기롭게 잘 통과할 수 있는 약은 지혜를 충분히 가진, 별다른 허욕이 없는 물고기 같은 사람이라면 내 말은 좋은 참고가 될 것이다.

아주 썩 영리한 사람이라면 벌써 눈치챘겠지만, 그것은 슬기로운 붕어나 잉어가 언제나 그 낚싯밥이라는 것만을 맵시 있게 잘 갉아 먹고 재빨리 피해 가듯이 그렇게 하면 되는 것이다.

우리나라의 누구누구는 몇십만 달러씩을 뭉뚱그려 갖고 환장해 여기 끼었다가 몽땅 다 날려 버렸다고도 하지만, 절대로 그런 허욕일랑은 갖지 말고, 잃어도 그만 따도 그만의 심보로다가 최상 1백 달러쯤만을 가지고 여기에 나오라. 그래 그대 앞에서 룰렛의 뱅뱅 도는 지침이 여러 숫자 위를 미끄러지며 돌고 있을 때 1달러나 2달러씩만 걸고 있다가, 대여섯 번 차례에서 열 번쯤의 사이에서는 마음에 드는 숫자를 골라 그대의 토큰을 놓고 희망적으로 지켜보고 있어도 좋다. 내 경험으로는 이 언저리에서 우리 호주머니 속의 큰돈을 노리는 그 낚싯밥은 슬그머니 내려져 왔었으니 말이다.

그러나 이 언저리의 낚싯밥만 잘 갉아 먹고는 재빨리 피해야지 여기 재미 붙여서 몇백 달러씩 마구 안주머니 속 돈을 꺼내 덤비다가는 그만 끝장인 것이다. 이걸 명심하기 바란다.

연설은 이상으로 줄이고 이런 요령으로 나와 내 아내는 호텔 르서프 카지노의 룰렛 판에 매달려 한 20분 만에 일금 90여 달러의 낚싯밥만을 깨끗하게 약게는 잘 갉아 먹고 되돌아서 나오고 말았으니, 이거면 사흘 치의 호텔 숙박비 좀 비싼 것도 거뜬히 상쇄할 뿐만 아니라 좀 맛난 음식까지도 한 번쯤은 내외가 같이 먹어 보게도 되었는지라 좀 비싼 숙박료 때문에 찡그렸던 아내의 얼굴인들 어찌 다시 웃음을 띠지 않을 수가 있겠는가?

"어때? 기분 참 좋지?" 하며 내가 아내를 보고 낄낄낄낄 한바탕 웃으니, 아내도 소녀 때의 소리인 듯한 소리로 아주 듣기 좋게 화답해 웃어 주었다.

우리는 바로 그길로 호텔 식당으로 들어가서 이곳 참외도 사 먹고 또 무엇도 사 먹고 잠시 부유스럽게 있었다.

수도 누메아 시에서

우리는 누벨칼레도니의 수도 누메아 시 구경에 나섰다. 누메아의 번화가에서 멀지 않은 언덕 위에는 예수님의 아버지인 요셉 성신을 기념하는 성당이 있는데 붉은빛의 탑 모양으로 높지막하게 지어진 이 성당은 누메아에서는 가장 오래된 집이고 또 물론 이곳 주민들의 정신적 애로의 주된 의거처로서 나그네인 나도 이 집의 전통적 능력에 경의를 표하기 위해 이 도시에 들어서자 맨 먼저 들렀지만 여기가 무슨 특별한 건축미학상의 가치를 가진 곳은 아니었다.

이 요셉 성당에서 비탈길을 한 3백 미터쯤 내려가면 관광객들을 위한 선물 가게니 항공 회사, 그 밖에 공용 빌딩들이 늘어선 번화가로 들어가게 되는데, 이곳의 선물 가게에서 파는 것 가운데서 내 눈에 든 것은 남태평양의 여러 가지 빛의 조개껍질들을 이쁘게 다듬어서 만든 여자용의 목걸이들이었다. 흰 조개껍질을 바둑알보다도 더

얇고 둥글게 깎아 다듬어서 그 얇은 사이에다 실을 꿰어 넣어 여러 개를 연결해 목걸이로 만든 것인데 값도 싸고 하여 하나 사서 아내의 목에 걸어 주니 예뻤다.

여기에서 나와 이리저리 기웃기웃 한참 동안 길거리를 헤매다가 우리는 낯선 나무들이 서 있는 쬐그만 공원을 만나 나무 벤치에 앉아 잠시 쉬면서 보니, 여기에도 갈 곳을 잃은 방랑자의 남녀는 더러 있는 것 같았다. 해진 신발에 목적이 안 보이는 번한 두 눈, 때 묻은 쬐그만 보따리 등을 보고 있노라면 나는 이들을 곧잘 알아볼 수가 있다. 왜냐면 나도 젊어서 한때는 이들과 행색이 너무나 닮았었기 때문이다.

점심때가 되어 시장기가 치밀어서 공원 가까운 곳의 간이식당에 들어가 '프티 데죄네'라는 프랑스 이름의 빵과 커피만의 간단한 식사를 하고 나서, 맥주 생각이 나 가까운 바를 찾아 들렀더니 여기서는 또 한낮부터 거나하게 취한 장년의 술꾼 사내들이 서너 명 모여 앉아 고래고래 소리를 지르며 대자유의 기염을 토하는 중이었다.

때와 땀에 전 남방과 청바지 차림에 거북의 발 같은 그들의 발은 단 한 사람만이 싼 샌들을 신고 있을 뿐 나머지는 모두 벗은 채로였다. 샌들을 신은 친구는 멜라네시아와 프랑스의 혼혈의 얼굴이었고, 나머지는 이곳의 토종 멜라네시안의 얼굴 그대로였다.

심심하여서 오후 2시에 여는 상설 영화관을 찾아들었더니, 단 스무 명도 채 안 되는 관객을 상대로 칼로 찌르고 도망가고 어쩌고 하는 액션물을 상영하고 있었는데, 관객들을 대강 한번 둘러보니 대부분은 건달 청소년 남녀들로, 이게 이 고장에서도 큰 고민거리겠다고 생각되었다.

그런데 그중에는 프랑스의 얼굴을 가진 중년 여자도 한두 명 보여서 여기가 파리의 먼 뒷구석의 하나임을 새삼스레 느끼게도 했다.

호텔로 돌아갈 때는 경험 삼아 이곳의 시내버스라는 걸 타고자 했으나, 기다리고 늘어서 있는 사람들의 수효가 너무나 많아 포기해야만 했다. 그러나 기다리는 사람들은 서두르지 않고 질서를 잘 지키고 있어 제법이었다.

세인트루이스 마을의 민속춤 공연

7월 30일 오전, 우리는 호텔에서 택시로 누벨칼레도니의 민속촌 관광에 나섰는데, 호텔에서 세인트루이스까지는 차로 한 시간쯤의 거리로, 미국 돈으로 쳐서 10달러쯤의 택시 요금을 냈다.

택시 운전기사는 오십대의 프랑스 얼굴을 가진 사내였는데, 어째서 그리되었는지 얼굴엔 기쁨도 없고 또 슬픔도 이미 없는 허탈한 표정만을 나타내고 있어 이민의 말로는 더러 이런 것인가 하는 느낌을 내게 자아내게 했다. 이 사람이 이민 몇 대 만에 이리되었는지는 모르지만……

민속촌—세인트루이스 마을의 입구에는 조그맣고 낡은 성당이 하나 서 있었는데, 마을의 이름과 같은 이름의 이 성당은 이 섬나라에는 가장 먼저 세워진 성당이라고 했다.

이 성당에서 비탈진 길을 잠시 내려가면 수풀 사이로 맑은 시냇물이 흐르고, 시내 위에는 민속촌으로 건너가는 다리가 깨끗하게 놓여 있어 마치 옛이야기에 나오는 무슨 선경의 입구를 방불케 했다.

여기 민속촌은 관광객을 위한 특별한 시설이나 구경거리를 새로 꾸며 놓은 게 아니라, 예로부터의 누벨칼레도니 수풀 속의 마을 하나를 고스란히 옛날 그대로 보존해 두고 구경시키고 있는 것인데, 이 마을은 대나무 수풀이 많아 마치 우리나라 전라남도 담양의 어느 대수풀 좋은 촌마을에 들어선 듯한 착각을 내게 일어나게 했다.

수풀 사이에 드문드문 놓인 마을의 집들은 비교적 넓은 마당과 또 채전밭을 두루 지니고 있어 보기에도 시원스러웠고, 또 집들의 생김새도 흡사 우리 농촌의 옛날 초가집을 많이 닮아 그것도 내 마음엔 들었다. 별로 클 것도 없는 나무 기둥들에 흙을 덕지덕지 짓이겨서 쌓아 올린 벽에, 볏짚은 아니지만 비스름한 풀로 소박하게 얹은 지붕, 그 모두가 오랜만에 고향의 옛집을 찾은 느낌을 주어, 나는 여기가 타관이라는 걸 잠시 잊어버리고 있었다.

그런데 어떤 집들은 사립문도 하나 없이 휑하니 두루 열려 있지만, 입구에는 간혹 개나 한 마리씩 나와 서성거릴 뿐 어느 집에서도 사람이 전혀 나타나지 않는 것이 묘하다면 묘했다. 방 안에는 사람이 단 한둘이라도 들어 있을 터인데, 이 백주 대낮에 그 속에서 무얼 하고 있기에 이렇게 꼼짝도 않는지 궁금한 일이 아닐 수 없었다.

그들도 우리 옛 사람들처럼 부끄럼을 많이 타거나, 그 내외라는 것을 철저하게 가리는 것이나 아닌가? 아니면 우리 옛 신선들처럼 아름다운 자연의 고요한 빛과 소리와 향기에만 동화되어, 인간 거래의 번거로움을 일부러 피하는 것이나 아닌가?

문득 무엇 군것질이 하고 싶어 이 마을 유일한 가게를 찾아들었으나, 여기에도 소위 문화적인 제품이라는 건 별로 없고, 좋은 꼬꼬닭의 암컷들이 동그랗게 낳아 놓은 닭알들만이 두드러지게 눈에 뜨일 따름이었다.

문화라는 것보다 자연이 훨씬 더 좋은 사람이라면 와서 조용하게 삶 직한 곳으로 생각되었다.

저녁에 식사를 하려고 1층 식당으로 내려가니, 웨이트리스가 "곧 이 호텔에서 이 나라 민속춤 모임이 열리니 기다려서 보라"고 하여 찾아다니는 수고할 것 없이 공짜로 그걸 보게 되었다.

여기도 사철 꽃이 피는 나라인지라 호텔 뒤뜰의 꽃수풀 옆 잔디밭에 불을 밝히고, 젊은 남녀의 일당 20여 명이 화려한 이 나라 고유한 옷들을 입고 나와 선을 보이기 시작했는데, 이들을 골라 뽑는 데는 얼굴이나 맵시도 많이 고려한 듯 그들 속에 밉상은 눈에 띄지 않았다. 프랑스와의 혼혈로 보이는 얼굴이 반쯤은 차지하고 있어 그것도 심심치 않아 좋았다.

푸른 잔디밭 위의 춤이 시작되자, 관광객들도 두루 다 일어나서 춤꾼들 주위의 잔디밭으로 나가 웅성거리고 서서 박수 치며 보게 되었는데, 여기 민속춤은 남태평양의 딴 섬나라의 그것들보다도 한결 더 성적 자극을 유발하고 있었다.

가령 남태평양 섬나라들의 어디에서나 볼 수 있는 그 엉덩이를 알

굿게 흔들어 대는 춤 한 가지만을 두고 보더라도, 여기 것은 엉덩이를 양옆으로만 많이 흔들어 대는 것이 아니라 춤의 신바람에 맞추어서 거세게 앞으로도 출렁거려, 그런 장면에서는 관광객들 사이에서도 거기 알맞은 미칠 듯한 환호성이 터지기도 했다. 반주하는 악기는 술통 비슷한 모양의 북 한 가지뿐이라 이것의 단순한 장단이 성욕 유발에는 효력이 좋은 것 같았다.

그들은 엉덩이춤뿐만이 아니라 노래도 거기 합쳐 독창과 합창으로 부르고 있었는데, 묘하게도 노래의 가락만큼은 또 약간 슬픈 게 특색이었다. 19세기 말 프랑스 상징시인 스테판 말라르메가 「바다의 미풍」이라는 시에서 '아 육체는 서러워라……' 했던 그런 의미의 일종일까? 이런 것도? 고로코롬 그들은 춤과 노래를 한바탕 무척 신명나게 전개하고 나서는, 우리 관광객들보고도 한번 어울려 보자고, 손을 까불어 참가 환영의 뜻을 보이기도 했고, 또 어떤 미녀는 손수 관중 속으로 들어와서 상대를 골라 데리고 가기도 했는데, 내 근처에 섰던 어떤 서양 할아버지는 뽑히지도 않았으면서도 용감히 자진해 나가서 미인들과 함께 엉덩이를 꿈틀대기도 했다.

반쯤만 흰 턱수염이 좋은 점잖은 차림의 할아버지였는데, 그가 어느 미녀와 함께 엉덩이를 앞뒤로까지 너무나 오래 흔들고만 있자, 그의 아내인 듯한 늙은 서양 여자가 고래고래 소리를 치며 달려가서 남편의 손을 잡아 끌어내는 데까지에 이른 것은 확실히 가관이었다. 모두들 한바탕 웃어 젖혔다.

나도 칠십의 내 나이도 잊고 마음으로 여기 몰입해 있었던 게 사실이고 또 아까 그 서양 할아버지처럼 냉큼 뛰어나가 그들의 춤에 어울리고 싶은 충동을 안 느낀 것도 아니었으나 이런 경우의 내 용기는 별 보잘 것이 없는 데다가, 내 옆에 바짝 가까이 다가앉아 있는 내 아내는 아까 그 서양 할머니보다도 더 못 참을 것만 같아 꾹 참고만 있었다.

아내와 함께 남태평양 바닷물에 뛰어들다

7월 31일. 이날은 내가 남태평양의 여행을 마치고 일본 도쿄를 거쳐 우리나라로 돌아가는 날로 정해져 있었지만, 여기 누메아에서 떠나는 도쿄까지의 비행기 출발시간이 밤 12시 가까운 시간이어서 아침부터 밤까지의 그 긴 시간을 어찌할까 궁리하다가, 나와 내 아내는 남태평양의 수족관들 가운데서도 특별히 유명한 이곳 누메아의 수족관을 찾아보기로 하고 오전 중에는 거기에 가 있었다.

이 수족관은 주로 남태평양의 바다 밑바닥에 널려 있는 물고기들과 산호, 조개 따위를 많이 수집해 놓은 곳으로, 내가 과거에 본 어느 수족관보다도 이 방면에서는 많이 정밀한 곳으로 보였다.

그중에서 내가 제일 감동한 것은 산호들이 밀집해 살고 있는 산호초였는데, 어떤 것들은 그 깊은 바다 밑바닥에서도 형형한 불을 밝히고 살고 있어 그 많은 산호 수풀들이 밝은 등불 같은 불을 밝히고 있는 모양은 하늘의 별들을 바닷속에 끌어내려 또 한 번 살게 하고 있는 것만 같아 내 시의 구성에 한 참고가 되었다. 바닷속에서도 또 하나의 별하늘을 본떠서 실현하고 있는 곳도 있다는 촌놈의 새로운 발견 때문이었다.

그다음으로 나를 놀라게 한 것은 라이언 피시—사자고기라는 이름의 고기의 생김새와 그 동작이었다. 이 고기는 말하자면 이 세상의 온갖 꿈을 다 모아 놓은 것 같은 겉모양을 지니고 있다.

호랑나비 날개 같기도 하고 또 부엉이나 올빼미의 날개 같기도 한 이 고기의 날개는 동양 이야기에 자주 나오는 그 꿈의 날개를 연상케 하려니와, 반쯤 잠자는 사자의 얼굴처럼 늘 침묵하고만 있는 꿈 같은 모습, 모가지는 동양의 수묵화처럼 아무렇게나 그은 선들로 이루어졌고, 그 밑으로는 우리나라 장독대 옆의 여름과 첫가을의 잠자는 맨드라미 꼭 그대로의 빛깔, 거기다가 머리꼭지에는 미처 아직 다 이야기 못 한 것만 같은 푸른빛의 수술들을 달고 있는데, 이 고기는 일테면 바다 밑바닥에 가라앉아 거기서 우연히 느릿느릿한 그 영생이라는 걸 덤으로 얻으신 것처럼 무척은 느릿느릿 움직이었다간 쉬시고 또 쉬시고만 계신 것이다.

그래 이것을 꽤 오랫동안 눈독 들여 보고 있던 나로서도 그렇게까지 그 꿈을 지키고 살기는 참 힘들겠다는 느낌을 새로이 갖게 되었다.

그리하여 나는 여기에서 나오자 눈앞에 보이는 바타라는 이름의 바닷물로 된 호수에 뛰어들었다. 늙은 아내의 손목까지 이끌고 말씀이다.

호주에 가까운 남태평양의 바닷물은 여름인데도 꽤 쌀랑한데, 우리 내외가 뛰어든 곳 저만큼에서는 이 섬나라 토종인 멜라네시아의 젊은 사내 하나가 잘 잡히지도 않는 듯한 강태공의 곧은 낚시를 드리우고 죽은 듯이 살아서 굳어 있었다. 아까 수족관에서 본 그 이상한 바다 밑바닥의 고기—라이언 피시처럼 있는 듯 만 듯 담기어져 있었다.

호주 2

시드니의 유람선 일주

현재 세계에서 세 개의 가장 아름다운 항구 중의 하나로 손꼽히는 시드니의 대략의 모습을 살펴보자면 아무래도 먼저 서큘라키의 유람선 발착장에서 배를 타고 한 바퀴 음미하며 돌아보는 것이 첩경이다. 크고 하얀 조개껍질들을 여러 겹으로 포개 놓은 것 같은 모양으로 만들어진 1973년에 개관한 저 유명한 오페라하우스를 비롯해서, 이곳의 자랑인 항구의 다리 하버브리지, 달의 공원 루나파크, 그 밖의 시드니의 아기자기한 여러 모습들을 눈요기하며 식사도 하고 맥주도 마실 수 있어 몇 시간 동안의 이 유람선 여행은 매우 즐겁다.

나는 1978년 8월에 며칠 동안 여기를 스쳐 간 일이 있어서 그때 이 유람선도 타 보았지만 이번의 동반자인 내 아내에게는 첫 경험이어서 모든 것이 신기한 듯 어린애처럼 감동의 눈망울을 번쩍거리고만 있었다. 여러 날 계속된 여행에서 그도 상당히 지쳐 있었는데도 이때의 그의 눈망울은 그런 피곤은 이미 깡그리 다 극복해 버리고 있었다. 이것이 바로 여행에서의 새 발견의 효력이다. 그리고 시인의 시의 발견의 효력도 마찬가지인 것이다.

16년 전에 이런 유람선으로 관광하고 있었을 때에는 어떤 마을에서는 개인용의 쬐그만 모래밭의 해수욕장들을 마련해 가지고 있는 것도 보여서 무척 부러워했는데, 이번에는 내가 어느 사이 늙어 눈이 어두워져서 그런지 그게 잘 눈에 띄지 않아 안타깝기만 했다.

길이가 50킬로미터나 되는 시드니는 작은 반도들 사이에 생긴 몇 개의 항만 가에 이루어진 항구도시로서, 굴곡이 많은 바다 호수들 옆의 잔잔하고 평화한 아름다움은 같은 3대 미항의 하나인 남미 브라질의 리우데자네이루가 남대서양의 넓은 바다를 직접 동쪽으로 상대하며 뻗쳐 있는 것과는 대조적이라고 하겠다.

이 시드니를 통해 영국의 오스트레일리아 이민이 시작된 것은 1788년 영국의 함대가 죄수 약 8백 명을 싣고 와서 풀어놓은 데서 비롯된 것이니, 이것은 영국의 탐험가인 해군 소령 제임스 쿡이 1770년에 시드니를 발견하고 상륙한 뒤 꼭 18년 만의 일이었다.

현재 시드니의 인구는 335만 8550명으로서, 오스트레일리아 총인구 1554만 4500명의 약 5분의 1이 모여서 살고 있는데 우리 교포들도 그 속에 약 2만여 명이 끼어 있다고 한다. 시드니를 비롯한 오스트레일리아의 인구 속에는 세계 각국에서 온 이민들과 함께 '앱

오리지널Aboriginal'이라고 불리는 이곳 원주민들도 아조 섭섭지는 않게 끼어 살고 있다.

서큘라키에서 유람선으로 시드니의 모습을 둘러본 이들은 하이드파크의 언덕에 올라 시드니를 한번 쭈욱 내려다볼 필요가 있다. 영국 런던에 있는 하이드파크와 이름이 같은 이 공원에서 내려다보이는 집들의 특색은, 첫째 그 지붕들이 거의 전부 붉은 벽돌빛으로 되어 있는데, 그 이유가 시드니에 무성한 수풀과 풀밭의 푸른빛과의 조화를 이루게 하려는 이곳 정부와 국민들의 오랜 배려의 결과라니, 일견 무뚝뚝해 보이는 이 나라 사람들의 그 잘된 심미 감각에는 감동하지 않을 수 없다.

그들은 그 심미 감각으로 늘 사용하는 지폐에까지 시인들의 얼굴 사진도 집어넣어 쓰고 있으니 부러운 일이었다.

하이드파크에는 아름드리의 나무들이 무성해서 그 그늘의 휴식도 달갑고 꽃들도 좋은데, 한쪽에는 이 나라에 충성을 다하다가 전사한 용사들의 기념비도 서 있어서, 자세히 보니 우리나라의 1950년 6·25 동란 때 UN군으로 참전했다가 전사하신 분들의 기념비가 보여 그 앞에서 우리 내외는 저절로 두 손을 모아 그들의 넋의 영원한 명복을 빌었다.

그러나—그러나라고 하는 게 내게는 매우 서글프지만 시드니에도 걷잡기 어려운 그 현대적 병폐가 돋아나서 만연하고 있으니, 대표적인 곳이 킹스크로스 일대의 환락가이다.

나는 시드니에 머무는 동안 마침 이곳에 있는 우리 교포가 경영하는 캐피털 호텔에 묵고 있었으므로 나며 들며 여기 일도 어느 만큼은 보고 듣게 되었다. 그래 아래에는 그 대략을 말씀해 보려고 한다.

첫째 환락객들이 모여드는 집들의 이름은 주로 '플레이버즈'니 그런 것들인데, 이건 아마 '플레이보이'란 말을 좀 더 은근히 해서 '환락의 새들'이라고 하는 것 같다. 또 '보이' 대신에 새들이라고 하면 사내뿐 아니라 여자까지도 포함되니 그것도 안성맞춤이고 말이다.

어느 교포가 나더러 "여기는 꽤나 무서운 곳이니 조심하세요. 특히 커피숍에서 차를 마시고 있을 때 누가 종이쪽지를 말아 던지더라도 그걸 받아서 펴 보아서는 안 됩니다. 그게 바로 유혹의 마수니까요" 해서 그런가 하고 있었더니 아니나 다를까, 어느 날 오후에는 내게도 그 유혹의 손이 뻗쳐 왔다.

피곤하고 목이 말라서 하얏트 호텔 옆의 한 커피숍에 들러 커피를 마시고 있는 판이었는데 내 발부리에 무엇인지 탁 가벼운 소리를 내며 떨어져 내린 것이 있어 자세히 살펴보니 그게 바로 그 유혹의 쪽지인 듯한 것이었다.

그러나 나는 그걸 주워 펴 보아서는 안 된다는 우리 교포의 가르침을 지켜서 못 본 체하고 시치미를 떼면서 가만히 주위를 눈여겨 둘러보니, 저만치 한쪽 자리에서 나를 건너다보고 있는 삼십대의 잘생긴 젊은 여성이 보이기는 했지만, 물론 그 여자를 꼭 의심해야 할 이유는 내게는 없는 것이었다. 여자의 모습에는 몰락한 귀족 출신의 떠돌이 같은 매력도 보이는 데다가 그 옆에는 갓 젊은 부랑자 같은 사내도 하나 다붙어 있어 의심스럽기는 했으나 모르는 체 일어서서 이 자리를 비켜 나갈 수밖에 별수가 없었다. 내 나이 팔십에 이런 경험을 하고 있는 것이 꽤나 우스꽝스럽기도 했다. 아마도 이런 식의 매음 유혹은 그리스 신화의 에로스 신의 그 사랑의 화살 쏘기라는 걸 번안한 것인 듯한데, 이런 저속화는 되도록 빨리 고쳐져야만 하겠지.

킹스크로스의 거리를 걸어서 지나노라면 낮에도 늘펀히 나자빠져 있는 젊은 남녀의 꼴이 눈에 뜨이는데 이들은 두루 타락한 마약 환자들로 그중에는 호모섹스의 무리도 상당히 많이 끼어 있다고 한다. 킹스크로스라는 거리의 이름은 어느 날 이곳을 찾은 영국의 엘리자베스 2세 여왕의 통과를 기념해서 붙여진 것이라고 한다.

시드니의 우리 교포 사회에는 오스트레일리아 정부가 지급하는 문인 연금을 받으며 살고 있는 윤여문이라는 시인이 있는데, 이런 대접을 받는 한국 출신의 시인은 우리나라에서는 물론 세계 어느 곳에서도 아직은 없는 것을 알기 때문에 나는 그에게 여기서 먼저 축하의 뜻을 보내며 아울러 이런 훌륭한 문화 정책을 실천하고 있는 오스트레일리아 정부에 감사한다.

그리고 여기서 활동해 온 우리 교포 기업가들 속에서도 가장 잘 성공해서 그 성공을 자기 것으로만 차지하지 않고 우리 교포 사회의 발전을 위해 늘 있는 힘을 다하고 있는 이로 'TOP'이란 주간신문의 발행인 이재경 씨를 빼놓을 수가 없다. 그는 청소부 조합을 만들어 일자리 없는 우리 교포들을 이끌면서 또 한쪽으론 큰 식당도 경영하여 나날이 늘려 가고 있는 아주 유능한 인물로서, 내가 여기에 있는 동안 내 강연회까지도 마련해 주었다. 고맙게 생각한다.

그리고 '호주 동아일보'의 사장인 오직일 씨의 노력도 크게 칭찬하고 기대할 만한 것으로 보였다. 일본에서 성장한 재일교포인데 여기까지 와서도 그 철저한 조국애로 우리 교포들의 언론을 대표해 자기를 희생하는 것은 눈물겹도록 고마웠다.

케언스 앞바다의 대산호초 관광

케언스는 오스트레일리아의 동북쪽에 있는 퀸즐랜드 주에서도 북쪽에 자리한 항구—항구라고 하기보다는 좀 큰 포구로 남위 17도에 있으니까 열대지방에 속하는 곳이다. 시드니에서 북쪽으로 네 시간이나 비행기로 날아가야만 하는 곳으로서, 호주 대륙에서의 열대 동식물의 사는 모양을 살피고 음미하기에는 아조 적합한 곳이다. 특히 이곳의 앞바다에는 세계에서 가장 넓은 그레이트 배리어 리프라는 이름의 대산호초가 뻗쳐 있어, 잠수선을 타고 구경하기 위해 세계 각국에서 찾아오는 관광객들이 사태를 이루고 있다.

또 이 산호초 바다의 구석구석에는 아름다운 섬들도 심심치 않게 솟아나 있고 그 섬들 가운데는 열대의 우거진 꽃수풀가에 모래가 고운 해수욕장이 자연 그대로 열려져 있는 곳도 있어 이걸 즐기는 남녀들도 꽤나 많이 눈에 뜨인다.

그리고 이 케언스는 내가 보기에는 세계에서도 가장 아름다운 산의 하나로 보이는 쿠란다 마운틴으로 올라가는 관문이기도 하니, 무엇 좋은 것을 정말로 보고 싶은 나그네라면 꼭 거쳐야만 할 곳이다.

거기다가 저 세계적인 관광거리의 하나인 에어스록을 가는데도 시드니에서 가는 것보다 여기서 가는 것이 훨씬 더 빠르니, 우리 대한항공도 여기에는 항공기를 꼭 기착시켜야만 할 텐데 아직 그러지는 못하고 있는 형편이라 한다. 일본의 여객기들은 벌써 오래전부터 이 황금 공항을 놓치지 않고 열심히 날아들고 있다.

케언스라는 포구는 열대지방이니만치 야자수를 비롯하여 팜—종려나무, 플레이밍 트리—불꽃나무 등의 열대 냄새가 물씬한 나무들이 우거진 속에 우리나라 전라남도 담양 땅에 많은 그 왕대나무들도 군데군데 우거져 소곤거리고 있어서 더운 곳으로서는 숨쉬기가 답답한 데는 아니다.

그러나 쉬기에 편한 호텔은 늘 만원이어서 나는 종려나무라는 이름의 쬐끄만 모텔에서 묵고 지내야 했는데, 창가의 큰 종려나무에는 날갯빛이 곱고 소리도 반가운 까치만 한 새 한 마리가 이른 아침마다 날아와 앉아서 환영의 노래를 불러 주어서 여간 고마운 게 아니었다. 이놈이 나를 알아보아 준 것만 같았다.

시내는 바둑판이나 장기판이라기보다는 우리 시골 마을의 느티나무 밑 그 고누판처럼 그려져 있는 길들 가로 옹기종기 가게들도 늘어서고 수풀도 깔리고 인가도 박혀 있고 그런 곳인데, 가게는 주로 식당이 판을 치는 속에서도 일본인들의 음식점이 두드러지게 많이 눈에 뜨이는 것은 주목할 만한 일이었다.

세계 제일의 경제 대국이 자기 나라라는 걸 모를 리 없을 텐데, 이런 열대의 구석에까지 뚫고 들어와 우동도 만들고 스시(초밥)도 만들고 새우 뎀뿌라도 만들고 미소시루(된장국)도 끓이면서 누구에게나 "하이! 하이!" 하인처럼 머리를 굽실대며 팔고 있는 그들의 그 초인간적인 상도에는 어안이 벙벙할밖에 없었다.

한국 사람도 여섯 집인가가 여기서 살면서 한 집에서는 쬐끄만 식당도 하고 있지만, 그게 영 잘되지가 않아서 그 여주인은 생활비를 보태려고 관광객들의 관광 안내에까지 나서고 있었다. 프랑스 사람인 그의 남편에게 식당은 맡겨 두고 따분한 느낌으로 여행 안내인 노릇을 해서야 겨우 입에 풀칠을 하고 산다고 우리 내외의 여행을 안내하며 그녀는 말했다.

일본 사람들과 우리들의 이 차이는 어디에서 오는 것인지 구체적으로 잘 살펴서 뒤떨어지지 않도록 해내야만 되겠다.

케언스 앞바다의 그레이트 배리어 리프의 대산호초를 관광하자면 이곳의 부두에서 크루즈(선박 여행) 유람선의 표를 사서 타고 나서야 하는데, 아침 10시쯤 떠나서 저녁 5시쯤 돌아오는 크루즈값은 점심을 포함해서 1인당 오스트레일리아 달러로 50달러가 안 된다.

나와 내 아내가 탄 배는 한 2백 명쯤은 탐 직한 것으로 갑판이나 선실이나 식당도 비교적 깨끗한 것이었는데, 이 배는 부두를 떠나자 좋게 해방된 자세로, 맑은 바다의 오존과 찬란한 햇빛 속에 승객들을 한동안 기쁘고 들뜨게 하더니, 이어서 먼 바다의 여기저기에 여러 모양으로 떠 있는 섬들을 에워싸고 돌며 그리운 눈요기를 시켜주었다. 사내들의 눈에는 언제나 외로운 미인처럼만 보이는 섬들은 여기에서도 그 외로운 아름다움이 한층 드세게 풍기어 왔는데, 어느 것은 가슴에 새빨간 꽃송이들을 달고 자지러지게 노래하고 있는 것 같았다.

점심 식사는 한국에서도 많은 그 뷔페였는데, 진미랄 것까지는 없었지만 갖출 건 다 갖추어 있어서 무던한 편이었다.

점심 뒤 드디어 우리는 이 유람선의 주목적인 산호초 관광에 나서게 되었는데, 우리는 여러 분대로 나뉘어 작은 잠수함으로 바꾸어 타고 바닷속으로 적당히 가라앉아야 했다. 그래서 유리창으로 비쳐오는 그 오색찬란한 산호의 수풀들과 그 사이를 헤엄쳐 다니는 여러 모양, 여러 빛깔의 크고 작은 고기 떼들과 조개 같은 걸 넘어다보며 가는 것이다.

오스트레일리아 퀸즐랜드 주의 동해안 일대에 뻗혀 있는 이 대산호초 지대를 찾기 위해서는 케언스에서뿐만이 아니라 록햄프턴, 타운스빌 등의 항구에서도 크루즈의 유람선을 이어서 띄우고 있으니, 이게 마음에 드는 이는 얼마든지 오래 이 바닷속의 고기 떼들과 산호초의 '자유 연습'을 자유로이 넘어다보고 지내도 좋을 것이다.

그런데 내가 이번에 보고 온 케언스 앞바다의 산호초에서는 가자미 모양의 고기 떼들이 주로 많이 그 자유 연습을 하고 있었는데, 희한한 것은 꼬리 빛깔이 두루 노오란 빛깔을 띠고 있는 점이었다. 이건 누른 얼굴빛의 황인종인 나를 상징하는 것만 같아 정이 담겨 오기도 했지만, 또 한쪽으론 좀 섬찍하기도 했다.

내가 1984년 여름에 대서양 남쪽 카리브 바다의 트리니다드토바고란 섬나라에 갔을 때, 토바고란 섬의 한쪽 바다에서 작은 배를 타고 물안경을 쓰고 들여다보았던 그 소규모의 산호초나 그 사이를 헤엄치던 물고기들처럼 다채하게 이쁘지는 못했으나, 하여간에 여기 이 그레이트 배리어 리프의 규모가 아조 큰 것은 사실이다.

그레이트 배리어 리프의 주위에 있는 섬들 속에서, 사람 목숨의 여러 곱이 되는 4백 살, 5백 살짜리의 큰 조개나 큰 해삼을 기르는 시험장으로 유명한 피츠로이 섬에 우리가 내렸을 때, 나를 먼저 감동시킨 것은 그 땅의 것 같지 않은 밝고 가는 모래밭에, 거의 파도랄 것도 없이 남실대는 그 하늘나라의 것만 같은 맑고도 고운 바닷물이었다. 거기에서 헤엄치는 몇 쌍의 남녀들과 모래밭에서 쉬고 있는 사람들도 이 세상에서 온 것 같지가 않았다.

신화는 이런 느낌으로 생겨난 것인가? 그런 생각에 잠기며 이 에덴 그대로의 섬 수풀 속으로 발을 옮기고 있었는데, 바나나 나무와 야자수 사잇길에서 큰 개만 한 동아뱀이 기어 나와서 꼭 뱀의 것 같은 그 가늘고도 긴 새빨간 혓바닥을 재빨리 날름거리며 천천히 엉금엉금 기어가고 있었다. 그러나 징그럽다고 아니할 수 없는 이런 것까지도 여기에서는 조끔도 징그럽다는 느낌이 들지 않는 게 이상하다면 이상한 일이었다.

'성경에 보이는 최초의 에덴이란 이런 것 아니었을까?' 하는 생각이 깊어져만 갔다. 여러 백 살씩 자신 조개며 해삼을 돌봐 주고 있는 청년 옆에 섰더니 그 청년은 큰 팔뚝만 한 해삼 한 개를 물에서 건져 내게 주며 한번 잘 살펴보라고 했다. 그래 꽤나 잘 살펴보았지만 아무래도 부러운 건 이놈의 그 긴 육체의 목숨이었다.

이런 것 저런 것 마음을 쓰다 보니 '나도 여기 와서 한번 늘어지게 처박혀 살아 볼까?' 하는 생각이 나서, 안내인에게 그럴 만한 집은 구할 수 있느냐고 물었더니 있을 것이라고 해서 마음속으로 뒷날을 기약하며 여기를 떠났다.

여기가 바로 내가 찾던 선경이구나!

케언스에서 옛날식으로 된 기차를 타면 이 도시의 좀끔 북서쪽에 있는 쿠란다라는 산 밑에 닿는다. 1천2백 미터 높이의 산 정상 가까운 곳까지를 굽이굽이 돌며 좋은 곳에서는 멎기도 하면서 올라가게 되는데, 이 산의 특별한 아름다움의 구성은 지구 위에서는 다시 보기 어려운 묘한 것을 가지고 있어 그걸 아래에 간단히 표현해 보려고 한다.

옛날의 그리스 시성 호메로스는 미의 여신인 비너스의 아름다움을 찬양하는 시에서

하늬바람의 사랑의 숨결이
일렁이는 바다에 물결을 일으키어
키프로스 섬의 바닷속에
그대를 낳아 놓았나니,
금빛 세월은 그대를 환영해서

안 죽는 신의 옷을 그대에게 입히어
반하는 신들 속으로 모시어 갔네.
제비꽃 꽃관을 쓴 씨테레아여

—「아프로디테 찬가」

하고 씨테레아라는 그녀(비너스)의 별명을 부르며 읊조리고 있거니와 쿠란다라는 산은 내 느낌으로 비유하자면 이런 비너스의 모습과 어딘지 많이 닮은 데가 있었다. 키프로스 섬의 바닷속에서 처음 탄생하여 제비꽃 꽃관을 쓰고 새로 서 있었을 때의 그 모습과 아조 많이 닮은 것으로서 말이다.

이 산을 나는 아래에서 위로 3등분해서 맨 아랫도리는 자연 그대로의 농경 지대, 중턱은 각종의 원시림 지대, 정상 언저리는 비너스의 화관 쓴 머리 부분과 같은 훤칠한 것(이 산이 낳은 그 훤칠한 것)들이 자리 잡은 곳으로 생각해 보았다.

이것을 키프로스의 바닷속에서 탄생해 일어선 비너스의 몸에 각 부분을 해당시켜 보자면 맨 아랫도리의 농경 지대는 비너스의 허리 아랫부분 같고, 중턱의 온갖 꽃이 난만한 밀림 지대는 그녀의 목 아랫부분의 동체同體와 같고, 하늘의 향 맑음과 잘 통하는 정상은 그녀의 머리 부분처럼 어느 결엔지 느끼지 않을 수 없게 되었다. 케언스의 맑은 바다를 배경으로 해서 쿠란다가 비너스처럼 솟아 있는 것은 잘 어울리는 자연의 조화라고 생각하고 있었다.

이 산의 아랫도리인 농경 지대에는 곳곳에서 흘러내리는 물줄기들도 풍부한 데다가, 비도 늘 넉넉히 내리어서 군데군데 이쁜 호수들도 잔잔히 고여 있었다. 여기에서는 주로 이곳의 원주민들과, 일찍이 이민 온 중국인들이 밭농사와 논농사를 짓고 있다고 하며, 그 중에서도 벼농사는 중국인의 후손들이 맡아서 하고 있다고 한다. 사탕수수밭도 섭섭지 않게 눈에 뜨였으니, 아이들의 당분 섭취에도 괜찮겠다.

이 산의 중간춤인 밀림 지대는 참 장관이다. 세계적으로도 희귀종의 나무들이 많기로 손꼽히는 곳인 만치 이름도 모를 여러 가지 수목들이 밀집해 수풀들을 이루며 가지각색 꽃들을 피우고 있는 속에 굵은 폭포도 반가운 함성처럼 소리치며 쏟아져 내리고 있어, '여기가 바로 내가 찾던 선경이구나!' 하는 감동을 가슴속에서 솟아오르게 했다. 비너스의 가슴속에서 울려오는 것들이 내 가슴에도 닿아 반향을 일으키는 듯 말이다.

그러나 이건 아직도 이 산의 입문서에 불과하다. 1천 미터쯤 되는 산 정상의 마을(문화라기보다는 이 산의 자연한 욕구가 스스로 꽃피워 놓은 듯한 거기)에 올라서 무척 평안해진 숨을 새로 쉬어 보아야 비로소 여기가 비너스의 제비꽃 꽃관을 쓴 영리한 머리 부분인 것을 체험하게 된다.

쿠란다 산의 나비의 성역에서

여기에서 첫째 우리를 감동시키는 것은 '나비들의 성역'이라는 곳이니, 이곳에 가서 우리는 여러 빛깔 나비들의 춤 속에 잠겨 하늘이 무엇을 더 아껴서 보이시려는 것인지를 넉넉히 느껴 볼 수가 있어서 좋다. 그리고 이 정상의 마을 한쪽엔 이 산의 원주민들이 노래와 춤을 보여 주는 수수한 극장도 마련되어 있는데, 이것 역시 내 느낌으로는 문화라고 하기보다는 그냥 이 산의 자연 발산 바로 그것인 것만 같았다.

나는 이 지구의 5대양 6대주에 발을 들여놓지 않은 곳이 없을 만큼 꽤나 많이 떠돌아다녀 본 떠돌이의 하나지만, '새들의 성역'이라는 건 더러 만나 보았어도 '나비의 성역' 같은 곳은 난생처음 만나 보게 되었다. 특히 이곳의 특종인 율리시스라는 크고도 푸른 나비 떼들의 굉장한 춤의 엄습에는 깜빡 자기라는 걸 한동안 놓쳐 버리고 말았었다.

물론 율리시스라는 말은 라틴어에서 온 영어로서, 한 장군의 이름이니, 이 사람이 활동하고 살았던 그리스의 말로는 오디세우스라고 하는 바로 그 사람이다. 호메로스의 두 개의 서사시 『일리아스』와 『오디세이아』를 종합해 읽어 보면, 옛날 터키의 트로이라는 곳에서 일어난 트로이 전쟁에 그리스 연합군의 한 지휘관으로 출전했던 오디세우스는 전쟁이 끝나자 그리스로 돌아가는 뱃길에서 풍랑을 만나 여러 나라에 표류하며 갖은 고초와 모험을 겪었던 모험가이기 때문에 서양 사람들은 그를 모험가의 표본으로 삼고 있는 것인데, 그의 이름을 여기의 이 푸른 나비 떼들에게 붙여 놓은 것은 재미가 있다면 또한 한 재미는 있어 보였다.

그러나 나는 한 동양의 선비로서 이 깊은 바다 빛깔 나비 떼들의 다정한 친구 같은 왕창한 춤의 가락 속에 휘말리다가 보니 역시나 마음속에서 기억으로 살아나고 있는 것은 중국 춘추전국시대의 사상가 장자의 『남화경』이란 책 속의 「소요유逍遙游」라는 글이었다.

대략 말해서 '장자가 어느 날 꿈에서 나비가 되어 훨훨 날고 있었는데, 깨어 보니 나비는 간 곳 없고 장자만이 있더라. 그래 느껴 보자니 장자가 나비인지, 나비가 장자인지 잘 알기 어렵더라' 하는 것인데, 나도 이 자리에선 아무래도 그런 느낌 비슷해져 있을밖에 없었다. 여기는 참 묘한 곳이다. 아마도 이 땅 위에서 장자의 「소요유」를 제일 왕창히 방불하게 해 주는 곳은 여기 한 군데뿐인 것 같다.

그런데 쿠란다 정상 마을의 또 한쪽에 자리 잡고 있는 원주민들의 극장이란 데를 들러 그들이 하는 쇼라는 걸 이어서 구경해 보았다. 거기에는 사내들만 수북이 나와서 법석을 떨지, 여자란 단 한 사람도 안 내놓고 있는 걸로 보면, 그들은 여자들도 나비의 성역 같은 성역을 따로 만들어 숨겨 두고 즐기는 것이나 아닌가 하는 생각도 들었다.

그들이 가진 유일한 악기로서 '디제리두didgeridoo'라는 것을 그들은 쇼의 중요한 장면에서마다 입으로 불어 대고 있었는데, 통나무 속을 두루 다 파내어서 만든 우리의 통소보다 더 큰 취악기인 디제리두에는 음계를 만들기 위한 잔구멍들도 전혀 뚫려져 있지를 않아서 이걸 불어서는 소리의 가락까지는 빚어낼 수가 없고, 그저 외마디소리만을 고함쳐서 지를 수 있을 뿐이었으니 이 소리에서도 역시 아직 나타나지 않는 멜로디는 집에 감추어 둔 그들의 여인들처럼 산꼭대기 하늘 속의 어디쯤에 숨겨 놓고 살고 있는 것으로만 생각이 되었다.

이렇게 보자면 그들의 너무나도 단순하고 소박하기만 한 춤이나 노래도 두루 다 그렇게만 느껴졌으니 우리가 춤이나 노래에서 하고 있는 것처럼 느낌이나 앎이나 멋 같은 것을 애써 구성해서 풍겨 내는 일까지는 자기 집의 밀실이나 산꼭대기의 하늘 같은 데 숨겨 두고, 그것을 암시하는 입문入門의 고함 소리나 동작 같은 것만 매우 게으른 양 겨우 하고 있는 것 같더란 말씀이다.

비유해 말씀하자면, 아름다운 얼굴이나 머리의 제비꽃 꽃관—그런 것은 폭로해서 나타낼 것이 아니라 숨겨 두고 야금야금 음미하고 누려야만 할 것으로 모셔 두고서 말이다.

요컨대 이런 건 쿠란다라는 산의 자연이 이렇게 만들어 내고 있는 것으로 보였다.

세계 최대의 바위 에어스록

시드니에서 세 시간 반쯤을 여객기로 서쪽으로 날아가면 노던테리토리 주의 중간쯤에 있는 에어스록에 도착하는데, 여기는 물론 이 지구 위에서는 유일한 관광 대상이 되어 있는 곳이다. 무엇 때문이냐 하면 여기 황막한 광야에 놓여 있는 에어스록Ayers Rock이라는 이름의 황톳빛 바위는 그 높이가 348미터요, 둘레가 9킬로미터쯤이나 되는 세계 최대의 것이어서 이걸 모시고 보려고 세계 각국에서 모여드는 관광객들이 끊임없는 까닭이다.

이 세계 최대의 바위는 우리나라의 여느 바위들처럼 모가 난 것이 아니라 가로 타원형으로 된 둥그스름한 것인데, 그 황톳빛의 빛깔도 아침과 낮과 저녁 때의 기상 변화에 따라서 다양한 빛으로 변화해 보인다고 하여 그 기상들에 맞추어서 아름다운 빛들을 음미해 보기 위해 관광객들은 항용 며칠씩을 이곳의 호텔에 묵으면서 바위 주위를 맴돌기도 하는 것이다.

내가 이것을 보기 위해 근처의 어떤 간소한 단층 호텔에 든 것은 1994년 2월 중순의 어느 날 저녁때였는데, 그날 밤을 늘어지게 자고 나서 이튿날 아침 잠을 깨니까 내 아내가 "저기 저 소리 좀 들어 보세요" 하는지라, 귀를 기울여 들어 보았더니 그건 한 마리 새의 종알거림으로 "찌찌! 오호호호" 고로코롬 연달아서 울어 대는 참 묘한 것이었다.

우리말로 '찌찌'라는 것은 주로 애기 엄마들이 애기에게 오줌을 누게 할 때나 또는 더러운 것에 가까이 못하게 주의를 시킬 때 항용 쓰는 말이고, '오호호호' 소리는 입술이 동그스름하게 생긴 미인이 애교로 멋들어지게 한바탕씩 웃을 때 흔히 내는 것인데 왜 그 새가 그런 두 의미를 합친 소리로 울고 있는 것인지 궁금해서 그 새의 정체를 찾아내려고 사방을 물색해 보았으나 어디에 숨어 있는지 모습은 드러내지 않고 소리만을 이어서 퍼뜨리는 것이었다.

그러나 내 아내가 또 "저것 좀 보세요! 저기 저 나무가 왜 몽글몽글 저러고 있지요?" 하며 뜰에 서 있는 나지막한 나무 하나를 손가락질해 가리켜 주기에 눈여겨서 보니, 아닌 게 아니라 그 나무는 '몽글몽글'이란 아내의 표현 그대로 그 동작이 동서남북 어느 한쪽으로도 기울어짐이 없이, 일테면 제자리에서 열심히 덩이를 몽글몽글 흔들어 대는 그 '고고' 춤의 클라이맥스처럼만 움직여 대고 있어서 이것도 내 어린애 같은 호기심을 바짝 잡아들이고만 있었다.

그래 이 '몽글몽글'한 나무의 춤 동작을 두고 한참 동안 심사숙고한 끝에 나는 '이 에어스록 지대가 동서남북에서 불어오는 바람이 동시에 자주 만나는 곳이구나' 하는 사실과 '그래서 그 균형의 힘으로 나무들은 저렇게 몽글몽글 춤추고 에어스록의 둥그런 바위의 모양도 그런 오랜 세월 비바람의 세련으로 빚어진 것이겠구나' 하는 생각을 미리 마련해 가질 수가 있었다. 그러면서 다시 그 '찌찌 오호호호' 하던 새의 울음소리를 여기 맞추어 음미해 보자니 그 '오호호호'의 둥그스름한 음조도 썩 잘 들어맞는 것 같았다.

여기 원주민들의 말로는 '울루루Uluru' 라고 불리는 에어스록 앞에 내가 도착한 것은 해 질 녘이었는데, 지는 햇볕을 받고 있는 이 한 덩어리 황톳빛 바위산의 모양은 내 눈에는 흡사 커다란 한 마리의 황소가 모든 것을 두루 다 잊고 배를 깔고 드러누워 깊은 잠에 들어 있는 것같이만 보였다. 우리 신라 때의 미인 수로 부인 앞에 나타났던 신선 할아버지가 끌고 다니던 그런 팔자 좋은 암소도 아니고, 또 인도의 소처럼 신성한 대접도 못 받는 크나큰 일꾼인 황소 한 마리가 너무나 늙어서 두 뿔도 다 빠져 버린 채 고개를 땅에 대고 혼곤히 잠들어 있는 것만 같은 모양이었다.

일테면 이 지구 위에 고생하며 애써 일하고 사는 모든 목숨들의 대표적인 상징이랄까? 그런 것이 이 오스트레일리아 대륙의 꼭 한 가운데쯤에 자리해 누워서, 여기 불어오고 몰아치는 동서남북의 바람과 비에—위에서도 말했듯이 이 지대의 특수 기상으로 동시에 많이 몰아쳐 오는 풍마우세風磨雨洗의 힘을 받아 둥그스름하게 둥그스름하게만 닳아져 오고 있는 것이다. 어째서 요로코롬 생겨 있는 것이 주목거리가 안 되겠는가?

그리고 여기에 오는 이들은 에어스록뿐이 아니라 이 지대 전체의 땅이 그 고민스러운 원색의 하나인 황톳빛으로—우리 대한민국 땅에도 많은 그 황톳빛으로 뒤덮여 있는 사실에도 마음을 써 볼 줄 알아야겠다. 인류의 찐한 고민을 상징하는 듯한 황토층의 광야는 사실은 이 언저리부터 시작되어 대륙의 맨 서쪽인 웨스턴오스트레일리아 주까지에 뻗쳐 있는 것이니 말이다.

그래 그 황토질 땅의 점착력 때문이겠지. 이 광야에서는 아라비아 사막이나 사하라 사막에서와 같은 모래바람의 사태가 일어나지 않은 것 한 가지만큼은 괜찮은 일이었다. 힘 좋은 사내들의 사타구니나 겨드랑의 털처럼 광야의 구석구석에 나 있는 억센 풀 더미들과 드문드문 앙상키만 한 나무들 사이의 땅을 밟아 보면 좀 굵은 모래 같은 것들이 밟히기는 하지만 그것들은 고생 많은 우리 한국의 주부들처럼 찰싹 그 자리에 달라붙어 있을 뿐 어느 바람에도 폴폴 날리지는 않는 것이어서 이것 한 가지만큼은 저으기 믿음직했다.

은 골짜기가 있어, 관광객들에게 새로운 감동을 자아내게 하고 있다.

말하자면 올가스의 산들은 서로 몸을 맞대고 살고 싶은데, 동서로 불어 대는 바람이란 놈들은 그 사이를 뚫고 돌진하고 싶어 오랜 세월을 두고 여기 부닥쳐 비벼 대서 이 골짜기를 뚫어 놓은 곳이니, 여기야말로 오스트레일리아 대륙의 광야에 부는 바람의 대표적인 개선문이라고 할 수 있는 곳이니 말이다.

그러나 나는 이 올가 산맥의 바람의 골짜기의 중간쯤에 올라가 서서 대학생 때 내가 배운 노자의 『도덕경』 어느 한 구절만을 먼저 기억해 내서 열심히 반추하고 있었으니, 이것은 물론 내가 먼저 동양 사람인 때문이었다.

『도덕경』에 보면 '모든 그릇에는 휑하니 빈 곳이 있어 이것이 그릇 노릇을 하여 무얼 거기 담게 하는 것이다'라는 뜻의 구절이 보이거니와, 이때 이 바람의 골짜기의 빈자리에 서서 텅 빈 푸른 하늘만을 차지하고 있던 내 감각에는 여기가 바로 노자의 그 그릇의 빈자리처럼 느껴졌으니 말씀이다. 그러자니 휑하니 비게 뚫어 놓은 그 바람보고도 '어 거, 시원스럽게 아조 잘 뚫어 놓았구나!' 하고 마음 속으로 칭찬해 주지 않을 수가 없었다.

여기에서 내 마음은 한 걸음 더 나아가서, 『반야심경』에 나오는 '있는 것은 빈 것이요, 빈 것도 있는 것이니라色卽是空空卽是色' 하는 구절에도 몰입하며, 이 바람이 잘 뚫어 놓은 하늘빛의 빈 것을 한결 더 깊이 느끼고 생각하고 서 있을 수밖에 없었다.

노자의 유와 무의 관계나 불교의 색과 공의 관계에 생각을 잘 모아 보고자 하는 남녀들은 꼭 여기에 와서 한동안 쉬며 심사숙고해 보기에 알맞은 곳으로도 생각되었다.

여기에서는 황혼의 노을빛이 이 빈 바람의 통로를 분홍빛으로 물들일 무렵이면 뭇 짐승들을 통째로 불에 구워서 먹는 바비큐의 저녁 잔치를 베풀고 즐기는 관광객들의 습관이 아직도 이어져 오고 있는데, 이때에는 이 근방의 엉성한 수풀 속에 숨어서 살고 있는 딩고라는 들개—늑대들과 약간의 이곳 토종의 여우들도 매혹적인 바비큐 냄새에 이끌려서 주춤주춤 접근해 오기도 해서, 바비큐 찌꺼기의 혜택을 받는 일도 있다고 한다.

나는 바비큐 불고기는 물론, 어느 육식도 하지 못하니까 할 수 없지만 바비큐를 좋아하는 사람이면 여기 올가스 바람 골짜기의 황혼의 바비큐에 참가하여 불고기를 늑대와 여우와 함께 나눠 먹어 보는 것도 좋겠다.

올가스 바람의 골짜기에 오래 서 있을 체력이 모자라 거기에서 내려와서, 나무 그늘의 벤치에 앉아 나를 기다리는 내 아내의 곁으로 갔더니 그 옆에는 뜻밖에도 내 나이 또래의 웬 서양 할머니 한 분이 앉아 있어서 수인사를 나누어 보니 그녀는 독일에서 왔다고 했다.

내가 중학교 때부터 배운 순 영국 영어의 그나마 서투른 말솜씨를 척척 잘 알아듣는 할머니여서 "영어를 아주 잘하시는군요" 하고 칭찬을 해 주었더니, 그녀는 "나는 이래 보여도 2차 대전 전까지는 중학교의 영어 선생님이었답니다. 그랬지만 세월이 지나다 보니 이제는 그것도 많이 잊어버렸네요" 하면서 그 잊어버리고 살아온 세월

속에서 생각을 모으는 듯 침묵 속에 잠겼다. 그래 나도 80년쯤 살아온 생애에서는 '잊고 산다'는 것이 얼마나 많은 비중을 차지했었는가—그것을 다시 한 번 더 골몰히 생각해 보지 않을 수 없게 되었다.

그래 잊는다는 것은 살아가는 데에서는 가장 중요한 일이고 또 필요한 일이라는 걸 새삼스레 깨달으며, 왕년에 앙드레 지드가 아프리카 콩고의 그 햇빛 찬란한 원색 지대로 달아나며 온갖 책들을 다 불태워 버렸던 일도 아울러 생각해 보다가, '혹시 이 할머니도 그럼 혼자가 아닌가?' 싶어 "남편은 어디 가셨나요?" 하고 물었더니 "저기요" 하고 그녀는 늙은 손가락으로 올가스 바람의 골짜기의 바비큐 쪽을 가리켜 주었다.

'아마도 그녀의 남편에게는 체력도 그의 아내보다는 더한 게 있는 데다가 무얼 더 알고 경험해 보려는 욕망도 아내보다는 많아서, 그 황혼의 분홍빛 바람의 골짜기의 바비큐 자리에 가 끼어 있는 것이리라' 하고 나는 생각했다. 나는 바비큐보다는 순수하게 텅 빈 자리에만 몰입해 침묵을 제대로 잘 지켜보고 있는 것은 그녀의 남편이 아니라, 그녀와 나와 내 아내라는 걸 생각하며 더 늙은 자의 프라이드를 갖기도 했다.

멜버른의 자랑 왕립식물원

호주의 제1도시인 시드니가 세계적인 미항으로서 그 값을 드러내고 있다면, 이 나라 두 번째의 큰 도시인 멜버른은 아름다운 공원 같은 꾸밈새로서 자랑을 삼고 있다. 자연과의 조화를 잘 맞추어서 구성한 이 항구의 안정감은 여행자의 마음을 가는 곳마다 평안하게 해주어서 좋다.

나는 야라 강이 항구로 흘러내리는 곳에 숙소를 정하고 있었는데, 육지의 민물과 바닷물이 합류하는 곳의 통성通性으로 이곳의 생선 맛은 희한한 것이었다. 멜버른 힐튼 호텔에서 가까운 곳에 '나비부인'이란 이름의 일본인 식당이 보여서 신세를 져 보았는데, 오십대의 부부가 딸까지 동원하여 친절을 다해서 경영하는 이 집의 생선 음식 맛은 아마 소동파의 「적벽부」에 나오는 생선 맛보다도 못할 것 같지는 않았다.

그러나 이보다도 더 좋은 것은 물론 멜버른의 첫째 자랑인 왕립식물원의 그 무성한 공원이니, 여기에 들러 한나절쯤은 지내 보는 것이 좋다. 1845년에 영국 왕의 승인을 얻어 만들어진 이 왕립식물원은 넓이가 40헥타르나 되는 대규모로, 여기 심어져 있는 식물들의 수효도 1만 2천 종류를 넘는다고 하니, 그야말로 세계에서도 유수한 식물 공원이다.

아름드리의 이름도 모를 나무들이 우거진 수풀 속에는 우리나라의 왕대나무와 똑같은 종류의 대밭도 칙칙하게 우거져 있어서, 아버지가 살아 계셨던 내 갓 젊었을 때에 대밭 속의 내 초당의 그리운 향수 같은 걸 자아내게도 했다.

수풀 속의 어떤 곳에는 또 맑고 밝은 천지개벽 당시 그대로인 듯한 햇볕이 내리쪼이는 속에 가지각색의 원색 찬란한 꽃들을 피우고 있는 풀꽃밭도 넓게 마련되어 있어서 동행 중이던 늙은 할머니—내 아내는 한쪽 잔디밭에 주저앉아 오랫동안 일어날 줄을 몰랐다. 이런 하늘 가까운 맑은 꽃자리에서 다시 보니 내 늙은 아내도 참 이뻐 보였다.

이 넓은 수풀 속의 여러 곳에는 좋은 호수들도 잘 나타나서 고여 있다. 여기는 바다 가까운 곳이라 바다의 갈매기들까지도 육지의 물새들과 함께 몰려들어서 우지지고 있어 특별한 흥취를 불러일으키기도 했다.

'갈매기야 갈매기야 늬는 고양이 소리를 하는구나!'

선배 시인 정지용의 시구절도 나는 기억 속에 떠올리고 있었다.

이 식물원의 식당에서는 깨끗하고 싼 음식들도 셀프서비스로 팔고 있는데, 내 생각으론 이것들도 충분하게만 느껴졌다.

1851년 멜버른 시의 북쪽에서 금을 캐내는 금광이 발견된 이후 가장 큰 금광 구역이 되었던 소버린 힐 골드 마이닝 타운십은 급한 사람이면 멜버른에서 택시로 한 시간 반쯤 서쪽으로 달려가면 도착하는 밸러랫이란 도시 가까이에 자리 잡고 있다.

1850년대 전반기에 만든 것이라 구식이지만, 금광 운영에 필요한 온갖 시설들을 비롯해서 관리 본부와 호텔, 식당, 오락 시설, 학교까지 갖추고 있어 영국적 치밀성을 보이고 있었다. 미국 사람들도 여기 살았던 증거로 '뉴욕 빵집'이니 '미국 호텔'이니 하는 집들도 옛 간판 그대로 남아 있긴 하지만 그 업종으로 보자면 금 캐기의 주역 자리는 맡지 못했던 걸 짐작할 수가 있다.

꽤나 넓은 면적을 가진 이 지역의 한구석에는 '중국인 보호 사무소'라는 집이 보이고, 그 앞에는 보호 대상이었던 듯한 중국인들의 초라한 오막살이집도 몇 채 보여서 알아보았더니, 혹독한 가난을 피해 살러 왔던 중국인들은 여기에서도 백인들의 멸시와 천대의 대상이 되기가 쉬웠기 때문에 경영자 측에서 이런 보호 구역까지 세웠던 것이라고 했다. 이 보호 구역이 만들어지기 이전부터 중국인들은 이미 밸러랫 시의 한 귀퉁이에 꽤나 많이 모여서 살고 있었다고 한다.

코알라와 캥거루

밸러랫 시의 가장 고요한 수풀 속에 자리한 오스트레일리아 토산 동물들의 보호 구역에 가면 이 나라에만 특유한 묘한 짐승 코알라를 만나게 된다. 곰과에 속하는 이 동물은 물이라는 걸 전연 마시지 않고 유칼리라는 큰 나무의 가지에 언제나 매달려 지내면서 잎사귀들을 따 먹고 그걸로 수분을 흡수하고 사는 특별한 목숨이다. 크기는 큰 토끼만 한데 얼굴의 생김새는 어린애와 부엉이의 얼굴을 합쳐 놓은 것 같은 기묘하면서도 밉지는 않은 털 얼굴을 하고 있다. 털빛은 녹회색이어서 잎들이 무성한 유칼리나무 가지 사이에 숨어 있는 그들의 모양은 쉽게 눈에 뜨이지 않는 보호색이다.

코알라들의 얼굴을 보고 있자니 내 얼굴에는 저절로 웃음이 떠올랐으며, 또 '하나님의 취미는 매우 다양하시다'는 생각이 마음속에서 일어나지 않을 수가 없었다.

코알라와 아울러서 이곳의 또 한 가지 중요한 보호수保護獸는 우리가 두루 그 이름을 잘 아는 캥거루인데, 오스트레일리아를 상징하는 짐승으로서 이 나라 해군의 함대기旗에까지 그 모양이 그려져 있는 이 묘한 짐승은 여기에서는 아조 잘 길들여져서 관광객들이 집어 주는 빵 조각 같은 것도 곧잘 받아먹었다. 그중의 어떤 녀석은 손님의 손에 든 먹을 것을 탐내고 눈여겨서 그 뒤를 졸래졸래 따라다니기도 했다.

나는 이제 여기에서 내가 영 더는 생각하기도 싫은 것 하나를 이 글에다 다루려고 한다. 그것은 뱀이라는 그 더없이 징그러운 것으로, 나는 벌써 여러 십 년을 선禪의 방법으로 내 기억에까지 추방해 버려, 꿈속에서도 이건 보지 않고 지낸 지 오랜데, 이 여행기에서만은 이것이 꼭 더 한 번 나와야 할 차례가 되어서 할 수 없이 여기에 쓰게 되었다.

이 밸러랫의 동물 보호 구역의 어느 한구석에 놓여 있는 뱀은 그 둘레가 적어도 내 아름으로 반 아름쯤은 됨 직한—용이 되려다가 아직 되지 못한 이무기 같은 놈이었는데, 흰 반점들이 박힌 그 검은빛의 몸을 또아리 틀고 도사리고 있는 모양은 어마어마한 압력이었다.

옛날에 그리스 연합군과 트로이군이 트로이에서 싸우고 있었을 때, 그리스 연합군이 복병을 많이 실어 넣어 들여보낸 큰 목마의 배에 창을 던지며 "조심하라"고 한 죄로 신벌神罰을 받아 바다에서 나온 크나큰 두 마리 뱀에게 물려 죽었던 라오콘과 그의 두 아들—이들을 물어 죽였던 뱀들도 이것보다 더 컸을 것같이는 생각이 안 들 정도로 큰 것이었다. 이런 큰 뱀이 호주에서는 문득문득 나오기도 하는 모양이니 주의해야겠다.

이곳의 또 어떤 곳에 갔더니, 호주의 남쪽 섬 타스마니아산産이라는 호랑이의 박제 한 마리가 놓여 있고, 그 옆에는 '마지막 것'이라는 표가 붙여져 있었다. 전체의 모양은 사나운 늑대같이 생겼는데, 호랑이의 몸에 그어진 그 검고 굵은 줄이 이것에게는 등덜미 언저리에만 주욱주욱 그어져 있는 게 특색이었다.

뉴질랜드

키오라! — 오클랜드의 첫인사

뉴질랜드의 관문이고 가장 큰 도시인 북쪽 섬의 오클랜드에 도착해서 관광길에 오르면 관광 안내인이 맨 먼저 소개하는 이곳 원주민의 말이 있으니, 그것이 '키오라'라는 것이다.

그것은 "반갑소. 안녕하세요?" 하는 뜻의 첫인사의 말씀으로, 이곳 원주민인 마오리 족들이 처음 만나는 사람을 상대할 때 반드시 쓰는 말인데, 좀 괴상한 것은 이 인사말과 함께 코끝을 상대의 코끝에 바짝 닿게 갖다 대기를 두 번을 되풀이한다는 것이다. 그리고 이 일은 남자와 여자가 초대면을 하는 경우도 똑 마찬가지로 되풀이된다고 하니, 이것 우리 사내들이 마오리 족의 미인하고나 만나 그렇게 해 보는 것은 한 재미가 없지 않겠다.

'키오라'라는 이 말 한마디만 잘 외워 두었다가 저쪽 여자가 이쪽 사내의 코에 그녀의 코를 갖다 대며 그 말씀을 하거들랑 이켠에서도 "키오라" 하고 그녀의 코와 두 번이나 그 '코 키스'라는 걸 하면서 말씀이다.

원래가 하와이의 원주민이나 마찬가지로 폴리네시아 족속들인 이곳의 마오리들은 구멍새와 살결도 고와서 이쁜 사람들이 많은데 그들의 총수는 뉴질랜드의 총인구 349만 4천여 명 중의 약 10분의 1이나 된다. 지금으로부터 약 1천 년쯤 전에 하와이에서 탐험가인 쿠페라는 사내의 인솔로 뉴질랜드로 옮겨 온 이들은 영국인들의 이민이 이루어진 뒤에도 비교적 평화롭게 살면서 1840년에 영국과 체결한 와이탕기 조약이 있은 뒤로는 토지소유권과 영국국민권도 아울러 누리고 지내 왔었다고 한다.

총인구 약 82만 1천 명의 오클랜드 항구의 전모를 두루 잘 조망하기 위해서는 오클랜드의 꼭 한가운데에 자리하고 있는 2백 미터쯤 높이의 이든이란 산에 올라가 보는 것이 좋다. 둥그스름한 언덕으로 되어 있는 정상까지 올라가는 길은 이 산을 여러 겹으로 뱅뱅 돌면서 올라가게 되어 있는데 두루 울창한 수풀들로 둘러싸여 있어서 산책객들의 산보로로서도 조용하고 좋아 보였다. 오클랜드의 자랑 하버브리지도 이쁘게 잘 내려다보이고 오클랜드의 전체를 동서남북 사방으로 자세히 내려다볼 수 있어 이든 산은 그 점에서는 안성맞춤이라고 할 수 있다.

정상의 언덕은 옛날엔 화산의 분화구였던 곳으로 여기를 이곳 원주민들은 방어진지라는 뜻으로 '파'라고 하여, 적의 습격에 대비해 왔다고 한다.

전쟁기념박물관, 로즈 가든, 와이토모 동굴

다음으로 오클랜드에서 가 볼 만한 곳은 울창한 수풀로 둘러싸여 있는 전쟁기념박물관인데, 그 이름과는 달리 여기에서 세계적으로 권위를 이루는 것은 이곳의 원주민인 마오리 족을 비롯한 폴리네시아 족속들과 멜라네시아 족속들의 생활과 문화의 유산들이다. 특히 그들이 바다 위를 타고 다니던 크고 작은 그 많은 카누들의 전시는 그걸 타고 날듯이 바다를 달리던 그들의 '물 찬 제비' 같던 민활한 모습이 눈앞에 나타나 보이는 것만 같아 재미있었다.

또 한 가지 오클랜드의 자랑인 로즈 가든을 둘러보았는데, 장미밭의 규모는 예상보다 작은 것이었지만 장미 아닌 풀꽃들에는 이곳 특유의 이쁜 것들이 많이 보여 좋았고 이 장미원의 한쪽을 흐르는 예스러운 맑은 냇물도 나그네의 피곤을 좋게 위로해 주었다. 이 예쁜 시냇물가의 언덕에는 우리나라에서 많이 보이는 버드나무들도 몇 그루 그 실 같은 가지들을 바람에 휘날리고 있어 내 나라에 온 것 같은 느낌이 들게도 했다.

그래서 그런 것은 아니겠지만 뉴질랜드에 옮겨 와 사는 우리 교포들 대다수는 이 오클랜드에 살고 있다고 한다. 문화도 문화이겠지만 기후 등의 자연환경이 우리나라 사람들에게 적합하기 때문이리라.

세계적인 구경거리의 하나로 손꼽히는 와이토모 동굴의 반딧불들의 집단을 보기 위해 1994년 2월 6일 아침 식사 뒤에 오클랜드를 떠나 남쪽의 벌판을 버스로 달려간 나와 내 아내는 약 두 시간 뒤 목적지에 닿았다.

여기에서 와이토모 동굴 속의 감동을 말하기 전에 먼저 말해 두고 싶은 것은 와이토모 동굴까지 가는 동안의 뉴질랜드의 자연인데 산이랄 것이 거의 보이지 않는 밭들과 낮은 언덕들만의 푸른 벌판은 자연적으로 농업과 목축업에 적합하게 되어 있어, 특히 목축업의 최적지로 되어 있어, 양쪽 차창으로 언제 어디를 보아도 두 눈에 들어오는 것은 양 떼와 소 떼들의 평화로운 움직임뿐이었다. 뉴질랜드의 전 인구 349만 4천여 명이 소는 한 사람에 한 마리 반씩, 양은 한 사람에 일곱 마리씩 차지할 수 있을 만큼 현재 기르고 있어서 큰 소 한 마리 값이 우리나라 돈으로 40만 원쯤이라 하니 이 나라가 얼마나 대단한 목축국인가를 이 숫자로도 넉넉히 짐작할 수가 있다.

더구나 이 평야 지대에는 와이카토라는 넉넉한 강물이 남북을 관통해 흐르고 있어서 농업이나 목축업에는 물론 수력발전용으로도 쓰이고 있다고 하니 우리나라에서 이민 가는 사람들이나 학생들도 이 점에 먼저 좀 더 깊은 관심과 연구가 있어야겠다. 북쪽과 남쪽의 두 섬을 합쳐서 1천7백만 헥타르의 농토를 가진 나라이니 우리나라에서 간 사람들은 많이 분발하여 한몫 끼어 성공해 볼 일이다. 이 나라는 일본이나 영국 본토만큼의 큰 나라인데 총인구는 겨우 350만도 안 되는 곳이니 말씀이다.

와이토모 동굴은 우리나라에서는 몇 군데 보이는 그런 종유암의 동굴이지만 규모가 크고 또 한쪽에는 와이카토 강의 지류 한 가닥이 흘러들어 와서 조브막한 강을 이루고 있어 배를 타고 건너기도 해야 하는 것이 특징이었다.

우리—나와 내 아내는 먼저 강물이 안 흐르는 쪽의 와이토모 동굴로 들어서서 불도 제대로 잘 밝혀지지 않은 좁고 희미한 동굴 길을 한참 동안 주춤주춤 걸어 들어가고 있었는데 앞에 가던 누가 일본 말로 "피아노 소리다" 하고 외치기에 두 귀를 기울여 들어 보니 내 귀에도 그건 피아노 소리 비슷했었다. 그러나 뒤에 그 바른 정체를 찾아 알아보니 그것은 피아노가 아니라, 누가 이 동굴 속 종유암의 한쪽을 손으로 두들겨 대는 소리인 것이 발견되었다. 이걸로 보면 이 동굴은 피아노 소리와 같은 아름다운 소리를 내는 바위들도 어느 만큼 간직하고 있는 걸 짐작할 수 있었다.

자연이 피아노 소리이기도 하다는 괜찮은 신바람 속에 종유석의 고드름들이 여러 가지 모양으로 매달려 드리워진 이 큰 동굴 속에 한 30분쯤 갇혀 헤매다가 어떤 곳에 와서 20층쯤의 돌계단을 어렵스레 내려가니, 마치 옛이야기에 나오는 '저승으로 가는 배' 같은 배 한 채가 기다리고 있어 가까스로 나와 내 아내는 그 배에 올랐는데, 바로 여기에서부터 이 와이토모 동굴의 일대 기적은 벌어지는 것이었다. 딴게 아니라 이 어두운 동굴 속의 천장 일대에 예상치 않은 하늘의 별들이 자욱이 많이 나려와서 깔리는 꿈만 같은 기적 말이다.

그러나 관광 안내인의 말을 들으면 이것은 물론 하늘의 별도, 그 모조품도 아닌 단순한 반딧불—개똥벌레의 불들이 그렇게 그들의 생리에 맞는 처소를 찾아 밀집해 있는 것에 불과하다니 어처구니없다면 참 어처구니없는 일이었다.

'대체 이 동굴에 기어든 와이카토 강에선 무슨 신비한 성분이 만들어져서 이런 기적을 만드는가? 사람들 속에서도 간절하게 할 말이 있는 성직자나 시인 같은 사람들은 한밤중쯤엔 저런 불을 켜고 한마디씩 했으면 좋겠다.'

이런 생각을 내가 혼자 마음속으로만 하고 있노라니까, 우리 배에 같이 타고 있던 사람 하나가 너무나 감동한 나머지 "야!" 하고 한마디 고함을 치자, 순식간에 그 별들은 모조리 꺼져 버리고 말았는데, 다시 한동안 조용해지자 다시 반짝반짝 돋아나기 시작했다.

자연의 어떤 경지는 참 묘한 데가 있다.

로토루아 호수와 크라이스트처치

세계적인 신비의 하나인 와이토모 동굴에서 차로 한 시간쯤 동쪽으로 달려가면 로토루아 호수를 비롯해서 화산 호수들이 아름답게 펼쳐지는 뉴질랜드의 휴양지인 로토루아에 도착한다. 화산들이 폭발하여 이루어진 여러 호수들 가운데도 가장 큰 것인 로토루아 호수의 한가운데는 수풀이 울창한 산도 솟아 있는데, 이 섬에 살던 이쁜 처녀 애인을 만나기 위해 갖은 애를 태웠다는 마오리 족장의 아들의 이야기도 전해져 오고 있다.

여기는 아직도 활화산 지대니만치, 우리가 미국의 와이오밍 주에서 보는 것 같은 분수 온천의 솟아오름도 볼 수 있는데, 이 좋은 온천 지대의 즐거운 온천 생활은 병든 사람들과 노인들에겐 약이 되는 모양이다. 특히 온천을 좋아하는 동양 사람들에겐 좋은 곳이 되겠다.

이 로토루아 지대의 한쪽에 자리 잡고 있는 와카레와레와라는 곳은 뉴질랜드의 원주민 마오리 족의 문화의 중심지로서, 예부터의 집들 모양도 잘 복원해서 꽤나 많이 보이고 있고, 민예 박물관의 한쪽에서는 이곳 마오리의 공예 학교 학생들이 손수 공예품들을 만들고 있는 광경을 관광객들에게 공개하고 있었다. 마른 나무를 자료로 목공예품들을 만들어 내는 일을 젊은 미남자의 씨름꾼 같은 사내가 앉아 도통한 자세로 열심히 고부라져 하고 있는 게 보기에 아주 좋았다. 시끄러운 철기 문명 이전의 그 후한 모습을 그대로 보여 주고 있어서 말이다.

아 참, 이 민예 박물관 입구에서는 내가 이 글의 맨 처음에서 소개한 마오리 족의 그 '키오라!'라는 코끝 키스의 초대면의 인사도 관광객 상대로 실연해 주고 있어서 나도 그 혜택을 누려 보았는데, 내 코끝에다가 대고 그 코끝을 두 번 문질러 준 상대는 여자는 아니고 젊은 사내여서 좀 섭섭했다.

2월 7일 오전 8시 45분, 북쪽 섬의 로토루아 공항을 항공기로 떠난 우리는 10시에 남쪽 섬의 가장 큰 도시인 크라이스트처치에 도착했다. 크라이스트처치 시는 영국이 뉴질랜드에 이민을 시작한 이후 처음으로 영국국교회가 전력을 다하여 가장 영국적으로 꾸며 낸 항구도시로서, 그 꾸밈새가 '영국 이외에서는 가장 영국적인 도시'라는 평가를 받고 있는 도시인 만치 모든 것이 두루 잘 정리되어 있는 아름다운 곳이었다.

19세기 고딕식의 영국국교의 당당한 성당도 아름답고, 2백 헥타르에 뻗치는 해글리 공원의 울창한 수풀과 박물관 등의 짜임새도 좋으려니와, 특히 이곳의 캔터베리 대학 캠퍼스의 아름다움—자연과의 좋은 조화를 이루는 아름다움은 나를 크게 감동시켰다. 우리 서울의 여자대학교도 자연과의 조화가 괜찮기는 하지만, 자연의 여러 가지 풍부한 것들을 갖춘 규모에 있어서 이 캔터베리 대학을 따라가려면 아직 먼 것만 같았다. 꽃들이 찬란하게 핀 학교 뜰의 그 넓은 수풀들 속에는 맑은 냇물도 여러 곳에서 흐르고 있어, 이 땅 위의 대학들 중의 낙원으로만 보였다. 우리나라 학생들도 어느 만큼 유학하고 있다고 하는데, 공부하고 생각하고 사랑하기에 매우 좋겠다.

이 크라이스트처치 시의 한쪽 구석에는 우리나라 교포들이 사슴의 뿔을 깎아 녹용이라는 걸 만들어 내는 공장도 있다고 해서 잠시 들러 보았는데, 여기 것은 품질이 좋은 데다가 값도 매우 싸다고, 여기를 들른 우리나라 관광객 아주머니들이 두루 그걸 사서 꾸려 들고 나오고 있었다.

크라이스트처치의 아름다움은 내가 보기에는 시내보다는 교외에 있었다. 나와 내 아내는 한국에서 온 관광객들과 함께 전세버스 편으로 크라이스트처치 교외의 한가한 어촌이며, 조망이 좋은 언덕이며, 모래가 떡가루같이 깨끗한 해수욕장 마을 등을 돌아다녀 보았는데, 나같이 조용한 사색이 필요한 사람에게는 뉴질랜드 남섬의 이 언저리는 지구 위에서는 드문 안성맞춤으로 보였다. 그 귀 빠진 호젓함이 첫째 마음에 들어, 언제 긴 글을 쓰게 되면 여기를 찾을 것이라고 마음속으로 다짐하기도 했다.

작은 배들이 한가롭게 낮잠 자는 듯이 바닷가에 매달려 있는 쬐그맣고 깨끗한 어느 포구의 인상은 그 맑고도 고요한 매력으로서 이 글을 쓰는 지금에도 이어서 내게 그 유혹의 손을 까불고 있다.

보아라 저 운하에
조으는 떠돌이 배를.
저 배는 세상의 끝에서 와서
너보고 어서 떠나라고 한다.

—「여행에의 유혹」

샤를 보들레르의 이 시구절을 나는 마음속으로 가만히 읊조리며 이 이름 모를 포구에 대한 향수에 이미 사로잡혀 있다. 내가 내 생애의 세계 방랑에서 본 가장 맑고도 고요하고 그리운 포구가 두 군데 있으니, 하나는 일본 규슈의 운선온천雲仙溫泉 가는 도중의 바닷가에 있는 것이요, 두 번째를 이곳으로 꼽게 되었다.

이 어촌에서 아주 호젓하고 조망이 좋은 언덕을 하나 넘어가면 여남은 채의 간소한 마을이 나타나고 그 동쪽은 끝이 안 보이는 남태평양의 새파란 맑은 바다인데, 잔잔한 바닷가의 고운 모래밭 위에서는 때마침 이곳의 어여쁜 젊은 여성들의 일단이 웃으며 모여 앉아 파도가 밀어 올린 해초와 조개껍질들로 무엇인가를 열심히 만들고 있는 것이 보였다.

그래 우리 일행도 저절로 그쪽으로 가까이 가 보며 "무얼 하느냐"고 물으니, 그들 중의 하나가 웃으며 대답하기를 "우리들은 교육대학의 학생들인데 머지않아 국민학교 어린이들의 선생이 되면 어린이들에게 자연과 더불어 사는 재미를 가르치기 위해 예행연습을 하고 있는 중입니다"라고 대답하는 것이었다. 이런 여자 선생님들을 갖는 아이들은 행복하리라는 생각이 들었다.

우리 일행을 태운 버스를 운전하던 기사는 로버트던가 하는 이름으로 불리는, 허연 윗수염과 흰 머리털이 귀족적으로 보이는, 코가 큰 호인의 영감이어서 내가 나이를 물어보았더니 이제 겨우 쉰여덟 살이라고 했는데, 영국에서 이곳에 이민 온 지 5대째라던가 하는 이 사내는 귀족적인 데가 있어서 나는 그를 '노블 맨'이라고 불러 주었더니 아주 좋아했다.

그런데 그 두둑하고도 흰 기품이 좋은 윗수염을 가진 이 호인이 특별한 제안을 한 가지 우리에게 했으니, 그것은 "잠시 우리 집에 들러서 쉬어 가시라"는 것이었다.

그래 우리 일행은 그의 간청을 받아들여 그의 집에 가 보게 되었는데 야! 그의 그 점잖은 윗수염값에 해당할 만한 그의 집과 뜰은 좋은 곳이었다. 그가 사는 집은 꽤나 낡기는 했지만, 우리나라 교수들의 집보다는 훨씬 더 여유가 있게 꾸며져 있었으며, 그 뜰의 규모와 재미는 우리나라 국무총리 공관보다는 확실히 더 나아 보였다.

그의 집 뜰에는 좋은 꽃나무들과 풀꽃들도 꽤나 갖추어 자라고 있었으며, 과일나무로도 사과와 복숭아나무는 여러 그루가 두루 먹음직한 열매들을 매달고 있어서, 운전기사 로버트 씨는 어린아이의 인심이 다 되어 사과와 복숭아 열매들을 손수 한 개씩 한 개씩 따서는 야구의 피처가 공을 내던지듯이 우리 방문객들을 향해 웃으며 내던져 주었다. 그래 나도 복숭아 한 개를 두 손으로 받아 깨물어 먹어 봤는데, 맛은 에덴동산에라도 놓인 듯 싱싱하게 좋았다.

우리가 그의 집을 하직하고 나와서 얼마쯤을 그가 운전하는 버스로 달려갔을 때, 그가 문득 차를 멈춰 세워서 웬일인가 했더니, 거기 한쪽의 나무 울타리 가에서는 웬 예쁘장한 젊은 여자 하나가 우리들을 향해 환영의 두 손을 흔들고 있었고, 로버트 씨는 "내 딸입니다" 하고 소개했다. 이런 뉴질랜드에 하늘이 내리시는 큰 복이 있기를 나는 마음속으로 빌 수밖에 없었다.

쿡마운틴 국립공원

뉴질랜드의 대표적인 국립공원인 쿡마운틴의 이름이 갖는 의미는 물론 1769년 영국의 해군 소령이었던 제임스 쿡이 '남태평양을 탐사하라'는 영국 정부의 명령을 받고 함장으로서 뱃사람들과 함께 뉴질랜드를 발견한 공로를 생각해 그 기념으로 붙여진 것이지만, 이 제임스 쿡이 뉴질랜드 최초의 발견자는 아니니, 그보다 먼저 17세기 전반기에는 네덜란드 사람 아벨 타스만에 의해서도 발견되었었고, 그보다 더 먼저는 이미 1천여 년 전에 하와이에서 출발한 마오리 족에 의해서도 발견되었었으니 말이다.

2월 7일 오후 1시, 나와 내 아내를 포함한 쿡마운틴 관광단은 관광버스로 뉴질랜드 남쪽 섬의 크라이스트처치를 떠나 장장 대여섯 시간 걸리는 여정에 올랐는데, 가도 가도 끝이 없는 듯이 전개되는 매켄지 평원의 기름진 땅은 좁은 산골 나라에서 온 내게 부럽기도 그지없기만 했다. 창밖의 푸른 벌판에 우글거리며 나타나는 양 떼들 소 떼들을 번갈아 보고 가며 나는 이런 뉴질랜드의 복이 어디서 오는 것인가를 곰곰이 생각해 보지 않을 수가 없었다.

그 첫째 이유는 물론 하늘이 주신 좋은 자연의 혜택에 있겠다. 그러나 아무리 좋은 자연의 혜택이 있어도 그걸 잘 이어서 누려 가자면 그걸 맡은 사람들의 끈질긴 노력과 그 노력을 이어서 만들어 내게 하는 정신력에 달렸다는 생각이 들자 나는 다시 뉴질랜드 사람들의 민족성에 대해서 마음을 기울이고 있었다. 그래 나는 그들이 자신들을 '키위Kiwi'라고 자칭하는 사실을 중요시하기 시작했다.

키위라면 알기 쉽게 요즘 우리나라에도 뉴질랜드에서 많이 수입되어 과일 가게에서 잘 팔리고 있는 짙은 녹둣빛의 과일 이름이니, 이것은 바로 우리나라의 깊은 산골에서도 예부터 심심치 않게 자생되어 온 다래 바로 그것으로서, 뉴질랜드 키위는 우리의 다래보다 발달시킨 덕으로 크기가 더 클 따름이다. 「청산별곡」에 보이는 '살어리 살어리랏다. 청산에 살어리랏다. 머루랑 다래랑 먹고, 청산에 살어리랏다. 얄리얄리 얄라셩 얄라리 얄라' 하는 노래 속의 바로 그 다래인 것이다. 그럼 뉴질랜드 사람들은 우리가 「청산별곡」에서 어쩔 수 없이 좋아했던 그런 청빈주의의 생각과 느낌으로 그들을 '키위'라고 자칭한 것일까? 이런 느낌도 어느 만큼은 그들에게도 있었을 법하기는 하지만, 이것만으로써 그런 자칭을 했을 것 같지는 않다.

그럼 또 무엇 때문일까? 이 나라에는 예부터 키위라는 이름을 가진 특수한 새가 살고 있는데, 이 새는 타조나 마찬가지로 날개가 못 자라서 하늘에 날지는 못하는 새로서, 또 올빼미나 부엉이처럼 밤에 주로 활동하는 새이니, 아마도 이 새의 밤잠도 안 자는 근면함과 그 철저한 땅의 주역 노릇을 더 많이 생각해서 별명으로 붙인 것이 아닐까 싶기도 하다.

일찍이 독일의 철학자 임마누엘 칸트는 말하기를 "우리는 무엇을 인식할 수도 있고 사유할 수도 있으니, 먼 하늘나라의 일은 인식까지는 못하지만 사유할 수는 있다" 하였거니와, 여기 뉴질랜드의 키위 새는 하늘을 날지 못하니 그 하늘의 인식은 못하겠지만 밤마다의 별하늘 밑에서 잠도 안 자고 하늘을 곰곰이 사유해 보는 점에서는 칸트의 사람이나 아마 비슷하겠다. 뉴질랜드 사람들의 공통된 상징인 이런 키위 새와 아울러 「청산별곡」에 나오는 머루 다래 속의 그 수수한 다래를 함께 느끼면서 이 나라 민족성을 점쳐 보는 것은 내게는 적지 않은 재미가 있었다.

지구 남반구의 '뉴질랜드 알프스'라는 별명이 붙어 있는 쿡마운틴은 단일봉으로 된 산일 거라고 생각하고 왔더니, 잘 바라보이는 데에 도착해서 보니 여러 개의 산봉우리들이 중첩해 한 산맥을 이루고 있었다. 그중 주봉의 높이는 3742미터로 일본의 가장 높은 산인 후지의 높이보다 34미터가 겨우 모자라는 산이다. 그러나 우리나라의 주봉 백두산보다는 1014미터나 더 높은 산이다. 이 산맥의 5분의 1쯤의 윗부분은 사철 하얀 눈에 덮여 있어서 우리가 보던 때는 이곳의 한여름이었는데도 백설에 덮인 시원한 느낌을 풍기고 있었다.

이 산 이름의 임자인 쿡 해군 소령이 고스란히 잘 살다가 죽어서 기뻐하는 넋으로 여기 나타나 우리와 함께 자기 이름이 붙은 산을 같이 보아 주었더라면 좋았을 텐데, 불행히도 그는 1779년 2월 14일 하와이 섬 상륙 중에 이곳 원주민들에게 죽임을 당해서, 그런 서러운 모습으로만 우리에게 느껴지게 하는 것은 유감스런 일이다.

그래서 그런지 쿡마운틴은 유쾌하게 기쁜 산이라기보다는 어딘지 외롭고 허전한 느낌을 주는 외딴 광야의 산 같은 인상이었다.

그 때문이리라. 이 쿡마운틴이 가까워지는 언저리에는 쬐그맣고 깨끗한 영국국교회의 오래된 기도소도 만들어져 있어, 이 산 보는 느낌을 경건 쪽으로 이끌고도 있었다. 그러나 그 산 밑의 맑은 호수에 비쳐 그림자를 드리우고 있는 쿡마운틴의 모습은 참 아름다웠다.

중국 당나라 때의 시인 허혼許渾은 일찍이 소상강 가의 호수에 비치는 해 저물녘 산의 간절한 모습을 표현해서

상담에 구름 걷혀 저문 산이 비치고　　湘潭雲盡暮山出
파촉에 눈이 녹아 봄물 흘러내린다　　巴蜀雪消春水來

라고 했거니와 그가 만일 여기 왔다면 무엇인가 더 간절한 것을 반드시 표현해 놓으리라는 생각이 들었다.

영국의 프랜시스 베이컨의 경험적 공리주의 이후의 발달된 공리주의의 덕으로 영국이 해외에서 많은 식민지를 찾아 만들어 성공을 거둔 것은 뚜렷한 사실이지만 그 구석에서는 쿡마운틴이 풍기고 있는 것 같은 이런 애수를 빚지 않을 수 없었던 것도 또한 필연이었던 것 같다.

우리는 하룻밤 동안 이 쿡 산이 풍기는 밤 분위기를 만끽하기 위해 아조 수수한 산장 호텔에 들러 묵게 되었는데, 솥작새나 부엉이나 뭐 그런 새들이라도 좀 왕창하게 울어 주기를 기대했지만 올빼미 우는 소리 하나도 들려오지는 않았고, 또 내가 든 방은 맨 아래층인 데다가 창문만 열면 휑한 땅바닥이어서 여우 한 마리가 얼씬만 해도 곧잘 눈에 뜨일 수 있는 곳이었는데도, 여우는 고사하고 토끼 한 마리도 얼씬거리지 않았다.

밤이 되니 더구나 모든 목숨이 이승과 저승 사이의 광야의 애수 같은 그 시름에 혼곤히 잠겨 들고 만 것일까? 하와이에서 원주민들에게 살해될 때의 쿡 선장의 비명이 아스라이 울려오는 듯한 환각 속에서 나도 어느 사이 잠이 들었다.

이튿날 2월 8일, 아침에 눈이 뜨이자 나는 무슨 기념될 만한 걸 사기 위해 호텔 상점에 들러 찾아보았더니, 위에서 내가 말씀한 뉴질랜드의 상징인 키위 새가 모표로 그려진 등산모가 보여서 그것 두 개를 사서 내 아내와 한 개씩 나눠서 쓰고, 또 그 옆에서 이곳 원주민들이 만든 지팡이 하나를 사서 짚고 잠시 으스대 보았다. 물론 참 너무나 심심한 나머지였다.

이 아침에 우리는 경비행기 편으로 쿡마운틴 주봉의 정상을 돌며 내려다볼 예정이었는데 비바람이 몰아치는 일기불순으로 이것만은 뒷날로 미루고 여기를 하직할밖에 없었다.

내가 여기서 새로 사서 짚고 떠나는 원주민 마오리 족의 지팡이에 별처럼 군데군데 박힌 자개의 번쩍거림—우리 경상도 통영의 그 자개 솜씨 비슷한 번쩍거림을 위안 삼아 나는 앞으로도 끝이 없을 이 나그넷길을 이어 가고 또 이어 가리라.

세계 방랑기를 끝내고

오랫동안 나의 방랑기를 읽어 주신 독자 여러분들과 또 나에게 이 긴 여행을 계속할 수 있게 해 주신 경향신문에 충심으로 먼저 여기 감사의 뜻을 표합니다. 특히 1978년 1월 15일부터 1979년 8월 1일에 이르는 18개월 16일이나 되는 그 긴 동안을 한 번도 빠짐없이 나의 이 방랑기를 이어서 읽어 주신 독자가 계셨을 것을 생각해 보곤 무어라 말하기 어려운 간절한 느낌이 복받치며 좀 더 정밀하고 매력 있게 이걸 썼더라면 하는 아쉬움이 앞설 뿐입니다. 사양斜陽의 나이에 무거운 짐들을 끌고 열 달 동안이나 이 지상을 떠돌며 지치면서 그 사이사이 써 보낸 것들이 많이 차지하고 있음을 관대히 이해해 주시기 바랍니다.

1977년 11월 26일부터 1978년 9월 8일까지의 약 10개월간의 5대양 6대주에 걸친 잇따른 세계 방랑길에서 내가 겪고 깨닫지 않을 수 없었던 가장 중요한 일은 '극한으로 살려는 자는 또 언제나 죽음을 맞이할 각오도 동시에 철저히 해야 한다'는 사실이었습니다.

경우에 따라서는 부모와 처자의 얼굴까지도 다시 대면할 수도 없는 채 먼 타관에서 혼자 숨넘어갈 각오까지도 철저히 하지 않고는 촌보도 더 옮겨 디딜 수는 없이 되는 것이라는 한 배움이었습니다. 내가 멕시코에서 내 피의 소지량의 45퍼센트를 토하고 사경을 헤매다가 우연처럼 겨우 고쳐 재출발한 기록을 읽어 주신 독자들께서는 나의 이 불가피했던 한 깨달음을 인증해 주리라고 생각합니다.

그래서 여러분께 권고하거니와 세계 일주를 하려는 이는 단숨에 이것을 이어서 해내려 하지 말고 두어 달씩 두어 달씩 여러 차례 나누어서 쉬엄쉬엄 돌아다니는 게 온당한 일인 것 같습니다.

남북아메리카 주와 아프리카 주와 유럽과 중근동과 대양주 그리고 동남아시아의 중요한 나라들을 돌아본 뒤에 내게 남은 가장 큰 인상은 인류 사회는 불쌍한 것을 불쌍하지 않은 것보다 훨씬 더 많이 구석구석 지니고 있다는 것입니다.

떠돌며 머흘며 무엇을 보려느뇨　　徘徊將可見
시름에 홀로 이 마음은 병드네　　憂思獨傷心

이것은 옛 중국의 죽림칠현의 한 사람이 떠돌잇길의 소감을 표현한 한 구절이거니와, 누구라도 마음 있는 이가 이 인간들의 세계를 구석구석 돌다 보면 다 이 비슷한 느낌이 안 될 수는 없을 것입니다.

어느 나라도 예외가 없이 밤거리의 뒷골목에 웅크리고 모여 섰는 젊은 여자 떠돌이들의 그 처량한 매음 행각, 아직도 이 지상의 5분의 4쯤의 나라들에선 그 모습을 없애지를 못하고 이어 나타나고만 있는 거지, 거지, 어른 거지, 아이 거지 떼들, 어느 나라에서도 빠짐없이 비척비척 헤매 다니는 마취만이 유일한 살길이 된 술주정뱅이들.

우리 이상李箱 시인이 표현했던 그대로 '무서워하던 놈들이 무서운 놈들이 되어 버린' 강도, 강도, 날강도, 살인강도들……

이런 것들이 우글우글한 구석들을 헤매 떠돌며 어떻게 시름없는 밝은 마음을 지닐 수가 있겠습니까.

그러나 그런 중에도 이탈리아 로마의 바티칸이나 피렌체, 그리스 아테네의 아크로폴리스 같은 데서 서양 문화의 정신적 뿌리들을 직접 맞닥뜨려 보고 느끼고, 이스라엘에서 유태인들의 그 끈질긴 정신 영생의 자취들을, 이집트 같은 데서 원래 문화적이었던 인간의 힘과 기교의 무한함을, 인도나 네팔 같은 데서 인간의 정신 영생의 구체적 진행의 여러 방법의 모습들을, 자유중국의 고궁박물원 같은 데서 중국 상대 이래의 그 '대인大人의 기틀'들을 차근차근 대조해 보며 겪고 다닌 것은 물론 내게는 두루 큰 약들이 되었습니다.

특히 인도와 네팔의 불교 유적과 유물들을 보고 돌며 새삼스레 내가 재각성하게 된 통각統覺된 정신으로 직관 오달直觀悟達하는 인식의 길은 앞으로 내 인생의 불 밝힌 길이 될 것이올시다.

감각과 지각을 분산 사용하는 걸 그만두고 이걸 두루 모아 통일된 통각으로 함으로써 직관하고 오달하여 묘리를 얻어 사는 그런 인식의 길 말씀이올시다.

나는 여기에서 이제 다시 우리 지구의 자연됨을 생각해 보지 않을 수는 없습니다.

아무리 생각하고 또 생각해 보아도 자연은 문화보다는 역시나 우수하신 것만 같더군요. 리우데자네이루 항의 산상하감山上下瞰이나, 아프리카 케냐의 암보셀리 천막촌에서의 킬리만자로 산 우러러보기나, 기린 내외들과 함께 우러러보기나, 노르웨이의 서부 산악 지대 속의 기차 여행, 또는 네팔의 히말라야 산맥 속의 도인들과 함께 하는 심호흡과 관조 열락을 한 번씩 잠겨서 실천해 보시기를 나는 권장합니다. 그러면 당신들도 역시나 내게 동감하실 것 같습니다. 그리고 당신들은 위대한 자연에 동화할 때만 인간은 신에 해당하는 존엄성을 누릴 수 있는 것임을 깨달을 것이올시다.

아 참, 그런데 이 지구의 자연들 속에서도, 우리나라 한국같이 어디를 가거나 산골에 시내가 맑게 흐르는 그런 자연을 가지고 있는 나라는 아무 데도 딴 곳엔 없었습니다. 그리고 또 거기에 늘 적당히 견딜 만한 아름다운 춘하추동과 눈에 선한 하늘빛이 가장 많이 보이는 나라도 딴 데 더는 없었습니다. 그런가 안 그런가 어서 한번 돌아보세요.

그래 이것을 두 눈으로 똑똑히 보고 온 나는 인제부터 여생을 세계 제일의 우리나라 산수 속에 동화해 지내려 하며, 이것을 가장 큰 자랑으로 여기려 하며, 또 여기 어울리는 긍지로써 내 시와 산문들을 엮어 가려고 하는 것입니다. 늘 안녕히, 또 신다이 영원히 사시옵기를……

미당 서정주 전집 15

1판 1쇄 인쇄 2017년 7월 10일
1판 1쇄 발행 2017년 7월 17일

지은이 · 서정주
간행위원 · 이남호 이경철 윤재웅 전옥란 최현식
펴낸이 · 주연선

책임 편집 · 심하은
자료 조사 · 노홍주
표지 디자인 · 민진기 본문 디자인 · 권예진

(주)은행나무
04035 서울특별시 마포구 양화로11길 54
전화 · 02)3143-0651~3 | 팩스 · 02)3143-0654
신고번호 · 제 1997-000168호(1997. 12. 12)
www.ehbook.co.kr
ehbook@ehbook.co.kr

ISBN 978-89-5660-566-1 04810
978-89-5660-885-3 (전집 세트)
978-89-5660-532-6 (방랑기 세트)